YEWONBOOKS ROMANCE STORY

주산지의꿈 장편 소설

스텔라 2

초판 1쇄 찍은 날 | 2016년 12월 23일
초판 1쇄 펴낸 날 | 2016년 12월 30일

지은이 | 주산지의꿈
펴낸이 | 예경원

편집 | 유경화

펴낸곳 | 예원북스
등록번호 | 제396-2012-000132호
등록일자 | 2012. 7. 25
YRN | 제1-0174호

주소 | 경기도 고양시 일산동구 호수로 646-24 위너스21-Ⅱ 206A호 (우) 10401
전화 | 031-819-9431 팩스 | 031-817-9432
http://cafe.naver.com/yewonromance
E-mail | yewonbooks@naver.com

ⓒ 주산지의꿈, 2016

ISBN 979-11-5845-287-2 04810
ISBN 979-11-5845-285-8 (세트)

Stella
스텔라

YEWONBOOKS ROMANCE STORY

주산지의꿈 장편 소설

2

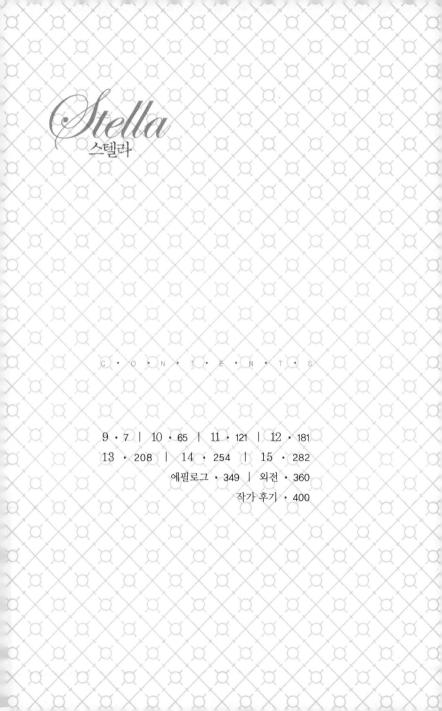

Stella
스텔라

C · O · N · T · E · N · T · S

9

 사흘 전, 체스터 영지를 살펴보기 위해 성을 나섰던 스텔라와 로이든은 방문을 마치고 집으로 돌아가는 길이었다. 앞서 말을 달리던 로이든이 갑자기 먹구름이 밀려오는 하늘을 보며 말을 멈춰 세웠다.

 폭우가 내릴 것 같았다. 그의 뒤를 따라 스카버러 해안가를 달리던 스텔라 역시 말을 멈춰 세웠다.

 "무슨 일이죠?"

 "폭풍우가 몰려올 것 같군. 늦기 전에 성으로 돌아가야겠어."

 로이든은 먹구름이 드리워진 하늘을 바라보며 심각한 표정을 지었다. 폭풍우라. 스텔라가 태어나고 자란 달링턴 영지는 잉글랜드 내륙 지역에 위치해 폭풍우가 몰려와도 크게 신경 쓸 필요가 없는 곳이었다. 하지만 이곳 체스터 영지는 바다에 접해 있어 이야기가 다른 모양이었다. 로이든은 파도가 거세지기 시작한 바다를 쏘아보며 굳은 얼굴을 하고 있었다.

"그렇게 심각한가요? 그저 지나가는 비일 수도 있잖아요."

스텔라가 조심스럽게 물어오자 로이든이 스텔라를 돌아보며 고개 가로저었다.

"이곳은 해안가와 가까운 곳에 영지가 많지. 만약 폭우가 장기간 계속해서 내린다면, 피해가 커질 수 있어."

그래서 걱정이었다. 하늘을 뒤덮은 먹구름과 거센 풍랑이 일기 시작한 바다의 상태를 보아하니, 쉽게 그칠 비는 아닌 것 같았다.

제기랄. 로이든은 속으로 욕설을 내뱉었다. 국왕 리처드에게 온 초대장. 그 초대장을 받은 이상 2달 후엔 런던에 있어야 했다. 그 초대장이 그를 옭아맬 덫이란 걸 뻔히 알면서도, 국왕의 명령이었기 때문에 어쩔 수 없이 런던으로 가야 했다. 만약 그의 명을 거부한다면, 달링턴 백작처럼 자신 역시 반역 죄인이 될 테지. 그리고 국왕에게 붙잡혀 있는 레이첼 역시……

"그럼 큰일이군요. 우린 폭풍우가 빨리 지나가길 바라는 것 외엔 방법이 없겠군요."

"그래, 하지만 손 놓고 있을 수는 없지. 며칠 전 지나가다 보니, 해안가 주변에 쌓아놓은 제방이 허술한 것 같았어. 서둘러 손봐야 할 것 같아."

"제방이라고요?"

"스카버러 해안가를 중심으로 폭우의 피해를 줄이기 위해 몇 년 전에 만들었지. 하지만 문제는 파도가 밀려올 때마다, 제방의 흙을 씻겨 내려간다는 것이지. 흙을 사용하면 좋겠지만, 농토로 이용해야 되니 사용할 수가 없거든. 그래서 흙과 모래를 섞긴 했지만, 모래 양이 많은 곳은 어쩔 수 없이 바닷물에 유실되어 버리더군."

"그렇다면, 큰일이네요."

스텔라가 걱정스러운 표정을 했다. 그러자 로이든이 손을 뻗어 스텔라의 손을 꽉 쥐었다.

"네가 걱정할 정도는 아니야. 그러니 그런 얼굴 할 필요 없어. 조금만 손보면 괜찮을 테니까."

바다에서 불어온 바람에 스텔라의 검은 머리카락이 휘날렸다. 그러자 로이든이 손을 뻗어 그녀의 머리카락을 쓸어 넘겨주었다. 그의 손길에 스텔라의 귓불이 뜨거워졌다. 조금은 당혹스러운 감정이었다. 아마 그 이유는 그녀를 바라보는 그의 눈빛이 변해서인 듯했다.

뭔가 달콤하고 부드러운…… 간질거리는 감정을 담은 그런.

"어서 돌아가요. 사흘이나 성을 비웠더니, 이제 집으로 돌아가고 싶어요."

"나도 그래. 영지를 둘러보는 것도 좋지만, 집보다 더 편안한 곳은 없지. 그런데 이제 너도 체스터 성을 집이라고 하는군."

그의 말에 스텔라 역시 조금 놀란 듯 아니라고 부정하려 했다. 하지만 자신을 내려다보는 로이든의 눈빛을 본 순간 입술을 깨물었다. 부드럽던 그의 눈빛에 또 다른 감정이 어른거렸다. 그 열기는 명백한 욕망이었다. 맹수가 자신의 암컷을 탐하고 싶어 하는 원초적인 본능 같은 것이었다. 그 눈빛이 너무도 강렬해 얼굴이 다 화끈거렸다.

"그렇게 느끼는 건 밀리가 있기 때문이에요. 사실 성을 나오기 전에 밀리가 기운이 없어 보였거든요. 어서 돌아가서 살펴봐야겠어요."

그의 시선을 피하며 스텔라가 고삐를 단단히 붙잡았다. 그리곤 분위기를 전환하려는 듯 조금은 높은 톤의 목소리로 말했다.

"누가 먼저 성에 도착하는지, 내기 어때요?"

"내기에 이기면 뭘 해줄 건데?"

"당연히 이기실 것이라 확신하시는 모양이군요. 그럼, 제가 이기면 뭘 주실 건데요?"

스텔라가 턱을 쳐들곤 도전적인 눈빛으로 그를 바라보았다.

"다. 네가 원하는 것이라면, 뭐든."

"그것이 당신 목숨이라도?"

스텔라의 말에 로이든의 얼굴이 살짝 굳어졌다. 분명 웃고는 있었지만, 그녀의 진지한 눈빛으로 보아 농담이 아닌 모양이었다. 그녀의 도발에 로이든이 진지한 얼굴로 답했다.

"네가 원한다면."

그의 대답에 스텔라가 입술을 삐죽였다. 마음에 들지 않는다.

"너무 관대하군요. 당신의 목숨을 노리고 있다고 공공연하게 말하는 나에게."

"어쩔 수 없지. 지금은 너에게 빠져 있으니까."

스텔라는 로이든을 외면했다. 자신을 바라보는 눈동자 속에 담긴 그의 진심을 보고 싶지 않았다. 육체적으로 그에게 끌리는 것은 사실이었다. 그와 처음으로 몸을 섞은 후 지독한 쾌락을 맛보았으니까.

하지만 그 쾌락과 뜨거운 열감이 그녀를 지배하는 도중에도 그녀의 마음 한 켠에 자리 잡은 죄책감을 떨쳐 낼 수 없었다. 그래서인지 그에 대한 감정이 흔들릴수록 스텔라는 더 모질게 그를 대했다. 그를 마음속에서 밀어내기 위해.

"아주 유용한 정보네요. 하지만 내게 똑같은 건 기대하지 말아 주세요. 난 마지막 순간에 절대 망설이지 않을 생각이니까."

그를 배신해야 할 순간에 검을 든 그녀의 손은 망설임이 없어야 했다. 절대.

"그럼 시작해 볼까요? 이럇!"

스텔라가 고삐를 잡아당기며 먼저 말을 달리기 시작했다. 하지만 로이든은 앞서 달려 나가는 스텔라의 뒷모습을 한동안 바라볼 뿐 그 자리에 그대로 서 있었다. 그녀를 바라보는 눈동자가 안타까움으로 짙어졌다. 그 역시 마지막 순간에 망설이게 될까 봐, 두렵다는 듯이.

"이럇!"

잠시 후, 로이든 역시 말을 달렸다. 아무리 메우려 해도 메워지지 않는 두 사람의 간격을 채우려는 듯 말을 달리는 그의 표정이 안타까울 만큼 필사적이었다.

스텔라는 젖은 수건을 밀리의 이마 위에 올려놓았다. 며칠 사이에 파리해진 밀리의 얼굴을 내려다보며 스텔라는 작게 한숨을 내쉬었다.

'대체 무슨 일이 있었던 걸까?'

성으로 돌아오자마자, 밀리의 다리를 살펴보았기 때문에 신경통이 심해진 것은 아니란 사실은 알고 있었다. 그렇다고 해서 다른 곳이 더 아픈 것도 아니었다. 하지만 밀리는 며칠 동안 고열로 몸져누워 있었던 모양이었다. 영지를 둘러보기 위해 성을 떠나 있던 스텔라에게 연락하지 않은 것은 밀리의 뜻이었다고 캘리가 전해주었다.

"밀리, 대체 왜 이러는 거야? 밀리!"

스텔라가 수건으로 이마의 땀을 닦아내며 그녀를 불렀다. 하지만 밀리는 뜨거운 숨을 내쉴 뿐 미동도 하지 않았다.

똑똑!

"마님, 캘리입니다. 새 물을 가져왔습니다."

"들어와."

문이 열리고 대야를 든 캘리가 안으로 들어왔다. 그리곤 탁자 위에 대야를 놓고는 스텔라가 들고 있는 수건을 받아 든 후, 밀리의 이마에 흐르는 땀을 닦아내기 시작했다.

"마님은 이제 좀 쉬세요. 성으로 돌아오시자마자 여기에 매달려 계셨잖아요. 이제 제가 하겠습니다."

"아니야, 캘리. 내가 없는 동안 네가 밀리를 간호했다는 말을 들었어. 고마워. 이제 내가……."

스텔라가 캘리에게 수건을 달라며 손을 뻗었다. 그러자 캘리가 고갤 가로저으며 걱정스러운 표정을 했다.

"마님, 절 믿고 좀 쉬세요. 제가 옆에 있겠습니다. 마님만큼은 아니지만, 저 역시 밀리를 좋아하고 있거든요."

스텔라가 캘리를 물끄러미 응시했다. 문득 생각해 보니 캘리의 말이 맞는 듯했다. 언젠가 체스터 성을 떠나야 한다는 생각에 무의식적으로 캘리를 비롯해 성의 사람들에게 선을 긋고 있었으니까.

"캘리, 널 믿지 못해서 그런 게 아니야. 난 다만……."

"알아요, 지금 마님께선 체스터 가의 사람이 되는 준비를 하고 계시는 거잖아요. 이제 성에 오셨고, 곧 익숙해지실 겁니다. 성의 사람들과도 가까워지실 것이고요."

캘리의 말에 스텔라가 고갤 끄덕였다. 그리곤 손을 뻗어 관자놀이를 꾹꾹 눌렀다. 사실 꼼짝도 하지 않고 침대 옆에 앉아 있어서인지 머리가 너무 아팠다.

"그럼 잠깐 옷 좀 갈아입고 올게."

"네. 옷도 갈아입으시고, 식사도 좀 하세요. 영주님께서 지금 식당에서 마님을 기다리고 계시거든요."

"영주님께서?"

"네. 어서 가보세요."

스텔라가 자리에서 일어났다. 그리곤 침대에 누워 있는 밀리를 내려다보았다.

"캘리, 부탁할게."

힘없이 말하는 스텔라를 캘리가 돌아보았다. 밀리를 바라보는 스텔라의 눈동자가 슬퍼 보였다. 잃게 될까 두려운 듯 밀리의 얼굴에서 눈도 떼지 못하는 듯 보였다.

"마님."

캘리가 스텔라의 팔을 붙잡았다. 그제야 스텔라는 밀리에게서 눈을 떼 캘리를 바라보았다.

"괜찮을 겁니다. 마님께선 뛰어난 치료사라고 들었습니다. 조안의 아이를 받아주셨을 뿐 아니라, 지난번 훈련 중에 다친 레이놀즈 님의 상처도 치료해 주셨다고요. 그러니 이번에도 꼭 밀리를 낫게 해주실 거라 믿습니다."

캘리의 말에 스텔라가 고갤 끄덕이며 미소를 지었다.

"베아트리스는 잘 자라고 있을 테지?"

"네, 무럭무럭 자라고 있답니다. 며칠 전 마을에 갔을 때, 조안의 집에 갔다가 보고 왔습니다. 그때, 조안에게 다 들어 알고 있습니다. 마님이 아니셨다면, 조안은 물론 베아트리스 역시 죽었을 것이라고."

캘리가 조심스러운 듯 말했다. 처음 조안에게 스텔라가 자신의 아픔을 다 없애주었을 뿐만 아니라, 아이를 잃어버릴 수도 있는 위험한 상황에서 두 사람을 구해주었다는 말을 들었을 때는 믿기지 않았었다. 하지만 조안이 거짓말을 하지 않는다는 걸 누구보다 잘 알고 있었다. 그렇다면, 스텔라는 특별한 치료 능력을 갖고 있다는 의미였다.

"그건……."

"걱정 마세요, 마님. 전 아무것도 듣지 않았고, 조안 역시 아무것도 기억하지 못하는 건 마찬가지랍니다."

캘리가 단호한 목소리로 말했다. 그리곤 허릴 굽혀 밀리를 간호하는 데 전념했다. 그런 캘리를 보며 스텔라는 목이 따끔거려 손으로 꾹 심장을 눌러야 했다.

서둘러 밀리의 방을 나온 스텔라는 복도에 기대서 참았던 숨을 내쉬었다. 어느새 자신을 걱정하는 사람이 생기다니. 그건 생각만으로 가슴이 따뜻한 일이었다. 하지만 한편으로 걱정이 되었다.

그녀가 이곳을 떠나게 되었을 때, 망설이게 될 일들이 늘어난다
는 뜻이었으니까.

"이제야 나왔군."

스텔라가 고갤 들자 그녀를 기다리고 있었던 듯 벽에 기댄 채
서 있는 로이든을 볼 수 있었다.

"식당에 있다고 들었어요. 곧 가려던 참이었어요."

힘없이 말하는 스텔라의 손을 로이든이 붙잡았다. 그리곤 말없
이 복도를 지나 나선형의 계단을 따라 내려갔다. 하지만 로이든은
1층 식당으로 내려가는 대신, 2층 침실로 향했다.

"식당으로 가는 게 아니었나요?"

스텔라가 로이든의 팔을 붙잡으며 말했다.

"피곤할 것 같아서, 저녁을 방으로 가져다 놓으라고 했어."

그의 손에 이끌려 침실로 들어서자, 스텔라는 침대 옆 탁자에
음식이 가득 든 접시들을 볼 수 있었다. 그리고 그녀가 가장 좋아
하는 산딸기 파이 역시.

"특별히 루터에게 부탁했어. 그랬더니, 이걸 만들어주더군."

"루터가 내 취향을 기억하고 있었나 봐요."

스텔라가 탁자로 걸어가 파이를 하나 집어 들었다. 그리곤 천천
히 한 입 베어 물었다. 버석하고 쓰게 느껴졌던 입안에 상큼한 향
과 달콤한 맛이 느껴졌다. 그 맛에 굳었던 스텔라의 입가에 미소
가 떠올랐다. 로이든이 서서 파이를 먹고 있는 스텔라를 위해 의
자를 빼주었다.

"앉아서 천천히 다 먹도록 해."

의자에 앉은 스텔라가 파이를 한 입 더 먹었다. 로이든 역시 의자에 앉아서 김이 모락모락 나는 스튜 접시를 스텔라 앞으로 밀었다.

"하나도 남기지 말고 다 먹도록 해."

"이걸 다 먹으란 말인가요?"

"응. 하루 종일 아무것도 먹지 않았잖아. 이 정돈 다 먹어야 해."

로이든이 스텔라의 마른 몸을 보며 말했다. 그러자 스텔라가 어색한 듯 손으로 목덜미를 쓸었다. 그의 시선이 유독 그녀의 가슴에 향해 있었던 것이다.

"이 많은 걸 다 먹으면, 배가 터져 버릴 거예요. 그러니 같이 먹어요."

스텔라가 파이를 집어 로이든의 입으로 가져갔다. 단 음식을 좋아하지 않는 로이든은 특유의 달콤한 향내에 미간을 찌푸렸다.

"먹기 싫으면 관둬요. 나도 안 먹으면 그만이니까."

로이든의 머뭇거림에 스텔라가 파이를 내려놓으려 했다. 그러자 로이든이 그녀의 손목을 붙잡더니, 파이를 입으로 가져갔다. 바삭 소리와 함께 상큼하고 달콤한 향이 콧속으로 스며들었다.

"어때요?"

로이든이 파이를 씹으며 인상을 썼다. 억지를 씹고 있는 것이 다 보일 정도로. 그 모습에 스텔라의 입가에 미소가 떠올랐다. 대신 스텔라는 그가 먹던 나머지 파이를 입으로 가져가 마저 먹었다.

"이렇게 맛있는 걸 왜 싫어하는지 모르겠군요. 우린 다른 점이 너무 많은 것 같아요."

"혼인이란 게 다 그런 것 아닐까? 너와 나처럼 서로 다른 사람이 만나, 가족이 되어가는 것 말이야."

"그렇죠. 보통의 혼인이라면."

그 말은 우리는 예외라는 듯이 들렸다. 순간 스텔라가 입맛이 없는 듯 먹고 있던 스튜 그릇을 밀었다.

"그만 먹게?"

"네. 충분히 먹었어요. 밀리에게 가봐야겠어요."

스텔라가 냅킨으로 입가를 닦고는 의자에서 일어섰다. 그러자 로이든 역시 그녀를 따라 함께 일어섰다.

"스텔라, 내일부터 내게 시간을 좀 내도록 해."

"시간이요? 그건 왜요?"

"검술을 가르쳐 줄게. 시간이 없으니 최대한 너에게 유리한 기술을 중심으로 가르쳐야겠지만 말이야."

로이든의 말에 스텔라가 그를 물끄러미 응시했다. 갑작스러운 그의 제안에 놀라기도 했지만, 뭔가 변한 것 같았다.

"저야 대환영이지만, 기사들이 좋아하지 않을 텐데요?"

"그러니까 시간을 내라는 말이야. 지금 당장 연병장은 안 되겠지만, 다른 장소라면 가능할 테니까."

"아, 그렇군요. 알았어요. 그리고 오늘은 밀리 방에서 자야겠어요. 밤새 어떻게 될지 몰라서."

"간호를 하는 건 좋지만, 새벽엔 꼭 방으로 돌아와 여기서 자도록 해. 다른 방에서 자는 건 절대 허락할 수 없으니까."

로이든의 말에 스텔라가 마지못해 고갤 끄덕였다. 스텔라가 방을 나가자, 로이든은 잠시 닫힌 문을 바라보고 서 있었다. 그러다 천천히 창문으로 걸어갔다.

비구름이 몰려오고 있었다. 하지만 비구름만큼이나 로이든의 마음은 복잡했다.

성으로 돌아온 로이든에게 레이놀즈가 심각한 얼굴로 전한 말이 자꾸만 신경이 쓰였다.

"체스터 성 안에 국왕의 첩자가 있다라."

그리고 그 첩자가 며칠 전, 모두가 잠든 시각 사람들의 눈을 피해 밀리를 만났다고 했다. 어둠 속에 있었기 때문에 첩자의 얼굴을 보진 못했지만, 밀리를 만난 것은 확실하다고 했다. 로이든은 심각한 얼굴로 점점 거세지고 있는 파도를 응시했다.

밀리라. 그렇다면, 스텔라 역시······.

하지만 이내 로이든은 고갤 가로저었다. 잠시 굳은 얼굴로 밖을 내려다보던 로이든이 레이놀즈를 만나기 위해 걸음을 옮기기 시작했다.

손끝이 뜨거웠다. 이마에 맺혀 흘러내리는 땀을 닦아낼 여유도 없이 스텔라는 밀리의 몸에 들끓고 있는 열기를 없애는 데 열중했다. 밀리는 그녀가 자신을 치료하는 걸 싫어했다. 아니, 그녀가 첫 월경 후 생겨난 능력을 다른 사람 앞에서 드러내는 걸 극도로 싫어한다는 말이 맞을 듯했다.

"하아, 마님."

그때 밀리가 천천히 눈을 뜨며 스텔라를 불렀다.

"밀리, 깬 거야?"

스텔라가 밀리의 심장에서 손을 떼지 않은 채 말했다. 그러자 밀리가 자신의 심장에 놓인 스텔라의 손을 보며 슬픈 표정을 지었다.

"저 때문에……."

"그런 소리 마. 처음엔 내게 주어진 이 능력이 소름 끼치게 두려웠지만, 지금은 다행이라고 생각해. 널 도울 수 있으니까."

밀리가 스텔라의 손을 밀어냈다. 그리곤 고갤 강하게 가로저으며 말했다.

"안 됩니다. 절대로. 저 때문이라면, 다신 그러지 마세요."

"밀리, 대체 왜 그래?"

스텔라가 답답한 표정으로 침대에 앉았다. 그리곤 입을 꼭 다물고 소리 없이 눈물만 삼키는 밀리를 보며 다그쳐 물었다. 하지만 밀리는 조개처럼 또다시 입을 다물 뿐이었다.

"나에게 숨기는 게 있는 거지? 그런 거야, 밀리?"

밀리가 그녀의 말을 부정하듯 강하게 고갤 가로저었다. 그 모습에 스텔라의 의심은 확신으로 바뀌었다. 이상했다. 뭔가 그녀에게 숨기고 있는 게 분명한데, 그 말을 꺼내는 것이 두려운 듯 입을 꼭 다물고 있다니.

설마 아버지 달링턴 백작에 대한 일인 걸까? 만약 그렇다면…….

"아버지에 대한 일이야? 왜 국왕에게 아버지가 반역죄로 몰려 처형당해야 했는지, 혹시 넌 알고 있는 거지? 그 진짜 이유를 말이야."

스텔라가 확신에 찬 표정으로 캐묻자 밀리가 놀란 얼굴을 했다. 하지만 이내 고갤 가로저었다.

"아닙니다, 절대 아니에요. 그런 건 모릅니다. 쇤네 같은 비천한 여인이 어찌 그런 걸 알 수 있겠어요."

"그럼 대체 왜 그러는 건데? 말을 해봐."

"그냥, 너무 슬퍼서 그럽니다. 주인님께서 갑자기 돌아가신 것도 그렇고, 마님께서 지참금도 없이 이렇게 혼인한 것도 안타깝고. 또…… 저 때문에 슬퍼하는 마님을 보니 가슴이 무너져 내리는 것 같아서……."

밀리가 두 손으로 얼굴을 가리며 눈물을 훔쳤다. 그렇지 않아도 작은 어깨가 며칠 동안 앓아서 그러는지 더 작아져 있었다.

"난 괜찮아, 밀리."

스텔라는 밀리를 꼭 끌어안았다. 마음의 병이 난 모양이었다. 한꺼번에 일어난 불행한 일들로 인해 밀리 역시 병이 깊어져 버린 듯했다.

"스텔라 마님……."

"걱정 말래도. 이제 곧 끝날 거야."

"그게 무슨 말씀이세요. 곧 끝난다니."

"두 달 후 국왕이 마상 시합을 열 모양이야. 초대장을 보내왔어."

"폐하께서 초대장을 보내오셨다고요?"

"그래. 나와 함께 런던으로 오라고 한 모양이야. 체스터 영지를 방문하기 위해 떠나 있는 동안, 백작님께서 말해주셨어. 국왕의 명령을 거역할 수 없다고."

스텔라의 눈매가 날카로워졌다. 그러자 밀리가 스텔라의 손을 꽉 붙잡았다.

"가지 마세요. 마님, 가시면 안 됩니다."

"괜찮아. 백작님께서 약속하셨어. 날……."

'……죽게 하지 않겠다고. 자신이 살아 있는 한 죽게 두지 않겠

다고.'

밖으로 꺼내 말할 수 없었다. 하지만 스텔라는 자신이 그가 한 약속을 믿고 있다는 사실을 깨달았다. 당혹스럽게도 자신은 한 치의 의심도 없이 그를 믿고 있었다.

"밀리, 이제 좀 자도록 해."

스텔라가 밀리를 침대에 눕혔다. 그리곤 이불을 끌어다 덮어주고는 침대 옆에 놓인 촛불을 껐다.

"마님……."

"나중에 얘기해. 지금은 몸을 회복하는 게 먼저야."

스텔라가 땀으로 젖은 밀리의 머릴 쓸어 넘겨주었다. 그러자 밀리가 고갤 끄덕이며 그녀의 말에 따라 눈을 감았다. 잠시 밀리를 더 지켜본 스텔라는 천천히 방을 나왔다. 어두운 복도를 따라 걷는 스텔라의 발걸음이 무언가를 쫓듯 빨라지고 있었다.

그렇게 2층 침실에 다다른 스텔라는 잠시 망설이다 이내 벌컥 문을 열고 안으로 들어갔다. 그러자 그곳엔 탁자에 앉아 그녀를 기다리고 있는 로이든이 있었다.

"무슨 일이지? 설마, 밀리에게 무슨 일이라도……."

스텔라가 그에게 다가가 그의 소매를 붙잡았다. 갑작스러운 행동에 로이든이 말을 멈추곤 걱정스러운 얼굴을 했다. 그러자 스텔라는 자신을 응시하고 있는 로이든을 향해 최대한 담담한 목소리로 입을 열었다.

"약속, 당신은 약속을 지키는 사람인가요?"

최대한 감정을 담지 않기 위해 안간힘을 썼지만, 그를 향한 눈빛에선 간절함을 지울 수 없었던 모양이었다. 그녀의 조급함에 로이든의 표정이 변했다. 그리곤 검은 늑대의 얼굴을 한 그가 그녀에게 맹세하듯 말했다.

"맞아. 난…… 한번 한 약속은 꼭 지키는 사람이야."

그의 소매를 붙잡았던 스텔라의 손에서 힘이 빠져나갔다. 긴장이 풀린 듯 참고 있던 숨을 천천히 내쉬었다.

"그럼, 됐어요. 나 역시 약속을 지키는 사람이니까."

스텔라가 로이든의 팔을 붙잡고는 침대로 이끌었다. 그리곤 어리둥절한 표정으로 서 있는 그의 입술에 입을 맞췄다. 서툰 키스였다. 입술이 부딪혀 아팠다. 하지만 스텔라는 맹목적으로 그의 입술을 빨며 키스했다.

"지금 뭐 하는 거지?"

"내가 뭘 하는 것처럼 보이는데요?"

스텔라가 다시 그의 입술에 키스를 하며 물어왔다.

"날 유혹하는 것 같아서."

"맞아요. 그러니 어서 넘어와요."

스텔라가 그의 목덜미에 팔을 감았다. 그리곤 온 힘을 다해 그를 침대로 이끌었다.

그가 뱉어내는 뜨거운 숨결과 거친 호흡, 그리고 눈동자에 서린 열기는 분명 욕망이었다. 화염처럼 불어닥친 욕망의 파도. 거칠고 지독해 감당할 수 없을 만큼 그를 뒤흔든 것은 바로, 그 어떤 것도 아닌 여인을 원하는 사내의 지독한 본능이었다.

"로이든……."

스텔라가 손을 뻗어 그의 근육질의 가슴 위에 손을 올려놓았다. 그녀의 손길에 그가 숨을 크게 들이마시며 몸을 굳히는 것이 느껴졌다. 또한 그의 표정 역시 시시각각 변했다. 그녀가 그의 몸에 입을 맞추고, 손끝으로 그의 몸 하나하나를 만지는 동안 로이든의 몸은 예민하게 반응했다.

"하아, 정말 너란 여잔…… 끝까지 날 다그치는군."

"그걸 이제야 깨닫다니, 너무 늦었군요."

스텔라가 코웃음을 치며 그의 맨가슴을 쓸어내렸다. 그 모습이 로이든의 눈엔 무척이나 요염하게 보였다. 열기로 인해 짙어진 검은 눈동자며, 홍조를 띤 뺨, 그리고 촉촉이 젖은 눈매와 그의 타액으로 붉어진 입술까지. 무엇 하나 그를 유혹하지 않는 것이 없을 정도로 스텔라의 모습에 로이든은 흥분하고 있었다.

더는 참을 수 없다는 듯 로이든이 그의 가슴을 훑는 스텔라의 손을 붙잡았다. 그리곤 그녀의 손을 그의 심장에 위에 올려놓았다. 그녀의 손바닥 아래서 거칠게 뛰고 있는 그의 심장. 그 뜨거움에 스텔라의 눈빛 역시 짙어졌다.

"뛰고 있어요. 아주 힘차게."

마치 심장이 살을 뚫고 나올 것 같아 걱정이 될 지경이었다. 신기한 듯 올려다보는 스텔라의 눈빛에 로이든은 온몸의 피가 뜨겁게 달아올랐다.

"스텔라."

욕망으로 잔뜩 쉰 목소리로 그녀의 이름을 속삭였다. 그 나른한 열기에 스텔라의 눈꺼풀이 파르르 떨렸다. 그의 입술이 점점 가까워졌다. 서로의 입술이 닿는 순간, 스텔라의 입술 사이로 여린 신음이 새어 나왔다.

열기로 바짝 마른 입술이 그녀의 입술을 천천히 쓸었다. 물기로 젖은 뜨거운 혀가 스텔라의 여린 입술을 가르고 들어오더니, 그녀의 혀를 휘감곤 강하게 빨기 시작했다. 격정에 휩쓸린 듯 성급하게 입술을 겹쳐 오는 그 키스에 그녀의 심장이 뛰었다.

"하아!"

순간 스텔라는 그의 거친 욕망이 두려웠다. 동시에 그가 가져다줄 진저리칠 정도로 짙은 쾌락을 생각하자 몸이 떨려왔다. 맹수처럼 거친 열정으로 삼켜 버릴 듯 뜨겁게 휘몰아치는 그의 욕망은 언제나 그녀를 뒤흔들어 놓았다.

"흐훗!"

스텔라의 입술을 통해 낮은 신음이 새어 나왔다. 그와의 키스가 농밀해질수록 스텔라의 몸 역시 열기에 반응하며 뜨거워졌다. 그의 손이 부드러운 가슴을 휘감았다. 기분 좋은 말캉함과 손에 감기는 촉촉함. 로이든은 장밋빛을 띤 정점을 비틀며 혀를 휘감곤 야릇하게 빨았다.

"하아, 로이…… . 하훗!"

숨결이 뜨거워졌다. 입술을 깨물어 신음을 삼키려 했지만, 그 나른한 감각에 스텔라의 몸이 흠칫 떨렸다. 등줄기를 타고 흐르는 짙은 쾌감에 어느새 다리 사이에 자리한 수풀 안쪽 여린 살이 파르르 떨리기 시작했다. 저릿한 쾌감에 허리가 저절로 들렸다. 이미 촉촉하게 젖기 시작한 밀부에선 애액이 흘러 그녀의 허벅지를 적시고 있었다. 그녀의 변화를 눈치챈 듯 로이든이 뜨겁고 촉촉하게 젖은 그녀의 밀부를 손으로 문지르더니, 손끝을 슬쩍 밀어 넣었다.

"하앗!"

순식간에 그의 손가락을 품은 채 스텔라의 허리가 위험스럽게 비틀렸다. 처음엔 그를 밀어내듯 꽉 닫혀 있던 내벽이 시간이 지날수록 촉촉하게 젖어들더니, 그를 안쪽으로 빨아 당겼다. 로이든은 그의 손가락을 꽉 조이는 뜨거운 감촉에 거친 숨을 내쉬며 몸을 떨었다.

"하아, 오늘은 반응이……."

"훗, ……원해요. 당신을 원하고 있으니까요."

스텔라의 그 한마디에 로이든은 이성의 끈이 끊어져 버리는 것을 느꼈다. 그녀의 젖은 밀부에서 손을 빼낸 그가 그녀의 다릴 넓게 벌렸다. 그리곤 단번에 그녀의 안을 꿰뚫듯 깊이 파고들었다.

"흑, 하아. 하아, 하앙!"

순식간에 그녀의 밀부가 경련을 하듯 파르르 떨렸다. 감당할 수 없을 만큼 크게 부풀어 오른 그의 남성을 받아들이느라 최대한 넓게 벌어졌다. 그 아릿한 아픔 뒤 찾아온 짙은 쾌감에 스텔라는 입술을 깨물었다. 하지만 그것도 잠시, 안으로 깊이 파고든 그의 남성을 한 치의 틈도 없이 조이기 시작했다.

갑작스러운 삽입에 스텔라의 허리가 떨리며 경련하듯 들썩였다. 뜨거운 열기가 온몸을 태울 듯 빠르게 번져 갔다. 믿을 수 없었지만, 단 한 번의 삽입으로 온몸이 타버릴 것 같은 쾌락을 느낄 수 있었다. 스텔라는 입술을 깨물며 눈을 꼭 감았다.

"하아, 스텔라. 좋아서 미칠 것 같아."

로이든 역시 쾌락에 몸을 떠는 것은 마찬가지였다. 지독한 열감에 허리가 찌릿했다. 그를 품고 미친 듯이 조이는 그 감각에 머릿속이 마비될 정도였다. 로이든이 거친 숨을 내쉬며 그녀의 목덜미에 얼굴을 묻었다. 그리곤 그녀의 가느다란 목을 타고 흘러내리는 땀방울을 혀로 쓸어 삼켰다.

그의 혀가 닿자, 그녀의 떨림이 그대로 전해졌다. 한 치의 틈도 없이 맞물린 부분이 작은 움직임에도 예민하게 반응하며 더욱 단단히 얽혀들었다. 더는 밀착될 수 없을 것만큼 맞닿은 그곳이 하나처럼 녹아들고 있었다.

로이든이 그녀의 날씬한 다리를 들어 그의 허리에 휘감게 했다. 그리곤 거칠게 허릴 움직여 그녀의 안을 더욱 깊이 파고들었다. 하아, 짙은 열감으로 스텔라의 입술에서 젖은 신음이 새어 나왔다. 그가 진퇴를 거듭하며 삽입을 계속할 때마다, 그녀의 가느다란 허리가 위험스럽게 흔들렸다. 그녀의 리드미컬한 움직임에 땀으로 젖은 그녀의 새하얀 가슴이 유혹적으로 흔들렸다. 그러자 로이든은 참지 못하고 입으로 가슴을 물곤 진득하게 핥기 시작했다.

"하아, 하앙! 하아, 로이든."

그녀의 허리가 또다시 날카롭게 비틀렸다. 그녀의 갑작스러운 움직임에 로이든의 몸이 움찔 떨리는 것 같더니 어느새 애액으로 젖은 내벽을 파고들었다. 그의 남성을 끊어놓을 듯 조이는 그 강렬한 쾌락에 이마에서 땀이 배어 나왔다. 로이든이 눈을 감고는 숨을 골랐다.

그리곤 그녀의 안에 머문 채 그가 몸을 일으켰다. 그러자 스텔라 역시 따라 일어났고, 어느새 침대에 누워 있는 로이든의 몸을 타고 앉은 자세가 되었다.

"잠깐, 이건……."

"쉿. 더 좋을 거야. 그러니 움직여 봐. 말을 타듯 천천히."

그의 말에 스텔라의 얼굴이 새빨갛게 달아올랐다. 말을 잘 타긴 했지만, 로이든의 남성을 품은 채 그의 몸 위에서 말을 타라는 그 말이 너무도 원색적으로 들렸다. 무엇보다 자세가 바뀌며 그의 단단해진 남성이 그녀의 다른 곳을 찌르며 자극해 오자, 자꾸만 아랫배에 힘이 들어갔다.

"어서. 처음엔 거부감이 들겠지만, 더 좋을 거야."

그의 허리를 타고 앉아 머뭇거리고 있는 스텔라를 보며 유혹하듯 그렇게 말했다. 그리곤 그가 허릴 들썩이며 그녀의 움직임을 종용했다.

"훗!"

그의 움직임에 단단히 서로를 품고 맞물려 있는 두 사람의 밀부가 비벼지며 나른한 열기를 만들어냈다. 그 낯선 쾌감에 스텔라의 허리가 본능적으로 뒤로 휘었다. 거친 숨을 삼키며 눈을 감은 스텔라가 천천히 몸을 움직였다.

말을 타듯 엉덩이를 들어 올렸다가 다시 아래로 끌어내리며 허릴 흔들었다. 하훗! 또다시 입술 새로 신음이 새어 나왔다. 그녀의 반응에 로이든의 눈동자가 짙어졌다.

"좀 더 빨리 움직여 봐."

로이든이 그녀의 허리에 손을 올려놓았다. 그리곤 그녀의 몸을 앞뒤로 흔들며 그녀가 움직이기 쉽게 했다.

"싫어……. 하아, 안 되겠어요. 흐흡."

"아파?"

로이든의 물음에 스텔라가 고갤 가로저었다. 부끄러웠지만, 아픈 것과는 달랐다. 참을 수 없었다. 그녀의 내벽을 연신 찌르며 자극해 오는 그의 남성을 견디는 게 힘들었다. 또한 뜨겁게 요동치는 그의 일부를 놓치지 않기 위해 아랫배에 힘을 주자, 감당할 수 없을 만큼 그곳이 간지러워 미칠 것 같았다.

"너무 깊어…… 하흣. 싫어요. 무서…… 워요."

버거웠다. 자세를 바꾸자, 너무 깊이 들어와 그녀를 뒤흔드는 그로 인해 자신의 몸이 부서져 버릴 것 같았다. 그래서 두려웠다. 그와 섹스를 하는 동안 이성을 잃고 마치 매춘부처럼 몸을 떨고 신음을 뱉어내는 자신이. 그에게 더 농밀한 쾌락을 요구하며 몸을 흔드는 자신이.

"그런 것이라면 걱정 마."

스텔라의 말에 안심이 된 듯 로이든이 손을 뻗어 그녀의 가슴을 움켜쥐었다. 그가 그녀의 허릴 붙잡고 앞뒤로 움직일 때마다 흔들리는 풍만한 가슴이 그를 유혹하고 있었다.

"하아, 로이……. 하아, 싫어요. 그만…… 흣!"

스텔라의 엉덩이가 들썩였다. 그러자 밀부를 타고 애액이 흘러내려 그녀의 허벅지를 적셨다. 충분한 물기에 두 사람의 밀부가 더욱 단단히 얽혔다. 그리곤 쾌락을 쫓아 두 사람의 몸이 맞닿았다 떨어지길 반복할수록 질척질척한 젖은 소릴 내며 아교처럼 들러붙었다. 떨어졌다가도 언제 그랬냐는 듯 깊숙이 서로를 탐하며 연신 서로를 빨아 당기는 행위가 멈추지 않고 계속되었다.

"하아, 스텔라. 윽!"

로이든 역시 거친 숨을 내쉬며 스텔라의 가슴을 움켜쥐었다. 두 사람의 움직임이 더욱 격렬해졌다. 움직임이 격해질수록 그녀의 숨결 역시 뜨거워졌다. 스텔라는 한 치의 틈도 없이 결합된 그곳이 더욱 깊어져 떨어지지 않을 것 같아 두려웠다.

움직임이 계속될수록 스텔라의 허리가 야릇하게 비틀리며 위험스럽게 휘었다. 로이든 역시 자신의 남성을 물고 쾌락에 몸을 떠는 스텔라를 보자 더는 이성을 붙들고 있을 수 없었다.

"하아, 젠장. 미치겠군. 더는 안 되겠어."

그녀의 모습에 로이든은 더는 참을 수 없었다. 재빨리 그녀를 붙들고는 다시 침대에 눕혔다. 그리곤 미친 듯이 허리를 움직여 거칠게 그녀의 안을 파고들었다. 깊고 깊은 삽입이 계속되었다. 질척하게 젖은 그녀의 내벽은 그가 안으로 들어왔다 빠져나갈 때마다 그를 붙잡으려는 듯 단단히 조여들었다.

질척하게 젖은 소리가 너무도 적나라하게 두 사람의 귀를 파고들었다. 땀에 젖은 두 사람의 몸이 아교처럼 들러붙어 떨어질 줄 몰랐다. 지독한 욕망. 그리고 미칠 것 같은 쾌락이 두 사람을 휩쓸었다.

스텔라의 입에선 연신 젖은 신음이 새어 나왔고 시트를 붙잡은 손 역시 나른한 쾌락을 품고 계속해서 비틀렸다. 더는 참을 수 없었다. 이성이 날아갈 버릴 정도로 뜨거운 감각에 스텔라는 감당할 수 없는 듯 눈물이 흘렀다.

"하아, 스텔라."

애액으로 젖은 내벽을 가르며 다시 그가 안으로 들어왔다. 단단히 맞물린 밀부가 또다시 비벼지자 뜨거운 열감과 함께 쓰라리기 시작했다. 다행인 것은 이미 쾌락의 정점에 다다른 스텔라는 그 아픔 역시 쾌락으로 인식하고 있다는 사실이었다.

거친 격정에 로이든이 다시 그녀의 내벽을 미친 듯이 파고들었다. 그리고 그 순간 그의 몸이 굳어지며 몸을 떨기 시작했다.

"하아, 흑!"

나른한 쾌락에 몸을 떨며 그가 그녀의 입술에 키스했다. 여전히 삼킬 듯 입술을 겹쳐 오는 그의 키스엔 쾌락의 정도가 느껴졌다. 한동안 로이든은 그녀의 입술을 놓아주지 않은 채 농밀한 키스를 퍼부었다.

"아하, 그만. 이제 그만해요."

스텔라가 그를 밀어내며 잔뜩 쉰 목소리로 말했다. 그러자 마지못해 그녀의 입술을 놓아준 로이든이 그녀의 눈에 맺혀 있는 눈물을 입술로 쓸었다. 그는 아직도 만족하지 못한 듯 그녀의 몸에서 나갈 생각을 하지 않고 있었다. 이렇게 하다간 지난번처럼 사흘 내내 침대에서 나가지 못할까 겁이 날 정도였다.

"오늘은 그만해요. 너무 피곤해요."

스텔라가 허릴 움직여 그의 몸을 빼려 했다. 그러자 그녀의 작은 움직임에 그녀의 안에 있던 그의 남성이 또다시 단단해졌다.

"아, 안 돼요. 정말 안 된다고요."

놀란 스텔라가 다릴 벌려 그를 밀어내기 위해 버둥거렸다. 하지만 그것이 문제였다. 섹스는 끝났지만, 여전히 단단히 결합되어 맞물려 있던 부분이 마찰하며 다시 얽혀들었다. 스텔라가 절망적인 눈빛으로 그를 올려다보았다.

"딱 한 번만. 이게 끝나면, 재워준다고 약속해."

"로이든…… 당신이란 남잔……."

"짐승이지. 그러니 날 유혹하려면, 이 정도의 각오는 했어야지."

"하아, 으흣! 하아!"

한 번의 정사로 예민해진 그녀의 밀부가 작은 움직임에도 열렬히 반응하기 시작했다. 그것을 느낀 로이든이 스텔라를 보며 웃었다. 그러자 스텔라는 얼굴을 붉히며 그를 노려보았다.

"너 때문이야. 네 안에 들어가면 나오기가 싫어지거든. 지쳐 쓰러질 때까지, 널 갖고 싶어."

로이든 역시 자신의 소유욕에 놀라고 있었다. 그녀의 몸에 자신을 묻고 있는 지금도 그녀가 갖고 싶어 미칠 것 같았다. 아무리 채워도 이 짙은 허기가 쉽게 채워지지 않았다. 그리고 불안했다. 그녀가 언제든지 그를 떠날 수 있다는 생각에 로이든은 그녀의 육체를 놓지 못하는지도 몰랐다.

쾌락을 느끼고, 그와의 섹스에 반응하며 몸을 떠는 스텔라는 진실이었으니까. 그를 배신할 것이라고 말하는 그녀와는 정반대의 말을 하고 있었으니까.

"하학! 으흠, 로이든. 하아."

또다시 절박하고 지독한 쾌락이 찾아들었다. 두 사람은 지금 이 순간, 외면할 수 있는 모든 것에 눈을 감았다. 그리고 그들을 지배하는 뜨거운 욕망과 숨이 막힐 정도로 거친 쾌락에 몸을 맡겼다. 유리창을 때리던 빗방울이 두 사람의 열기와 더불어 더욱 거세졌다.

체스터 성을 지탱하고 있는 절벽에 부딪혀 오는 거대한 파도 역시 두 사람이 몸을 얽고 하나로 녹아들 때마다 더욱 거세게 바위를 삼켰다.

얼마의 시간이 흘렀을까?

어느새 체스터 성을 뒤덮은 먹구름에서 폭우가 쏟아지기 시작했다. 심상치 않게 불어오던 바람 역시 밤사이 거세져 거친 파도를 만들어내고 있었다.

쾅쾅쾅! 쾅쾅쾅쾅!

다급하게 침실 문을 두드리는 소리에 로이든과 스텔라가 잠에서 깨어났다.

"영주님, 나와보셔야 할 것 같습니다."

잔뜩 굳어 있는 레이놀즈의 목소리에 로이든이 침대에서 내려와 바닥에 떨어져 있는 옷을 대충 걸치기 시작했다. 열린 커튼 사이로 거센 빗방울이 연신 유리창을 타고 흘러내리는 모습을 보자, 로이든의 눈빛이 짙어졌다.

"무슨 일이지, 레이놀즈?"

서둘러 문을 연 로이든이 잔뜩 쉰 목소리로 물었다. 하지만 문앞에 서 있는 레이놀즈의 몸이 온통 젖어 있는 것을 본 순간, 로이든의 얼굴 역시 굳어졌다.

"설마……?"

"밤사이 내린 폭우에 해수면이 높아졌습니다. 거기에다 바람까지 거세게 불어 제방의 일부가 무너졌답니다. 영주님께서 직접 가셔서 살펴보셔야 할 것 같습니다."

레이놀즈의 말에 로이든이 고갤 끄덕였다. 그리곤 문을 닫고 침대로 돌아온 로이든이 바닥에 아무렇게나 벗어놓았던 옷을 마저 입기 시작했다.

"제방이 무너지다니. 수리했다고 하지 않았나요?"

"생각보다 튼튼하지 못했던 모양이야. 난 바로 나가봐야 할 것 같아."

스텔라가 침대에서 일어났다. 그리곤 서둘러 드레스 룸으로 걸어가 그의 외투를 꺼내 로이든에게 건넸다.

"별일 없을 테니, 그런 얼굴 할 필요 없어."

"잘 해결하실 것이라 믿어요. 영주님은 유능하신 분이니까요."

스텔라의 말에 로이든의 입가에 미소가 떠올랐다.

"금방 끝내고 돌아오지. 저녁엔 함께 식사를 하는 게 좋겠어."

그 약속과 함께 로이든이 방을 나갔다. 스텔라는 방 안을 서성이다 창가로 걸어갔다. 그리곤 걱정스러운 얼굴로 밖을 내려다보았다. 하늘을 온통 뒤덮은 먹구름과 성을 삼킬 듯 부딪혀 오는 파도가 심상치 않았다. 그때 체스터 성의 도개교가 열리고 말을 탄 로이든과 레이놀즈가 기사들과 함께 성을 빠져나가는 모습이 눈에 들어왔다.

순간 스텔라는 로이든의 뒷모습을 보자 알 수 없는 불안감에 주먹을 꼭 쥐었다. 심장이 욱신거렸다.

'대체 왜 이런 감정인지 알 수가 없군.'

스텔라는 진득하게 들러붙는 감정을 밀어내며, 서둘러 옷을 입기 시작했다. 그리곤 방을 나와 급히 하녀장 앤을 불렀다.

비는 멈추지 않고 계속되었다. 빗물과 바다에서 불어오는 차가운 바람을 막기 위해 외투의 후드를 쓴 상태였지만 스텔라의 얼굴 위로 연신 빗물이 흘러내렸다. 스텔라는 손등으로 얼굴의 빗물을 닦아내며, 주위를 둘러보았다. 모두가 힘든 상황이었다. 굵은 빗줄기로 인해 한 치 앞도 보이지 않을 뿐만 아니라, 연신 불어오는 바람에 제방을 쌓는 게 쉽지 않은 모양이었다. 하지만 로이든을 비롯해 마을 사람들은 쉴 새 없이 움직이고 있었다.

"마님, 막사 안으로 들어오세요. 그러시다 감기에 걸리실 겁니다."

막사 안에서 음식을 만들던 캘리가 걱정스러운 얼굴로 스텔라에게 다가왔다.

"잠시라도 휴식을 취하면 좋을 텐데."

스텔라는 차가운 빗속에서 굳은 얼굴로 서 있는 로이든을 보며, 작게 한숨을 내쉬었다. 몇 번 사람을 보내, 뜨거운 차라도 마시는 게 어떻겠냐고 물어보았지만 로이든은 단호한 표정으로 그녀의 제안을 거절했다. 빗속에서 축대를 쌓는 사람들과 함께 묵묵히 자리를 지키고 있었다. 하지만 그들의 노력에도 불구하고 작업 속도는 무척이나 더뎠다.

"캘리, 곧 저녁 시간이야. 음식을 충분히 만들어야겠어. 추위에 허기까지 느낀다면, 밤새 일을 하는 것이 무리일 테니까."

"네, 마님. 그런데 정말 밤늦게까지 일을 하게 될까요?"

"비가 계속해서 내린다면, 작업이 늦어질 거야. 그럼 당연히 밤을 지샐 수도……."

그때였다. 쌓아 올린 제방 위에 커다란 바위를 지렛대로 올리던 한 사내가 다급한 목소리로 소리쳤다.

"둑이 무너진다!"

"비켜, 위험해!"

그 말과 동시에 지금까지 쌓아 올렸던 축대가 무너지기 시작했다. 그리고 그 여파로 가까스로 올려놓은 커다란 돌이 금방이라도 바닥으로 곤두박질칠 것처럼 위험스럽게 흔들렸다. 그 모습을 본 로이든이 본능적으로 둑 아래 서 있던 남자를 향해 뛰어가는 것이 보였다.

"말도 안 돼. 위험해요, 로이든!"

스텔라가 들어 올리던 광주리를 바닥에 떨어뜨리곤 그를 향해 뛰기 시작했다. 심장이 뛰었다. 그가 위험한 상황에서 영지 사람들을 구하는 건 어쩌면 당연한 일이었지만, 그 순간 그가 아니길 바라는 마음이 생기다니.

그 순간 로이든을 향해 뛰던 스텔라의 발걸음이 멈췄다. 앞서 달려간 레이놀즈가 남자를 구하고 바닥에 넘어진 로이든을 부축해 일으켜 세운 것도 있었지만, 자신이 어느새 그에게 그런 마음을 갖게 되었다는 사실을 깨닫자 스텔라는 발이 묶인 채 꼼짝도 할 수 없었다.

"괜찮으십니까, 영주님."

"난 괜찮아. 하지만…… 다 무너져 버렸군. 제기랄. 지금까지 고생해서 했던 일들이 다 사라져 버리다니."

로이든은 새벽부터 시작해 저녁이 다 된 시간까지 힘들게 쌓아 올린 제방이 무너져 버린 것을 보며, 작게 한숨을 내쉬었다. 빗물에 젖은 얼굴이 더욱 굳어졌다. 다리가 욱신거렸다. 조금 전 떨어지던 바위가 그의 다릴 스쳐 지나갔다. 하지만 로이든은 아픔을 내색하기는커녕, 그가 구한 남자에게 막사에 가서 쉬도록 지시했다.

"큰일입니다. 제방이야 다시 쌓으면 되지만, 또다시 무너져 버리면……."

"저기, 방법을 달리하는 건 어떨까요?"

스텔라가 한 발짝 앞으로 내디디며 로이든에게 말했다. 그러자 레이놀즈와 얘길 하고 있던 로이든이 스텔라 쪽으로 고갤 돌렸다. 대체 무슨 말을 하려는 건지 알 수 없다는 표정으로 스텔라를 바라보고 있었다.

"방법을 달리한다고? 그게 무슨 말인지 모르겠군. 지금까지 쌓아 왔던 방식은 과거부터 이어져 내려온 것이야. 지금껏 충분히 제 역할을 했을 뿐만 아니라, 이보다 더 효과적인 방법은 찾지 못했지."

"지금까지의 방법이 잘못되었다고 말하는 것이 아니에요."

"그럼 뭘 말하는 거지?"

"비가 내리는데, 흙과 돌로 제방을 쌓는 건 무리인 것 같아서요. 돌과 돌 사이를 흙으로 메워 단단하게 하려면 굳는 시간이 필요하죠. 하지만 지금은 너무 비가 많이 내려 흙과 모래가 굳기도 전에 빗물에 씻겨내려 버리는 상황이에요. 빗물에도 쌓아 올린 흙과 모래가 씻겨 내려가지 않는 방법을 선택하는 것이 좋지 않을까 해요."

로이든이 스텔라의 말에 미간을 찌푸렸다. 그 역시 알고 있었다. 문제는 그 방법을 찾지 못해 시행착오를 계속하고 있다는 것이었다.

"그럼 좋은 방법이 있다는 건가?"

"흙을 돌로 만드는 거예요."

"흙을 돌로 만든다고? 정말 알 수가 없군. 대체 흙을 어떻게 돌로 만든다는 거지?"

로이든이 미간을 찌푸렸다. 자신만만하게 말하는 스텔라에게 조금은 희망을 걸었었는데, 그녀의 어이없는 말에 한숨이 밀려 나왔다.

"가능해요. 천으로 만든 주머니 안에 흙을 넣는다면요. 그렇게 되면, 주머니의 크기만큼 흙이나 모래를 채운 단단한 돌이 되는 거죠. 그럼 아무리 비가 많이 내려도 흙이 쓸려 나가는 일은 없을 거예요."

"천으로 만든 주머니에 흙을 채워 넣는다라."

로이든이 레이놀즈에게 시선을 주었다. 스텔라의 말을 함께 듣고 있던 레이놀즈 역시 눈을 빛내며 대답했다. 충분히 가능성이 있는 말이었다.

"좋은 방법인 것 같습니다. 마님 말씀처럼만 된다면, 손쉽게 제방을 쌓을 수 있을 것 같습니다. 하지만 문제는 지금 당장 흙과 모래를 넣을 주머니를 구해야 한다는 것인데, 그것이 가능하겠습니까?"

"가능해요. 우리가 만들 테니까요."

레이놀즈의 말에 스텔라가 음식을 만들고 있는 마을의 여인들을 돌아보았다. 그리곤 여인들 중 재단사 콜린에게 다가갔다.

"콜린, 싸고 질긴 천이 아주 많이 있어야 해. 구할 수 있을까?"

"싸고 질긴 천이요? 그야 당연히 있지요. 그런데 그걸로 뭘 하시게요?"

"커다란 주머니를 만들 거야. 그리고 그 주머니 안에 흙과 모래 그리고 돌을 채워 넣어서 제방을 쌓을 거고. 도와줄 수 있을까?"

스텔라의 말에 콜린을 비롯한 마을 사람들이 술렁대기 시작했다. 명령이 아니라, 도와달라고 부탁을 하는 주인이라니. 스텔라의 정중한 태도가 사람들을 동요하게 만들었다. 그리고 그 동요는 그녀를 도와야 한다는 마음으로 이어졌다.

"걱정 마세요, 마님. 제가 마을의 여인들과 가서 천과 바늘을 가지고 오겠습니다. 바느질이야 매일 하는 일이니, 저희에겐 너무도 손쉬운 일이거든요."

콜린의 말에 스텔라가 안심한 듯 고갤 끄덕였다.

"고마워, 콜린. 부탁할게."

"부탁이라니요. 마님께서도 이렇게 두 손 두 발 벗고 나서시는데, 당연한 일입니다. 여기 있는 마을 사람들 역시 마님의 명령이라면 뭐든 할 것입니다."

콜린의 말에 자신을 바라보고 있던 여인들을 바라보았다. 하나같이 그녀의 명령을 따르겠다는 듯 비장하기까지 했다.

"최대한 빨리 해줘야겠어. 비가 계속 내린다면, 위험해질 수도 있으니까."

스텔라의 말에 콜린이 여인들을 이끌고 마을로 향했다.

"잠깐, 제레미. 콜린에게 마차를 쓸 수 있도록 내어줘. 천을 실어 나르려면 필요할 테니까."

"알겠습니다, 영주님."

"마차는 저쪽입니다. 절 따라오세요."

제레미가 여인들에게 마차가 있는 쪽을 가리켰다. 그러자 로이든의 배려로 제레미를 따라가려던 여인들이 로이든을 향해 고갤 숙여 말했다.

"감사합니다, 영주님. 그리고 마님도요."

제레미와 함께 콜린과 여인들이 마차를 타고 마을로 향했다. 그 모습을 지켜보던 로이든이 물끄러미 스텔라를 보았다.

"덕분에 손쉽게 둑을 쌓을 방법을 찾게 되었군."

"도움이 되었다니, 다행이에요."

로이든이 스텔라에게 고갤 끄덕인 다음, 레이놀즈에게 걸어갔다. 그리곤 주머니에 담을 흙을 미리 준비하려는 듯 땅을 파기 시작했다. 스텔라는 차가운 비를 맞고 땅을 파고 있는 사람들을 보며, 서둘러 막사로 들어갔다. 그리고 앤을 비롯해 성의 하녀와 마을 여인들과 함께 그릇에 뜨거운 수프를 담기 시작했다.

"마님, 마님께서 체스터 성에 오셔서 다행입니다."

그때, 옆에서 음식을 나르던 한 여인이 스텔라에게 말을 건넸다. 갑작스러운 여인의 말에 스텔라가 고갤 들었다. 그러자 옆에서 그녀의 일을 돕던 나이 든 여인이 스텔라에게 다가와 자신이 어깨에 두르고 있던 숄을 둘러주었다.

"아니야, 이럴 필요 없어. 난 괜찮아."

"낡고 보잘것없지만, 마님께 드리고 싶어서요."

여인의 말에 숄을 마다하던 스텔라가 손끝으로 천을 꼭 쥐었다. 자신은 외투라도 입고 있었지만, 나이 든 여인은 자신이 가진 유일한 숄을 그녀에게 주면서 너무 초라하다고 미안해하고 있었다.

"고마워. 너무 따뜻해."

스텔라의 말에 여인의 얼굴이 붉어졌다. 스텔라는 자신에게 숄을 건넨 얇은 드레스 차림의 여인을 보았다. 살짝 굽은 어깨가 밀려드는 추위로 떨리고 있었다.

"앤, 막사 안에 장작불을 더 피우도록 해. 이곳에서 일하는 사람들이 모두 추위에 떨지 않도록."

"알겠습니다, 마님."

스텔라의 명령에 그녀를 바라보는 여인들의 눈빛이 신뢰로 더욱 짙어졌다. 스텔라는 여인들에게서 시선을 거둬들인 후, 몸을 움직여 서둘러 음식을 담기 시작했다.

잠시 후, 밖에서 일을 하던 남자들이 막사 안으로 하나둘 들어오기 시작했다. 그리곤 여인들이 차려놓은 그릇을 들고 언 몸을 녹이며 뜨거운 수프를 먹기 시작했다.

"필요하다면, 더 먹도록 해요. 얼마든지 있으니까."

스텔라의 명령으로 모닥불이 피워진 막사 안은 빗속에서 일을 하던 사람들의 얼었던 몸을 녹이는 데 충분했다. 또한 영양가 충분한 음식은 사람들의 굳었던 얼굴이 조금씩 밝아지게 만들었다. 그 모습을 보며, 스텔라는 안도했다.

스텔라가 막사를 나왔다. 그리고 그녀의 시선은 어김없이 로이든을 찾았다. 그는 음식을 먹으며 막사에서 몸을 녹이는 대신 무너진 제방에서 흙을 치우고 있었다. 스텔라는 서둘러 그에게 다가갔다.

"영주님, 그만하시고 들어가세요. 체력을 아끼셔야 본격적인 작업이 시작되었을 때, 효과적으로 일을 할 수 있을 테니까요."

스텔라가 그의 팔을 붙잡았다. 하지만 로이든은 그녀를 밀어내며, 움직임을 멈추지 않았다.

"한시가 급해. 모두가 쉬는 동안, 조금이라도 시간을 앞당겨야 해."

로이든이 무섭게 내리는 빗줄기를 보며, 단호한 목소리로 말했다. 그리곤 삽으로 흙을 치워냈다. 스텔라는 삽을 들고 흙을 치우는 로이든의 등을 물끄러미 바라보았다. 정말 희한한 풍경이었다. 영지의 주인이 직접 삽을 들고 농노처럼 일을 하다니. 절대 귀족이라면 있을 수 없는 일이었기에 스텔라는 더더욱 그를 막지 못했다.

"그럼 이 차라도 마셔요. 그때까지만 옆에 있을게요."

스텔라의 고집에 로이든이 삽을 내려놓았다. 그리곤 스텔라가 건네는 뜨거운 컵을 받아 들었다. 김이 모락모락 나는 차를 한 입 머금자, 순식간에 차가웠던 몸이 뜨거워졌다. 스텔라는 차를 마시는 로이든을 바라보며 서 있었다. 잠시 후 차를 다 마신 그가 스텔라에게 컵을 건넸다.

"이제 들어가도록 해. 그렇게 서 있으면, 방해돼."

"여기 있겠어요. 난 지금 비가 오는 모습을 쳐다보는 중이니까, 날 신경 쓸 필요 없어요."

스텔라의 말에 로이든은 더는 그녀를 막지 않았다. 스텔라가 한번 고집을 부리면 절대 꺾지 못하리란 사실을 너무도 잘 알고 있었으니까. 두 사람은 빗속에 서 있었다. 스텔라는 빗속에 서서 그의 곁을 지켰고, 그는 묵묵히 흙을 치웠다.

그렇게 시간이 흘렀고, 마을에 갔던 마차가 돌아왔다. 그 후, 모든 것이 일사천리로 이루어졌다. 스텔라 역시 막사로 와 여인들과 함께 바느질을 했고, 체스터 영지의 사람들은 여인들이 만든 주머니에 흙을 채워 제방을 쌓았다.

어느새 무너졌던 제방이 조금씩 형태를 갖추기 시작했고, 무섭게 내리던 차가운 빗방울 역시 조금씩 줄어들기 시작했다.

스텔라는 바느질하던 천을 내려놓고는 화덕으로 다가갔다. 그리곤 몸이 차가워졌을 '사람들을 위해 물을 끓이기 시작했다. 뜨거운 차를 마신다면 몸이 따뜻해지지 않을까 하는 마음에서였다. 물을 끓이던 스텔라의 시선이 사람들 속에 서 있는 로이든에게 향했다.

"아무것도 먹지도 않고. 추울 텐데."

그때였다. 스텔라의 눈에 익숙한 소년의 얼굴이 들어왔다. 소년 역시 스텔라를 알아본 듯 잠시 쭈뼛거리다 그녀에게 다가왔다.

"헤롯, 세상에나. 너도 돕기 위해 나온 거야?"

"저 역시 체스터 영지의 사람이니 당연히 도와야 한다고 생각합니다."

나이에 비해 의젓한 헤롯을 보며 스텔라의 입가에 미소가 어렸다.

"헤롯, 넌 정말 멋진 기사가 될 거야. 하지만 오늘은 그만 돌아가는 게 좋겠어. 집에 있을 조안과 베아트리스를 돌보는 게 네 일이니까."

스텔라의 말에 헤롯은 돌아가고 싶지 않은 듯 발끝으로 땅을 팠다. 그리곤 스텔라를 흘끗댔다. 눈을 빛내며 바라보는 표정이 뭔가 할 말이 있는 듯 보였다.

"제가 콜린에게 전한 쪽지를 받으셨군요."

"그래, 받았어. 참 예쁜 이름이라고 생각해. 그리고 이름을 알려줘서 고마워."

스텔라가 헤롯의 머리카락을 쓸어 넘겨주며 말했다. 그리곤 바구니 안에서 사과 하나를 집어 헤롯에게 건넸다.

"먹도록 해."

사과를 받아 든 헤롯이 사과를 보곤 침을 삼켰다. 하지만 헤롯은 사과를 먹는 대신, 주머니 안으로 밀어 넣었다.

"왜? 먹지 않고?"

"어머니께 가져다 드리려고요. 마님, 다음에 저희 집에 베아트리스를 보러 오셔도 돼요. 어머니께서도 좋아하실 거예요. 하지만 지금은 아버지 옆에 있어야 해요. 그렇게 약속했거든요."

스텔라가 헤롯을 붙잡기도 전에 도망치듯 막사를 빠져나갔다.

"헤롯, 잠깐만. 사과 더 가져가."

스텔라가 헤롯을 붙잡기 위해 밖으로 나왔다. 하지만 이미 헤롯은 사람들 사이로 사라진 후였다. 대신 스텔라는 그녀를 바라보고 있던 로이든과 시선이 마주쳤다. 스텔라의 손에 들린 사과를 보는 그의 눈동자가 짙어졌다. 그녀와 함께 먹던 사과가 떠오른 모양이었다. 스텔라는 그의 눈빛에 얼굴이 붉어졌다. 그리곤 들고 있던 사과를 뒤로 감추곤 그에게 다가가려 했다. 하지만 급한 일이 있는지 레이놀즈가 로이든에게 다가왔고, 잠시 이야기를 하던 두 사람은 빠른 걸음으로 어디론가 가버렸다.

"휴, 다린 괜찮은 건가? 바위에 스쳐 분명 아플 텐데. 정말, 못 말릴 고집쟁이라니까."

스텔라는 걱정스러운 얼굴로 로이든의 뒷모습을 바라보았다. 그리곤 끓고 있는 물에 찻잎을 넣기 시작했다.

스텔라는 서둘러 헤롯을 찾았다. 어느 정도 일이 끝나가고 있는

터라 이젠 정말 돌아가라고 말하기 위해서였다. 비가 그치긴 했지만, 어른들 역시 감당하기 어려운 추위와 고된 노동이었다. 그러니 어린 헤롯에겐 건강을 해칠 만큼 위험한 일이기도 했다.

"이번에도 싫다고 하면, 막사에라도 있게 해야겠어. 그렇게 하면, 밖에 있는 것보단 훨씬 수월할 테니까."

스텔라가 서둘러 막사에서 나왔다. 그러자 차가운 비바람이 얼굴을 때렸다. 빗줄기는 잦아들었지만, 바람은 더 세진 듯했다. 스텔라는 입고 있는 숄을 바짝 당겨 여민 후, 둑으로 올라가 헤롯을 찾기 시작했다. 그러다 둑 중간에서 돌을 줍기 위해 허리를 구부리고 있는 헤롯을 발견하곤 서둘러 걸음을 재촉했다.

바람은 여전히 거칠었고 그칠 줄 몰랐다. 온통 하늘을 집어삼킨 검은 구름은 무서우리만큼 음산했다.

이상했다. 심장이 불규칙하게 뛰기 시작했다. 새벽에 느꼈던 불안감이 다시 그녀의 심장을 가득 채웠다.

"대체 왜? 이젠 비도 그쳤고, 또⋯⋯."

제방 역시 다 쌓은 후라, 더는 위험할 것도 없는 상황이었다. 그런데 갑자기 손끝이 떨릴 정도로 불안해 스텔라는 주먹을 꼭 쥐었다. 바람이 거칠게 그녀의 치맛자락을 흔들었다. 스텔라가 치맛자락을 붙잡는 순간, 휘릭 불어온 바람으로 인해 어깨에 걸쳐 놓았던 숄이 바람에 날아가 버렸다.

"어엇!"

손을 뻗었지만, 이미 숄은 바다 위로 날아가 버렸다. 마치 돌풍 같았다. 한순간 방심했다간 날아가 버릴 만큼 위험한 바람.

"위험할 뻔했어. 그런데 왜 갑자기 바람이 거세진 건지 모르겠

네. 잠깐, 헤롯은……."

믿을 수 없었다. 분명 조금 전까지 둑 중간에서 돌을 줍고 있던 헤롯이 보이지 않았다. 스텔라가 뛰듯 헤롯이 있던 곳으로 다가갔다. 그리곤 소년을 찾기 위해 두리번거렸다.

"대체 어디로 간 거지?"

불안감에 자꾸만 그녀의 시선이 바닷가 쪽으로 향했다. 그리고 돌풍으로 날아가 버린 그녀의 숄이 있는 곳을 본 순간, 심장이 쿵 내려앉았다.

'말도 안 돼.'

둑 아래, 바위 사이로 작은 천이 걸려 있었다. 그리고 붉은색의 무언가를 꽉 잡고 있는 손이 보였다. 손에 쥐어 있는 붉은색은 사과가 분명했다. 조안에게 준다며 가져간 그 사과. 거센 파도가 바위에 부딪힌 후 새하얀 포말이 사라졌다. 헤롯이 거기에 있었다. 거센 파도가 몰아치는 둑과 바다의 경계에. 금방이라도 파도에 휩쓸릴 듯 위태로운 모습으로 바위를 붙잡고 있었다.

"맙소사!"

불안감의 정체가 이것이었을까? 스텔라는 정신없이 헤롯이 있는 곳으로 뛰어갔다.

"헤롯, 헤롯! 여기 아이가 바다에 빠졌어요. 도와줘요!"

스텔라가 미친 듯이 사람을 불렀다. 그리곤 기다릴 사이도 없이 몸이 먼저 움직였다. 로이든이 그녀를 부르는 소리가 들려왔다. 하지만 스텔라는 지체할 수가 없었다. 작은 몸뚱이가 부딪혀 오는 파도에 위험스럽게 흔들리고 있었다.

스텔라는 몸을 낮춰 바닥을 기듯 둑 아래로 내려갔다. 위험천만

한 상황이었지만, 그녀가 가지 않으면 헤롯이 죽을 수도 있었다. 사람들이 순식간에 둑 위로 올라왔고, 파도에 휩쓸리기 직전의 헤롯을 보곤 얼굴이 새파랗게 질려갔다.

"아이가, 위험합니다. 어서 구해야……."

둑 위에 서 있는 사람들의 웅성거림 속에서 다급한 레이놀즈의 목소리가 들려왔다.

"스텔라, 멈춰. 당장!"

그리고 그녀를 부르는 로이든의 목소리도. 하지만 스텔라는 멈출 수 없었다. 지금 헤롯과 가장 가까이에 있는 사람은 스텔라였다. 촌각을 다투는 상황에서 가파른 둑을 타고 헤롯을 구해줄 사람을 기다리는 건 너무도 위험했다.

"헤롯, 나야. 조금만 기다려. 이번에도 내가 꼭 구해줄 테니까."

스텔라의 말을 들은 듯 눈을 꼭 감고 있던 헤롯이 눈을 떴다. 그러자 스텔라는 다시 한 번 단호한 목소리로 말했다.

"넌 훌륭한 기사가 되고 싶다고 했었지? 조금만 버티면, 꼭 그렇게 될 거야. 그러니, 정신을 잃으면 안 돼."

바위에 매달려 있던 헤롯이 고개를 끄덕였다. 창백한 소년의 얼굴은 둑에서 굴러 떨어질 때, 돌부리에 쓸렸는지 온통 상처투성이였다. 스텔라가 손을 뻗어 헤롯의 손을 꽉 붙잡았다.

"앗, 사과가……."

"괜찮아. 내가 조안과 네가 충분히 먹고도 남을 사과를 줄게. 그러니 내 손을 놓지 마."

스텔라의 말에 헤롯이 고갤 끄덕였다. 그리곤 그녀의 손을 꽉 붙잡았다. 스텔라는 있는 힘을 다해 물속에서 헤롯을 끌어당겼다.

하지만 역부족이었다. 하루 종일 추운 곳에서 일을 하느라 그녀의 체력 역시 급격히 떨어진 상태였다.

그때였다. 누군가 강한 힘이 그녀의 팔을 붙잡더니, 헤롯을 끌어당기기 시작했다.

"스텔라, 넌 올라가 있도록 해. 내가 할 테니까."

"로이든."

그였다, 로이든이었다. 스텔라는 로이든이 왔다는 사실에 안도하며, 고갤 끄덕였다. 그리곤 그에게 방해가 되지 않기 위해 둑 위쪽으로 올라가기 시작했다.

"위험…… 파도가! 영주님, 피하십시오!"

갑자기 들려온 외침에 스텔라가 뒤를 돌아보았다. 스텔라의 눈에 헤롯을 구해낸 로이든이 헤롯을 일으켜 세운 후 위쪽으로 밀어 올리는 것이 보였다.

"스텔라, 헤롯을 단단히 붙잡아."

본능적으로 스텔라는 헤롯의 팔을 붙잡았다. 그리곤 그녀가 있는 쪽으로 힘껏 끌어당겼다. 하지만 다음 순간 믿을 수 없는 일이 일어났다. 아직 위로 올라오지 못한 로이든의 뒤로 엄청난 파도가 그를 삼킬 듯 입을 벌리고 있었다.

"로이든, 어서 올라와요! 위험해요!"

놀란 스텔라가 로이든을 붙잡기 위해 손을 내밀려고 했다. 하지만 그녀의 손은 이미 헤롯을 붙잡고 있느라, 어떻게 하지 못했다. 서둘러 헤롯을 위로 밀어 올린 후, 그에게 손을 내밀기 위해 몸을 돌린 순간, 이미 거대한 파도가 로이든 바로 뒤에 있었다.

"로이든……."

"스텔라, 돌아가!"

"싫어요. 어서……."

왜였을까? 경악과 공포가 심장을 찢어놓았다. 갈 수 없었다. 스텔라가 그에게 손을 내밀자, 로이든이 강한 힘으로 그녀를 위로 밀어 올렸다.

"안 돼요. 안 돼."

그 순간 깨달았다. 새벽부터 그녀를 불안에 떨게 했던 원인이 바로 이것이었음을. 스텔라는 심장이 아릴 정도로 슬픈 눈으로 그를 바라보았다. 그리고 그녀를 바라보던 로열 블루의 눈동자가 심장에 들어와 박혔다. 그것과 동시에 시퍼런 파도가 그를 덮쳤다.

"안 돼! 안 돼요, 로이든! 안 돼!"

스텔라가 미친 듯이 그의 이름을 불렀다. 하지만 아무것도 보이지 않았다. 그가 서 있던 곳에…… 그가 없었다. 자각도 없이 눈물이 흐르기 시작했다. 심장을 관통하는 지독한 아픔이었다. 손등으로 흐르는 눈물을 닦은 후, 다시 앞을 주시했다. 하지만 없었다. 거센 파도 외엔 아무것도 없었다. 그리고 붉은 피가…… 일렁이는 파도에 휩쓸려 그녀의 발끝에 닿았다. 순식간에 온몸의 피가 역류하듯 극심한 고통이 느껴졌다.

설마? 로이든이…….

"로이든…… 로이든…….."

스텔라가 그를 불렀다. 누군가 스텔라를 붙잡으며, 바다로 뛰어들려는 그녀를 막아섰다. 미친 듯이 몸부림치며 스텔라는 로이든을 구하려 했다.

"구해줘요. 제발! 그를…… 로이든을."

강하게 저항하며 자신을 붙잡은 레이놀즈의 손을 뿌리쳤다. 하지만 레이놀즈의 팔을 뿌리치고 로이든에게 가기엔 역부족이었다.

"마님, 진정하십시오. 영주님은 저희가 구하겠습니다. 목숨을 걸고서라도 저희가……."

스텔라의 몸이 두려움과 공포로 떨리기 시작했다. 고갤 든 스텔라의 눈에 검은 하늘이 들어왔다. 온통 먹구름으로 뒤덮여 있던 하늘이 그녀를 비웃듯 내려다보고 있었다. 눈물이 흘러내렸다. 삼키려 해도 삼켜지지 않는 지독한 고통에 심장이 찢기는 느낌이었다.

"살려줘요, 그를. 살려줘요!"

주문처럼 속삭이며, 스텔라가 로이든을 찾아 바다를 응시했다. 그때, 바위틈 사이에서 붉은 피가 흘러나오는 것이 보였다. 그리고 레이놀즈가 정신을 잃고 머리에서 피를 흘리는 로이든을 끌어올리는 것도.

"아, 로이든. 흐흑! 살려주세요. 제발. 그를……."

로이든의 얼굴은 시체처럼 창백했다. 레이놀즈와 다른 기사들에 의해 둑 위로 끌어 올려지는 그는 정신을 잃은 채 미동도 하지 않고 있었다. 뚝뚝, 뚜뚝! 그가 지나간 자리에 붉은 핏방울이 바닥에 떨어졌다.

"로이든!"

스텔라가 자신을 붙잡고 있는 사람들을 뿌리치고 로이든에게 달려갔다. 그리곤 피를 흘리며 죽어가고 있는 그를 꽉 끌어안았다. 순간, 온몸이 뜨거워졌다. 심장에서 시작된 열기가 순식간에 온몸으로 퍼져 나갔다. 다음 그 순간…… 눈이 멀 정도로 찬란한 빛이 로이든을 끌어안은 스텔라를 감쌌다. 그곳에 있던 모든 사람들이 그 밝고 아름다운 빛을 보았다. 찬연한 아름다운 빛은 너무 기이하고 신비해 눈이 멀 것 같아, 본능적으로 눈을 감았다.

❖

같은 시각, 윈저 궁.

리처드는 무표정한 얼굴로 침대에 누워 거친 숨을 몰아쉬고 있는 에드워드를 바라보았다. 그의 유일한 후계자인 에드워드는 포악하고 잔혹한 성정의 리처드가 가장 아끼는 아들이었다. 리처드는 에드워드의 붉어진 얼굴을 보며 한숨을 내쉬었다. 건강하던 육체는 며칠 동안 이유도 없이 나는 고열로 앓은 탓에 핏기라곤 찾아볼 수 없을 정도로 말라 있었다.

"에드워드, 정신이 들었으면 눈을 떠."

리처드의 말에 거친 숨을 뱉어내던 에드워드가 가까스로 눈을 떴다. 붉게 충혈된 눈동자가 두려운 듯 그를 보기 위해 달려온 아버지 리처드를 올려다보았다.

"말하지 않아도 알고 있다. 네가 얼마나 고통스러운지."

지독한 아픔에 에드워드의 입술이 바짝 말라 갈라져 있었다. 그 모습에 리처드는 손을 뻗어 아들의 젖은 머리카락을 쓸어 넘겨주었다.

'알고 있다, 에드워드. 네가 얼마나 두려울지. 나 역시 겪었던 일이었으니까.'

언제나 사악하고 경계심 많던 리처드의 얼굴에 처음으로 인간적인 두려움이 서려 있었다. 안타까움과 소중한 것을 잃을지도 모

른다고 생각하자 두 손이 떨리는 것은 어쩔 수 없었다. 리처드의
온기에 고통으로 일그러졌던 에드워드의 미간이 슬쩍 풀어졌다.
그것도 잠시, 에드워드의 눈꺼풀이 무겁게 감기는 것이 보였다.
의사가 처방한 진통제가 효력을 발휘하기 시작한 모양이었다.

"폐하!"

옆에 서 있던 왕비 마가렛이 불안한 얼굴로 리처드를 불렀다.
그녀 역시 며칠 동안 에드워드 옆에서 밤을 새운 듯 초췌한 모습
이었다.

"폐하, 어쩌면 좋습니까? 왕실 소속 의사도 에드워드의 병명을
알 수 없다고 했습니다. 고칠 약이 없다고, 어쩌면…… 흑흑, 에드
워드가……."

마가렛은 차마 죽음이란 단어를 입에 담지 못했다. 일주일 전만
해도 국왕이 개최하는 마상 시합에 참석하기 위해 마상 훈련을 했
었다. 그런데 갑자기 고열이 나기 시작하더니, 이렇게 죽음을 목
전에 두고 사경을 헤매게 된 것이다.

마가렛은 갑작스럽게 벌어진 일에 얼이 빠진 듯 금방이라도 울
음을 터뜨릴 태세였다.

"조용! 알고 있으니 그 입 다무시오. 에드워드가 듣기라도 한다
면…… 아무리 그대라 하더라도 용서하지 않겠다."

리처드의 차가운 목소리에 마가렛은 정신이 든 듯 고갤 끄덕였
다.

"죄송합니다, 폐하. 하지만 걱정이 돼서……."

"이미 알고 있는 병이오."

"병명을 알고 계시다고요?"

"그래. 너무도 잘 알고 있지. 나 역시 에드워드의 나이 때 앓았던 병이었으니까."

"그럼, 치료법 역시 알고 있겠군요. 정말 다행입니다. 다행이에요. 그럼 폐하, 어서 서둘러 약을 가져오게 시키세요. 왜 망설이고 계시는 거죠? 왜 그렇게 지켜만 보고 계시냔 말입니다."

마가렛의 말에 리처드가 성마르게 대꾸했다.

"곧 가져올 거야. 그러니 안심하고, 에드워드 곁을 지키시오."

리처드의 말에 마가렛의 눈동자가 기쁨으로 빛나고 있었다. 그 모습을 보며 리처드는 굳은 얼굴로 한숨을 내쉬었다. 잠시 후 리처드는 빠른 걸음걸이로 에드워드의 방을 빠져나왔다. 그리곤 집무실로 돌아와 체스터 성으로 보낼 밀서를 작성하기 시작했다. 펜을 들고 양피지 위로 글을 써내려가는 리처드의 손이 떨리고 있었다.

"제발, 제발…… 젠장!"

침대 위를 붉게 물들인 것은 다름 아닌, 붉은 머리카락이었다. 분명 스텔라의 머리카락은 검고 윤기 나는 칠흑의 흑발이었지만, 침대에 누워 있는 그녀의 머리카락은 붉은색이었다. 마치 핏빛을 연상하게 하는 선명한 붉은빛의 머리카락이 잠들어 있는 그녀를 결박이라도 한 듯 착각하게 만들 정도도 그녀를 감싸고 있었다.

"흑흑, 마님. 스텔라 마님."

밀리는 그런 스텔라를 바라보며, 손등으로 흐르는 눈물을 훔쳤다. 어젯밤 늦게 로이든의 품에 안겨 성으로 돌아온 스텔라는 검은 늑대가 새겨진 망토에 감싼 채였다. 처음으로 체스터 성에 도착했을 때처럼, 그의 망토에 감싸인 채였지만 밀리는 직감적으로 알 수 있었다.

정신을 잃은 스텔라를 로이든은 최대한 다른 사람의 눈에 띄지 않게 하려 했다는 사실을. 그녀의 생각을 뒷받침하듯 말에서 내린 후에도 그의 품에 단단히 안은 상태였다. 그 뒤를 잔뜩 굳은 얼굴의 레이놀즈와 제레미만이 따르고 있었다.

"영주님, 의사를 부르겠습니다."

"아니, 그럴 필요 없다."

"하지만……."

"난 아무렇지 않아. 대신 웨스트우드 숲으로 가 노파를 데려오도록 해."

"노파라면……."

"아무도 모르게 움직이도록 해, 레이놀즈. 내 말이 무슨 뜻인지 알겠지?"

레이놀즈가 긴장된 얼굴로 고갤 끄덕였다. 그리곤 종자인 제레미를 데리고 서둘러 말이 있는 곳으로 걸어가기 시작했다.

"영주님, 마님께 무슨 일이라도……."

"넌, 날 따라오도록 해."

로이든의 목소리는 평소처럼 서늘했다. 하지만 직감적으로 그가 최대한 감정을 누르고 있다는 사실을 느낄 수 있었다. 로이든이 스텔라를 안고 성안으로 들어가자, 밀리가 입술을 깨물며 숲으로 가기 위해 말에 올라서는 제레미에게 재빨리 다가갔다.

"무슨 일이 있었던 건지 말해줘. 마님께 중요한 일이야. 그러니 사실대로…….”

밀리의 말에 제레미가 심각한 얼굴을 했다. 그 모습에 밀리는 불안감에 주먹을 꼭 쥐었다.

“마님께서 영주님을 구하셨습니다. 분명 영주님은 파도에 휩쓸려, 바위에 머릴 부딪히셨습니다. 붉은 피가 바다를 온통 적셨으니까요. 하지만 마님께서 구하셨습니다. 밝은 빛이…….”

제레미 역시 자신이 말해놓고도 그 말을 믿을 수 없다는 듯 잠시 말을 멈췄다. 하지만 분명한 것은 그 말은 헛소리가 아닌 듯했다. 로이든이 물에 빠졌고, 죽어가고 있는 그를 스텔라가 구한 것이 분명했다.

“제레미, 그 입 좀 다물어.”

레이놀즈의 목소리에 제레미가 서둘러 입을 다물었다.

“하지만 마님께 중요한 일이라고 밀리 님께서 말씀하셨습니다. 정신을 잃고 쓰러지셔서…….”

“알았으니 그 입 좀 다물어. 밀리, 영주님께 직접 듣도록 해. 사실 우린 빛이 너무 밝아서 제대로 본 것은 아무것도 없거든. 우리가 눈을 떴을 때, 모든 것이 제자리에 있었어. 마님만 빼고.”

레이놀즈 역시 자신이 직접 보지 않았다면 절대 믿지 못했을 일이었다. 하지만 실제로 그런 일이 일어났다. 전설처럼 사람들의 입과 입을 통해 전해 내려오는 이야기. 레이놀즈는 그것이 그저 사람들이 만들어낸 허구의 이야기라고 생각했었다. 하지만…….

“체스터 영지에 내려오는 전설이 사실이었어. 마님께선 영주님을 구하셨다. 그리고 체스터 영지의 사람도.”

레이놀즈의 말에 제레미의 눈동자가 흥분으로 떨리는 것이 보였다. 그리곤 말고삐를 당겨 레이놀즈와 함께 웨스트우드 숲으로 향했다. 밀리는 반쯤 넋이 나간 표정으로 성으로 들어갔다.

침실로 들어가는 로이든을 뒤따라 방으로 들어가자, 로이든이 밀리를 돌아보았다.

"넌 알고 있을 테지?"

로이든의 말에 심장이 쿵 내려앉았다. 그가 무슨 말을 하는지 듣지 않아도 알 수 있었다. 제레미를 비롯해 체스터 영지의 사람들이 보았다던, 밝은 빛. 그 빛의 정체는 바로 스텔라에게서 나온 것이 분명했다. 밀리 역시 20여 년 전 그 빛을 보았었다. 그 찬연하고 아름다운 신성한 빛을.

"혹시 머리카락 색이 붉은색이 되셨나요?"

"그래, 피처럼 붉은색으로 변했더군."

"몸은 어떻습니까? 목덜미 아래쪽으로 붉은색으로 알 수 없는 문양이 생기셨나요?"

"그래. 그래서 아무도 보지 못하도록 망토에 감싼 것이다."

로이든이 손을 뻗어 스텔라를 감싸고 있던 자신의 망토를 치웠다. 그러자 붉은 머리카락의 스텔라가 모습을 드러냈다. 옷을 다 입고 있어서 확인할 수 없었지만, 몸에도 18년 전 스텔라가 태어날 당시 보았던 그 문양이 새겨져 있음을 알 수 있었다.

"대체 이유가 뭐지? 스텔라가 날 구했다. 바위에 머릴 부딪혀 죽어가고 있는 날 구했어. 그게 가능한 일인 건가?"

로이든은 그때 일을 떠올리며, 눈을 감았다. 정말 이제 죽을지도 모른다고 생각했었다. 거대한 파도에 휩쓸렸고, 바다 속으로 끌려 들어가지 않기 위해 바위를 붙잡았다. 그리고 안간힘을 다해 버텨냈다.

하지만 또다시 밀려온 거센 파도와 부딪혀 머리가 깨질 듯 아팠
다. 눈을 뜰 수 없을 정도로 뜨거운 무언가가 흘러내렸다. 그리고
그것이 자신의 피란 사실을 깨닫는 순간, 로이든은 처음으로 자신
이 죽을지도 모른다고 생각했다.

그를 부르는 스텔라의 목소리가 들려왔다. 지독히도 아프게 그
의 이름을 부르는 스텔라라니. 로이든의 입가에 냉소가 떠올랐다.

죽으려는 마당에 환청까지 들리는 모양이었다. 그녀가 자신을
그렇게 부를 리 없었으니까. 하지만 안도감이 밀려들었다. 파도가
그녀가 아닌 자신을 집어삼켜서.

"마님께서요?"

"그래. 난 바위에 머릴 부딪혀 위험한 상태였다. 레이놀즈가 바
다에서 무사히 날 구해냈어도, 너무 많은 피를 흘렸거든."

당연히 죽었어야 했다. 하지만 정신을 차렸을 때, 스텔라가 자
신을 끌어안고 있었다. 눈을 감고 온몸으로 그를 감싼 스텔라는
그에게 생명을 나눠주고 있었다.

"미친 생각이야. 정신이 나가지 않고선, 절대 믿을 수 없다."

하지만 그렇게 느꼈다. 자신의 몸속으로 스텔라에게서 뿜어져
나오는 빛이 흘러 들어오는 것을. 로이든이 혼란스러운 얼굴로 스
텔라를 바라보았다. 그리고 그의 시선은 다시 고갤 숙인 채 죄인
처럼 서 있는 밀리에게 향했다.

"상처가 없어. 하나도."

로이든이 손을 들어 그의 이마를 만졌다. 그의 말대로 상처 하
나 없이 깨끗했다.

"죄송합니다, 영주님. 하지만 지금은 아무런 말도 해드릴 수 없습니다."

밀리의 대답에 로이든의 눈동자가 날카로워졌다. 그리곤 눈살을 찌푸린 채, 밀리를 응시했다.

"혹시, 달링턴 백작이 반역죄로 죽은 이유가 스텔라와 관계있는 건가? 그래서 국왕은 스텔라를……."

"전 아무것도 말해 드릴 수 없습니다."

"밀리!"

"죄송합니다, 영주님. 먼저 마님께 말씀드리겠습니다. 그 후에……."

로이든은 밀리의 목을 조를 수도 있었다. 당장에라도 검을 꺼내, 밀리의 가느다란 목에 겨누고는 죽고 싶지 않거든 말하라고 다그칠 수도 있었다. 하지만 밀리의 표정과 침대 위에 누워 있는 스텔라를 보자 지금은 기다려야 할 때란 사실을 알 수 있었다.

스텔라가 위험했다. 로이든은 밀리를 쏘아보며, 거친 욕설을 뱉어냈다.

"이 방엔 너와 나 외엔 아무도 들어오지 못하게 할 생각이다. 대신, 스텔라를 원래대로 되돌리도록 해. 그건 할 수 있겠지?"

로이든은 밀리가 스텔라를 원래대로 돌아오게 하는 방법을 알고 있다고 확신하는 모양이었다. 그렇게 그는 방을 나갔고, 하루가 지난 지금까지 이 방으로 돌아오지 않고 있었다.

똑똑!

"캘립니다."

밀리가 문으로 다가가 조심스럽게 방문을 열었다. 음식이 담긴 쟁반을 든 캘리가 걱정스러운 얼굴로 들고 서 있었다.

"배가 고프지 않으니, 가져가도록 해."

"하지만 마님을 간호하시려면 드셔야 합니다. 마님께선 아직 열이 떨어지지 않으셨나요?"

캘리가 침대 쪽을 흘끗거리며 걱정스러운 얼굴을 했다. 그러자 밀리가 몸으로 캘리의 시선을 막아섰다.

"응, 아직. 그런데 영주님께선 어디에 계시지?"

"둑을 쌓고, 이번 폭풍우로 피해가 있는 곳을 돌아보시느라 아직 성으로 돌아오시지 못하셨습니다."

"그래?"

밀리가 걱정스러운 표정으로 한숨을 내쉬었다. 사실 밀리가 아는 한 스텔라를 원래대로 돌려놓을 유일한 방법은 딱 한 가지였다. 그리고 그 방법을 시도하기 위해선 로이든이 필요했다.

"영주님께서 돌아오시면, 내가 찾는다고 전해줘. 마님에 대한 일이라고."

"네, 그렇게 전하겠습니다."

밀리가 문을 닫으려 하자, 캘리가 뭔가 묻고 싶은 말이 있는 듯 머뭇거리는 것이 보였다.

"무슨 일이지, 캘리?"

"저흰 전설이 거짓이라고 생각했습니다. 하지만 사실이었어요."

"전설이라고?"

밀리는 제레미 역시 같은 말을 했다는 것을 떠올렸다.

"네, 체스터 성에 전해져 내려오는 웨스트우드 숲의 전설. 하지만 저희는 마님의 비밀을 지킬 것입니다. 그러니 걱정 마세요. 체스터 영지의 사람들은 비밀을 간직한 수호자이기도 하니까요."

"캘리, 자세히 얘기해 봐."

잠시 머뭇거리던 캘리가 주위를 살폈다. 그리곤 조심스럽게 입을 열었다.

"검은 늑대의 신부가 검은 늑대는 물론, 영지를 위험에서 구해 낼 것이라고 했습니다. 그리고…… 검은 늑대의 신부가 낳은 아이가 잉글랜드의 주인이 될 것이라고요."

순간, 밀리의 눈이 믿을 수 없다는 듯 커졌다. 밀리의 반응에 캘리가 검지를 들어 입을 가렸다.

"이로써 밀리 님 역시 비밀을 지키는 수호자가 되셨다는 사실을 명심하십시오."

캘리가 복도를 따라 걸어가 버렸다.

"맙소사, 말도 안 돼. 믿을 수가 없어. 어떻게…… 이런 일이."

문을 닫고, 스텔라에게 다가온 밀리는 조금 전 캘리에게 전해들은 이야기를 떠올리며 황망한 표정을 지었다. 대체 어떻게 된 것일까? 정말, 캘리의 말처럼 그 전설이 사실이…….

"마님, 제발 눈을 뜨셔야 합니다. 제발요."

같은 시각, 로이든은 웨스트우드 숲의 가장 깊은 곳, 마지란의 오두막에 있었다. 레이놀즈에게 마지란을 데려오라고 했지만, 그는 마지란을 데려오는 대신 웨스트우드 숲에서 마지란이 그를 기다리고 있다는 말을 전했을 뿐이었다.

하는 수 없이 로이든은 체스터 영지의 치료사며, 예언가로 알려진 마지란의 오두막을 찾아올 수밖에 없었다. 로이든은 마지란이 나오길 기다리며, 방 안을 살피기 시작했다. 낡고 허름한 오두막 안은 처음 보는 약초와 풀로 가득했다. 그러다 그의 시선에 붉은 빛이 감도는 병이 들어왔고, 본능적으로 그 약병을 집어 들었다.

"제가 만든 독이랍니다. 향도 색도 없지만 한 방울을 마셔도 죽게 되는 가장 치명적인 독이지요."

낮게 울리는 마지란의 목소리에 로이든은 병을 내려놓고 돌아섰다. 달빛을 흡수한 창백한 은빛. 예언자 마지란은 은빛 머리카락을 늘어뜨린 채, 어둠 속에서 로이든을 응시하고 있었다. 로이든은 어둠과 한 몸처럼 서 있는 마지란을 보며, 정말 볼수록 이상한 여인이라고 생각했다.

"독을 집 안에 놓다니, 위험하군."

"영주님 역시 저처럼 위험한 독을 곁에 두고 계시지 않습니까?"

마지란의 말에 로이든이 한숨을 내쉬었다. 그 말은 지금 자신 곁에 있는 스텔라가 위험한 독과 같은 존재라는 건가?

"그 독을 가까이하라고 한 것은 바로 너였다, 마지란."

마지란에게 다가와 나무 쟁반을 받아 들고는 탁자로 걸어갔다. 뭔가 두 사람의 관계가 이상했다. 두 사람은 분명 영주와 그 영지 안에 살고 있는 힘없고 하찮은 치료사일 뿐이었지만, 마지란을 대하는 로이든의 태도가 조금 달랐다.

"그래, 이제 말해봐. 넌 처음부터 국왕이 스텔라를 나에게 줄 것이란 사실을 알고 있었어. 또한 국왕이 스텔라를 죽이지 않을 것이란 사실도. 어떻게 안 거지? 그리고 이유가 뭔지 말해. 왜 나에게 국왕을 속이고, 스텔라를 구하게 한 건지를."

로이든의 물음에 마지란이 발을 절뚝거리며, 탁자로 걸어왔다. 그리곤 진한 향이 나는 허브차를 잔에 따르며, 그를 올려다보았다.

"제가 가져가라고 한 사슴피를 놓고 가셨더군요."

"필요 없다고 생각했으니까."

단호하게 말하던 로이든의 입술에서 성마른 한숨이 새어 나왔다. 그리곤 재빨리 다음 말을 뱉어냈다.

"그녀가 나에게 은촛대를 휘둘렀다. 사슴피를 내 피가 대신했다는 뜻이야."

로이든의 대답에 주름진 마지란의 입가에 미소가 떠올랐다. 그럴 줄 알았다는 듯.

"검은 늑대의 아이를 낳으실 분은 원래 강한 의지와 신념의 여인이어야 합니다. 그래야 이 모든 것을 감당할 수 있을 테니까요."

"스텔라 달링턴만이 내 유일한 반려라는 것이군. 나에게 후계자를 낳아줄 유일한 여인이고 말이야."

"건강하고 당당한 아기씨를 낳으실 겁니다. 하지만 그전에 수많은 관문을 지나쳐야 가능한 일이지요."

"만약 그 관문을 지나지 못한다면, 예언이 바뀔 수도 있다는 건가?"

"그렇습니다. 영주님도 스텔라 님도. 아니, 체스터 영지 역시 마찬가지입니다. 비옥하던 토지는 가뭄으로 갈라져 모래사막이 될 것이고, 사람들 역시 이곳에서 더는 살 수 없어 모두 떠날 것입니다."

"웃기는 소리. 내가 그렇게 되도록 놔둘 것 같아?"

"하지만 운명이란 거스를 수는 없습니다. 인간의 하찮은 힘으로는 절대로."

마지란이 탁자로 다가와 의자에 앉았다. 그리곤 차를 끓여 로이든 앞에 내놓았다. 자신의 찻잔에도 차를 따른 후, 향을 음미하며 차를 마시기 시작했다. 그녀의 느긋한 태도와는 달리 로이든은 무척이나 초조해 보였다. 사실 로이든은 스텔라의 모습이 머릿속에서 떠나지 않았다. 그녀가 가진 힘은 분명, 마녀의 힘이 분명했다.

"검은 늑대에게서 태어난 장자가 잉글랜드의 국왕이 될 것입니다."

찻잔 안에 남아 있는 차의 잎을 보며, 마지란이 로이든에게 말했다. 그의 허락도 없이 점을 친 모양이었다.

"헛소리! 대체 그게 어떻게 가능하다는 거지? 엄연히 국왕 리처드에겐 그의 뒤를 이을 후계자가 있다. 그런데 어떻게 내 아들이 국왕이 될 수 있다는 거지?"

로이든은 마지란의 허무맹랑한 예언에 혀를 찼다. 그리곤 그녀를 만나러 온 자신이 어리석다고 생각했는지 주먹을 꽉 쥐었다.

"내가 한낱 엉터리 예언가의 말을 믿고 여길 찾아오다니. 머리가 어떻게 된 게 분명해. 마지란, 넌 이 숲에서 나올 수 없다. 그리고 그 헛소리를 다른 이에게 했다간, 널…… 죽일 것이다."

"걱정 마십시오, 영주님. 어차피 전 이 숲을 떠날 생각이 없답니다. 이제 비천한 제 생명줄이 얼마 남지 않았거든요."

로이든은 새하얗게 변해 버린 마지란의 머리카락과 주름진 얼굴을 보며, 미간을 찌푸렸다.

"저에겐 가혹하리만치 너무도 긴 세월이었답니다. 그러니 이젠 미련도 없습니다."

마지란이 자리에서 일어섰다. 그리곤 조금 전 로이든이 만지작거리던 병을 조심스럽게 들어 올렸다.

"이것을 가져가십시오."

로이든은 마지란이 건네는 붉은색의 약병을 쏘아보았다. 분명 독이라고 했다. 그런데 독을 자신에게 내어주다니. 이유를 가늠할 수가 없었다.

"받으십시오. 평범한 사람에겐 생명을 빼앗는 치명적인 독이지만, 또 어떤 특별한 이에겐 약이 될지도 모르니까요. 생명을 살릴 기회가 되어줄지도 모를."

"그게 무슨 말이지?"

"이미 답을 알고 계시는 것 아닌가요? 이 병에 든 약이 간절히 필요할 때가 있을 것입니다. 아마 직감이 그렇게 말할 것입니다. 이것이 필요하다고."

마지란의 불투명한 회색 눈동자가 물끄러미 로이든을 향했다. 그 죽어 있는 눈동자와 마주하자, 로이든은 그녀의 말을 무시할 수 없었다.

"언젠가 그랬었지? 네가 가진 능력은 네 눈동자를 대가로 바꾼 것이라고. 만약 이 예언이 잘못된 것이라면, 이번엔 네 눈동자가 아니라 네 목을 줘야 할 것이다."

로이든은 붉은 약병을 받아 들었다. 그리곤 주머니에 넣고는 오두막을 나가기 위해 걸음을 옮기기 시작했다.

"영주님, 꼭 기억하십시오. 제가 지난번 알려 드렸던 예언을요."

마지란이 로이든에게 다시 한 번 그녀가 했던 예언을 상기시켰다.

"믿지 않아. 그런 거짓 예언 따위. 그리고 그 터무니없는 전설 역시도."

로이든은 야멸차게 마지란을 외면하곤 오두막을 나왔다.

"내 아들이 잉글랜드의 국왕이 된다니. 미쳤다는 것은 진즉 알고 있었지만, 이젠 완전히 정신까지 나가 버렸군."

말에 오른 로이든이 숲을 빠져나가기 전, 오두막 앞에 서서 그에게 절을 하는 마지란을 마땅찮은 표정으로 쏘아보았다. 두 번이나 똑같은 예언을 들었다. 검은 늑대의 장자가 잉글랜드의 주인이 될 것이라는. 로이든은 그 예언이 마음에 들지 않았다.

마지란, 웨스트우드 숲의 마녀. 소문에 따르면, 마지란은 프랑크 왕국에서 온 황녀라고 했다. 하지만 앞을 내다볼 수 있는 능력을 갖기 위해 마지란은 자신의 신분과 눈을 내놓았다고 했다. 하지만 그건 단지 소문일 뿐, 진실이 아닐지도 몰랐다.

"곧, 사자가 덫을 놓고 백작님을 부를 것입니다. 부디 신중하셔야 합니다. 선택의 순간이 왔을 때, 냉정함을 유지하기 위해서는요. 무엇보다 가장 가까이에 숨어 있는 적을 조심하십시오."

사자의 덫이라. 그건 바로 런던이었다. 국왕 리처드가 마상 시합이란 이름으로 스텔라와 자신을 런던으로 불러들였던 것이다.

"네 말대로 한동안 난 이곳에 없을 것이다. 그동안 이 숲은 네 것이다."

로이든의 말에 주름진 노파의 입가에 미소가 떠올랐다. 그리곤 다시 한 번 로이든을 향해 경의를 표했다. 로이든은 말을 달리기 시작했다. 스텔라, 스텔라에게 돌아가야 했다.

10

로이든은 침대에 죽은 사람처럼 누워 있는 스텔라를 내려다보았다. 검고 윤기 나던 스텔라의 머리카락은 여전히 핏빛처럼 선명한 붉은색이었다. 로이든은 손을 뻗어 그녀의 머리카락을 붙잡았다. 그의 손가락 사이로 붉은 피가 흐르고 있었다. 마치 그의 이마에서 흐르던 피가 그녀의 머리카락으로 흡수된 것 같았다.

붉은 머리카락을 붙잡고 있던 그의 손이 그녀의 목덜미를 확인했다. 그러자 그녀의 흰 목덜미에 선명하게 새겨진 고대 문자처럼 생긴 문양을 확인할 수 있었다.

그대로였다. 유모인 밀리가 스텔라를 원래대로 되돌릴 방법을 알고 있을 것이라 생각했었다. 하지만 스텔라는 그가 떠났을 때와 조금도 달라져 있지 않았다.

"어떻게 된 거지? 왜 그대로인지 들어야겠다."

채찍처럼 날카로운 목소리에 옆에 서 있던 밀리가 로이든 앞에 무릎을 꿇었다.

"용서하십시오, 영주님."

"널 용서하길 바란다면, 어서 스텔라를 본래대로 되돌려야 할 것이다. 설마 방법을 모르는 건 아닐 테지?"

차갑게 내뱉는 로이든의 말에 밀리가 고갤 숙였다. 그녀의 얼굴을 보자 분명 방법은 알고 있는 것 같았다. 하지만 쉽사리 입을 열지 못했다. 로이든은 작게 한숨을 내쉬곤 차갑게 굳은 표정을 풀고 밀리를 바라보았다.

간혹 여인들은 필요 이상으로 자신을 두려워하는 이가 있다는 것을 기억해 냈다. 아마, 밀리 역시 자신의 표정이 분노라고 생각하는 모양이었다. 걱정을 하고 있는 것뿐이었는데.

"하녀의 말론 스텔라에 대해 할 말이 있다고 하던데?"

한껏 누그러진 표정과 목소리에도 불구하고, 밀리는 선뜻 입을 열지 못한 채 고갤 숙이고 있었다. 답답했다. 대체 뭘 알고 있기에 이리도 입을 다물고 말을 아끼는지 이해할 수 없었다.

"마님에 대한 소문은……."

"그건 걱정할 필요 없어. 체스터 영지엔 스텔라를 마녀라고 생각하는 사람은 없을 거야. 자신들의 눈앞에서 그들의 가족을 구한 영웅이고, 폭우로부터 체스터 영지를 구한 사람이니까. 아마 다들 스텔라를 존경하고 따를 테지. 그들이 본 것이 무엇이든 절대 입 밖으로 내지 않을 거야."

로이든의 말에 잔뜩 굳은 모습으로 앉아 있던 밀리가 안도의 한숨을 내쉬었다.

"다행입니다. 하지만 체스터 영지에 국왕의 첩자가 있습니다. 만약 그자가……."

"쉿!"

로이든이 검지손가락을 들어 입을 다물라는 시늉을 했다. 그러자 밀리가 서둘러 입을 다물곤, 경계심 가득한 얼굴로 문 쪽을 주시했다. 다행히 문밖엔 아무런 인기척도 느껴지지 않았다.

"알고 계셨습니까? 이곳에 첩자가 있다는 것을요."

"그래, 이미 알고 있었다. 그리고 널 의심하고 있었지."

"그랬군요. 하지만 마님과는 아무런 상관이 없습니다."

밀리가 필사적으로 스텔라와 첩자와의 관계를 부인했다. 자신의 일로 인해 스텔라에게 피해가 가는 걸 원치 않는다는 듯이.

"알아. 스텔라는 자신의 아버지를 죽인 자의 첩자가 될 사람은 아니라는 걸."

"믿어주시다니 다행입니다."

"그럼, 넌 어떻게 된 거지? 언제부터였지?"

로이든의 말에 밀리가 입술을 깨물었다. 판단이 서지 않았다. 무엇부터 말을 해야 할지. 아니, 어디까지 진실을 말해야 할지.

"20년 전 제가 모시던 분과 함께 처음으로 잉글랜드에 왔을 때, 폐하를 뵈었습니다. 그땐 아직 국왕이 되시기 전이었습니다."

"아주 오래된 인연이었군."

"그렇습니다. 그땐 몰랐었지요. 이렇게 질긴 인연으로 자리하게 될 줄은."

밀리의 입가에 슬픈 미소가 어렸다. 과거의 일을 떠올리는지 밀리의 눈가 역시 붉게 물들더니, 눈물이 그렁그렁 맺혔다.

"며칠 전, 그가 저를 찾아왔었습니다. 아마, 또다시 찾아올 겁니다."

"널 찾아왔고, 또 찾아올 것이라고?"

"네, 그럴 겁니다. 그러니 그 사람이 절 찾아오기 전까지 마님을 원래 상태대로 되돌려야 합니다. 만약 이 일이 폐하께 알려지기라도 한다면⋯⋯."

밀리가 생각도 하고 싶지 않는다는 듯 눈을 질끈 감았다. 그리곤 고갤 가로저으며, 다시 로이든을 올려다보았다.

"그렇게 된다면⋯⋯ 마님께선 죽게 될 것입니다."

밀리의 입술이 두려움으로 떨리고 있었다. 리처드가 스텔라를 정말 죽일 것이라고 생각하는 모양이었다. 로이든은 밀리에게서 시선을 돌려 스텔라를 바라보았다. 창백한 얼굴은 눈처럼 하얗고, 그녀의 붉은 입술은 악마처럼 매혹적이었다.

본래도 아름다웠지만 붉은 머리카락으로 변한 스텔라의 모습은 사람을 현혹시킨다는 말이 떠오를 정도였다. 인간이 아닌, 천상의 신비로움. 그런 것이 스텔라에게 느껴졌다.

"혹시 스텔라가 마녀인가?"

"아닙니다. 절대, 마님은 마녀가 아닙니다. 태어나실 때부터 신성한 피를 물려받으신 것뿐입니다. 절대 마녀 같은 것이 아닙니다. 믿어주세요, 영주님."

밀리가 필사적으로 그 사실을 부인했다. 밀리의 대답을 들은 로이든 역시 안도의 한숨을 내쉬었다. 밀리의 태도, 그리고 국왕의 첩자가 될 수밖에 없었던 그녀의 과거까지. 이 모든 게 스텔라와 연관이 있는 것 같았다.

스텔라에게 비밀이 있는 모양이군. 섣불리 말을 꺼낼 수 없는 그런 종류의 비밀이. 로이든은 침대에 누워 있는 스텔라에게 시선을 주었다. 그리고…… 스텔라 역시 그 비밀을 모르고 있는 게 분명했다.

"지금은 너의 과거나 스텔라의 비밀에 대해 듣고 있을 시간 따위 없다."

지금은 스텔라를 원래대로 되돌리는 것이 먼저였다. 그 뒤에 체스터 성에 숨어 있는 국왕의 첩자가 누구인지도 알아내고, 다음 계획을 세워도 늦지 않았다. 그리고 스텔라에 대해서도.

"그러니 어서 말해. 스텔라를 원래대로 되돌릴 수 있는 방법을."

로이든의 말에 밀리가 고갤 들었다. 여전히 망설이고 있었지만, 로이든의 단호한 눈빛에 꼭 다물고 있던 밀리의 입술이 열렸다. 그리곤 그녀가 알고 있는 방법을 로이든에게 말하기 시작했다.

침대가 크게 흔들렸다. 시트를 들추고 안으로 들어가는 로이든의 움직임에 스텔라의 입술에선 낮은 신음이 새어 나왔다.

"흐음……."

미간을 찌푸리는 스텔라를 보며, 로이든이 그녀의 손목을 붙잡았다. 정말 얼음처럼 차가웠다. 이렇게 있다간 몸은 물론, 심장까지 얼어붙어 버릴 것 같은 느낌에 로이든이 스텔라를 자신의 품으로 바짝 끌어당겼다. 그러자 미동도 없이 누워 있던 스텔라가 그의 몸에 반응하듯 따뜻한 품속으로 파고들었다.

"하아, 밀리의 말이 사실일까?"

로이든은 그의 품에 안긴 스텔라를 물끄러미 응시했다. 밀리는 스텔라가 열세 살, 첫 월경이 시작되었을 때부터 특별한 능력을 가지게 되었다고 했다. 기본적인 능력은 사람을 치료하는 것. 하지만 사람을 살리는 대가로 스텔라의 몸은 지독한 고통에 시달린다는 것이었다. 그래서 밀리는 스텔라가 다른 사람을 치료하는 것을 원치 않았다고 했다.

"이런 적은 처음입니다."

"처음이라니, 그럼 방법을 모른다는 것이냐?"

"아니요, 있습니다. 스텔라 님을 되돌리는 방법이. 제가 모시던 분께 딱 한 번 똑같은 일이 있었고, 얼마 뒤 그분은 다시 본래의 모습으로 돌아오셨습니다. 그러니 영주님께서도 시험해 보십시오."

"믿을 수 없지만, 이 방법밖에 없는 건가?"

로이든은 스텔라의 얼굴을 손으로 쓸었다.

"스텔라 님껜 남을 치료하는 능력은 있지만, 그 힘을 중화시키는 힘은 없습니다. 하지만 반대로 영주님이라면, 스텔라 님의 몸속에 있는 나쁜 기운을 중화시킬 수 있을 겁니다. 스텔라 님을 진심으로 사랑한다면요."

로이든은 밀리의 말을 떠올렸다. 진심으로 사랑한다면…….

그녀를 바라보는 로이든의 눈빛이 짙어졌다. 수많은 감정으로 흔들리던 그의 눈동자가 확고해졌다. 사랑이라. 그녀가 죽을지도 모른다고 생각한 순간, 심장을 잃어버린 것처럼 아픈 것이 사랑이라면. 그리고 그녀의 눈물을 더는 보고 싶지 않다고 생각하는 간절함이 사랑이라면, 그는 스텔라를 사랑하고 있었다.

밀리의 말을 듣고 이 미친 짓을 할 만큼. 스텔라를 사랑하고 있었다.

로이든의 손길에 스텔라가 흠칫 몸을 떨며, 여린 한숨을 내뱉었다. 뒤이어 로이든이 스텔라의 턱을 위로 올린 후 입술을 겹쳤다. 그리곤 천천히 그녀의 입술에 키스를 퍼부었다.

"하아, 더."

로이든이 입술을 떼어내자, 스텔라가 안타까운 듯 그의 입술을 찾았다. 그리곤 마치 갈증을 채우려는 듯 그의 입술에 입술을 붙이곤 힘껏 빨아 당겼다. 그 서툴고 갈급한 행동에 로이든의 몸이 순식간에 뜨거워졌다. 로이든은 스텔라의 입술에 키스하며, 밀리가 했던 마지막 말을 떠올렸다.

"영주님이십니다. 영주님밖에는 없습니다."

"서론은 집어치우고, 어떻게 해야 하는지만 말해."

"마님을 안으시면 됩니다. 조안의 아이를 받고 돌아오신 날, 마님께서 그러셨습니다. 영주님의 손이 몸에 닿았을 때, 지독한 아픔이 사라졌다고요. 그건 영주님께서 마님의 유일한 반려라는 뜻입니다. 마님과 강한 결속력으로 연결된 자만이 마님을 구하실 수 있습니다."

로이든은 한숨처럼 신음을 뱉어내며, 스텔라의 입술에 키스를 했다. 그리곤 입고 있는 옷을 벗어 던지곤 스텔라의 잠옷 역시 벗겨냈다. 밀리의 말에 따르면 스텔라는 지금 의식이 없는 상태라고 했다. 하지만 그 무의식에서 그녀를 끌어낼 사람 역시 로이든이라고 했다.

"스텔라, 스텔라."

밀리의 말을 전적으로 믿는 것은 아니었다. 하지만 이 방법이 유일하다고 말하는 밀리의 말을 거부할 수가 없었다. 로이든 역시 스텔라가 무사히 깨어나길 원했다. 자신을 살린 것에 대한 고마움 때문이 아니라, 그녀가 깨어났을 때 듣고 싶었다.

왜 그를 살렸는지. 그 이유가 꼭 듣고 싶었다.

"스텔라…… 네가 마녀든 뭐든 상관없다. 난, 네가 무엇이든 널 원해."

그가 다시 스텔라에게 키스했다. 두 사람의 키스가 거듭될수록 살짝 벌어진 스텔라의 입술에서도 나른한 신음이 새어 나왔다.

"하아, 스텔라. 지금부터 널 안을 것이다. 네가 깨어날 때까지, 거듭해서."

그 말과 함께 로이든의 손이 스텔라의 다리를 붙잡고는 넓게 벌렸다. 그리곤 단단하게 일어선 그의 남성을 그녀의 수풀 속 밀부로 밀어 넣었다. 아직 젖지 않은 그곳은 그를 받아들이는 것이 버거운 듯 저항했다.

하지만 로이든은 멈출 수 없었다. 몸이 아니라, 마음이 조급했다. 그녀를 한시라도 빨리 되돌려야 한다는 생각 때문인지, 쾌락을 위한 전희를 생각할 겨를이 없었다. 하지만 꽉 닫힌 그녀의 몸은 열리길 거부했다. 결국 로이든은 숨을 내쉬며, 그녀의 둥근 가슴을 베어 물곤 힘껏 빨아 당겼다. 느릿느릿 그녀의 가슴 위를 움직이며, 단단하게 일어선 붉은 열매를 혀로 찌르며 자극했다.

그러자 꽉 닫혀 있던 그녀의 밀부가 천천히 젖어들기 시작했다. 로이든은 천천히 자신을 그녀의 안으로 밀어 넣었다. 다시 움직이기 시작하자 강하게 저항하던 그곳이 천천히 열리기 시작했다. 건조하던 밀부의 내벽 역시 그가 앞뒤로 몸을 움직이며 삽입을 계속하자, 젖어들기 시작했다. 차갑던 그녀의 몸 역시 그가 불어넣은 열기에 반응하며, 흠칫 몸을 떨었다.

"스텔라, 깨어나. 이건 너의 주인으로서 명령이다."

낮게 울리는 그의 협박. 하지만 그의 목소리엔 진한 애달픔이 담겨 있었다. 뜨겁게 달아오른 숨결을 스텔라의 입술에 불어넣었다. 그리곤 로이든은 강한 힘으로 허릴 움직였다.

"흑! 하아, 스텔라."

촉촉이 젖어들기 시작한 그녀의 밀부가 열리자 가장 깊숙한 그녀의 안으로 단번에 들어갈 수 있었다. 더는 들어갈 수 없을 정도로 깊고, 더는 채울 수 없을 정도로 완벽하게 두 사람의 몸이 하나처럼 녹아들었다. 그녀의 몸이 그에게 감기듯 촉촉해졌다.

"젠장, 미치겠군."

등줄기가 지독한 쾌감으로 가볍게 떨렸다. 로이든은 움직임을 멈추곤 눈을 감은 뒤 거친 숨을 토해냈다. 금방이라도 폭발할 듯 날뛰는 욕망을 잠재우기 위해서였다. 아직 의식을 찾지 못한 상황에서 평소처럼 거칠게 그녀를 안는다면, 스텔라의 몸이 망가져 버릴지도 몰랐다. 화염처럼 뜨겁게 날뛰던 욕망이 가라앉자 로이든이 다시 움직임을 시작했다. 격정을 참고서 그녀의 안을 가득 채우며 그녀를 깨웠다.

침대가 로이든의 움직임에 위험스럽게 흔들렸다. 그녀의 다릴 단단히 붙잡은 그의 손등 위로 핏줄이 툭 불거질 정도로 로이든은 인내심을 발휘하는 중이었다. 그렇게 로이든의 움직임은 끝을 알 수 없을 만큼 오래도록 계속되었다.

하나처럼 얽혀 지독한 쾌락에 몸을 떠는 동안, 로이든은 간절히 소원했다. 스텔라가 깨어나기를. 시간이 흘러갔다. 두 사람이 있는 방은 어두웠다. 밤이 지나 아침이. 그리고 낮이 되고 또다시 밤이 될 때까지 로이든은 그녀와 함께였다.

처음엔 지독한 아픔이었다. 그 고통으로 인해 숨도 쉴 수 없었고 꼼짝도 할 수 없었다.

왜 이렇게 슬픈 걸까? 왜 이리, 심장이 찢어질 듯 아픈 걸까?

스텔라는 욱신거리는 심장을 꽉 움켜쥐었다. 하지만 온몸이 차갑게 식고 있는 순간에도 스텔라의 머릿속은 로이든으로 가득했다. 바닷물을 붉게 물들이던 것은 그의 이마에서 흘러내리는 피였다. 식은땀이 흘렀다. 스텔라는 그녀가 지독한 아픔에 몸을 움츠릴 때마다, 로이든을 떠올렸다.

"하아!"

울컥 뜨거운 것이 밀려들었다. 그를 살렸다는 안도감과 함께 죄책감이 밀려들었다. 그를 생각하고 안타까워하는 마음이 커질수록 아마 이 감정 역시 그녀를 괴롭힐 게 분명했다.

이 감정은…… 사랑인 건가?

인정하고 싶지 않았었다. 배신자인 그를. 아버지에 대한 죄책감 때문에 그에게 흔들리고 있는 자신을 똑바로 바라보지 못했었다. 자꾸 외면하고 싶었다. 하지만 결국, 깨닫고 만 것이다. 두려울 정도로 거대한 파도가 그를 삼킨 순간, 스텔라는 자신의 진심을 봐 버렸다.

스텔라 마리스 달링턴은 그를, 로이든 체스터를 사랑하고 있었다.

심장이 멈추는 것 같았고, 눈물이 쉴 새 없이 흘러내렸다. 두려움과 함께 살려야 한다는 강한 의지뿐이었다. 그리고 그 순간, 스텔라는 지금까지 한 번도 느껴보지 못한 강한 힘이 느껴졌다.

레이놀즈를 비롯해 사람들이 바다 속에 잠기려는 로이든을 끌어 올리는 것이 보였다. 그의 창백한 얼굴과 붉은 피로 물든 그의 옷. 축 처진 몸에선 생명이 빠져나가고 있었다.

"안 돼. 죽으면……."

스텔라가 의식을 잃고 죽어가는 로이든의 몸을 필사적으로 끌어안았다. 그리곤 온 힘을 다해 그의 몸속에 생명을 불어넣었다. 본능적으로 그의 입술에 숨을 불어넣고, 폐부를 가득 채운 물을 뱉어내게 했다. 차가워지고 있는 그의 심장에 손을 올려놓고는 간절히 바랐다. 그를 살리고 싶다고. 자신이 가진 능력이 이번처럼 간절하게 필요한 적은 처음이었다.

'하아, 로이든.'

스텔라는 한숨처럼 그를 불렀다. 시간이 흘러가고 있었다. 그리고 어느 순간부터 그녀를 움츠려들게 했던 고통이 사라지고 있었다. 누군가 자신을 부르는 소리가 들려왔다. 느리긴 했지만, 그녀의 몸은 다른 의미에서 뜨거워졌다.

꿈인 건가? 그녀에게 입을 맞추고, 간절한 목소리로 자신을 부르는 이는 로이든이 분명했다. 자꾸만 몸을 겹치며, 달콤한 숨을 내쉬는 그의 숨소리도. 그리고 그녀의 몸을 단단히 붙잡고는 격렬하게 몸을 부딪혀 왔다. 잔뜩 쉰 목소리로 자신의 이름을 부르는 그의 목소리에 심장이 뜨거워졌다.

그리고…… 그렇게 생각한 순간 모든 것이 분명해졌다. 꿈이라고 생각하며, 멀게만 느껴지던 것들이 한꺼번에 모든 감각이 돌아온 듯 차갑게 식었던 몸에 피가 확 도는 느낌이었다.

하아, 하핫!

순간 날카로운 통증이 허리를 타고 아랫배를 뒤흔들었다. 아픔과도 닮은 그 짙은 쾌락에 온몸이 떨려왔고, 아랫배 안쪽이 강하게 수축했다. 참으려 했지만 진저리치도록 지독한 열기에 허리가 비틀렸고, 발끝까지 그 느낌이 전달되기까지 했다.

"스텔라, 깨어나. 명령이다."

얼마나 많이 그녀의 귓가에 이 말을 속삭인 것일까? 로이든의 목소리는 잔뜩 쉬어 있었다. 그의 목소리에 담긴 애절함에 스텔라의 심장이 울컥 뜨거운 것이 밀려 올라왔다. 목이 따끔거리고, 자꾸만 감정이 치밀어 눈물이 솟아나려 했다.

그녀를 부르고 있었다. 그가. 목이 쉴 정도로, 애가 타 온몸이 타버릴 정도로. 그가 그녀를 찾고 있었다.

'가고…… 싶다. 날 부르는 당신에게……. 당신의 손을 잡고 싶다. 아무것도 신경 쓰지 않고, 오직 당신에게 가고 싶다.'

"스텔라, 제발. 깨어나서 날 증오해도 상관없어. 내 목에 칼을 들이대고, 날 죽여도 괜찮아. 그러니 어서 일어나. 그리고 말해줘. 왜 날 살려냈는지. 지금 난, 간절히 기다리고 있다."

그의 손이 그녀의 손을 붙잡았다. 손가락 사이사이에 그의 손이 끼워졌고, 하나처럼 얽히듯 꽉 채워졌다.

"스텔라……."

그의 입술이 그녀의 입술에 닿았다. 그리곤 그의 숨결을 불어넣듯 정성껏 그녀의 입술을 애무했다. 건드리고 핥고, 조심스럽게 빨아 당기는 그의 세심함에 눈가가 뜨거웠다. 스텔라는 로이든의 목소리가 들린다고 말하고 싶었지만 그녀의 몸은 그녀의 생각과는 달리 전혀 움직이지 않았다.

훗! 그의 손이 그녀의 가슴을 스쳤다. 그 작은 스침에도 그녀의 몸이 움츠러들며, 예민하게 반응하고 있었다. 얼마나 많이 그와 몸을 겹친 걸까? 이미 그녀의 몸은 그가 주는 쾌락에 예민해질 대로 예민해져 있었다.

그래서인지 의식이 서서히 돌아오기 시작하자, 한꺼번에 쾌락의 파도가 그녀를 강타했다. 지독히도 농밀한 그 나른한 감각에 정신이 나갈 정도였다. 자꾸만 허리가 비틀리며, 질척이며 그녀의 안을 파고드는 그 감각에 몸이 떨려왔다. 그 순간 로이든이 격렬하게 몸을 떨며 그녀의 몸 안으로 깊이 파고들었다. 끝까지 밀고 들어온 그 쾌감에 발끝까지 오므라들었다.

"하아, 흐훗!"

온몸을 지배하던 쾌락에 의해 몸의 떨림이 멈추지 않았다. 꽉 닫혀 있던 입술을 통해 억눌렸던 신음이 새어 나왔다. 그녀의 신음 소리에 로이든이 움직임을 멈췄다.

"스텔라, 스텔라."

그가 몸을 일으키더니, 그녀의 몸에서 빠져나가려는 듯 허릴 움직이는 것이 느껴졌다. 싫었다. 스텔라는 순식간에 밀어닥친 거센 쾌락의 파도에 허기를 느꼈다. 좀 더…… 강하게 그를 느끼고 싶었다.

"안 돼. 하아, 로이……. 싫어요."

스텔라가 아랫배에 힘을 주며, 그가 빠져나가지 못하게 했다. 순간 로이든이 움찔 몸을 떠는 게 느껴졌다. 빠져나가려던 그의 남성을 힘껏 조이자, 그녀의 안에서 더욱 단단해지는 것이 느껴졌다.

"윽, 스텔라……. 날 정말……."

그의 말에 스텔라가 천천히 눈을 떴다. 그러자 붉은색으로 변했던 그녀의 눈동자가 어느새 검은색으로 변해 있었다.

"미칠 것 같아요."

"무슨 의미지?"

로이든이 복잡한 표정으로 스텔라를 내려다보았다. 그가 빠져나가지 못하도록 단단히 붙잡고 있는 그녀의 반응은 당연히 섹스를 말하는 것이었지만, 다른 의미일까 봐 걱정이 되었다. 이제 막 정신을 차린 그녀였다. 만약 몸이 아픈 것이라면…….

로이든의 물음에 스텔라의 미간이 찌푸려졌다. 그리곤 연신 밭은 숨을 내쉬며, 침대 시트를 꽉 말아 쥐는 것이 보였다.

"여기서 멈추면, 죽여 버릴 거예요."

스텔라의 입술에서 믿을 수 없는 말이 새어 나왔다. 처음엔 멍하던 로이든의 눈동자에 짙은 욕망이 서렸다. 그리곤 기쁨으로 반짝거리기 시작했다.

"정말 너란 여잔……."

이내 그의 입가에 미소가 떠올랐다. 기쁨인 것 같기도 하고, 황당한 것 같기도 한 이상한 표정을 짓는 로이든이 고갤 숙여 스텔라의 입술에 키스를 퍼부었다. 멈춰 있던 그의 일부 역시 천천히 그녀의 내벽을 파고들었다.

"흐흣, 하아. 하아…… 하앗!"

쾌락에 떨리는 스텔라의 신음이 방 안을 울렸다. 그녀가 부서질까 두려워 천천히 움직이던 그가 그녀의 반응에 힘을 얻은 듯 격렬해지기 시작했다. 거듭되는 행위로 질척하게 젖어 있는 그녀의 내벽은 그를 위해 너무도 쉽게 문을 열었다.

그를 감싼 애액이 윤활제가 되어 가장 깊고 예민한 그곳을 가득 채우며, 미친 듯이 자극했다. 스텔라 역시 참을 수 없는 듯 몸을 떨며, 날카롭게 허릴 휘었다.

"하아, 로이든……. 하흡!"

그의 일부를 품고 미친 듯이 몸을 떠는 자신이 너무도 부끄러웠다. 지독한 쾌락에 눈물을 흘리며, 그를 놓지 않으려는 듯 끌어안는 자신이 너무도 낯설었다. 하지만 잃고 싶지 않았다. 그가 그녀의 안에서 빠져나가길 원치 않았다. 그와 어떤 형태로든 연결되어 있고 싶었다.

거친 숨을 삼키며, 스텔라가 허릴 들썩였다. 짙은 쾌락에 아랫배에 저절로 힘이 들어갔다. 그 농밀한 행위에 단단히 결합된 밀부가 녹아내릴 것 같았다. 어둡던 방 안에 쾌락으로 몸을 떠는 남녀의 거친 숨소리로 가득 찼다. 위험스럽게 흔들리며 하나처럼 얽혀드는 행위가 숨을 삼킬 정도로 관능적이었다. 간절함으로 시작했던 행위가 이젠 짙은 쾌락을 좇아 갈급해졌다.

모든 것을 쏟아붓는 듯 얽혀드는 두 사람의 몸 위로 한 줄기 빛이 들어왔다. 창문을 통해 들어온 그 빛은 커튼을 흔들고 어느새 침대 위까지 들어와 두 사람을 비췄다. 남자의 근육질의 등이 땀으로 젖어 번들거렸다. 남자의 거친 움직임에 그의 품에 안겨 지독한 쾌락에 몸을 떠는 여인의 허리가 위험스럽게 휘었다.

그리고 검은색이었다. 관능적으로 호를 그리며 흔들리는 여인의 머리카락이 새하얀 시트 위에 흩어져 검은 물결을 만들어내고 있었다. 위험스럽게 휘며 들썩이는 그녀의 목덜미 역시 아무런 흔적도 없이 눈처럼 깨끗했다.

"하아, 아하. 로이…… 하흡!"

무섭게 흔들리던 두 육체가 한순간 움직임을 멈췄다. 그리곤 한덩어리로 녹아들 듯 서로를 끌어당기더니, 지독한 관능에 몸을 떨기 시작했다. 로이든은 스텔라를 놓치지 않으려는 듯 단단히 붙잡았다. 그렇게 두 사람은 동시에 쾌락의 정점에 도달했다.

거친 숨을 내쉬며, 로이든이 스텔라의 이마에 입을 맞췄다. 땀으로 젖은 두 사람의 몸이 하나처럼 달라붙어 떨어질 줄을 몰랐다.

"스텔라, 다행이야. 깨어나서."

땀에 젖은 그녀의 검은 머리카락을 손가락으로 쓸어내리며, 로이든이 안도의 한숨을 내쉬었다. 묻고 싶은 게 너무 많았다. 하고 싶은 말도. 하지만 로이든은 그 모든 말을 마음속에 묻어둔 채, 그녀를 꽉 끌어안았다.

"답답해요, 로이든."

너무 힘을 주어 끌어안았는지, 그의 품에서 스텔라가 바르작거렸다. 하지만 로이든은 쉽게 스텔라를 놓아주지 못했다. 그저 그녀를 끌어안은 힘을 조금 느슨하게 했을 뿐이었다.

"하아, 정말. 씻고 싶은데."

스텔라의 한마디에 로이든이 그녀를 놓아주었다. 그리곤 바닥에 떨어져 있던 바지를 집어 입고는 방을 나갔다. 잠시 후 방으로 돌아온 로이든이 시트로 그녀를 돌돌 말아 안더니, 그대로 방을 나갔다.

"로이든, 어딜 가는 거예요?"

"목욕하고 싶다고 했잖아."

복도를 지나, 욕실로 들어가자 뜨거운 물이 가득 담긴 목욕통이 놓여 있었다. 로이든은 스텔라를 목욕통에 조심스럽게 내려놓고는 자신 역시 바지를 벗고 안으로 들어왔다.

"함께 하자고요?"

"이제 뭐든 함께야."

하는 수 없이 스텔라는 두 사람이 들어가 가득 찬 목욕통 속에서 천천히 몸을 담갔다. 그리곤 땀으로 젖은 몸을 씻기 시작했다. 하지만 그것도 잠시. 서로의 몸을 씻겨주던 행위는 순식간에 연인들의 농밀한 행위로 바뀌어 버렸다. 다리를 벌린 채 그의 다리 위를 타고 앉은 스텔라의 몸이 위험스럽게 흔들렸다.

그들의 움직임이 빨라질수록 통 속에 가득 찼던 물이 첨벙 소리를 내며, 바닥으로 흩어졌다. 서로를 품고 거칠게 몸을 떠는 격렬한 행위에 지칠 법도 했지만, 스텔라는 멈출 수가 없었다. 자신의 마음을 깨닫고 그와 하는 섹스가 그저 육체의 욕망을 좇는 행위가 아닌, 마음을 나누는 것이 되자 주체할 수 없을 만큼 그와 함께하고 싶었다.

감당할 수 없는 지독한 쾌감이 그녀를 휩쓸었다. 스텔라는 말로는 뱉어낼 수 없는 감정을 온몸으로 그에게 전했다. 그 역시 마찬가지였다. 처음 느끼는 지독한 욕망과 충만함에 심장이 터져 버릴

지경이었다. 그렇게 뜨거웠던 물이 식을 때까지 이제 막 자신들의
마음을 깨달은 연인은 격정으로 몸을 떨었다.

폭풍우가 그친 체스터 영지엔 다시 평화가 찾아왔다. 언제 그랬
냐는 듯 청명한 날씨가 계속되었고, 영지내 사람들 역시 분주히
움직이며 각자의 생활로 돌아가 있었다. 잔잔한 파도와 막 잡아
올린 신선한 물고기들. 그리고 밭에서 수확한 농작물까지.

영지 내 사람들은 처음으로 수확한 물고기와 농작물들을 가지
고 체스터 성으로 찾아왔다. 그 사람들로 인해 체스터 성의 문이
닳을 지경이었다.

그렇게 평화로운 시간이 흘러가고 있었다. 어느새 국왕 리처드
가 개최하는 마상 시합일이 한 달 앞으로 나가오자, 체스터 성 안
이 다시 분주해졌다. 마상 시합에 참가하기 위한 여장이 꾸려졌
고, 쉴 새 없이 짐이 마차에 실렸다.

로이든과 레이놀즈는 시합에서 쓰게 될 무기들을 재차 확인하
고, 한 달 동안 런던에서 머무르면서 먹을 식량과 필요한 물품을 조
달하기 위해 런던의 상인들에게 연락을 하는 것 역시 잊지 않았다.

스텔라 역시 짐을 싸느라 분주했다. 마상 시합에서 사용하게 될
깃발과 말을 장식할 직물을 짜느라 재단사인 콜린을 비롯해 손재
주가 있는 마을 여인들까지 동원되었다. 그러는 사이 푸른 깃발
위에 검은 늑대의 문장이 하나하나 새겨졌다.

그렇게 마상 시합을 준비하는 시간 동안, 스텔라는 똑똑히 알게

되었다. 체스터 영지의 사람들이 그녀를 얼마나 아끼고 신뢰하는지. 함께 바느질을 하고 검은 늑대의 문장을 깃발에 수놓는 동안 스텔라를 바라보는 여인들의 시선엔 존경과 신뢰가 가득했다. 스텔라는 처음으로 편안함을 느꼈다.

"마님, 짐은 모두 마차에 실었습니다. 영주님께서 밖에서 기다리고 계시니 서두르셔야 할 것 같습니다."

방으로 들어온 캘리가 스텔라의 외투를 집어 들었다. 그리곤 천천히 외투를 입은 후, 그녀의 옷을 바로잡아 주었다.

"캘리, 괜찮겠어? 만약 런던에 가는 게 힘들면 얘기해. 같이 가지 않아도 괜찮아."

"힘들다니, 말도 안 됩니다. 전, 마님과 함께 런던에 갈 수 있어서 얼마나 좋은지 모르겠어요. 전 이곳에서 태어나서 한 번도 체스터 영지를 떠나본 적이 없거든요."

조금은 들뜬 듯 말하는 캘리를 보며, 스텔라가 미소를 지었다.

"우린 국왕 폐하의 궁전에 머물게 될 거야. 대부분은 시녀들이 할 테니, 넌 내 명령만 들으면 돼."

"네, 마님. 명심하겠습니다."

"그리고 무엇보다 궁에선 말을 아끼는 것이 좋아. 그곳은 체스터 성과는 조금 다르거든."

"알고 있습니다, 마님. 밀리 님께서 말씀해 주셨거든요."

밀리라는 말에 스텔라가 안도한 듯 고갤 끄덕였다.

"밀리는 어떻게 하고 있어?"

"밀리 님께서도 지금 현관에서 기다리고 계십니다."

캘리의 말에 스텔라 역시 방 안을 둘러보았다. 그러다 짐을 싸느라, 꺼내놓은 눈에 익은 꾸러미에 눈이 갔다.

"저 꾸러미도 함께 챙길까요? 전에 영주님께서 안에 있는 물건을 보시더니, 웃으셨거든요."

"영주님께서 꾸러미 안에 있는 것을 보셨어?"

"네, 마님께서 성에 도착하신 날이요. 기분이 좋아 보이셔서, 무척이나 소중한 물건이 들어 있나 보다고 생각했답니다."

캘리의 말에 스텔라의 입가가 씰룩였다. 정말 어이가 없었다. 그날, 그녀가 그를 유혹하던 그 순간 로이든은 이미 모든 것을 알고 있었다. 그런데 그렇게 시치미를 떼다니.

"이번엔 가지고 가지 않을 거야. 이젠 필요 없거든. 캘리, 서두르자."

"네, 마님."

스텔라가 서둘러 방을 나왔다. 복도를 지나, 계단에 다다랐을 때, 1층 현관에서 집사와 얘길 나누고 있는 로이든을 볼 수 있었다. 장식이라곤 없는 검은색의 더블릿과 그 위에 검은 늑대의 문장이 수놓아진 외투를 걸친 그에게선 강인함이 느껴졌다.

그녀의 시선을 느낀 듯 로이든이 계단 위를 올려다보았다. 그녀에게 시선이 닿자, 차가던 그의 눈동자가 짙어지며 반짝거렸다. 그리곤 계단을 올라오기 시작했다.

"내려왔군. 몸은 좀 어때?"

"지난번보단 훨씬 수월할 테니, 걱정하지 말아요."

스텔라가 로이든의 손을 잡고 계단을 내려오며 그렇게 말했다.

"그렇겠지. 이번엔 도망치는 누군가를 붙잡기 위해 힘을 쓰지 않아도 될 테니까."

로이든이 의미심장하게 웃으며 스텔라의 팔을 더 바짝 끌어당겨, 그의 팔에 올려놓았다. 그리곤 그녀의 보폭에 맞춰 계단을 내려가자, 집사가 두 사람을 위해 현관문을 열어주었다.

"고맙군. 내가 없는 동안 체스터 성을 잘 부탁하지."

"걱정 마십시오, 영주님. 언제나처럼 성을 지키고 있겠습니다."

집사에게 고갤 끄덕여 보인 후, 두 사람이 문을 나섰다.

"이게 다 뭐죠?"

현관문을 나서자마자, 스텔라가 놀란 눈으로 성안에 모여든 체스터 영지의 사람들을 보며 말했다. 아마 마상 시합을 위해 런던으로 떠나는 영주를 배웅하기 위해서 모여든 모양이었다. 두 사람이 현관 앞에 멈춰 서자, 레이놀즈가 서둘러 다가왔다.

"죄송합니다, 영주님. 새벽부터 갑자기 모여들기 시작했습니다. 모두 돌려보내기 위해 최선을 다했지만, 막무가내였습니다. 다들 두 분을 뵐 때까지 돌아가지 않을 작정으로 온 거라, 어쩔 수 없었습니다."

"그래?"

레이놀즈가 끼고 있던 가죽 장갑을 벗으며 말했다. 레이놀즈는 불안한 표정으로 그런 로이든의 표정을 살폈다. 사실 평소 로이든은 이런 종류의 행사를 별로 달가워하지 않았던 것이다. 하지만 로이든은 모두 물러가라고 명령하는 대신, 스텔라를 자신 옆에 바짝 당겨 세웠다.

"스텔라, 웃도록 해. 모두 너를 보러 이곳에 온 것이니까."

"저를요?"

"그래. 네 덕분에 무사히 제방을 쌓게 되었고, 그 때문에 일 년 동안 고생해서 일군 농작물을 지킬 수 있었지. 별일 아닌 것 같지만, 네 작은 행동으로 인해 영지 사람들은 1년 동안 굶지 않아도 돼. 그들에겐 무척이나 고마운 일인 거지."

"내가 아니었다고 해도 굶지는 않았을 거예요. 영주님께서 그들에게 겨울을 날 식량을 나눠 주셨을 테니까요."

스텔라는 별일 아니라는 듯 말했지만, 그에 대한 믿음은 확고해 보였다. 그녀의 말에 로이든은 자부심에 심장이 뛰었다. 누군가로부터 인정을 받는 일은 언제나 그를 기쁘게 했다. 하지만 스텔라의 스치듯 뱉어낸 그 한마디가 그를 으쓱하게 만들었다.

"고맙군. 날 믿어줘서."

로이든의 말에 스텔라가 어색한 듯 웃었다. 그리곤 그를 지나쳐 마을 사람들에게 다가갔다. 그녀를 배웅하기 위해 온 사람들에게 눈인사를 건네며, 따뜻하게 웃어 보였다. 그러다 베아트리스를 안고 있는 헤롯을 발견하곤, 헤롯에게 다가갔다.

"헤롯, 이 아이가 베아트리스니?"

헤롯 앞에 멈춰 선 스텔라가 쪼그려 앉아 강보에 싸여 있는 베아트리스를 들여다보았다. 금발에 새하얀 얼굴을 한 베아트리스는 무척이나 사랑스러웠다.

"안아보셔도 됩니다."

헤롯의 말에 스텔라가 손을 뻗어 조심스럽게 베아트리스를 안았다. 따뜻했다. 아이들은 원래 열이 많아 따뜻했지만, 베아트리스를 품에 안자 뭔가 심장이 뭉클했다.

"마님을 닮았으면 좋겠어요."

헤롯의 갑작스러운 말에 스텔라가 웃으며 헤롯을 바라보았다.

"날 말이니?"

"네, 마님처럼 예쁘고 용기 있는 숙녀로 자랐으면 좋겠다고 밤마다 기도하는 중이에요. 그래도 될까요?"

"헤롯, 고맙구나. 베아트리스가 날 닮는다면, 무척 기쁠 거야."

스텔라가 베아트리스를 다시 한 번 내려다본 후, 헤롯이 아닌 옆에 서 있는 조안에게 아이를 건넸다. 그러자 조안은 황송한 듯 베아트리스를 받아 안고는 허릴 숙여 인사를 했다.

"감사합니다, 백작부인."

"건강해 보여서 다행이야, 조안."

스텔라의 말에 조안의 얼굴이 붉게 달아올랐다. 눈동자 역시 기쁨으로 빛나며, 연신 고갤 끄덕이며 감사하다는 말을 반복했다.

"스텔라, 이제 출발해야 할 시간이야."

"네."

스텔라가 자신을 바라보고 있는 사람들에게 다시 한 번 고갤 끄덕이며, 인사를 건넸다. 그리곤 대기 중인 마차를 향해 걸어가기 시작했다.

"마님, 저기 이것."

그때, 한 여인이 스텔라를 부르며 다가왔다. 그리곤 손으로 뜬 듯 보이는 숄을 스텔라에게 내밀었다.

"이건……."

"그날, 마님께 드린 숄이 바다에 떠내려가 버려서요. 안타까운 마음에 제가 다시 만들어왔답니다."

스텔라가 여인이 건네는 뜻밖의 선물을 받아 들었다. 밤새 잠도 자지 않고 숄을 짰을 여인을 생각하자, 심장이 뜨거워졌다. 스텔라가 여인의 손을 꼭 잡았다.

"고마워, 소중하게 잘 쓸게."

스텔라에게 손을 붙잡힌 여인이 몸 둘 바를 모르는 듯 고갤 숙였다. 하지만 자신이 만든 하찮은 숄을 기쁘게 받아주는 스텔라를 보자, 눈물을 글썽였다. 존귀하고 고귀한 신분의 여인은 낡은 실로 만든 숄이 마치, 최고급 양모로 만든 숄이라도 된 양 기뻐하고 있었다. 스텔라가 여인의 손을 놓고 마차에 올랐다. 그러자 밀리와 캘리 역시 함께 마차에 오른 후, 문을 닫았다.

"이제 출발하지."

로이든이 검은색의 명마, 타이탄의 등에 올라 말을 출발시켰다. 덜컹거리는 소리와 함께 마차가 움직이기 시작했다. 스텔라는 마차 창문으로 마을 사람들을 바라보았다.

'다시 돌아올 수 있을까? 이곳으로.'

스텔라는 순간, 안타까움에 주먹을 꼭 쥐었다. 그리곤 자꾸 마음을 파고드는 미련을 떨쳐 내려는 듯 서둘러 커튼을 닫았다. 길고 긴 행렬이었다. 선두에 선 체스터 백작은 당당하게 앞을 향해 나아갔고, 그 뒤로 충성스럽고 용맹한 기사들이 그의 뒤를 따르고 있었다. 그렇게 체스터 영지의 기사들은 검은 늑대의 깃발을 펄럭이며 런던에서 열릴 마상 시합을 위해 런던으로 출발했다.

같은 시각, 윈저 궁의 집무실.

리처드는 시녀장, 루완이 건네는 편지를 받아 들었다. 체스터 영지에 있는 그의 첩자에게서 온 것이었기에 리처드는 서둘러 내용을 확인했다.

"믿을 수 없군. 젠장!"

리처드가 거친 욕설을 뱉어내며, 손에 들려 있던 편지를 구겼다. 편지 어디에도 스텔라가 전과 달라졌다는 사실은 적혀 있지 않았다. 분명 로이든과 부부관계를 계속하고 있다는 사실은 의심할 여지가 없다고 했다.

하지만……

"왜일까? 왜 변화가 없는 거지? 이것들이, 날 속이고 있는 게 분명해."

리처드는 의심을 거둬들일 수 없었다. 밀리가 자신의 경고를 듣지 않고, 자신에게 거짓 정보를 흘리고 있는 것이 분명했다.

"뭐, 상관없어. 이제 런던에 도착하면, 절대 내 눈을 피할 수 없을 테니까. 누가 거짓말을 하는지, 알 수 있겠지."

스텔라와 로이든이 런던에 도착한 순간부터, 두 사람은 자신을 속일 수 없었다. 한순간도 놓치지 않고 두 사람을 감시하는 자가 그들의 뒤를 따를 테니까. 아무리 밀리가, 아니, 스텔라가 자신을 속이려 해도 그럴 수 없다. 리처드의 입가에 비릿한 미소가 어렸다.

"에드워드의 상태는?"

"차도 없이 그대로이십니다."

쾅! 리처드가 강한 힘으로 책상을 내리쳤다. 그러자 책상 위에 있던 물건들이 그 힘에 못 이겨 바닥으로 떨어졌다. 꽉 쥔 주먹에서 피가 흘러나왔다. 하지만 리처드는 전혀 상관하지 않는 듯 주먹을 펴지도, 피를 닦아낼 생각도 하지 않았다.

"스텔라 마리스 달링턴. 넌 날 속일 수 없을 것이다. 네 어머니가 그랬던 것처럼, 너 역시 왕실의 존속을 위해 죽게 될 운명이거든."

리처드가 뱉어내는 그 말에 시녀장 루완은 몸을 떨었다. 잔혹하기 그지없는 국왕이었다. 하지만 지금 리처드의 손에서 흐르는 붉은 피로 얼룩진 편지를 쏘아보는 그의 눈빛은 광기로 가득했다. 그 어느 때보다, 위험하다는 신호였다.

"루완, 마상 시합이 시작되기 전, 체스터 백작 부부가 궁에 도착할 것이다. 그러니 넌 별궁을 백작 부부를 위한 공간으로 꾸미도록 해. 또한 그곳을 관장하는 시녀들은 네 눈과 귀가 되어줄 수족으로 채우는 것도 잊지 말고."

"네, 폐하."

루완이 서둘러 집무실을 나가자, 리처드는 자리에서 일어섰다. 천으로 닦아내지 않은 손에선 여전히 피가 뚝뚝 흘렀다. 창가로 걸어가는 동안 새하얀 양탄자 위에 떨어져, 붉은빛으로 물들었다.

"샤론, 이번엔 당신의 딸이라도 상관없어. 한 번 살려줬으면, 그걸로 충분할 테니까. 절대 놓아주지 않아. 만약 지옥에서 보게 된다면, 또 모르지."

'그때라면…… 샤론 당신께 용서를 구할 마음이 생길지도.'

하지만 지금은 아니었다. 창문을 쏘아보는 리처드의 얼굴이 잔혹하게 일그러졌다. 그리곤 더는 참지 못한 듯 유리창을 손을 내리쳤다.

챙, 와장창!

유리 파편이 산산이 부서져 내렸다. 그와 함께 붉은 피가 유리 파편을 서서히 물들이기 시작했다.

❖

저녁 무렵이 되자, 로이든 일행은 작은 여인숙에 도착해 여장을 풀었다. 서둘러 말들과 마차에 실은 물건들을 마구간에 밀어 넣은 후, 로이든은 무기가 실린 마차를 확인했다. 그때, 체스터 성의 대장장이인 존슨이 헐레벌떡 로이든에게 다가왔다.

"영주님, 제가 하겠습니다. 걱정 마시고, 어서 들어가 보십시오."

존슨이 여인숙 안으로 들어가지 않고 앞마당을 서성이고 있는 스텔라를 가리켰다. 갑옷을 살피던 로이든이 스텔라를 보며, 미간을 찌푸렸다. 어젯밤 성을 떠나기 전 스텔라가 자신에게 했던 제안이 떠올랐던 것이다.

"처음 만났을 때로 돌아가요."

"그게 무슨 말이지?"

"국왕 리처드 앞에서 우리의 계약이 알려지지 않기를 바란다는 뜻이에요. 그래서 난 처음 당신에게 그랬던 것처럼, 적대적으로 대할 생각이구요."

스텔라의 말에 로이든이 인상을 쓰며, 그녀의 허릴 확 끌어당겼다. 조금 전까지 그의 품에 안겨 쾌락에 떨던 여인이라곤 생각도 할 수 없을 만큼 냉정한 모습을 보자, 갑자기 부아가 치밀었다. 자신은 스텔라의 말 한마디와 표정 하나에도 이렇게 흔들리고 있는데, 그녀에겐 아무런 영향도 미치지 않는다고 생각하자 분했다.

"싫어. 난 그럴 생각 전혀 없어."

"마음대로 하세요. 전 마음을 바꾸지 않을 테니까요."

스텔라가 그의 팔을 풀어내며, 냉정하게 말했다. 사실 두 사람은 그날 스카버러 해안에서 있었던 일에 대해 애써 언급을 피하고 있었다. 그날 그 특별하고 위험했던 일들을 꺼내 입 밖으로 낸다면, 두 사람 사이에 형성되어 있는 뭔가가 와르르 무너져 내릴 게 분명했다. 그래서인지 스텔라는 물론 로이든 역시 의식적으로 그날의 얘길 피하고 있었다.

로이든이 미간을 찌푸리며 존슨에게 들고 있던 갑옷을 건넸다. 그리곤 그를 기다리고 있는 스텔라에게 걸어갔다.

"왜 여기 있는 거지? 방이 마음에 들지 않는 건가?"

"그런 게 아니라, 영주님께 확답을 듣고 싶어서 기다리고 있었어요."

"어젯밤 얘기라면, 더는 할 말이 없군. 난 분명……."

"런던에 도착하면, 폐하가 있는 궁에서 머무르게 된다고 했었죠?"

"그래. 죽기보다 싫지만, 폐하의 명령이니 따를 수밖에 없어."

"그러니 하는 말이에요. 영주님과 저, 그대로입니다. 폐하의 눈에는 더더욱 그렇게 보여야 한다고 생각해요."

스텔라의 말에 로이든이 미간을 찌푸렸다. 그리곤 싸늘한 표정으로 스텔라를 쏘아보았다. 사고 후, 두 사람의 관계가 조금은 좋아졌다고 생각했었다. 그를 바라보는 스텔라의 눈빛이 변해 있었고, 그의 품에 안기는 동안 그녀의 눈동자는 달콤한 감정으로 가득했다. 마치 그를 사랑하고 있는 것이라는 착각이 들 정도로 무심하던 스텔라의 검은색 눈동자가 감정으로 흘러넘치고 있었다.

하지만 그의 착각이었던 건가? 로이든은 스텔라의 의도를 충분히 짐작하고도 남았지만, 짜증이 나는 건 사실이었다.

"스텔라, 네가 그렇다면 그런 것이겠지."

무뚝뚝하게 들리는 로이든의 대답에 스텔라가 고갤 들어 그를 올려다보았다. 서늘한 눈매며, 삐딱하게 올라간 입꼬리가 지금 이 상황이 마음에 들지 않음을 온몸으로 말하고 있었다.

"그럼 그렇게 알고 가보겠습니다, 영주님."

스텔라는 작게 한숨을 내쉬었다. 로이든은 거부하고 있었지만, 꼭 필요했다. 런던에서 자신들을 기다리고 있는 리처드가 어떤 덫을 놓고 그들을 기다리고 있을지 모르는 상황이었다. 리처드에게 두 사람의 관계가 빌미가 되어 서로의 약점이 되는 것을 스텔라는 원치 않았다.

"다시 한 번 부탁드리겠습니다, 영주님."

깍듯해진 말투와 함께 스텔라의 얼굴이 싸늘해졌다. 그러자 로이든의 눈매가 가늘어지더니 화가 난 것처럼 차갑게 빛났다.

"알았으니까, 그만해. 널 차갑게 대하면 된다는 말이잖아."

스텔라가 고갤 끄덕인 후, 그를 지나쳐 여인숙 안으로 들어가려 했다. 하지만 아직 화가 난 로이든이 스텔라의 팔을 붙잡곤 그녀를 멈춰 세웠다.

"그럼, 자는 건? 설마, 지금부터 런던에 있는 동안 네게 손끝 하나 대지 못하게 하는 건 아닐 테지? 난 지금도 널 안고 싶어 돌겠거든."

순식간에 스텔라의 얼굴이 붉어졌다.

"이 짐승! 당장, 이 손 놔요!"

스텔라가 그의 팔을 거칠게 떼어내고는 눈으로 흘겼다. 다른 사람이 보면, 두 사람이 싸우는 것처럼 보일 테지만 대화는 얼굴이 화끈거릴 만큼 노골적인 것이었다.

"대답하지 않으면, 절대 안 보내."

"영주님!"

"매일 밤, 널 안을 것이다. 그 사실에 동의한다면, 나 역시 네 뜻대로 해주지."

로이든의 거침없는 제안에 스텔라의 입매가 굳어졌다. 하지만 스텔라는 대답 대신 찬바람을 일으키며, 여인숙 안으로 들어가 버렸다.

"무슨 일이십니까, 영주님? 또 마님의 심기를 불편하게 하신 건가요?"

마구간에서 나오던 제레미가 굳은 얼굴로 여인숙 안으로 들어가는 스텔라를 보자, 작게 한숨을 내쉬었다.

"넌 내가 뭔가를 잘못했다고 말하는 것이냐?"

로이든의 물음에 제레미가 내 이럴 줄 알았다는 표정을 했다.

"영주님, 영주님께선 뛰어난 기사이시지만, 여인의 마음을 읽는 덴 한참 머신 것 같습니다."

"건방지게, 못 하는 말이 없군. 내가 뭐가 서툴다는 거지?"

열여덟 살밖에 되지 않은 머리에 피도 마르지 않은 종자에게 서툴다는 말을 들은 로이든은 자존심이 상한 듯 발끈했다.

"죄송합니다, 영주님. 하지만 무슨 이유에서건 숙녀를 화나게 만드는 건, 서툴다는 증거가 분명합니다. 마님께서 뭘 원하시는지 잘 지켜보세요. 그럼 영주님께서 뭐가 부족하신지 알게 되실 테니까요."

"더 관심을 가져야 한다는 것이냐? 흥, 더 관심을 가졌다간 아마 몇 날 며칠을 침대에서 나오지 못할 텐데도?"

"내 이러실 줄 알았다니까요. 사내들이야 아랫도리에만 관심을 가질 줄 알았지, 여인의 마음엔 전혀 관심도 없다는 게 문제거든요."

"쳇, 여인의 얼굴 표정 하나, 말 한마디에 휘둘리는 사내처럼 꼴불견은 없지. 제레미, 너야말로 조심해야겠구나. 여인에게 휘둘리는 사내가 되지 않으려면 말이다."

로이든이 그런 일은 절대 있을 수 없다는 듯 말했다. 그러다 몇 발자국 떼어놓기도 전에 걸음을 멈췄다.

흰색 여우의 문장이 새겨진 깃발. 그 깃발의 주인인 아놀드 백작 일행이 여인숙의 마당으로 들어서는 것이 보였다. 순간 아놀드를 본 로이든의 시선이 험악하게 바뀌었다.

"빌어먹을. 하필 아놀드 백작과 마주치다니."

방으로 들어간 스텔라는 여전히 불쾌한 얼굴이었다.

"쳇, 고집쟁이 짐승 같으니라고. 오직 관심 있는 것이라곤…… 그것뿐이니."

스텔라는 코트를 벗어 침대 위에 놓으며, 불만 섞인 말을 뱉어냈다. 사실 솔직히 말해서 스텔라 역시 그와 밤을 보내는 것이 싫지 않았다. 오히려 첫날밤을 보내고 난 후, 그와 한 침대를 사용하는 것에 익숙해졌고, 그가 주는 밤의 쾌락에 점점 빠져들고 있는 것 역시 사실이었다.

하지만 그녀의 마음속에는 여전히 두 가지의 감정이 존재했다. 하지만 그날, 스카버러 해안가가 로이든의 피로 물드는 것을 보았을 때는 그녀의 심장에 오직 한 가지 감정만 있었다.

로이든 체스터를 살려야 한다는 것. 그가 죽는다면, 자신의 심장 역시 뛸 수 없다는 사실이었다. 그 감정을 증명하듯 자신 안에 숨겨져 있던 힘이 깨어났다. 마녀사냥이 엄연히 존재하고 있는 지금, 그녀의 힘은 마녀의 사술이라고 여겨질 수도 있는 상황이었다.

그래서 절대 사람들 앞에서 보여선 안 되는 능력이기도 했다. 스텔라는 마녀로 몰려 죽게 될 수도 있었지만, 그를 외면할 수 없었다. 아니, 로이든의 주변이 붉은 피로 물들어 있는 것을 본 순간 스텔라의 머릿속은 단 하나뿐이었다. 그를 살리는 것.

선명한 붉은색의 머리카락, 그리고 그녀의 목덜미가 불에 댄 듯 뜨거웠다. 그를 살려낸 대가로 스텔라는 이틀 동안 잠들어 있었다고 했다. 밀리는 깨어난 스텔라의 팔에 매달려, 다신 그 힘을 사용하지 말 것을 간절히 부탁했다. 다음엔 어쩌면 죽을지도 모른다고 하면서.

그리도 또 한마디…….

'마님, 영주님께선 마님을 지킬 수 있는 유일한 분이십니다. 그분만이 마님을 위험에서 구해낼 수 있습니다.'

아직도 밀리의 말이 머릿속에서 떠나지 않았다.

"대체 그는 무슨 생각인 걸까? 왜 그날 일에 대해 아무것도 묻지 않는 거지?"

스텔라는 초조했다. 그가 자신을 어떻게 생각하고 있는지 불안했다.

똑똑!

"밀리입니다, 마님. 들어가겠습니다."

문이 열리고 조금은 지친 듯 보이는 밀리가 방 안으로 들어왔다. 그러자 걱정스러운 얼굴로 스텔라가 밀리의 손을 붙잡곤 침대에 앉게 했다.

"여행이 너에겐 무리인 건가?"

"아닙니다, 괜찮습니다."

"다린 괜찮은 거지? 약은?"

"네, 이제 다 나았습니다. 그러니 제 걱정은 마시고, 마님께선 백작부인으로서 영주님을 챙기시면 됩니다.

밀리의 말에 스텔라가 미간을 좁혔다. 백작부인이라.

"밀리, 난 내가 스텔라 마리스 달링턴이란 사실에 자부심을 느꼈던 적이 있었어. 내 주변에 있는 사람들 역시 날 귀족가의 영애로 대접했고, 언제나 환영받았지. 그래서 난, 내 신분이 나라고 착각했던 모양이야."

"그게 무슨 말씀이세요?"

"내가 반역자의 딸이 되었을 때, 그 누구도 날 위해 변호해 주는 사람이 없었거든. 그때 깨달았어. 신분, 호칭 이런 건 아무것도 아니라는 걸. 난 그냥, 스텔라 마리스 달링턴이야. 신분이 변하고 호칭이 변해도 내 본질은 변하지 않아."

"마님께선 그 누구보다 고귀한 혈통의 후손이십니다. 그건 제가……."

"밀리, 난 그저 국왕의 말 한마디에 죽을 수 있는 한낱 귀족의 딸일 뿐이야. 네가 생각하는 그런 사람이 아니야. 어쩌면 내가 가진 능력 때문에 네가 그렇게 생각하는 것 같지만, 난 어쩌면 마녀일……."

"아닙니다, 아니에요. 절대 마님께선 그런 존재가 아닙니다. 다신 그런 말씀 하지 마세요. 제가 알고 있습니다. 제가 모든 걸……."

"밀리, 그만해. 네 마음 알고 있으니까."

스텔라가 밀리의 손을 붙잡았다. 눈물이 그렁그렁한 밀리의 눈동자에 짙은 안타까움이 배어 있었다. 금방이라도 그 묵은 감정을 쏟아낼 것처럼, 밀리의 모습이 무척이나 처량했다.

"두려운 거야? 내가 화형을 당할까 봐?"

스텔라의 물음에 밀리가 고갤 가로저었다.

"아닙니다, 두렵지 않아요. 절대 그럴 일 없을 테니까요."

"그럼, 그런 얼굴 하지 마. 나 역시 내가 가진 힘이 마녀의 사술이라고는 생각하지 않아. 어떤 의미에선 축복받은 능력이라고 생각해."

왜 자신에게 이런 힘이 있는 것인지 스텔라 자신도 알 수가 없었다. 하지만 그 능력으로 한 사람을 구할 수 있었다. 그것만으로 충분했다. 누군가를 잃지 않고 지킬 수 있게 되어서.

"밀리, 날 봐."

스텔라가 밀리를 불렀다. 최근 들어 밀리의 행동이 미묘하게 달라졌다는 것이 떠올랐다. 처음엔 갑작스러운 일들로 인해 정신적인 충격을 받은 것이라고 여겼었다. 하지만 그렇게 치부하기엔 의심 가는 것이 하나둘이 아니었다.

"밀리, 혹시 내게 아버지와 관련해서 하지 않은 얘기가 있는 건아니지? 만약 있다면, 말해줬으면 좋겠어. 그 진실이 어떤 것이든 말이야."

밀리가 당황한 듯 시선을 피하는 것이 보였다. 하지만 그것도 잠시, 뭔가 할 말이 있는 듯 고갤 들었다. 하지만 두려운 듯 입을 열지 못했다.

대체 뭐가 두려운 걸까? 이렇게 몇 번이나 피가 날 정도로 입술을 깨물며, 지키고 있는 그 비밀이 뭔지 스텔라는 알아야 했다.

"밀리……."

"스텔라!"

그녀를 부르는 로이든의 목소리와 함께 노크도 없이 순식간에 문이 열렸다. 그리곤 로이든이 방 안으로 들어왔다.

"무슨 일이시죠, 영주님?"

갑작스러운 로이든의 등장에 스텔라와 밀리가 침대에서 일어섰다. 안으로 들어서던 로이든은 스텔라가 밀리와 함께 있는 것을 보곤, 잠시 말을 멈추었다.

"밀리, 오늘 저녁은 마님과 함께 방에서 하겠다고 주인에게 말해주겠나? 피곤해서 말이야."

"아, 네. 그렇게 전하겠습니다, 영주님."

"아니에요, 전 방에서 저녁식사를 할 만큼 피곤하진……."

똑똑, 똑똑똑!

이번엔 방문을 두드리는 노크 소리가 들려왔고, 그 소리에 방 안엔 정적이 돌았다. 스텔라가 문 쪽으로 걸어가려 하자, 로이든의 스텔라의 팔을 붙잡았다.

"누군지 알고 계시는 건가요?"

"아니, 몰라. 하지만 지금은 피곤해서……."

똑똑!

"체스터 백작님, 제이크 아놀드입니다. 이곳에 머무신단 말씀을 듣고, 저녁식사에 초대하기 위해 찾아왔습니다."

다시 노크 소리가 들려왔고, 아놀드 백작의 정중한 목소리가 뒤를 이었다.

"제이크 아놀드라면…… 마을에서 절 도와주신 그분이시군요. 그런데 그분이 여긴 어떻게?"

스텔라가 로이든을 보며, 어떻게 된 일이냐는 듯 물었다. 그러자 로이든의 표정이 눈에 띄게 굳어졌다.

"자세히도 그를 기억하군. 설마, 미끈하게 생긴 아놀드의 외모에 혹한 건 아니겠지?"

"지금 무슨 말씀을 하시는지 모르겠군요. 아놀드 백작님께선 절 도와주신 게 다예요. 그렇게 비난을 받을 만한 행동은 한 적 없습니다."

스텔라가 딱 잘라 말했지만 로이든은 여전히 뚱한 표정이었다. 뭔가 불만인지, 자꾸만 문을 여는 걸 막는 것처럼 느껴졌다.

"아마, 아놀드 역시 마상 시합에 참가하기 위해 런던으로 가는 모양이야."

"아, 마상 시합. 그런데 영주님께선 아놀드 백작님을 싫어하시는 건가요? 지난번에도 그렇고 오늘도. 만날 때마다 꺼리는 분위기라……."

"그런 것 없어. 그저 피곤해서 그런 것뿐이야."

"그럼 문을 열어도 되겠군요. 마냥 세워두는 것 역시 예의가 아니니까요."

스텔라가 로이든의 팔을 떼어내곤, 문으로 다가가 열었다. 그러자 잘생긴 아놀드가 스텔라를 발견하곤 기쁜 듯 고갤 숙였다.

"문을 늦게 열어 죄송합니다, 백작님. 좀 피곤해서 쉬고 있었답니다."

"그러셨군요. 기쁜 마음에 그만, 실례를 범한 모양입니다. 그럼 저녁식사 초대는 다음에⋯⋯."

"아닙니다, 백작님. 지난번 제가 초대장을 보낸다는 약속을 지키지 못한 것이 마음에 걸렸던 참이었습니다. 식사 초대는 저희가 하겠습니다. 그래도 괜찮겠죠, 영주님?"

스텔라가 굳은 얼굴로 서 있는 로이든을 돌아보았다. 분명 표정에선 제이크 아놀드 백작과 함께 저녁 따위 먹고 싶지 않다는 게 뻔히 보였지만, 스텔라는 모르는 척했다.

"좋도록 해. 난 상관없으니까."

마지못해 로이든이 허락하자, 스텔라가 다시 아놀드를 바라보며 말했다.

"영주님께서 동의하셨으니, 저녁식사 때 뵙겠습니다."

"네, 저녁식사 때 뵙겠습니다. 아마, 레아도 좋아할 겁니다."

"레아라면?"

"아, 제 여동생이랍니다. 런던에서 마상 시합이 있다고 하자, 함께 가겠다고 해서 데리고 왔습니다. 아마 여행 동안, 백작부인의 말동무가 되어줄 겁니다."

"아, 네. 그럼, 저녁식사에서 뵙겠습니다."

스텔라가 아놀드에게 살짝 고갤 숙여 보인 후, 문을 닫았다. 그러자 지금까지 입을 꾹 다물고 있던 로이든이 불쾌한 듯 말했다.

"기분이 좋은 모양이군."

"예의 바르고 유쾌한 사람들과 저녁식사를 하는 건, 언제나 기분 좋은 일이니까요."

순간 두 사람 사이에 팽팽한 긴장감이 어렸다. 그렇게 서로를 쏘아보던 두 사람 중 먼저 자릴 뜬 것은 로이든이었다. 로이든이 말도 하지 않고 거칠게 문을 닫고 방을 나가 버렸다. 그러자 밀리가 한숨을 몰아쉬는 것이 보였다.

"세상에나, 영주님 눈빛에 심장이 쪼그라드는 줄 알았지 뭡니까? 마님께선 괜찮으신 가요?"

"난 괜찮아. 괜히 심통을 부리는 것 같아 나도 똑같이 해줬을 뿐이니까."

스텔라가 아무 일 아니라는 듯 어깰 으쓱해 보였다. 하지만 밀리는 여전히 긴장이 풀리지 않은 상태였다. 냉기를 뿜어대며, 화를 참고 있는 검은 늑대 로이든을 보고도 스텔라는 두렵지도 않은 모양이었다. 그러나 밀리가 놀란 건, 스텔라의 태도가 아니라 로이든의 반응이었다. 불쾌한 표정을 숨기려 하진 않았지만, 스텔라의 일방적인 결정을 번복하지 않았다. 무관심한 듯 보였지만, 스텔라의 말 한마디 표정 하나에 예민하게 반응하고 받아들이고 있었다. 그리고 그의 태도, 스텔라에게 화를 내는 것이 아니라 뭔가……

"질투."

"질투라니?"

"영주님께서 질투를 하시는 모양입니다. 그것도 아놀드 백작이라고 하시는 분께요."

"말도 안 돼. 로이든이 질투를 하다니."

"왜 말이 안 된다는 건지 모르겠습니다. 영주님께서는 분명, 마님을 마음에 담고 계시니 자신의 여인에게 질투를 하는 건 당연한 일인데요."

"날 마음에 담고 있다고?"

"네. 사고가 있던 날, 영주님께선 마님을 살리기 위해 위험을 무릅쓰셨다고 들었습니다. 남자란 마음에 없는 여인을 위해 직접 움직이진 않는 법입니다. 거듭 말씀드리지만, 영주님은 마님을 마음에 두고 계십니다."

'또한 마님 역시 마찬가지실 테죠. 깨닫지 못하는 것이 아니라, 외면하고 있는 것일 뿐. 마님의 머리색이며 등에 나타난 표식. 그 모든 것이 마님의 진심을 나타내는 지표 같은 것이니까요. 그리고 영주님께서 마님을 깨우셨습니다. 단 한 사람. 정해진 반려만이 할 수 있는 일을 영주님께서 하셨습니다. 에드먼드 님과 샤론 님처럼요.'

밀리는 안타까운 표정으로 말을 삼켰다. 정말 안타까웠다. 서로 사랑하고 있지만, 받아들일 수 없는 상황의 두 사람이.

"책임감일 뿐이야. 검은 늑대는 자신의 사람을 지키기 위해선 목숨을 거는 사람이니까."

"마님 역시 검은 늑대의 사람이십니다. 저에게 말씀하셨지 않습니까? 영주님께서 마님을 지켜주겠다고 약속하셨다고요. 나쁜 건, 국왕이십니다. 모두 다 희생자일 뿐."

밀리의 말에 스텔라가 천천히 한숨을 내쉬었다. 알고 있었다. 로이든 역시 희생자라는 걸.

"하지만 너무 불쌍하잖아. 아버지께서 억울하게 돌아가실 때, 그 누구도 아버지 편에 서주지 않았던 게. 내가 아무것도 할 수 없었던 게, 너무 화가 나잖아. 무능한 내가, 너무 싫어. 그래서……."

스텔라가 주먹을 꼭 쥐었다. 자신이 너무 못나 보였다. 로이든을 탓하는 자신이 너무 못나서 화가 났다.

"밀리, 너 역시 나에게 숨기는 게 있다는 걸 알아."

순간 밀리의 얼굴이 납빛이 되었다. 그 모습을 보며, 스텔라는 밀리가 숨기고 있는 비밀이 자신이 생각하는 것보다 훨씬 위험한 것일지도 모른다는 생각이 들었다.

"널 책망하려는 게 아니야. 기다리고 있다고 말하려는 것뿐이니까."

밀리의 꼭 다물어진 입술이 떨리는 것이 보였다. 스텔라는 그런 밀리를 꼭 끌어안았다. 밀리 역시 자신이 품고 있는 비밀의 힘을 감당할 수 없는 모양이었다.

밀리가 자신에게 털어놓지 못하는 이유는 분명, 그녀가 위험해질지도 모른다는 생각 때문인 게 분명했다. 밀리에겐 스텔라의 안전이 가장 중요하다는 것을 너무도 잘 알고 있었으니까.

"마님, 조금만 기다려 주십시오. 곧, 말씀드리겠습니다."

런던에 도착해 국왕 리처드를 만난 후, 스텔라에게 모든 것을 털어놓을 생각이었다. 지금은 리처드가 무슨 생각을 하고 있는지 전혀 알 수가 없었다. 국왕을 만나야 해. 그리고 알아내야 했다. 국왕 리처드가 어떤 의도를 갖고 있는지를.

❖

생각보다 저녁식사는 유쾌한 분위기에서 이루어졌다. 제이크 아놀드 백작은 생각보다 지적인 면이 많았고, 배려가 많은 신사였다. 이렇게 식사하는 동안 아무런 걱정 없이 가벼운 대화를 나누며 웃고 농담을 하는 것이 얼마 만인지 기억이 나지 않을 정도였다.

"그럼 런던에 도착하면, 어디에 머무실 예정이십니까? 저흰 런던에 있는 동안 저택을 빌릴 예정이라. 가깝다면, 이렇게 또 저녁식사를 하는 것도 좋을 것 같아서요."

아놀드 백작이 기대에 찬 표정으로 스텔라를 바라보았다. 그건 식사 내내 로이든의 곁에서 아양을 떨어대던 레아 역시 마찬가지였다.

"우린 궁에 머물게 될 것 같아요. 폐하께서 그렇게 전갈을 보내오셨거든요."

스텔라의 말에 아놀드의 표정이 굳어졌다. 분명 그가 재판장에서 본 국왕 리처드는 스텔라에게 좋지 않은 감정을 갖고 있었다. 단두대에 세워 죽이려고까지 했으니까. 그런데 스텔라와 로이든을 궁으로 초대하다니. 그의 상식으론 믿을 수가 없었다.

"국왕 폐하께서 두 분을 궁에 머물도록 허락하셨다는 말씀이십니까?"

아놀드가 스텔라를 지나쳐, 로이든을 응시했다. 믿기지 않는다는 듯. 그 모습에 저녁식사 내내 차가운 얼굴을 하고 있던 로이든이 처음으로 입을 열었다.

"들은 그대로야. 폐하께서 우릴 초대하셨지. 폐하께서 머무르고 계시는 궁으로."

로이든의 목소리에 담긴 분노를 읽지 못한 듯 아놀드는 무척이나 혼란스러운 듯 보였다.

"하지만 폐하께선 분명, 두 분을 강제로 혼인시켰던 게 아니었습니까? 전, 폐하께서 죽음보다 가장 잔혹한 벌을 두 분께 내렸다고 생각했습니다. 그런데……. 아, 죄송합니다. 너무 놀라 제가 두 분께 결례를 한 것 같습니다."

아놀드가 식탁에 감도는 차가운 긴장감을 눈치채고는 급하게 사과를 했다. 하지만 옆에 앉아 있던 레아는 아놀드의 말에 호기심이 생긴 듯 끼어들었다.

"그게 무슨 말이죠? 강제로 혼인을 하다니. 혹시 두 분의 혼인을 폐하께서 강제로 시켰다는 뜻인 건가요? 첫눈에 반해 다급하게 혼인을 한 게 아니라?"

레아의 질문에 싸늘하던 분위기가 더 차갑게 식었다. 아놀드는 안절부절못하며, 두 사람의 눈치를 살폈다. 그리곤 레아의 입을 막으려 했다.

"레아, 그건……."

"맞아요. 저희 혼인은 폐하께서 강제로 진행한 것이랍니다. 죽음보다 더 가혹한 벌을 내리기 위해서요. 그러니 아놀드 백작님, 그렇게 미안한 얼굴 할 것 없답니다. 잉글랜드에서 모르는 분이 없을 정도로 대대적인 사건이었으니까요. 그렇지 않나요, 영주님?"

스텔라의 질문에 로이든의 표정이 불만스레 굳어졌다. 사실이긴 했지만, 이렇게 떠벌리고 다니고 싶지 않은 일이었다.

"맞아, 잉글랜드 귀족이라면 모두가 다 아는 대단한 스캔들이었지. 아마, 런던에 도착하면 알고 싶지 않아도 알게 될 테지. 그럼, 난 이만 일어나도 될까? 피곤하군."

로이든이 자리에서 일어섰다. 그리곤 레아에게 눈인사를 해 보인 후, 밖으로 나가 버렸다.

"믿을 수 없군요. 귀족들이 다 아는 스캔들이라니. 하지만 전 시골에 있느라, 그런 소문을 듣지도 못했다니. 그런데 왜 폐하께선 두 사람을……"

"레아, 그만하는 게 좋겠다. 내일 아침 일찍 출발하려면, 자야 할 것 같구나. 만약 오늘처럼 출발이 늦어지면, 널 이곳에 놓고 가 버릴지도 모르니까."

아놀드의 말에 레아기 입을 삐죽였다. 하지만 여전히 호기심을 버리지 못한 듯 아쉬운 얼굴을 했다.

"알았어요, 오라버니. 아름다운 피부를 위해 잠을 자는 게 좋겠어요."

레아가 자리에서 일어섰다. 그러자 스텔라 역시 자리에서 일어서며, 아놀드를 올려다보았다.

"아놀드 백작님, 저녁식사 즐거웠습니다. 즐거운 여행이 되셨으면 좋겠군요. 그리고 마상 시합에서도 좋은 결과 있기를 바랄게요."

"저희와 함께 런던에 가는 것이 아니었습니까? 어차피 목적지가 같으니……"

"그건 저 혼자 결정할 일이 아니어서요. 여정의 일정은 영주님께서 결정하실 겁니다. 그럼, 인연이 닿는다면 런던에서 뵙겠습니다."

스텔라가 방으로 가기 위해 2층 계단 쪽으로 걸어가기 시작했다. 그러자 아놀드가 서둘러 그녀를 뒤따라왔다.

"백작부인, 잠시만."

아놀드가 멀어지려는 스텔라의 팔을 다급하게 붙잡았다. 그러자 스텔라는 그의 손을 본능적으로 밀쳐 냈다.

"할 말이 더 남은 건가요, 아놀드 백작님?"

"혹시 런던에 도착하신 후, 제 도움이 필요하시다면 언제든 찾아오십시오. 마상 시합 내내 이곳에 머물 예정입니다."

스텔라는 아놀드가 건넨 종이를 물끄러미 내려다보았다. 하지만 스텔라는 종이를 받지 않는 쪽을 선택했다.

"고맙군요, 아놀드 백작님. 하지만 이건 필요 없을 겁니다. 제 일은 영주님께서 알아서 해주실 테니까요."

스텔라가 종이를 밀어내며, 계단을 오르려 했다. 그러자 아놀드가 억지로 그녀의 손을 붙잡곤 손에 종이를 쥐어주었다. 그의 갑작스러운 행동에 스텔라는 당혹감을 감추지 못한 채 그를 올려다보았다.

"알고 있습니다. 하지만 저 역시, 도움이 되어드리고 싶거든요."

믿을 수 없지만, 아놀드의 눈동자에 어린 감정은 분명 연정이었다. 성급하고 안타까움이 담긴 사내의 연정. 그 감정을 눈치챈 스텔라의 표정이 굳어졌다.

"죄송합니다, 아놀드 백작님. 뭔가 오해가 있으신 것 같아 말씀드리겠습니다. 전 체스터 백작가의 안주인입니다. 제 안위는 제 남편인 로이든이 책임질 겁니다. 검은 늑대는 자신의 것을 지키는 데 게으름 같은 건 피우지 않은 성격이니까요. 강제로 한 혼인이라고 해도 그건 변하지 않을 겁니다. 전, 로이든을 믿고 있거든요."

스텔라는 종이를 다시 아놀드에게 건넨 후, 계단을 올라가 버렸다.

"흥! 단단히 홀리셨군요, 오라버니. 하지만 포기하시는 것이 좋겠어요. 백작부인께선 영주님을 대단히 신뢰하는 모양이니까요. 강제로 한 혼인이라고 하기엔 너무 애절할 만큼요."

레아가 마음에 들지 않는다는 표정으로 2층으로 올라가는 스텔라를 쏘아보며 말했다. 그러자 아놀드는 주먹을 꼭 쥐곤 아무렇지 않은 표정으로 레아를 돌아보았다.

"레아, 너 역시 조심하는 게 좋아. 아무리 체스터 백작님께서 레이첼의 오라버니라곤 해도, 그는 이미 혼인한 사람이야. 식사 내내 보인 네 행동, 너무 지나쳤어. 숙녀에겐 평판이 얼마나 중요한지 잊지 않길 바란다. 특히 런던에선 더더욱 행동을 조심하도록 해."

"오라버니야말로, 조심해야 할 것 같더군요. 그런 눈으로 계속 저 여자를 봤다간, 런던에 있는 모든 귀족들이 오라버니의 감정을 눈치챌 테니까요. 그럼, 불륜이란 이름으로 가문에 먹칠을 하는 사람은 내가 아니라, 오라버니가 될 겁니다."

레아가 톡 쏘아붙이곤 아놀드를 남겨둔 채, 2층으로 올라가 버렸다. 계단을 올라 복도를 따라 걸으며 레아는 체스터 백작부인이 된 스텔라를 떠올렸다. 정말 마음에 들지 않았다. 로이든을 차지한 것도 싫었지만, 그 혼인이 강제적으로 이루어졌단 사실이 더 싫었다.

'유명한 스캔들이었단 말이지? 도대체 어떤 스캔들이었기에.'

레아는 런던에 도착하면, 스텔라와 로이든의 스캔들을 알아볼 생각이었다. 그리고 가능하다면, 그 강제로 한 혼약에서 로이든을 구해내기로 결심했다.

밤이 깊어가고 있었다. 침대에 걸터앉아 있던 스텔라가 자리에서 일어섰다. 그리곤 방 안을 서성이기 시작했다.

"밤이 늦었는데, 왜 아직 들어오지 않는 건지 모르겠군. 오늘 밤은 검술 연습을 하지 않을 생각인 건가?"

스텔라가 굳게 닫힌 문을 쏘아보았다. 그러다 도저히 그냥 있을 수 없다는 생각이 들었다. 사실 3주 동안, 밤 시간을 이용해 로이든에게 검술을 배워왔다. 하지만 스텔라가 로이든을 기다리는 것은 그 이유 때문만은 아니었다.

식사 내내 차가운 얼굴로 묵묵히 음식을 먹던 그가 유일하게 말을 건넨 상대가 바로, 아놀드의 여동생 레아였다는 사실이었다. 자신을 무시한 채 레아에게만 향해 있던 그의 시선이 그녀의 신경을 건드렸다.

"흥, 자신의 팔을 그렇게 떡 주무르듯 하는데도 밀어내지 않다니. 자기에게 유일한 여인은 딱 한 사람, 나라고 하더니, 다 빈말이었어."

스텔라는 로이든의 행동을 떠올리며, 열이 나는지 손부채질을 했다. 생각할수록 화가 났다.

"대체 어디에 있는 거야? 이 늦은 시각에. 설마, 다른 여잘……?"

그렇게 생각한 순간 스텔라가 벽에 걸린 외투를 집어 들어 팔에 꿰었다. 그리곤 문을 열고 어두운 복도를 따라 걷기 시작했다. 모두가 잠들었는지, 건물 안은 조용했다.

1층에 내려온 스텔라는 미간을 좁히며 주위를 살폈다. 레이놀즈와 술이라도 한잔하고 있을 것이라 생각했는데 그게 아닌 모양이었다.

"마구간에 있는 건가?"

스텔라가 여인숙의 현관문을 열고 밖으로 나왔다. 차가운 새벽 공기에 어깨가 움츠러들었다. 바짝 코트 깃을 여민 스텔라가 마당을 가로질러 마구간으로 향했다. 이곳 마구간은 여인숙 건물과는 많이 떨어진 곳에 있어서 그런지 마당을 가로지르는 내내 긴장이 되었다.

한참을 걸어 마구간에 도착한 스텔라가 조심스럽게 고갤 들이밀었다.

"여기도 없는 건가? 영주님, 영주님."

스텔라가 로이든을 불렀다. 하지만 마구간에선 사람의 인기척이라곤 전혀 느껴지지 않았다.

"로이든은 대체 어딜 간 거야?"

스텔라가 작게 한숨을 내쉬고 돌아서려는 순간, 누군가 그녀의 팔을 강하게 붙잡았다. 너무 놀라 소릴 지르기 위해 입을 열었다. 하지만 익숙한 체향과 그녀를 내려다보는 로열 블루의 눈동자를 보자, 서둘러 입을 다물었다.

"뭐예요? 놀랐잖아요."

스텔라가 안도의 숨을 내쉬는 동안, 로이든이 그녀의 팔을 붙잡고 어디론가 걸어가기 시작했다. 스텔라는 그를 따라 무작정 걸었다.

"어딜 가는 거죠?"

"그러는 넌, 왜 온 거지? 잘 것이라고 생각했는데 말이야."

"그야 당연히 영주님을 찾으러 왔죠. 늦은 시간까지 방에 오지 않으니, 당연한 것 아닌가요?"

"날 기다렸다는 말이군."

"뭐, 그렇죠. 웃! 잠깐만…… 지금 뭐 하는…… 흡!"

그를 따라 마구간 안으로 들어간 스텔라가 한순간 벽에 밀어붙여졌다. 그리고 무슨 일이 일어나는지 인식하기도 전에 로이든이 몸을 밀착시켜 왔다. 순식간에 벽과 로이든 사이에 완벽하게 끼게 된 스텔라는 그에게 벗어나기 위해 버둥거렸다.

"지금 뭐 하는 거예요? 당장, 놓아줘요."

하지만 로이든은 뒤로 물러나는 대신 고갤 숙여 그녀의 입술에 키스해 왔다. 너무도 갑작스럽게 이루어진 일이라 스텔라는 멍해졌다.

"날 기다렸다며?"

입술을 열고 깊숙이 혀를 얽어오던 로이든이 그렇게 속삭였다.

"흣!"

기다린 건 사실이었다. 하지만 그와 키스하기 위해서가 아니라, 이야길 해야겠다는 생각 때문이었다. 하지만 그의 키스가 점점 농밀해지고, 뜨거운 열기를 품기 시작하자 스텔라의 몸 역시 반응하기 시작했다.

"그런 게 아니라…… 흣! 할 말이…….."

"쉿! 목소리가 너무 커. 이러다 잠들어 있는 사람들을 모두 깨우겠군."

로이든의 말에 스텔라가 긴장한 듯 눈으로 주위를 살폈다. 하지만 이곳은 여인숙의 건물과 떨어져 있는 마구간이었다. 어둠 속엔 두 사람뿐, 그 어떤 인기척도 느껴지지 않았다.

"잠깐만 기다려요. 누군가 우릴 본다면 분명……."

"그럼 방으로 갈까? 사실 방이나 여기나 별 차이는 없을 거야. 여인숙의 벽은 너무 얇아서 우리가 무얼 하는지 옆방 사람들은 모두 알 테니까. 그러니 선택해. 여긴지, 아니면 방인지."

"둘 다 싫다고 한다면요?"

"그럼 근처에 숲이 있더군. 거기로 갈까?"

로이든의 대답에 스텔라가 두 손을 그의 가슴에 대고는 그를 밀었다. 그러자 그의 입술이 그녀의 입술에서 떨어지며, 서로를 마주 볼 수가 있었다.

"그것 알아요? 당신의 대답 속에 섹스를 하지 않겠다는 말이 없다는 것을요."

"당연한 것 아닌가? 난 네가 이곳에 온 순간부터 네가 갖고 싶었거든."

"유감이지만, 전 아니…… 훗!"

순간 스텔라가 몸을 떨었다. 그의 손이 외투를 밀치고 들어오더니, 그녀의 젖가슴을 꽉 그러쥔 것이다.

"말과는 달리 예민해져 있군. 음란하게 날 기다리는 동안……."

"그 입 다물어요. 누가 음란하다고 이러는지, 훗!"

그가 자신의 말을 입증하려는 듯 그의 손에 붙잡혀 단단해진 붉은색의 열매를 비틀었다. 당황한 스텔라가 순식간에 얼굴을 붉혔다. 그의 말처럼 그녀의 몸은 이미 그의 애무에 반응하며 예민해져 있었다.

"거짓말쟁이."

그 말과 함께 그가 그녀의 입술에 키스했다. 그가 그녀의 턱을 붙잡곤 살짝 들어 올리자, 그의 혀가 거침없이 밀고 들어와 그녀의 입 안쪽을 쓸었다. 그 낯선 감각에 스텔라의 몸이 떨렸다. 그에게 붙잡혀 키스하는 동안 스텔라의 몸이 뜨겁게 반응했다. 등줄기를 따라 흐르던 쾌락이 어느새 아랫배 안쪽을 뜨겁게 달궈놓았다.

"하아, 로이든……."

"쉿! 이러다 들키겠어."

로이든의 말에 스텔라가 신음을 삼켰다. 하지만 그의 말과는 달리 그의 손이 드레스의 치맛자락을 밀치고 안으로 들어왔다. 기다랗고 단단한 손가락이 그녀의 허벅지를 쓸자, 스텔라는 화들짝 놀라 그에게서 벗어나려 했다.

"미쳤어요? 정말 여기서…… 그러니까."

"미치지 않았어. 그리고 여기서 할 거야. 그러니 모두를 깨우고 싶지 않거든 두 손으로 입을 꽉 막도록 해."

스텔라의 눈이 커졌다. 하지만 로이든은 그의 말을 증명이라도 하려는 듯 손을 그녀의 속옷 속으로 밀어 넣더니, 그녀의 수풀 안쪽을 더듬기 시작했다. 어느새 뜨거운 애액으로 젖은 그곳이 그의 손끝에 파르르 떨렸다.

"하아, 로이든."

정말 그는 이곳에서 그녀를 안을 생각인 게 분명했다. 스텔라는 심장이 뛰기 시작했다. 매춘부들이나 할 법한 일을 자신이 하고 있다니. 믿어지지 않았다. 하지만 한편으로 묘하게 흥분이 되기 시작했다. 그 역시 그녀의 감정을 읽은 듯 밀부를 어루만지는 손끝이 끈적끈적해졌다. 그 질척거림에 스텔라의 얼굴이 뜨거워졌다. 정숙한 숙녀라면 절대 보여서는 안 되는 반응이었다. 하지만 스텔라의 밀부는 그의 손길에 더욱 젖어들었다.

"하아, 흐흡."

젖은 숨을 삼키며 스텔라의 허리가 강하게 비틀렸다. 그러자 그녀의 밀부 입구를 쓸며 어루만지던 그의 손끝이 촉촉하게 젖은 밀부 안쪽으로 빨려 들어갔다. 그녀의 반응에 로이든의 그녀의 밀부에서 손을 빼내더니, 자신의 바지의 버클을 풀었다.

다소 거칠게 드레스 안으로 손을 넣어 그녀가 입고 있는 속옷을 끌어내렸다. 그리곤 그녀를 단단히 붙잡아 위로 안아 올리더니, 그의 허리에 그녀의 다릴 휘감게 했다.

"바닥이 좋다면 말해. 하지만 머리며 옷에 지푸라기가 묻게 될 거야."

스텔라의 치마가 말려 올라가자, 맨 다리가 드러났다. 그녀의 젖은 밀부에 단단하게 일어선 그의 일부의 끝이 닿았다. 그 뜨겁고 나른한 감촉에 그녀의 밀부 역시 반응하듯 촉촉하게 젖어들었다.

"팔로 내 어깰 단단히 붙잡도록 해."

로이든의 말에 스텔라가 바닥으로 떨어지지 않기 위해 그의 목에 단단히 휘감았다. 그러자 자연스럽게 그녀의 밀부에 닿아 있던 그의 남성이 여린 속살을 밀치곤 안으로 찌르듯 들어왔다.

"흡! 천천히…… 하아, 너무 깊어…… 하아."

선 채로 그의 남성을 받아들이게 된 스텔라는 그의 어깨를 단단히 붙잡았다. 길고 뜨거운 창끝이 그녀의 여린 살을 비집고 들어와 그녀의 몸을 단숨에 꿰뚫었다. 누가 올지도 모르는 공간에서 낯선 자세로 그와 한 몸이 되다니. 힘을 빼고 그에게 몸을 맡긴 순간 두 사람의 몸이 얽혀들며 결합이 더욱 깊어졌다.

"헉, 하아, 훗!"

이상했다. 옷을 다 벗지도 않은 상태에서 서로의 가장 은밀한 부분만을 열고 서로를 탐하는 모습이 마치 맹수의 교미처럼 느껴졌다. 하지만 그것이 스텔라를 주체할 수 없는 쾌락에 몸을 떨게 만들었다. 멈추고 싶지 않을 만큼.

"평소보다 더 예민해. 이런 걸 좋아하는 모양이군."

로이든이 그녀의 귓불을 깨물며 낮게 속삭였다. 부정할 수가 없었다. 그의 말처럼 그녀의 몸은 누군가에게 들킬지도 모른다고 생각해서인지 더 예민하게 반응하고 있었다.

"후훗!"

스텔라는 입술을 깨물며 그의 목덜미에 얼굴을 묻고는 거친 숨을 토해냈다. 그런 스텔라를 보며, 로이든이 웃음을 터뜨렸다. 잠시 후 로이든은 그녀를 벽에 밀어붙이곤 안정된 자세에서 천천히 허리를 움직였다. 깊게 결합되어 있던 밀부가 마찰을 거듭했다. 허리 짓이 빨라질수록 두 사람의 결합된 곳에서 질척한 젖은 소리가 났다.

그녀의 내벽을 타고 흘러내리는 애액이 그의 남성을 적셨다. 그녀의 밀부에 뿌리를 내린 그의 일부가 들러붙어 떨어지지 않으려는 듯 강하게 서로를 끌어당겼다. 그 아득한 감각에 스텔라는 허릴 비틀며 그를 집요하게 조이기 시작했다.

"하아, 스텔라."

날카로운 쾌락이 등줄기를 타고 흘렀다. 로이든 역시 더는 웃을 수 없었다. 로이든은 뜨거운 숨을 참으며, 스텔라를 불렀다. 이마에 땀이 맺혔다. 이제 막 그녀의 안에 들어간 것뿐이었지만, 그는 평소보다 더 지독한 쾌락에 몸을 떨고 있었다. 자신 역시 통제를 잃어버린 듯했다. 누군가에게 들킬지도 모르는 곳에서 그녀와 섹스를 한다는 사실이 그를 평소보다 더 흥분시킨 듯했다.

아니, 진짜 이유는 그것이 아니었다. 처음으로 스텔라가 자신을 찾아온 것이다. 그가 아니라, 그녀가 먼저 자신에게 손을 내밀었다. 그것이 평소보다 그가 통제를 잃은 이유였다.

"미치겠군."

로이든이 욕설을 뱉어내며, 허릴 움직이기 시작했다. 아래서 위로 찌르듯 강하게 그녀의 젖은 내벽을 뚫고 진퇴를 거듭했다. 그의 어깨를 붙잡고 신음을 삼키고 있는 스텔라에게선 여인들의 교태를 찾아볼 수 없었다. 로이든은 그녀에게 단단히 홀려 있었다.

강한 의지를 지닌 숙녀. 또한 남들과 다른 능력을 지닌 여인인 스텔라. 위험스럽고 비밀스러운 그녀가 온통 로이든을 뒤흔들고 있었다.

"아놀드와 다신 말하지 마. 쳐다보지도 말고, 웃지도 마."

갑자기 뱉어내는 로이든의 거친 말투에 놀라 스텔라가 고갤 들었다. 그녀의 검은 눈동자가 열기로 촉촉이 젖어 있었다.

"아놀드 백작님이라니. 갑자기 왜? 설마, 질투하시는 건가요?"

스텔라가 숨을 고르며, 말했다. 그러자 로이든은 단호한 얼굴로 스텔라를 쏘아보았다.

"아놀드뿐만 아니라, 다른 사내들 역시 마찬가지다. 네 주인은 오직 나니까, 나만 봐. 내 말 명심하도록 해, 스텔라."

그의 질투에 순간 멍해졌다. 그의 말에 심장이 간질거렸다. 목구멍이 꽉 조이며 따가웠고, 그의 질투가 그녀를 들뜨게 했다.

"그건 당신도 마찬가지 아닌가요? 다른 여인이 당신을 만지는 건 싫어요. 다 내 거예요. 내 허락 없인 다…… 하악!"

말이 끝나기도 전에 그의 일부가 그녀의 내벽을 파고들었다. 스텔라는 힘껏 그를 붙들곤 몸을 떨었다. 그의 움직임이 더욱 거칠어졌다. 허리를 움직이는 행위 역시 거침없었다. 스텔라는 그의 품에 안긴 상태에서 쾌락에 몸을 떨었다. 자꾸만 허리가 비틀리며 고개가 뒤로 휘었다. 스텔라는 입술을 뚫고 흘러나오려는 신음을 억지로 삼키느라 안간힘을 써야 했다.

"흐흡! 하아, 하아!"

온몸을 뒤흔드는 나른하고 짙은 쾌락을 참아내는 게 점점 힘들어졌다. 아픔과도 닮아 있는 쾌락에 눈물이 흘러내렸다. 집요하게 찌르듯 안으로 들어와 그녀를 자극하는 그의 행위에 스텔라는 본능적으로 아랫배에 힘을 줘 그를 조였다.

"하아, 젠장! 이대론 안 되겠어."

그 말이 의미하는 것이 무엇인지 알 수 없었다. 하지만 다음 순간 등에 느껴지던 딱딱한 벽이 사라지고, 푹신한 뭔가에 닿았다. 풀 냄새가 났다. 그제야 스텔라는 자신이 건초 더미 위에 누워 있다는 사실을 깨달았다.

자세가 변하자, 로이든의 움직임이 거침없어졌다. 뜨겁게 솟구치는 열기를 쫓아 그의 움직임이 격렬해졌고, 스텔라 역시 허릴 비틀며 그를 받아냈다. 용광로처럼 뜨거운 불길 속에 있는 느낌이었다. 통제할 수 없는 쾌락이 두 사람을 태울 듯 휘몰아쳤다.

위험스럽게 흔들리던 두 사람의 몸이 뒤엉켜 격정적으로 움직였다. 지독한 쾌감의 정점을 향해 치닫기 시작한 몸은 녹아들 듯 다급했다.

"하아, 로이든……."

"하아, 스텔라. 하아."

거친 숨을 몰아쉬며 로이든이 스텔라의 내벽을 가르며 거침없이 안으로 들어갔다. 그리곤 한 치의 틈도 없이 밀착된 두 사람의 몸이 격정으로 떨리기 시작했다. 동시에 쾌락의 끝에 도달한 두 사람은 서로를 끌어안고 입을 맞췄다. 남녀의 젖은 숨소리가 잦아들기까지 오랜 시간이 필요했다.

침대에 누워 있던 밀리가 눈을 떴다. 조심스럽게 몸을 일으킨 밀리는 옆에서 잠을 자고 있는 캘리에게 손을 뻗어 깊이 잠들어 있음을 확인했다. 그리곤 옆에 놓아둔 두꺼운 숄을 어깨에 걸치곤 조심스럽게 움직여 방을 나왔다. 한두 발짝 걷지 않아, 그녀를 기다리고 있던 사내가 어둠 속에서 모습을 드러냈다.

"나에게 만나자는 전갈을 보내다니, 이제 마음을 굳힌 모양이군."

남자의 말에 밀리가 고갤 들었다. 그러자 자신을 보며, 차갑게 웃고 있는 대장장이 존슨을 볼 수 있었다.

"제가 폐하를 알현할 수 있도록 주십시오. 직접 뵙고 드릴 중요한 이야기가 있습니다."

"비밀이란 말이군. 날 믿지 못한다는 것이냐?"

"존슨 님을 믿지 못하는 것이 아닙니다. 그 정도로 중요하다는 뜻이라 생각해 주십시오. 분명, 폐하께 샤론 님에 관한 일이라고 한다면, 저와의 만남을 허락하실 겁니다."

"감히 그 이름을 입 밖으로 내다니. 당장 그 입 다물어."

존슨이 샤론이란 이름에 눈살을 찌푸렸다. 그리곤 누군가 그 이름을 들었을까 겁이 난다는 듯 주위를 두리번거렸다. 다행히도 두 사람이 서 있는 복도 끝엔 아무런 인기척도 느껴지지 않았다. 오직 어둠만이 있을 뿐이었다.

"좋아. 폐하께 전갈을 보내 드리도록 하지."

존슨의 말에 밀리가 고갤 숙여 인사를 하고는 복도를 지나, 자신의 방으로 돌아가려 했다. 그러자 존슨이 밀리의 앙상한 팔을 거칠게 붙잡고는 자신에게 끌어당겼다.

"배신할 생각은 마. 만약 그렇게 된다면, 스텔라가 네가 보는 앞에서 죽게 될 테니까. 화형을 당해서."

존슨의 협박에 밀리의 어깨가 파들파들 떨렸다.

"그런 일, 절대 없을 겁니다. 스텔라 님은 샤론 님과는 다르시니까요."

밀리가 두려움을 밀어내고는 존슨의 팔을 거칠게 뿌리쳤다. 그리곤 서둘러 방으로 들어가는 것이 보였다. 밀리가 방으로 들어간 것을 확인한 존슨이 서둘러 계단을 내려왔다. 어둠 속에서 그림자처럼 움직이는 그를 눈여겨본 사람은 아무도 없었다.

11

마상 시합이 일주일 앞으로 다가온 런던은 이미 각지에서 몰려든 귀족들과 가문에 소속된 기사들로 인해 붐비고 있었다. 무엇보다 10년 만에 다시 열리는 마상 시합을 보기 위해 모여든 구경꾼을 비롯해 갖가지 진기한 물건을 가지고 런던으로 온 상인들까지 합세하자, 그야말로 런던은 발 디딜 틈도 없을 정도였다.

그때 사람들로 웅성거리는 도로가 고요해졌다. 잠시 후, 뒤를 돌아본 사람들이 놀라 재빨리 자릴 비켜주자, 순식간에 넓은 길이 나타났다. 그리고 그 길 한가운데, 검은 늑대의 문장이 새겨진 깃발이 휘날리고 있었다. 선두에 선 로이든 체스터 백작을 비롯해 그 뒤를 따르는 기사들의 행렬이 눈에 들어왔다.

검은 늑대의 문장. 잉글랜드 사람이라면 누구나 전쟁터를 누비던 검은 늑대 로이든 체스터 백작을 똑똑히 기억하고 있었다. 잘

생긴 외모는 물론 서늘하고 냉정한 성격의 그는 존재 자체만으로도 충분히 위협적인 자였다. 그런 자가 마상 시합에 출전하기 위해 런던에 오다니. 귀족들은 그를 경계하듯 바라보았고, 구경꾼들은 그가 보여줄 시합을 기대하며 눈을 빛냈다.

"세상에 저렇게 잘생긴 사내가 있었다니. 믿을 수 없군요."

"싸움은 물론 저 서늘한 외모까지. 눈만 마주쳐도 심장이 타버릴 지경인데, 만약 그의 품에 안긴다면 난 기절해 버릴 것 같아. 너무 좋아서."

무리지어 있던 숙녀들과 여인들이 로이든의 탄탄한 근육질의 몸과 잘생긴 얼굴을 흘끗거리며 수군댔다. 여인들에게 있어 그는 다른 의미로 관심의 대상이었던 것이다.

"쳇, 여자들은 검은 늑대를 보자마자 질질 싸는군."

여인들을 마땅찮은 표정으로 바라보던 사내들이 혀를 찼다. 하지만 말 위에 앉아 있는 로이든이 사내들의 눈에도 악마처럼 매혹적이란 사실은 부정할 수 없었다. 그에게 한번 사로잡힌다면 영혼까지도 내어줄 만큼 그는 사람을 현혹시키는 힘을 지닌 사람이었다. 그것이 사내든 여인이든 상관없이 다른 의미에서 그에게서 시선을 뗄 수가 없었다.

"영주님, 마님을 궁으로 보내셔야 할 것 같습니다."

레이놀즈의 말에 선두에서 말을 달리던 로이든이 말을 멈춰 세웠다. 그리곤 자신을 향해 있는 사람들의 시선을 싸늘하게 무시한 채, 말 머리를 돌려 스텔라가 타고 있는 마차로 다가갔다.

"스텔라!"

로이든의 목소리에 스텔라가 마차 창문에 쳐져 있던 커튼을 열었다. 그러자 챙이 넓은 모자 아래 신비로운 아름다움을 지닌 스텔라의 얼굴이 나타났다. 순간 로이든에게 향해 있던 사람들의 시선이 스텔라에게 빨려들 듯 옮겨갔다.

"무슨 일이시죠, 영주님?"

"우린 마상 시합이 열리는 시합장으로 갈 것이다. 막사를 설치하고, 준비해야 할 일이 많거든."

"제가 방해가 될 것이란 말씀이시군요."

"방해가 될 거야. 하지만 무엇보다 그곳은 숙녀들이 올 만한 곳이 못 돼. 그러니 그댄, 궁으로 가는 게 좋겠어. 레이놀즈와 제레미를 수행으로 붙여줄 테니 걱정할 필요는 없어."

"레이놀즈 님이시라면, 영주님께 더 필요한 분이신 것 같군요. 전 제레미 한 사람으로 충분합니다."

스텔라가 로이든의 호의를 거절했다. 그러자 로이든 역시 미간을 잔뜩 찌푸리고는 스텔라를 냉기 가득한 눈으로 쏘아보았다. 쳇, 스텔라의 태도로 보아 연극을 계속할 모양이었다.

"좋을 대로 해. 난 상관없으니까."

"저 역시 마찬가지입니다. 지나친 관심은 오히려 부담스러우니까요."

스텔라가 더는 얘기하고 싶지 않다는 듯 커튼으로 창문을 닫아버렸다. 스텔라의 행동에 로이든의 표정이 굳어졌다. 사실 그녀의 연극을 보며, 금방이라도 웃음이 터져 나올 것 같아서 인상을 쓴 것이었지만 두 사람을 지켜보던 사람들은 스텔라와 로이든 사이에 흐르는 싸늘한 냉기를 오해하곤 어깨를 움츠렸다.

소문대로 서로를 증오하는 부부. 재판장에서 남편이 된 로이든을 죽이겠다며, 단검을 휘두른 여인이 바로 스텔라였다. 그리고 그런 스텔라를 신부로 맞은 로이든은 잔혹하기로 이름난 검은 늑대 로이든 체스터였던 것이다.

국왕에 의해 강제로 혼인을 하게 된 두 사람의 이야기는 런던뿐만 아니라, 귀족사회엔 파다하게 소문이 나 있었고, 이번 국왕이 주최하는 마상 시합에 출전하기 위해 두 사람이 런던에 온다는 사실이 알려지면서, 모든 이목이 집중된 상태였다.

그런데 도착하자마자, 두 사람 사이에 흐르는 냉기를 눈으로 확인하자 사람들은 로이든의 눈을 피해 수군대기 시작했다.

"조만간 사달이 나겠군."

"저 냉혹한 성격에 자신을 냉대하는 신부를 단칼에 목을 베어 버릴지도 모르지."

"하지만 잘 어울리기는 하네요. 남자답고 냉정한 귀족과 신비롭고 아름다운 숙녀라니. 원수만 아니라면, 딱인데."

사람들이 쏟아내는 무수한 뒷이야기를 듣지 못한 채, 스텔라와 로이든은 각자 목적지를 향해 방향을 달리했다. 스텔라는 마차에 앉아 등을 꼿꼿이 세웠다. 주먹을 꼭 쥔 그녀의 얼굴엔 긴장감이 서려 있었다. 로이든이 그녀의 바람대로 행동해 주긴 했지만, 스텔라는 자꾸만 몸에 힘이 들어갔다.

반역죄인의 딸, 스텔라 마리스 달링턴. 국왕의 변덕에 로이든과 혼인을 했지만, 또 언제 국왕의 변덕으로 처형당할지 모르는 신세였다. 아니, 이번엔 더 최악이었다. 스텔라만이 아니라, 그녀의 남편이 된 로이든 체스터 역시 그 대상이 될 수 있었으니까.

아마, 그녀가 머물게 된 궁은 그녀에겐 살얼음판 같은 곳이 될

게 뻔했다. 한 발짝만 잘못 내디뎌도 차가운 얼음물 속으로 곤두박질 칠 위험한 돛.

"마님, 괜찮으신 거죠?"

조금 전 로이든과의 싸늘한 대화에 놀란 듯, 캘리가 걱정스러운 얼굴로 물어왔다. 아무 일 아니라고 웃어야 했다. 하지만 억지로 웃으려 할수록 입가가 경련으로 파르르 떨렸다.

"마님, 전 영주님께서 마님께 싸늘하게 대하시는 건 시합 때문에 긴장해서일 것이라고 생각합니다. 절대 마님을 미워해서가 아니라요. 영주님께선 마님을 누구보다 아끼신다는 걸 잊지 마세요."

캘리의 말에 그제야 굳어 있던 스텔라의 얼굴이 풀렸다. 그리곤 안심하라는 듯 캘리를 향해 웃어 보였다.

"알아, 캘리. 간혹 사람들은 아주 복잡한 이유로 다른 사람을 대해야 할 때가 있어. 뭔가를 감추고 싶을 때, 아니, 지키고 싶을 때 정반대로 행동하곤 하거든."

"그러니까, 누군가의 눈을 속이고 싶을 때를 말하는 건가요?"

"그래, 맞아. 그러니 걱정할 필요 없어."

그들을 지켜보는 위험한 눈으로부터 서로를 보호하기 위해서였다. 그 위험을 뛰어넘기 위해, 지금은 서로를 가장 증오해야 했다. 모두를 속일 수 있도록 철저히.

이상했다. 분명 첫 방문이었다. 그런데 복잡한 미로 같은 궁의 구조를 다 알고 있는 것처럼, 여러 개의 건물과 여러 개의 정원을 지나 거침없이 별궁으로 향하는 밀리의 발걸음엔 머뭇거림이 없어 보였다. 마치, 이곳에서 살아온 듯 궁의 내부에 익숙해 보이기까지 했다.

스텔라는 그런 밀리를 보며, 살짝 미간을 좁혔다.

"마님, 이 정원만 지나면 별궁입니다. 이 별궁은 폐하의 궁에서 가장 아늑하고 아름다운 곳으로 이름나 있답니다. 그러니 머무시는 동안, 사람들의 시선은 신경 쓸 필요가 없을 겁니다."

밀리의 말에 스텔라가 평소처럼 고갤 끄덕였다. 하지만 밀리에게서 눈길을 떼진 않았다. 소녀처럼 행복해하며, 들뜬 듯 미소까지 짓는 밀리의 모습이 낯설었다. 마치 그리워하던 고향에 돌아온 듯 밀리의 눈동자엔 애틋함이 묻어 있었다.

'밀리는 이 궁에 와본 적이 있는 걸까? 와보았다면, 대체 언제인 걸까?'

스텔라는 머릿속에 떠오른 의문을 꾹꾹 눌러 참았다. 불안했다. 밀리의 낯선 모습에 오히려 스텔라는 불안함을 느꼈다. 그녀가 모르는 밀리를 알게 된다면, 뭔가 위험한 일이 생길 것 같은 느낌을 떨쳐 버릴 수가 없었다.

'밀리는 왕궁의 시녀였던 걸까?'

그때, 들뜬 걸음으로 앞서 걷던 밀리가 갑자기 걸음을 멈춰 섰다.

"밀리, 왜 그래? 갑자기 멈추다니 무슨 일이라도……?"

잠시 후 스텔라 역시 밀리가 걸음을 멈춘 이유를 알게 되었다. 국왕 리처드였다. 스텔라 일행이 궁에 도착했다는 보고를 받았는지, 그는 별궁으로 들어가는 입구에서 그녀를 기다리고 있었다.

"체스터 백작은 시합장으로 바로 간 모양이군. 겁도 없이 혼자 궁에 들어온 걸 보면."

얇은 입술에 서려 있는 냉소며, 눈 밑에 짙어진 그늘. 무엇보다 자신을 먹잇감이라도 된 양 바라보는 리처드의 눈빛에 순간 소름이 끼쳤다. 스텔라의 달라진 외모를 천천히 눈으로 살피던 리처드의 입가가 재미있다는 듯 비틀렸다.

"몇 달 사이, 몰라보게 달라졌군. 내가 로이든 체스터에게 과분한 선물을 한 것 같아. 이렇게 아름다운 미인이었다니."

리처드의 말에 스텔라가 마지못해 허릴 굽혀 예를 갖췄다.

"폐하 덕분이십니다. 단두대에 목이 잘려 바닥을 뒹굴었을 텐데, 무사히 목은 지켰으니 말입니다."

스텔라의 말에 리처드의 입가에 미소가 어렸다. 분명 비꼬는 말인 줄 뻔히 알고 있을 텐데도 리처드는 그녀에게 화를 내는 대신, 재미있다는 듯 웃기까지 했다.

"그 기세는 여전하군. 체스터 백작이 부인의 기를 제대로 꺾지 못한 모양이야. 내 조만간 백작을 만나 건방지고 기가 센 여인을 어떻게 다루어야 하는지 한 수 알려줘야겠군."

리처드의 말에 스텔라의 입매가 굳어졌다. 그의 말속에 담긴 비웃음에 스텔라는 주먹을 꼭 쥐었다. 말을 듣지 않은 여인은 채찍을 들어서라도 고분고분하게 만드는 것이 바로, 잉글랜드에서 여인을 대하는 방식이었던 것이다. 재산을 늘리고, 후계자를 낳을 하찮은 존재. 그것이 여인이었다.

"감사합니다, 폐하. 하지만 바쁘신 폐하께서 저희를 위해 시간을 내주실 필요는 없답니다. 백작님께서는 아주 유능하시거든요."

"아니, 그럴 수야 없지. 내 명령으로 이루어진 혼인이니, 책임감을 느끼던 참이었거든. 그런 의미로 오늘 밤, 두 사람을 만찬에 초대하지. 참, 네가 먹을 음식에 독을 넣을 생각은 없으니, 걱정하진 않아도 될 것이다."

리처드의 말에 스텔라의 얼굴이 서늘해졌다. 하지만 스텔라는 말없이 리처드를 향해 고갤 숙였다. 거절할 것이라고 생각했었다. 하지만 그의 초대를 순순히 받아들이는 스텔라를 보자, 리처드의 입가가 비틀렸다.

"이상하군. 왜 거절하지 않지?"

리처드의 물음에 스텔라가 고갤 들었다. 그리곤 처음과는 달리 무척이나 예의 바른 모습으로 리처드의 물음에 답했다.

"제가 잊고 있었던 것 같습니다, 폐하."

"뭘 잊고 있었다는 건지 모르겠군."

"이젠 제가 달링턴 가문의 사람이 아니라, 체스터 가의 사람이란 사실을요. 폐하께서 친절히 가르쳐 주시지 않았다면, 궁에 머무는 동안 언제 단두대로 끌려가게 될지 몰라 마음을 졸여야 했을 겁니다."

"체스터 가문의 사람이라? 훗, 정말 재미있군."

"네, 저도 지금에서야 폐하께서 강행하신 혼약의 장점을 알게 되었답니다. 감사합니다, 폐하."

그 말의 의미는 달링턴 백작의 반역죄를 스텔라 마리스 체스터에겐 더는 물을 수 없다는 뜻이었다. 스텔라의 말에 리처드가 웃기 시작했다.

"하하하하, 하하하하! 정말 재미있군, 재밌어."

큰소리로 웃던 리처드가 한순간 웃음을 멈췄다. 그리곤 얇은 입술에 비틀린 미소가 어리더니, 스텔라의 옆에 서서 고갤 숙인 채 서 있는 밀리를 쏘아보았다.

"누구지?"

"제 유모 밀리입니다."

"유모군. 그런데 밀리라는 이름, 어디서 들어본 적이 있는 것 같 군."

"여인의 이름이야 흔한 것이니까요."

입도 벙긋하지 못한 채 서 있는 밀리를 대신해 스텔라가 대답했 다. 하지만 리처드의 시선은 스텔라가 아닌, 밀리를 향해 있었다. 비열한 미소를 담고서.

"그렇지. 아주 흔하지. 아참, 혹시 이 별궁을 전에 누가 사용했 는지 알고 있나?"

갑작스러운 리처드의 질문에 스텔라가 미간을 찌푸렸다.

"아니요, 알지 못합니다."

"그래, 당연히 모를 테지. 내 기회가 된다면, 이 별궁에서 한때 생활했던 이에 대해 말해주지. 어떤 이였고, 또 어떻게 죽었는지."

스텔라는 하나도 궁금하지 않았다. 하지만 리처드의 표정에 담 긴 냉소와 의미심장한 눈빛이 마음에 걸렸다. 대체 왜 자신에게 이런 얘길 하는지 감을 잡을 수가 없었다.

혹시 리처드의 애첩을 이 별궁에 데려다 놓았던 건가? 그래서 자신 역시 하찮은 존재라며 비웃고 멸시하기 위해 이러는 걸까?

스텔라는 그의 태도가 몹시도 불쾌했다. 하지만 여전히 예의 바 른 태도를 잃지 않고 대답했다.

"듣고 싶군요. 폐하께서 여전히 기억하고 계시는 그분에 대해서요."

"아마, 기회가 있을 거야. 그럼, 만찬장에서 보도록 하지."

리처드가 시종과 시녀들을 데리고 별궁을 빠져나가는 것이 보였다.

"마님, 괜찮으십니까?"

그때 짐을 든 시종들과 함께 레이놀즈가 빠른 걸음으로 걸어왔다. 그리곤 이제 막 건물 안으로 사라지는 국왕 일행을 보며, 걱정스러운 얼굴을 했다.

"늦어서 죄송합니다. 혼자 계시게 하다니, 영주님께서 아신다면 걱정하실 겁니다."

그리고 자신에겐 화를 낼 게 분명했다. 스텔라를 혼자 두었다고.

"괜찮습니다, 레이놀즈 님. 이미 각오는 하고 있었으니까. 그나저나, 폐하께서 영주님과 저를 궁정 만찬에 초대하셨답니다. 영주님께 알려주세요."

"그렇게 전하겠습니다. 제레미, 마님과 함께 별궁으로 가도록 해. 난 영주님께 가봐야 할 것 같으니까."

"네, 이곳은 제가 지키고 있겠습니다."

제레미가 허리에 찬 검을 자랑스럽게 들어 보이며, 걱정 말라는 얼굴을 했다. 하지만 레이놀즈는 그런 제레미가 못 미더운지 작게 한숨을 내쉬었다.

"쓸데없는 짓으로 마님께 폐가 되지 않도록 해. 이곳은 작은 실수도 영주님과 마님께 흠이 되는 곳이니까."

"잘할 수 있습니다. 레이놀즈 님은 어서 영주님께 가보세요."

"그래, 부탁하지. 그럼, 마님 곧 돌아오겠습니다."

레이놀즈가 여전히 불안한 얼굴을 했다.

"레이놀즈 님, 염려하실 필요 없습니다. 이미 폐하는 뵈었으니, 만찬 때나 다시 보게 될 겁니다. 한마디로 그때까진 아무런 일도 일어나지 않는다는 뜻이죠."

스텔라의 말에 레이놀즈가 고갤 끄덕였다. 그리곤 서둘러 별궁을 빠져나갔다.

"밀리, 괜찮아?"

스텔라가 별궁으로 들어가기 전, 여전히 고갤 들지 못한 채 몸을 떨고 있는 밀리의 손을 붙잡았다. 그러자 밀리가 천천히 고갤 들었다.

"난 이제 체스터 백작가의 사람이야. 아무리 폐하라고 해도 아버지의 죄목으로 날 죽이지 못해. 그러니 그렇게 떨 필요 없어."

스텔라의 말에 밀리가 고갤 끄덕였다. 스텔라는 밀리의 손을 놓고 천천히 별궁 안으로 들어갔다. 그 뒤를 캘리와 제레미가 따랐고, 밀리는 잠시 걸음을 멈춘 채 서 있었다. 그러다 리처드가 사라진 건물을 뒤돌아보았다. 웅장하고 아름다운 건물 위에서 펄럭이는 국왕의 깃발을 보며, 밀리는 몸을 부르르 떨었다.

돌아오고 말았다. 18년이 흐른 지금, 다시는 오고 싶지 않았던 이곳으로. 밀리는 두려움을 떨쳐 내려 했다. 하지만 그것이 쉽지 않은 듯 눈동자가 자꾸만 흔들렸다.

"밀리, 어서 들어오지 않고 뭐 해."

자신을 부르는 스텔라의 목소리에 정신이 든 밀리가 굳어진 다리를 억지로 움직이기 시작했다. 오늘 밤이었다. 18년 전, 리처드를 마지막으로 보았던 바로 그 장소, 그 시각.

❖

궁정 만찬장 앞에 도착한 스텔라는 긴장을 누그러뜨리기 위해 천천히 숨을 내쉬었다. 로이든 역시 그녀 옆에 서서 환하게 불을 밝힌 건물을 마땅찮은 눈빛으로 쏘아보는 건 마찬가지였다. 사실 그는 전쟁터엔 익숙했지만, 오늘 같은 만찬이라든가 궁정 무도회는 딱 질색이었다.

"긴장할 것 없어, 스텔라. 내가 곁에 있을 테니까."

로이든이 긴장한 듯 보이는 스텔라에게 손을 뻗어 꼭 붙잡아주었다. 그러자 스텔라의 시선이 자신을 내려다보고 있는 로이든에게로 향했다.

"그런 눈으로 날 봤다간, 폐하께서 눈치채고 말 거라니까요."

스텔라가 그의 손을 밀어내려 했다. 하지만 로이든은 스텔라의 손을 단단히 붙잡곤 그녀를 자신 쪽을 끌어당겼다.

"아니, 오히려 이것이 더 자연스러워. 사내라면 누구나 널 보면, 똑같은 생각을 하게 될 테니까."

"생각이라니, 대체 그게 뭔데요?"

"침대에서 절대 놓아주지 않는 것. 아니, 다른 누구도 널 보지 못하게 꽁꽁 숨겨놓는 것. 그러니 이게 더 자연스러워."

로이든이 그의 팔 위에 그녀의 장갑 낀 손을 올려놓았다. 그녀가 자신의 소유임을 나타내듯 오만한 표정을 지었다.

"정말, 남자들이란. 이기적이고 오만한……."

"짐승들이지. 아름다운 여인을 보면 차지하고 싶어 물건을 세우는. 하지만 그걸 비난하면 안 되지 않을까, 스텔라? 그건 비난받을 일이 아니라, 인간이라면 누구나 갖고 있는 아름다운 본능이거든. 난 다른 귀족들처럼 속내를 감추고 말로 환심을 사는 것보다, 있는 그대로 본능을 드러내는 쪽이 적성에 맞거든."

로이든이 고갤 숙여 스텔라의 손등에 입을 맞췄다. 그의 말처럼 그의 눈빛에 뜨거운 욕망이 담겨 있었다. 순식간에 심장이 뛰었다. 장갑 위에 닿는 그의 입술이 선명하게 느껴질 만큼, 그녀의 몸이 예민하게 반응하기 시작했다.

"전 싫어요. 남자들의 욕망을 채우는 도구로 날 보는 게."

"그럼 넌 날 어떻게 보고 있지? 나에게 욕망을 느끼지 않는다면 말해봐."

"그건……."

스텔라는 입술을 달싹거릴 뿐, 그다음 말을 할 수가 없었다. 스텔라 역시 그를…… 갖고 싶었다. 자신의 소유. 자신 외에 그 어떤 여인도 그를 차지할 수 없었다. 그녀가 허락하지 않을 테니까.

"궁금한 것도 많군요. 전에 말하지 않았던가요? 전 영주님께서 한 번 한 약속은 지키는 분이라고 생각한다고요."

스텔라의 대답에 로이든의 입가에 비웃음이 떠올랐다. 그녀의 말을 믿지 않는 게 분명했다.

"검은 늑대는 약속을 꼭 지키지. 또한 자신의 암컷은 절대 빼앗기지도 않고."

그의 말에 스텔라의 얼굴이 뜨거워졌다. 자신의 암컷. 오직 한 명의 암컷을 사랑하는 늑대에게 자신의 암컷이란 의미는 유일하다는 뜻이었다. 그의 사랑도, 목숨도. 무엇보다 자신의 아이 역시 오직 그가 인정한 여인에게만 해당된다는 말이었다.

심장이 뛰고 있었다. 로이든 역시 스텔라가 어떤 감정인지 눈치 챈 듯 뜨거운 눈을 했다.

"지금 돌아갈까?"

유혹하듯 은근하게 속삭이는 그의 목소리엔 욕망이 담겨 있었다. 지금 당장, 자신의 암컷을 차지하고 싶다는 소유욕 역시 가득했다.

"이제 들어가야 해요. 국왕의 초대를 거절할 수는 없으니까요."

"어쩔 수 없군. 하지만 긴장할 것 없어. 만찬장에 있는 자들은 하나같이 어리석고 바보 같은 자들이니까."

"홋! 지금 날 위로하는 건가요? 만약 그렇다면, 그럴 필요 없답니다. 로이든, 난 사람들의 시선 따위 겁나지 않아요. 그저 그들의 소문거리가 되는 것이 유쾌하지 않을 뿐이에요."

스텔라가 코웃음을 치며, 당당하게 고갤 들었다. 그 도도하고 아름다운 모습에 로이든의 눈동자가 빛났다.

"정말 너란 여잔, 볼수록 탐이 나는군. 네가 사내로 태어났다면, 난 너를 내 기사로 임명했을 거야."

"누구 맘대로요. 난 절대, 검은 늑대의 기사는 되지 않아요. 당신에게 검을 배우는 이유는 내 스스로 날 지키기 위해서이지, 누군가를 죽이기 위해서가 아니거든요. 이래 봬도 난, 평화주의자거든요."

스텔라가 어깰 으쓱해 보이곤, 계단을 향해 한 발짝 내딛었다. 그러자 스텔라의 움직임에 맞춰 로이든 역시 계단을 올랐다.

"아니, 사내가 아닌 게 다행인 것 같군. 만약 네가 사내였어도 난 너에게 반했을 것 같거든. 그랬다간, 난 남자인 널 안아야 했을 테니까."

"지금 보니, 아부를 잘하시는군요. 더 해보세요. 아주 조금이긴 하지만, 마음이 흔들리기 시작했거든요."

그의 농담에 스텔라가 맞장구를 쳤다. 그러자 로이든이 고갤 숙여오더니, 그녀의 귓가에 낮게 속삭였다.

"내가 오늘, 아름답다는 말을 했던가?"

심장을 간질였다. 그녀를 보는 그의 눈빛 역시 그렇게 말하고 있었다. 로이든이 손을 뻗어 흘러내린 검은 머리카락을 귀 뒤로 넘겨주었다. 그의 손길에 스텔라가 움찔 어깨를 떨며, 그의 손을 밀어냈다.

"생각이 바뀌었어요. 입만 열면 찬사를 늘어놓는 사람은 앞으론 경계해야 할 것 같거든요."

어느새 만찬장에 도착한 두 사람을 위해 시종이 문을 열어주었다. 두 사람이 만찬장 안으로 들어서자, 순간 시끌벅적한 분위기에서 만찬을 즐기던 귀족들의 시선이 일제히 스텔라와 로이든에게 향했다. 포도주 잔을 들어 올리던 리처드 역시 두 사람을 발견하곤 움직임을 멈췄다.

"화제의 주인공들이 드디어 도착했군."

리처드의 목소리는 분명 두 사람을 환영하는 것처럼 들렸지만, 눈빛에선 그들을 조롱하고 있음을 똑똑히 느낄 수 있었다. 귀족들 역시 마찬가지였다. 검은 늑대인 로이든은 두려운 존재였지만, 스텔라는 달랐다. 로이든 역시 자신의 신부를 원치 않았고, 런던에 도착했을 때 두 사람 사이에 감돌던 차가운 분위기로 보건대 검은 늑대는 그의 신부를 인정하지 않고 있었다.

그래서인지 스텔라를 바라보는 눈빛엔 경멸과 짓궂은 호기심이 담겨 있었다. 하지만 로이든 곁에 서 있는 스텔라의 아름다운 모습을 보자, 홀린 듯 눈을 떼지 못하는 모습이었다. 아니, 노골적으로 그녀의 몸을 훑으며 수군대기 시작했다.

"세상에나, 재판장에서 보았던 그 더럽고 흉측한 여인이······."

"내 말이. 저렇게 아름다운 숙녀였다면, 반역죄인의 딸이지만 내가 혼인하겠다고 청할 걸 그랬군. 야생마처럼 날뛰는 여인을 얌전하게 만드는 것 역시 커다란 재미거든."

스텔라는 조롱 섞인 농담과 함께 자신의 가슴을 노골적으로 훑는 한 귀족과 눈이 마주쳤다. 술을 많이 마셨는지 그의 눈동자는 이미 반쯤 풀려 있었다. 입술 역시 고기의 육즙이 그대로 묻어 있어 입맛을 다시는 그의 모습은 무척이나 탐욕스러워 보였다.

스텔라는 남자의 시선을 무시한 채 시종을 따라 자신의 자리로 가려 했다. 하지만 다음 순간, 스텔라는 그 자리에서 걸음을 멈추곤 예기치 못했던 광경과 맞닥뜨려야 했다.

"하워드, 지금 한 말 다시 한 번 해보겠나?"

철컥, 스릉! 낮게 가라앉은 위협적인 목소리와 함께 로이든의 날카로운 검이 하워드의 목에 겨눠졌다. 순식간에 벌어진 일로 어느새 만찬장 안에 싸늘한 공기가 휩싸였다. 하워드는 그의 목에 겨눠진 검보다, 금방이라도 그의 목을 조를 것 같은 로이든의 눈빛이 더 두려운 듯 시선조차 마주하지 못했다.

"살려······ 흐헉! 제발, 헉!"

"내 가문을 멸시한 자의 입에서 살려달라는 말이 나오다니. 가문의 명예는 곧, 내 목숨과도 같다. 그런데 이런 치욕을 나보고 견디라는 건가?"

"헉, 아닙니다. 백작님, 전 백작님의 가문을 욕보이려던 것이 아니라……. 그러니까, 죄인의 딸을…… 헉!"

순간 검을 든 로이든의 손에 힘이 들어갔다. 그리곤 하워드의 두꺼운 목에서 붉은 피가 흘러내렸다.

"죄인의 딸이 아니다. 그녀는 명백히 스텔라 마리스 체스터 백작부인이다. 네가 음탕하게 농을 지껄인 여인은 바로 로이든 체스터의 아내이자 체스터 가의 안주인이지. 너보다 훨씬 신분이 높은 여인이란 걸 잊은 모양이군, 하워드."

"헉, 죄송……. 살려…… 살려주십시오."

하워드가 다리에 힘이 풀린 듯 의자에서 바닥으로 털썩 주저앉았다. 그리곤 무릎을 꿇고는 비굴하게 로이든에게 목숨을 구걸했다. 하지만 로이든은 하워드의 목에서 검을 거두지 않았다. 누군가 말리지 않는다면 당장에라도 국왕이 주관한 만찬장에 뜨겁고 붉은 피를 뿌릴 기세였다.

그것을 지켜보는 리처드의 눈빛이 재미있다는 듯 반짝였다. 그리곤 그를 말릴 생각 같은 건 전혀 없다는 듯 앞에 놓인 포도를 따, 입안에 밀어 넣고는 씹기 시작했다.

국왕 리처드가 로이든의 행동을 방관하자, 만찬장에 있는 귀족들 역시 로이든의 눈치를 보며 숨을 죽였다. 하워드의 목에 겨눠진 검은 늑대의 검이 다음은 누구의 목으로 갈지 모두 두려운 모양이었다.

"영주님, 그만하시는 것이 좋겠습니다."

모두가 두려워 숨을 죽인 그때, 상황을 중재하고 나선 이는 스텔라였다. 로이든에게 다가가 검을 든 그의 팔을 붙잡고는 그를 올려다보았다.

"그대를 모욕한 것은 날 모욕한 것이나 다름없다. 그런데 그런 자를 용서하라는 건가? 그댄 참 마음이 넓군."

"넓어서가 아니라, 이만하면 이곳에 모인 귀족들 역시 충분히 깨달았을 것이라 생각합니다. 가장 경계해야 할 것이 바로 자신들의 입이란 사실을요."

스텔라가 만찬장에 앉아 있는 귀족들을 쭉 훑어보며 말했다. 그리곤 국왕 리처드와 시선이 마주치자, 리처드에게 허릴 굽혔다.

"폐하께서 주최하는 만찬장에서 소란을 피워 송구합니다."

"가문의 명예와 평판이 달린 일이니 어쩔 수 없지. 하워드, 그만 일어나라. 그리고 체스터 백작 역시 검을 거두도록 해. 내 만찬장을 피바다로 만들고 싶지 않다면 말이다."

리처드의 말에 로이든이 천천히 검을 거두었다. 사실 마음 같아선 당장에라도 하워드의 목을 단칼에 베어버리고 싶었지만, 리처드의 목소리에 담긴 경고를 읽었던 것이다. 이 이상 했다간, 스텔라와 레이첼 역시 죽게 될 것이란 뜻이 담겨 있었다.

"소란을 일으켜 죄송합니다, 폐하."

리처드의 명령에 검을 거둔 로이든이 리처드 앞에 부복을 했다. 왕의 명령에 복종하는 자랑스럽고 충성스러운 귀족이자, 기사의 모습으로.

"뭐, 마상 시합을 위한 전야제로는 최고로군. 내친김에 마상 시합이 열리기 전에 사냥을 좀 하고 싶군. 버릇없는 늑대가 잡고 싶어졌거든. 내 화살에 맞고 피를 흘리며, 내게 복종하는 그 묘미를 다시 한 번 맛보고 싶어졌거든."

리처드의 말에 스텔라가 재빨리 로이든을 곁눈으로 살폈다. 다행히 로이든은 리처드의 말에 동요하지 않고 있었다. 하지만 다음 말을 뱉은 순간, 스텔라의 눈동자가 처음으로 흔들렸다.

"시합 전 사냥이라니. 긴장을 풀기엔 이보다 더 좋은 것은 없을 것 같군요. 하지만 늑대란 짐승은 쉽게 붙잡히지 않는 법입니다. 특히 자신의 것을 위협하는 자에겐 용서가 없거든요. 도리어 폐하께서 늑대에게 목덜미를 물리시지나 않을까 걱정입니다."

순간, 리처드와 로이든의 시선이 맞부딪혔다. 서로 웃고 있었지만, 두 사람 사이에 흐르는 팽팽한 살기를 느끼지 못한 사람이 없을 정도로 적의를 숨기지 않고 있었다.

"사흘 후 왕실 사냥터에서 보도록 하지. 기대되는군. 내가 늑대를 잡게 될지, 아니면 쫓던 늑대에게 목덜미를 물리게 될지 말이야."

리처드가 손을 들어 대기 중이던 시종들을 향해 신호를 보냈다. 그러자 만찬을 위해 준비한 음식들이 일사불란하게 식탁 위로 옮겨졌다. 음식이 식탁을 가득 채우자, 만찬장 한쪽에서 대기 중이던 악사들이 연주를 시작했다. 스텔라와 로이든 역시 자신들의 자리에 가 앉았다.

"영주님 때문에 심장이 떨어지는 줄 알았습니다."

스텔라가 물 잔을 들며, 작게 속삭였다. 그러자 로이든은 여전히 굳은 얼굴로 하워드를 쏘아보았다. 바닥에 앉아 있던 하워드는 자신의 자리로 돌아가지 못한 채, 손수건으로 피가 나는 목을 누르며 만찬장 밖으로 나가는 것이 보였다.

"체스터 가를 업신여기는 자는 절대 용서할 수 없어. 그것이 누구든."

단호한 표정으로 말하는 로이든을 보며, 스텔라가 작게 한숨을 내쉬었다.

"하지만 성급하셨습니다. 자신의 감정을 폐하 앞에서 모두 드러내다니. 앞으론 이성적으로 행동하세요."

"아니, 더는 숨길 필요 없을 것 같군. 폐하 역시 이를 드러내시기로 작정하신 모양이니까."

숨길 필요가 없다니. 고집스럽게 말하는 로이든을 보며, 스텔라는 걱정이 앞섰다. 모든 계획이 그의 행동으로 틀어져 버렸지만, 안타까움보단 기쁨이 더 컸다. 자신의 명예를 위해 검을 빼 든 로이든의 모습이 머릿속에서 각인된 채 사라지지 않았다.

"정말 고집쟁이라니까."

스텔라가 앞에 놓여 있는 고기를 썰어 로이든의 접시에 놓아주었다. 그러자 로이든이 스텔라가 좋아하는 단 음식이 가득 든 접시를 그녀 쪽으로 밀었다. 자연스럽게 음식을 주고받는 두 사람의 모습을 귀족들은 세심한 눈길로 살피고 있었다.

그들은 로이든이 스텔라를 대하는 모습을 보며, 다신 스텔라에 대해 입방아를 찧지 말아야겠다고 맹세했다. 잘못했다간, 자신의 신부에게 홀딱 빠진 검은 늑대의 다음 희생양이 될 수도 있었던 것이다.

스텔라가 음식을 먹다 말고 고갤 들었다. 조금 떨어진 곳에서 아놀드가 그녀를 보며 인사를 건넸다. 스텔라 역시 눈인사를 한후, 고갤 숙였다.

하지만 고갤 숙이기 직전, 자신을 날카롭게 쏘아보는 한 여인과 눈이 마주쳤다. 술잔을 들어 올린 채, 그녀를 죽일 듯 쏘아보는 여인은 무척이나 아름다웠다. 금발에 푸른 눈동자의 여인은 화려한 드레스와 장신구를 몸에 주렁주렁 달고 있었다.

여인의 시선이 스텔라를 지나, 로이든에게 향하는 것이 보였다. 붉은 입술을 요염하게 비틀며, 로이든을 향해 비난의 눈빛을 보냈다.

"아는 사람인가요? 날 죽일 듯 쏘아보는군요. 마치 내가 당신을 빼앗은 정부인 것처럼요."

스텔라의 말에 로이든이 고갤 들어 여인을 보았다. 하지만 그의 시선은 냉정하기 그지없었다.

"앨리샤 공주야. 폐하의 배다른 여동생이지. 신경 쓸 필요는 없는 사람이야."

딱 잘라 말하는 로이든을 보며, 오히려 스텔라는 두 사람 사이에 뭔가 있었음을 알 수 있었다. 로이든을 바라보는 앨리샤의 시선엔 원망과 함께 그에 대한 미련이 고스란히 담겨 있었다. 그리고 스텔라를 바라보는 감정은 질투. 바로 자신의 것을 빼앗긴 것에 대한 분노였다.

"흥미진진한 만찬이네요."

스텔라는 접시에 놓인 음식을 포크로 찔렀다. 순식간에 식욕이 사라지고 있었다. 스텔라는 냅킨으로 입을 닦아내고는 자신을 쏘아보고 있는 앨리샤를 향해 고갤 들었다. 이번에 스텔라 역시 앨리샤의 시선을 피하지 않았다. 체스터 백작부인은 누가 뭐래도 스텔라 자신이었다. 어린 시절부터 정해진 정략혼의 상대 역시 자신이었으니까.

스텔라의 흔들림 없는 시선이 테이블을 가로질러 앨리샤에게 향했다. 그러자 그 서슬에 놀란 앨리샤의 거만하던 눈동자에 서서히 당혹스러움이 스쳤다. 결국 시선을 피한 것은 다름 아닌 앨리샤였다. 스텔라가 다시 식사를 계속했고, 안절부절못하던 앨리샤가 자리에서 일어섰다. 그리곤 만찬장을 박차고 나가는 것이 보였다.

밤이 깊어지자, 만찬장에 있던 귀족들이 하나둘 돌아가기 시작했다. 스텔라와 로이든 역시 만찬장을 나와 리처드가 내어준 별궁으로 걸음을 옮기기 시작했다.

"백작님, 잠시만 기다려 주세요."

가녀린 여인의 목소리가 로이든을 불러 세웠다. 분명 돌아갔다고 생각했던 앨리샤는 이곳에서 로이든과 스텔라가 밖으로 나오길 기다리고 있었던 모양이었다. 화려하고 아름다운 얼굴의 앨리샤가 로이든을 향해 걸어왔다. 자신이 어떤 몸짓과 표정을 해야 남자들이 좋아하는지 아는 듯 앨리샤는 걸음걸이 하나, 몸짓 하나까지 계산해 로이든 앞에 섰다.

"무슨 일이십니까, 공주님."

하지만 로이든은 차갑기 그지없는 태도로 앨리샤를 쏘아보았다. 그러자 그의 냉정한 태도에 금방이라도 눈물을 떨어뜨릴 듯 울상을 지으며, 앨리샤가 로이든의 팔에 매달려 왔다.

"정말 너무하시는군요. 절 야멸차게 밀어내시더니, 얼마 되지 않아 혼약을 하시다니 말입니다."

"내 혼인이 공주님과 무슨 관계가 있는지 모르겠군요. 제 혼인은 폐하께서 허락하시지 않았더라도, 처음부터 정해진 일이었습니다. 어린 시절부터 제 유일한 신부는 한 사람뿐이었으니까요."

"폐하께서 강제로 정하신 혼인이라 드리는 말씀입니다. 제가 알았다면, 폐하께 부탁했을 겁니다. 반역죄인의 딸과는 절대 혼약하게 할 수 없다고. 저와 혼인을……."

"그만, 더는 불쾌해 들어줄 수 없군요."

로이든이 더는 듣고 싶지 않다는 듯 앨리샤의 말을 가로막았다. 그리곤 스텔라의 손을 붙잡더니, 자신의 옆으로 끌어당겼다.

"내겐 이미 혼인을 서약한 여인이 있다는 걸 잊으신 모양입니다. 아니, 모르는 것 같아 다시 한 번 얘기하도록 하지요. 나에게 신부는 스텔라뿐입니다. 다른 여인은 원한 적 없고, 앞으로도 원치 않습니다. 내 신부인 스텔라만이 내 후계자를 낳을 수 있다는 뜻입니다. 그건, 폐하조차 바꿀 수 없다는 것을 잊지 말았으면 합니다."

로이든의 얼음처럼 차가운 태도에 앨리샤의 얼굴이 새파랗게 질렸다. 그리곤 푸른 눈동자에서 금방이라도 눈물이 흘러내릴 것처럼 눈가가 붉어졌다.

"너무하는군요, 로이든. 레이첼 일로 오라버니께 화가 났다는 걸 알고 있어요. 하지만 그건 내 책임이 아니잖아요."

레이첼이란 말에 스텔라의 눈빛이 변했다. 레이첼은 로이든의 여동생이었다. 그런데 왜 레이첼 때문에…….

"그 입 다물지 않는다면, 네가 공주란 사실을 잊고 너의 목을 졸라 버릴지도 몰라. 그러니 당장 내 앞에서 꺼져!"

서늘할 정도로 냉정하던 로이든이 분노를 뿜어내며, 위협적인 목소리로 말했다. 툭, 투둑. 그의 차가운 반응에 놀란 듯 앨리샤의 눈동자에 눈물이 흘러내렸다. 눈물을 흘리며 앨리샤가 스텔라를 쏘아보았다. 이 모든 것이 다 스텔라 탓이라도 되는 듯 원망 어린 눈빛으로 그녀를 바라보았다. 그리곤 입술을 꼭 다물고 표독스럽게 스텔라를 쏘아보더니, 바람을 일으키듯 몸을 돌려 빠른 걸음으로 어둠 속으로 사라졌다.

"혼자 보기 아깝군요. 나 때문에 앨리샤 공주에게 냉정하게 대하는 것이라면, 그만두세요. 전 영주님께서 정부를 두시는 것을 반대할…… 윽!"

순간 스텔라는 손목에 느껴지는 강한 힘에 미간을 찌푸렸다.

"정부 같은 건 필요 없다고 했을 텐데?"

"아파요, 로이든. 놓아줘요."

하지만 로이든은 스텔라의 손목을 붙잡은 힘을 풀지 않았다. 그녀가 알았다는 대답을 할 때까지 그대로 있을 모양이었다.

"알았어요, 알았다고요. 다신, 그런 소리 안 할게요. 그러니 놓아줘요. 부러질 것 같다고요."

스텔라가 엄살을 떨며, 미간을 찌푸리자 로이든이 스텔라의 손을 놓아주었다. 그리곤 이번엔 그녀의 손을 깍지를 끼듯 부드럽게 붙잡았다.

"데려다주고, 바로 돌아가야 해. 오늘은 혼자 있어야 할 것 같은데, 괜찮겠지?"

"전 보살핌이 필요한 어린아이가 아닙니다."

"어린아이는 아니지."

그의 눈동자에 짓궂은 미소가 떠올랐다. 그리곤 그녀의 풍만한 가슴을 바라보았다.

"지금 뭘 보는 거죠?"

"네가 어린아이가 아니란 사실을 확인하는 방법은 이것밖에 없는 것 같아서. 마음 같아선, 직접 손으로 확인하고 싶은 걸 참고 있는 중이야."

로이든은 그녀를 만지고 싶은 걸, 꾹 참고 있었다. 체스터 성을 떠나오던 첫날, 마구간에서 그녀를 안은 후 한 달 동안 그녀를 안지 못했다. 그래서인지 지금 이 순간 그녀에게 손을 댔다간 오늘 밤 안으로 그녀를 놓아주지는 못할 것 같았다.

휴, 젠장! 지금은 돌아가야 했다. 만찬에 참석하느라 아직 막사를 세우지도 못했고, 무엇보다 레이첼에게 붙였던 정보원을 오늘 밤 만나기로 했던 것이다.

"스텔라, 날 믿고 있다고 했었지?"

장난스럽게 그녀의 몸을 훑던 그의 눈빛이 어느새 진지하게 변해 있었다.

"믿어요."

'어쩌면, 내 자신보다 당신을 더 믿고 있는지도 몰라요.'

"어떤 순간에도 널 놓는 일은 없을 거야. 그러니……."

"알아요. 내가 당신을 배신한다고 해도, 검은 늑대는 나와 한 약

145

속을 지킬 것이란 걸요. 그러니 그런 얼굴 할 필요 없어요. 난 불안해하지 않으니까."

스텔라의 대답이 만족스러웠는지, 로이든이 그녀의 손을 꽉 붙잡았다.

"그래. 날 배신해도 상관없어. 이미 각오는 되어 있으니까."

그의 말에 스텔라가 코웃음을 쳤다. 하지만 표정과는 달리 스텔라의 심장은 자꾸만 욱신거렸다. 목 안쪽이 꽉 조여오자, 스텔라는 애써 시선을 외면했다. 어쩌면 자신 역시 그를 배신하지 못할지도 몰랐다. 그를 이미 사랑하고 있었으니까. 이렇게 고민을 하게 될 정도로.

"이제 가세요. 저도 쉬고 싶어요."

스텔라가 로이든의 손을 놓았다. 하지만 로이든은 쉽사리 발이 떨어지지 않는지 제자리에 서서 스텔라를 물끄러미 바라보며 서 있었다.

"어서요."

스텔라의 재촉에 그가 마지못해 발걸음을 돌렸다. 그렇게 한 발짝 앞을 향해 내딛는 로이든을 보며, 스텔라 역시 별궁으로 들어가기 위해 돌아섰다.

그때였다. 갔다고 생각했던, 로이든이 그녀의 팔을 붙잡곤 돌려세웠다. 그리곤 고갤 숙여 그녀의 입술에 키스했다. 짧지만 강렬한 키스였다.

"새벽에 올게."

그 말과 함께 로이든이 스텔라를 놓아주었다. 그리곤 재빨리 궁을 빠져나가기 시작했다. 혼자 남겨진 스텔라는 뜨거워진 얼굴을 양손으로 가렸다.

심장이 미친 듯이 뛰고 있었다. 새벽에 오겠다는 그가 남긴 약
속에 슬며시 입가에 미소가 떠올랐다. 자꾸만 들뜨는 심장을 한
손으로 가만히 누르곤 서둘러 별궁 안으로 들어갔다.

검은색 숄을 뒤집어쓴 여인이 어둠 속에서 움직였다. 어둡고 복
잡한 구조의 궁을 익숙한 듯 길을 찾아 움직이는 여인은 다름 아
닌, 밀리였다. 인적이 드문 길을 따라, 밀리가 어둠 속으로 몸을
숨겼다. 그리곤 그 어둠과 함께 18년 전 마지막으로 그녀가 서 있
었던 곳을 향해 발걸음을 재촉했다.

손끝이 차갑게 식어 있었다. 숄 아래서 부지런히 주위를 탐색하
는 밀리의 눈동자가 두려움과 안타까움으로 점철돼 흔들리고 있
었다. 바스락 소리와 함께 느껴지는 차가운 기운에 밀리가 어깰
움츠리며 걸음을 멈췄다. 고갤 들어 자신을 쏘아보는 사내를 올려
다보는 밀리의 표정이 마치 덫에 걸린 초식동물처럼 떨고 있었다.

"아······."

밀리가 떨어지지 않는 입을 열었다. 하지만 그녀의 입술에선 더
는 아무런 말도 새어 나오지 못했다. 대신 달싹거리던 입술을 꾹
깨물곤, 자신을 바라보는 존슨에게 천천히 고갤 끄덕였다. 그리곤
서둘러 어둠 속으로 몸을 숨겼다.

잠시 후, 밀리가 다시 모습을 드러낸 것은 왕궁의 비밀 통로 앞
이었다. 잉글랜드의 국왕에게만 비밀리에 전해지는 그곳에선 잔

뜩 굳은 얼굴의 리처드가 밀리를 기다리고 있었다.

"못 보던 사이 간이 부었군. 감히 날 기다리게 만들다니."

리처드가 밀리를 보자마자 짜증 섞인 목소리로 분노를 터뜨렸다. 그의 성정을 잘 아는 밀리가 리처드의 발아래 엎드렸다.

"무심히 흘러 버린 세월에 천한 몸뚱이 하나 가누지 못하는 신세가 되었습니다. 부디 용서해 주십시오, 폐하. 미천한 자가 폐하를 뵙습니다."

리처드는 통로 앞에 켜놓은 횃불 아래 늙고 초라해진 모습으로 엎드려 있는 밀리를 내려다보았다. 18년 전과는 달린 검은 숄을 두르고 있는 밀리의 어깨가 무척이나 얇았다. 비집고 나온 머리카락 역시 세월의 힘을 이기지 못하고 새하얗게 변해 있었다.

"쓸모없는 몸뚱이군. 일어나도록 해."

리처드의 명령에 밀리가 천천히 자리에서 일어섰다. 그리곤 고갤 들어 18년 만에 리처드를 마주했다. 그 역시 마지막 보았던 그때와는 너무도 달라진 모습이었다. 신경질적으로 보이기까지 한 그의 얼굴은 잔뜩 굳어 있어서인지, 모든 것이 다 불만스러운 듯 보였다.

아니, 입술을 얇게 만들고 한쪽 눈을 찌푸린 모양새가 분명 초조함을 숨기고 있는 게 분명했다. 시간이 흘렀어도 그의 버릇은 그대로였던 것이다.

"날 보자고 했다고?"

"그렇습니다, 폐하."

"재미있군. 다시는 보고 싶어 하지 않을 줄 알았는데 말이야. 설마 스텔라에게도 똑같은 일이 일어난 것이냐?"

리처드의 눈동자가 짙어졌다. 가늘게 뜬 눈동자가 불빛 아래 사악한 뱀처럼 번뜩였다. 밀리는 침착한 모습으로 천천히 고갤 가로저었다.

"아닙니다, 폐하. 스텔라 님께는 아무 일도 없습니다. 폐하께서도 오늘 만찬장에서 스텔라 님을 직접 보셨으니, 아셨을 것이라고 생각합니다."

밀리의 대답에 리처드의 입가가 씰룩거렸다. 자신 역시 똑똑히 보았다. 스텔라의 검은 머리카락과 함께 선명하게 드러난 새하얀 목덜미 역시. 무엇보다 4달 전 초야를 치른 스텔라에게 아무런 변화도 없었다는 사실 역시 똑똑히 기억하고 있었다.

제기랄! 사실 그것이야말로 초조함이 사라지지 않는 이유였다.

"그럼 왜 날 보자고 했는지 어서 말해보도록 해. 더는 너와 시간 낭비 같은 건 하고 싶지 않으니까."

"스텔라 님을 살려주십시오. 스텔라 님은 아무것도 모르십니다. 그러니 지금처럼 아무것도 모르는 채 살아갈 수 있도록 해주십시오."

짝! 순식간에 서늘한 공기가 사방으로 흩어지더니 날카로운 마찰 소리가 비밀 통로를 울렸다.

"그 입 닥쳐!"

서슬이 퍼런 눈으로 밀리의 뺨을 내리친 리처드는 그의 힘에 의해 바닥에 쓰러져 있는 밀리를 쏘아보았다.

"폐하!"

밀리가 몸을 일으켜, 다시 그의 앞에 엎드렸다. 그러자 그 모습 역시 보고 싶지 않은 듯 리처드가 차갑게 외면했다.

"흥, 네가 말하지 않아도 알아. 스텔라가 나에게 아무것도 할 수 없어. 내 한마디면 그 가느다란 목이 단두대에서 잘려질 테고, 그 예쁜 얼굴이 바닥을 뒹굴 테지. 그런 하찮은 존재가 날 위협할 수 있을 것 같나? 감히, 감히 날."

리처드가 주먹을 꽉 쥐며 분노를 터뜨렸다. 밀리는 리처드의 격한 반응에 눈을 질끈 감았다. 뭔가 있었다. 그의 격한 반응을 보며, 밀리는 리처드가 자신에게 뭔가를 숨기고 있다는 사실을 직감했다.

"폐하, 천한 년의 입이 만들어낸 망언입니다. 부디 자비를 베풀어주십시오."

밀리가 벌벌 떨며 애원했다. 어깨가 두려움에 떨며 크게 움직이는 것을 보자, 리처드는 화를 가라앉히기 시작했다. 그제야 자신이 너무 흥분했음을 깨달은 것이다.

"마지란이 왔었다. 그 간악한 년이 날 만나기 전에 런던에서 달링턴을 만났다고 하더군."

"마지란 님이라니. 하지만 마지란 님께선 돌아가셨습니다. 그 불행한 사건 후 송곳으로 두 눈을 찔러 시력을 잃으셨고, 스스로 목숨을 끊으셨습니다. 그런 분이 어떻게……."

"나도 죽었다고 생각했었다. 하지만 아니었어. 그 긴 세월 동안 죽은 듯 숨어 있었던 모양이야. 그리곤 내게 저주를 퍼붓고 갔지."

'폐하의 지독한 욕심으로 폐하는 물론 폐하의 핏줄들은 하나도 남김없이 죽게 될 것입니다. 그리고 가장 강하고 아름다운 이의 피를 이은 자가 잉글랜드의 새 주인이 될 것입니다.'

"제기랄! 그년의 입을 찢어버렸어야 했어. 아니, 당장 그 자리에서 목을 베었어야 했다."

리처드는 그날, 마지란을 죽이지 못한 게 후회로 남았다. 그녀의 죽어버린 눈동자가 그를 똑바로 바라보고 있었다. 분명 시력을 잃어 자신을 볼 수 없었지만, 마지란은 자신을 보고 있는 것처럼 느껴졌다.

그리고 그 모습에 리처드는 처음으로 두려움을 느꼈다. 그래서 차마, 그녀를 죽이지 못하고 내쳐 버렸다. 그런데 며칠 후, 달링턴 백작이 그를 찾아왔던 것이다. 마지란에게 모든 진실을 전해 들었다는 그 말에 리처드는 달링턴을 감옥에 가뒀다.

달링턴의 입을 가죽으로 된 마구로 막고, 손을 묶었다. 마지란에게 전해 들은 진실을 말하지 못하게 해야 했고, 손으로 써 기록을 남기지 못하게 해야 했다.

하지만 그를 바라보던 달링턴의 비난 섞인 갈색 눈동자를 본 순간, 그의 눈을 뽑으라고 명령했다. 그리곤 그것도 마음이 놓이지 않아 반역죄로 몰아 처형시켜 버린 것이다.

그 결과, 반역자의 딸로 그의 앞에 끌려 나온 스텔라와 처음으로 법정에서 마주했었다. 두려움을 모르는 스텔라의 당당함에 리처드는 화가 치밀었다.

죽였어야 했다. 아니, 죽이지 않은 것은…… 예언가 마지란이 했던 또 다른 말 때문이었다.

'그분의 딸이 잉글랜드를 살릴 겁니다. 더러워진 피를 정화시키고, 폐하의 핏줄을 살릴 운명입니다.'

그리고 마지란의 예언은 적중했다. 스텔라만이 자신의 핏줄인 에드워드를 살릴 수 있었다. 다음 대의 국왕이 될 자신의 유일한 후계자의 목숨을.

"마지란 님께서 살아 계셨다니……."

밀리는 여전히 리처드의 말이 믿기지 않은 듯 같은 말을 반복했다. 그 모습 역시 더는 보고 싶지 않아진 리처드가 싸늘하게 고갤 돌렸다.

"날 만나러 이곳에 온 이상, 넌 내 첩자다. 더는 부인할 수 없을 것이다. 그러니 내 명령대로 로이든 체스터의 목을 가져오도록 해."

리처드의 무리한 요구에 밀리가 고갤 떨궜다.

"힘없는 제가 어찌 검은 늑대의 목을 가져올 수 있겠습니까, 폐하."

"쓸모없는 것. 지금 당장 너와 스텔라를 죽일 수도 있다. 그러니 내 말 명심하도록 해. 존슨을 돕도록 해. 내 말 알아들었겠지?"

밀리가 리처드의 말에 눈을 꼭 감았다. 그리곤 잠시 후, 눈을 떠 리처드를 올려다보며 입을 열었다.

"그렇게만 한다면 스텔라 님을 살려주시는 겁니까? 18년 전 그랬던 것처럼, 샤론 님을 봐서라도. 이번 한 번만 더 스텔라 님을 살려주시겠다고 약속해 주십시오."

"그건 너의 행동 여하에 달렸다는 걸 잊지 말도록 해."

그 말과 함께 리처드가 찬바람을 일으키며, 비밀 통로 안으로 사라졌다. 혼자 남겨진 밀리는 한동안 바닥에 엎드린 채였다. 리처드에게 들은 마지란의 얘기가 아직도 믿기지 않았다. 하지만 놀라운 것은 마지란이 달링턴 백작을 만났다는 사실이었다.

그리고…… 초조해하는 국왕의 모습. 마지란이 전한 말이 무엇인지 알 수 없었지만, 그 예언이 그를 극단적으로 만든 게 분명했다.

겁쟁이에 의심 많은 그를 저렇게 끝까지 몰아붙인 마지란의 예언. 그것이 무엇인지 밀리는 알아내야 했다. 그러기 위해선, 로이든의 목이 필요했다. 천천히 바닥에서 일어난 밀리가 검은 숄을 바짝 끌어당겨 얼굴에 썼다. 그리곤 그림자처럼 비밀 통로를 빠져나가기 시작했다.

잠시 후, 별궁에 도착한 밀리는 작게 한숨을 내쉬었다. 그리곤 자신의 방으로 가기 위해 쓰고 있던 숄을 천천히 벗었다.

"어딜 다녀오는 거지, 밀리? 이렇게 늦은 밤에 말이야."

털썩! 놀란 밀리가 그 자리 주저앉고 말았다.

"스텔라 마님!"

무너져 내린 밀리를 향해 스텔라가 천천히 다가왔다. 그리곤 그 어느 때보다 단호한 표정으로 입을 열었다.

"말해. 네가 숨기고 있는 것이 무엇인지. 하나도 빠짐없이."

막사를 나와 마구간으로 걸어가는 동안, 로이든은 스텔라에게 가려는 자신이 낯설게 느껴졌다. 벌써 새벽이 다 된 시간이라 스텔라에게 가는 것보다, 내일을 위해서 잠을 청해야만 했다. 하지만 레이놀즈와 함께 루이가 막사를 나가자, 로이든의 발걸음은 당연하다는 듯 스텔라에게 향했다.

아직 밖은 어두웠지만, 얼마 있지 않아 동이 틀 게 분명했다. 그녀와 함께 있을 시간 역시 두세 시간뿐일 테지만, 그 짧은 순간도 포기할 수 없을 만큼 그녀와 같이 있고 싶었다.

"미쳤군. 단단히 미쳤어."

말에 올라 어둠 속을 달리며, 로이든은 그렇게 생각했다. 어느새 별궁에 도착한 로이든은 말에서 내린 후, 서둘러 별궁의 건물 안으로 들어갔다. 복도를 지나, 스텔라가 머물고 있는 방으로 향했다. 모두가 잠들어 있는 시각이었기 때문에 로이든은 발소리를 죽이며 조심스럽게 움직였다.

"말도 안 돼. 밀리, 네가 리처드의 사람이었다니."

"폐하의 사람이 아닙니다. 그저 과거에 폐하께서 폐하가 되기 전부터 알고 있었던 것뿐입니다. 전, 다른 분을 모시고 있었습니다. 폐하의 사람이 절대 아닙니다."

"그럼 오늘 국왕은 왜 만난 건데? 대체 무슨 일로 만난 것인지 어서 말해. 내가 충분히 납득할 수 있게."

"그분이 부르셨습니다. 그리고 달링턴 백작님께서 돌아가시기 전, 예언가를 만났다고 하셨습니다."

"아버지께서 예언가를 만났다고? 왜 아버지께서 예언가를 만나신 건지, 너는 알고 있는 모양이니 어서 말을 해줘. 나에게 숨기고 있는 것이 무엇인지 말이야."

밖으로 흘러나온 스텔라의 격앙된 목소리에 방문을 열기 위해 손을 뻗던 로이든이 움직임을 멈췄다. 잠시 두 사람의 대화를 듣고 있던 로이든이 막사로 돌아가기 위해 조심스럽게 발걸음을 돌렸다.

밀리가 국왕의 첩자였다는 사실을 스텔라가 알았으니, 오늘은 스텔라를 만나지 않는 것이 좋을 것 같았다. 그녀에게도 혼자 생각할 시간이 필요할 테니까. 하지만 몇 발짝 움직이지 않아, 로이든은 그 자리에 멈춰 설 수밖에 없었다.

"스텔라 마님께선 달링턴 백작님의 따님이 아니십니다."

"내가 아버지의 딸이 아니라고?"

밀리의 갑작스러운 말에 스텔라가 어이없다는 듯 말했다.

"네, 마님을 낳아주신 분들은 다른 분들이십니다."

순간 침묵이 흘렀다. 스텔라 역시 밀리가 거짓말을 하고 있지 않다는 사실을 깨달은 모양이었다. 스텔라가 주먹을 꽉 쥐었다.

"그럼 내가 누구란 거지?"

침착한 얼굴이었지만, 목소리가 떨리는 것을 숨기지 못했다. 너무도 갑작스러운 상황이었기 때문에 스텔라는 마음을 다스릴 여유가 전혀 없었다. 잠시 뜸을 들이며, 망설이던 밀리가 고갤 들었다. 그리곤 결심을 한 듯 천천히 입을 열었다.

"마님께선, 잉글랜드의 국왕이셨던 에드먼드 모티머 튜터 님과 프랑크 왕국의 제1황녀이신 샤론 님의 따님이십니다."

또다시 방 안에 침묵이 흘렀다. 그리곤 똑똑히 들리던 두 사람의 대화가 작아졌다. 너무 크나큰 충격으로 스텔라가 다른 곳으로 자릴 옮긴 모양이었다. 그건 밖에서 두 사람의 대화를 듣고 있던 로이든 역시 마찬가지였다. 로이든 역시 충격이 가시지 않은 듯 멍한 표정을 했다.

전 국왕 에드먼드 모티머 튜터와 왕비이신 샤론 튜터의 딸이 스텔라라니.

만약 해리온 전투에서 국왕 에드먼드가 전사하지 않았다면, 지금 잉글랜드는 리처드가 아니라 에드먼드의 것이었다. 그런데 그 에드먼드의 딸이 스텔라라면, 그렇다는 의미는 스텔라가 에드먼드의 적통 후계자라면, 스텔라야말로 잉글랜드 왕위 계승 서열 1위였다.

잉글랜드는 리처드가 아니라, 스텔라라는 여왕의 것이었다.

"맙소사. 믿을 수 없군."

로이든은 주먹을 꽉 쥐었다. 자신이 들은 말들이 진실이라면, 왜 리처드가 달링턴은 물론이고 스텔라를 죽이고 싶어 안달을 하는지 알 수 있을 것 같았다. 그리고 스텔라의 정략혼 상대였던 자신을 경계한 이유 역시 짐작할 수 있었다.

대체 무슨 일이 있었던 거지? 왜 전 국왕의 적통 후계자인 스텔라가 달링턴 백작의 딸로 살아온 걸까?

의문은 끝이 없이 꼬리에 꼬리를 물고 이어졌다.

"마님, 마님!"

다시 밀리의 목소리가 들려왔다. 방 안으로 들어갔던 스텔라가 밖으로 나오려는지, 발걸음 소리가 들려왔다. 로이든은 서둘러 복도를 빠져나와 어둠 속으로 몸을 숨겼다.

이내 문이 열리고 스텔라와 밀리가 모습을 드러냈다.

"밀리, 그만해. 지금은 머릿속이 터져 버릴 것 같아. 잠시 혼자 있고 싶어. 생각을 정리해야겠어."

스텔라의 말에 밀리가 눈물을 흘리는 것이 보였다. 스텔라 역시 창백한 얼굴로 그런 밀리를 물끄러미 바라보았다. 평소라면 밀리의 들썩이는 어깨를 붙잡고 그만 울라고 했을 테지만, 지금 자신 역시 너무 혼란스러워 그럴 만한 여유가 없는 듯했다.

"멀리 가지 마십시오, 마님. 위험합니다. 이 궁은 위험해요."

밀리의 말에 스텔라의 입매가 서늘해졌다.

"널 다시 믿으려면, 시간이 걸릴 거야. 나 역시 혼란스럽고 날 속인 너에게 화가 나. 이제야 그 사실을 말하다니. 충분히 많은 시간이 있었는데도, 넌……."

스텔라가 목이 멘 듯 입을 다물었다. 더 말을 했다간, 울컥 감정이 흘러넘칠 것 같았다.

"죄송합니다, 마님. 어쩔 수 없었습니다. 평생 가슴에 묻고 살겠다고 맹세했었습니다. 그래서…… 그래서. 죄송합니다, 마님."

밀리가 고갤 들지 못하고, 죄인처럼 스텔라 앞에 서 있었다.

"그럼, 나는 누굴 닮은 거지? 내가 갖고 있는 그 힘은, 대체 누구에게 물려받은 것인지 그것만 얘기해 줘."

스텔라의 말에 밀리의 눈가가 젖어들었다. 두려움과 지독한 안타까움. 밀리는 파르르 떨리는 입술을 움직여 가슴속에 묻어놓았던 얘길 뱉어냈다.

"왕비님이신 샤론 님이십니다."

"아하."

밀리의 대답에 스텔라가 참고 있던 숨을 내쉬었다. 항상 궁금했었다. 자신이 가진 능력은 대체 어디에서 온 것인지. 그녀가 알기론 달링턴 백작 부부의 가계도는 너무도 평범했다. 그래서인지 자신은 항상, 겉도는 느낌을 떨쳐 낼 수가 없었다.

"아버지가 마지막 런던에서 만났다던, 그 예언자의 이름이 뭐라고 했지?"

"마지란 님이십니다. 하지만 그분의 행방은 아무도 모릅니다. 폐하께서도 그분을 찾고 계시는 것 같지만, 아직 아무런 흔적도 찾지 못하신 듯합니다."

"그렇군. 밀리 넌, 그만 가서 자도록 해."

스텔라가 울고 있는 밀리를 남겨두고 복도를 따라 밖으로 나왔다. 그리곤 숄이나 외투도 걸치지 않은 채, 별궁 앞에 자리한 정원으로 발걸음을 옮기는 것이 보였다. 밀리가 방으로 돌아간 후, 로이든이 천천히 몸을 움직이기 시작했다.

로이든은 스텔라의 뒤를 따라 걸으며 생각했다. 스텔라의 출생의 비밀을 알게 된 것이다. 왜 국왕 리처드가 이해할 수 없을 정도로 스텔라와 자신에게 잔혹하게 굴고 있는지도 충분히 납득할 수 있었다.

'두려운 것이군. 스텔라가 자신의 왕좌에 위협이 될 존재라서.'

로이든은 미간을 찌푸렸다. 진실을 알았지만, 그 무게는 너무도 무거웠다. 아마 스텔라 역시 마찬가지일 듯했다. 그녀가 알게 된 그녀의 출생의 비밀은 그녀의 목숨을 옥죄는 덫이기도 했던 것이다.

환하게 비추던 달은 구름 속에 숨었는지, 달빛 한 점 없었다. 스텔라는 사위가 어둡다는 사실에 오히려 감사했다. 만약 지금 누군가 그녀의 얼굴을 보게 된다면, 도저히 자신의 감정을 추슬러 냉정한 모습을 보일 수 없을 것 같아서였다.

"하아!"

한숨이 새어 나왔다. 체스터 영지에서부터 밀리의 행동이 조금씩 이상하다고 생각은 했었다. 무엇보다 런던에 오는 동안, 잔뜩 긴장한 모습으로 멍해 있는 모습을 보자 스텔라의 의심은 확신으로 변했고, 처음 와보는 왕궁을 제 손바닥 보듯 너무 잘 알고 있다는 사실에 또 한 번 놀랐다. 그리고 국왕 리처드와 마주쳤을 때의 밀리의 반응은 지나치게 감정적이었다.

그저 자신이 모르는 비밀이 있다고만 생각했었다. 모두가 잠든 시각, 별궁을 빠져나가는 밀리를 보며 스텔라를 마음을 굳혔다. 그리고 그녀가 돌아오자마자, 밀리를 다그쳐 그녀가 알고 있는 진실이 뭔지 알아냈던 것이다. 하지만 이렇게 엄청날 것이라곤…….

"아, 믿을 수 없어. 내가, 내가…….."

'달링턴 백작의 친딸이 아니라, 전 국왕 에드먼드 모티머 튜터와 샤론 튜터의 딸이었다니.'

밀리에게 전해 들은 진실이 마치 거짓 같았다. 믿을 수도 없었고, 믿기지가 않았다. 스텔라가 걸음을 멈추곤 멍하니 하늘을 올려다보았다.

심장에 무거운 돌을 올려놓은 듯 답답했다. 목이 꽉 조이고, 숨도 쉴 수 없을 만큼 답답해 가슴에 손을 올려놓곤 천천히 숨을 내쉬어야 할 정도였다. 하지만 참았던 숨을 내쉬자, 순간 울컥 감정들이 한꺼번에 밀려 올라왔다.

"흐흑……."

새어 나온 흐느낌에 놀라 스텔라는 입술을 꽉 깨물었다. 얼마나 세게 물었는지, 여린 입술이 이에 짓이겨져 피가 흘러나왔다. 입안 가득 비릿한 피 맛이 느껴졌지만, 스텔라는 꽉 깨문 입술을 놓을 수가 없었다.

그 누구 때문이 아니었다. 자신 때문이었다.

아버지 달링턴 백작이 죽게 된 이유는 그 누구도 아닌, 스텔라 자신 때문이었다.

"죄송합니다. 죄송해요, 아버지."

스텔라는 달링턴 백작이 런던으로 떠나기 전, 자신을 바라보던 얼굴을 떠올렸다. 무슨 일이냐고 묻는 스텔라에게 달링턴 백작은 돌아와서 얘기해 주겠다고만 했었다. 그런데 그는 결국 돌아오지 못했고, 국왕 리처드에 의해 처형당했던 것이다. 그가 얘기해 주겠다는 그것이 자신의 출생에 관한 이야기였음을 짐작할 수 있었다.

"흐흑, 흑!"

꽉 잠긴 스텔라의 입술을 통해 흐느낌이 새어 나왔다. 달링턴 백작에 대한 미안함과 자신의 엄청난 출생에 대한 원망이 새어 나왔다. 아무것도 몰랐으면 좋았으련만. 이기적이지만, 아무것도 모르는 채였으면…….

"아하, 정말 끝까지 이기적이야."

스텔라가 주먹을 꽉 말아 쥐었다. 사실 너무도 두려워 밀리에게 묻지 못한 말이 있었다. 전 국왕이신 에드먼드 모티머 튜터는 해리온 전투 중 사망했다는 사실은 너무도 잘 알려진 사실이었다.

하지만 그 당시 임신 중이라고 알려졌던 왕비 샤론 튜터는 국왕 에드먼드가 해리온 전투에서 사망했다는 소식을 전해 들은 그 충격으로 사흘 만에 죽었다고 기록되어 있었다. 복중에 있던 아이에 대한 언급은 그 어디에도 없었다.

'내 어머니, 샤론 튜터의 죽음이 진실인 건가? 왜 난 전 국왕의 혈육이 아니라, 달링턴 백작의 양딸이 된 거지?'

그 물음이 계속해서 입속을 맴돌았다. 밀리를 다그쳐 그 진실이 듣고 싶은 한편, 두려움이 그녀를 막아서고 있었다. 자신의 출생과 그 안에 숨겨진 또 다른 비밀을 듣게 되었을 때 올 엄청난 충격과 두려움. 그 두려움이 자꾸만 진실을 외면하고 싶게 만들었다.

스텔라는 처음으로 자신이 어리석은 겁쟁이라는 사실을 깨달았다.

재판장에서 국왕에게 당당히 맞서며, 달링턴 백작의 무죄를 주장했었다. 로이든 체스터 백작에게도 마찬가지였다. 아버지를 배신한 약혼자라며 그를 맹비난했고, 용서하지 않겠다고 했다. 그를 죽이겠다고, 아버지에게 했던 것처럼 똑같이 배신해 주겠다고 다짐했었다. 그 말이 그에게 얼마나 큰 상처가 되는지 알면서도.

그런데…… 진실은 정반대였다. 로이든이 아니라, 자신 때문이었다. 그는 아무런 잘못도 없었다. 아마 그의 말처럼, 리처드에 의해 그 역시 위협을 당했던 것일 테지.

"하아, 이제야 모든 것을 깨닫다니. 난 대체……."

스텔라는 로이든이 말했던 말을 곰곰이 곱씹었다. 리처드는 그에게서 가장 소중한 것을 빼앗아갔다고 했다. 그리고 앨리샤가 했던 그 의문투성이의 말 역시 떠올랐다. 모든 것을 종합해 봤을 때, 리처드에게 빼앗긴 것은 그의 여동생 레이첼일 가능성이 컸다.

"맙소사!"

그 사실을 깨닫자, 스텔라의 심장이 바늘에 찔린 듯 지독한 아픔이 밀려들었다. 자신 때문에 로이든의 유일한 혈육인 레이첼이 리처드에게 볼모로 잡혀 있었다. 그런 그에게 스텔라는 모진 말을 뱉어내며, 비난했다. 그리고 로이든은 변명 한마디 없이 그녀의 비난을 다 감수하다니.

"하아, 내가 대체 뭘 한 거지? 어리석게도……."

눈가가 뜨거웠다. 로이든에게 뱉어냈던 자신의 말들이 고스란히 그녀에게 되돌아와 그녀의 심장이 비수가 되어 박혔다. 그를 사랑하게 된 지금, 그에 대한 미안함은 이루 말로 표현할 수 없을 만큼 컸다. 손등으로 뺨을 타고 흐르는 눈물을 거칠게 닦아냈다.

스텔라는 한 발짝도 움직일 수 없었다. 어깨가 떨려왔다. 쏟아지려는 울음을 억지로 참아내고 있어서인지 몸의 떨림이 멈추지 않았다. 서늘한 공기가 그녀의 어깨를 파고들었다. 구름 속의 달 역시 그 빛을 잃고 창백한 스텔라의 뺨을 비추고 있었다.

같은 시각, 조금 떨어진 정원의 한 귀퉁이에서 로이든은 스텔라의 떨리는 등을 응시했다. 감당하기 힘든 진실로 고갤 떨군 채 울고 있는 스텔라를 보자, 당장에라도 그가 입고 있는 외투를 벗어 그녀의 여린 어깨를 감싸주고 싶었다. 그녀를 꼭 끌어안고 함께 감당하고 싶었지만, 지금은 스텔라 혼자만의 시간이 필요할 것 같았다.

대신 로이든은 어둠 속에 서서 스텔라의 곁을 지켰다. 한참의 시간이 흐른 후 동이 트기 시작했다. 한쪽 하늘이 서서히 밝아오기 시작하자, 그제야 스텔라는 걸음을 옮겨 별궁 안으로 들어갔다.

잠시 후, 로이든 역시 별궁 안으로 들어갔다. 하지만 스텔라가 있는 방이 아니라, 밀리에게 향했다.

응접실에 앉아 차를 마시는 스텔라는 평소와는 조금 다른 모습이었다. 평소의 차분하고 우아한 모습은 그대로였지만, 캘리를 향해 연신 미소를 지으며 이야기를 하는 모습은 뭔가 감정을 숨기고 싶을 때 하는 행동처럼 느껴졌다. 밀리는 그런 스텔라 옆에서 묵묵히 차를 마시며 앉아 있을 뿐이었다.

"캘리, 제레미 좀 불러주겠어?"

"제레미요?"

"그래, 가서 내 방으로 오라고 전해주겠어?"

스텔라가 찻잔을 내려놓은 후, 자리에서 일어났다. 그러자 밀리 역시 함께 자리에서 일어났다. 하지만 스텔라는 밀리에게 시선조차 주지 않은 채, 응접실을 나갔다. 그 모습을 지켜보던 캘리가 걱정스러운 표정으로 밀리를 보았다.

"밀리 님, 혹시 마님과 무슨 일 있으셨던 건가요? 마님께서 밀리 님껜 시선도 주지 않으시고, 인사도 받지 않으시다니. 이상해서요."

분명 응접실 안은 유쾌한 분위기였지만, 스텔라와 밀리 사이에 형성된 불편한 기류를 똑똑히 느낄 수가 있었다. 캘리는 서로 아끼는 두 사람이 무엇 때문에 싸웠는지 몰랐지만, 어서 예전으로 돌아오길 바랄 뿐이었다.

"별일 아니니 걱정할 필요 없어, 캘리. 넌 어서 가서 제레미를 불러 오도록 해. 마님께서 기다리고 계실 테니까."

밀리의 말에 캘리가 제레미를 부르러 가기 위해 밖으로 나갔다. 잠시 후, 캘리를 따라 제레미가 궁 안으로 들어왔고 스텔라에게 향했다.

똑똑!

"마님, 제레미 기사님을 모셔왔습니다."

"들어와."

"어서, 들어가 보세요."

캘리가 제레미를 돌아보며 말했다. 제레미가 문을 열고 방 안으로 들어갔다.

"제레미, 어서 들어와."

"마님, 무슨 일이십니까? 제게 명령할 것이라도……."

"응, 있어. 아주 어려운 부탁이."

스텔라가 제레미를 머리에서 발끝까지 천천히 훑어보는 것이 느껴졌다. 그리곤 만족스러운 듯 고갤 끄덕이더니, 의미심장한 얼굴로 제레미 앞에 섰다.

"오늘 밤, 내가 되어줘야겠어. 난 네가 될 테니까."

스텔라의 말에 제레미의 얼굴이 창백하다 못해 새파랗게 질렸다.

"마……."

그리곤 입을 달싹이며, 싫다는 말 한마디 못한 채 스텔라의 손에 이끌려 그녀의 계획에 억지로 동참할 수밖에 없었다.

막사에 앉아 있던 로이든이 답답한 듯 자리에서 일어났다. 밤이 깊어가고 있었다. 나흘 후로 다가온 마상 시합으로 인해, 경기장 주변의 명당자리라고 소문난 곳은 이미 귀족들이 세운 막사로 이미 가득 찬 상태였다. 거기다 마상 시합을 보기 위해 몰려든 구경꾼과 상인들로, 시합이 시작되기 전부터 이미 시합장 주변은 축제라도 되는 양 북적이고 있었다.

"정말, 시끄럽기 짝이 없군."

하지만 로이든이 짜증이 난 이유는 다른 데 있었다. 오늘 새벽, 막사로 돌아온 후 로이든은 계속해서 예민한 사자처럼 굴고 있었다. 레이놀즈 역시 그런 로이든을 감당할 수 없었는지 밤이 되자마자, 루이를 만나기로 했다며 나가 버린 것이다.

막사를 서성이던 로이든이 결국 밖으로 나왔다. 그러다 막사 주위를 살피는 수상한 소년을 발견하곤 걸음을 멈췄다.

"설마, 스텔라?"

로이든은 자신의 눈을 의심했다. 아무리 보아도, 자신의 막사 주변을 기웃거리고 있는 소년의 정체는 다름 아닌 스텔라였다.

남장을 하다니? 제레미의 옷이라도 빼앗아 입기라도 한 건가?

스텔라의 모습에 어이가 없었지만, 한편으로 심장이 반가움으로 뛰기 시작했다.

"웬 놈이냐? 대체 누구기에 검은 늑대의 막사를 어슬렁거리는 것이냐?"

보초를 서고 있는 병사 하나가 스텔라의 수상한 행동을 보곤 위협적인 기세로 다가왔다. 그리곤 들고 있던 창을 스텔라를 향해 뻗었다. 그 모습에 로이든의 몸이 본능적으로 움직였다.

"대체 뭘 하는 거지?"

갑작스러운 로이든의 등장에 스텔라와 병사가 놀란 얼굴로 동시에 뒤를 돌아보았다.

"죄송합니다, 영주님. 침입자가 있는 것 같습니다."

병사는 자신의 창을 붙잡은 사람이 로이든이란 사실을 알고는 재빨리 고갤 숙였다. 두 사람을 지켜보던 스텔라가 웃음을 참았다. 그가 화를 내는 이유가 남장을 하고 나타난 자신 때문이라고 생각했는데, 그것이 아닌 모양이었다. 자신을 향해 창을 겨눈 병사를 로이든이 위협적으로 쏘아보고 있었던 것이다.

"여긴 내가 알아서 할 테니 그만 가보도록 해."

로이든이 병사의 창을 놓아주었다. 그러자 병사는 겁먹은 얼굴을 하곤 도망치듯 자릴 피했다.

"화를 내야 할 상대가 바뀌었군요. 저 보초병은 자신의 일을 제대로 한 것뿐인데, 겁을 주다니."

스텔라가 입을 삐죽이며 말하자, 로이든이 미간을 잔뜩 찌푸리곤 믿을 수 없는 얼굴을 했다.

"너랑 함께 있으면 심심하진 않겠군. 이번엔 남자 옷을 입고 내 앞에 서 있다니 말이야."

그의 시선이 그녀가 입고 있는 더블릿과 바지를 보더니, 굳은 얼굴을 했다.

"꿀 먹은 벙어리가 되었나? 뭐든 변명이라도 해야 하는 것 아닌가?"

로이든이 팔짱을 끼곤 거만한 표정으로 스텔라를 내려다보았다.

"당신이 오지 않았잖아요. 그래서 온 거예요. 로이든 당신을 만나기 위해서요."

"날 만나기 위해 남장까지 하고 이곳에 왔다는 건가?"

"네."

"정말 지금까지 들어본 변명 중 가장 엉터리 같은 말이었어, 스텔라."

"변명이 아니라니까 그러네요. 전 리처드의 눈을 피해 당신을 만나고 싶어서 온 거라니까요. 오늘 새벽 오신다고 했던 약속을 지키지 않으셨잖아요."

스텔라가 그가 지키지 않았던 약속을 들먹였다. 그러자 의심스러운 눈빛으로 스텔라를 쏘아보던 로이든의 눈매가 가늘어졌다.

"정말 내가 당신을 만나러 가지 않아 날 보러 왔다는 건가? 내가 보고 싶어서?"

로이든이 다시 한 번 그녀의 말을 반복해 되물었다.

"그렇다니까요. 정말 의심이 많으신 분이군요. 뭐, 믿고 싶지 않다면 믿지 않으셔도 돼요. 난 그만 돌아갈 테니까요."

스텔라가 궁으로 돌아가려는 듯 몸을 휙 돌려, 걸어가기 시작했다.

"잠깐 기다려, 스텔라."

로이든이 재빨리 스텔라의 손을 붙잡더니 그의 품으로 바짝 끌어당겼다.

"엇, 뭐 하는. 아프잖아요."

순식간에 그의 품에 안긴 스텔라가 그를 쏘아보았다. 하지만 그것도 잠시 그녀를 향해 웃고 있는 로이든과 마주하자, 사납게 올라갔던 눈매가 서서히 내려오기 시작했다.

"날 만나러 왔다니, 기분 좋군."

로이든의 눈동자가 짙어지며 따뜻한 눈빛이 되었다. 그의 말처럼 정말 기쁜 모양이었다. 그 모습에 스텔라의 심장 역시 뛰기 시작했다. 기쁨이란 감정은 상대에게 전이되는 모양이었다.

"새벽까지 기다렸는데 오지 않더군요. 그러다 문득 그런 생각이 들었어요. 내가 가면 된다고. 내가 이렇게 오면 되는 거니까."

목소리가 떨리지 않기를 바랐다. 그에게 처음으로 보고 싶었다고 말하는 이 순간이 너무 떨리고 긴장이 되었지만 스텔라는 평소처럼 태연하게 보이고 싶었다. 하지만 그녀가 감정을 숨기지 않기로 결심한 순간, 그녀의 목소리는 물론 그를 바라보는 눈빛 역시 이미 달라져 있었다.

"보고 싶었다 한마디면 될 텐데, 엄청나게 돌려서 말하는군. 하지만 상관없어. 요점은 단박에 파악했으니까."

"그나저나 왜 오지 않으신 거죠?"

"날 정말 기다린 건가?"

"기다렸다고 했잖아요."

스텔라의 말에 로이든의 눈동자가 짙어졌다. 평소의 서늘하던 눈동자가 그녀를 지긋이 바라보고 있는 지금, 다른 감정을 품고 있었다.

"무슨 일이 있었던 건 아니지?"

마치 그녀를 위로하고 걱정하듯이 로이든이 손을 뻗어 그녀의 뺨을 천천히 쓸어주었다. 순간 스텔라는 그의 가슴에 얼굴을 묻고 모든 걸 말할 뻔했다. 밀리가 전한 엄청난 비밀과 왜 달링턴 백작이 죽임을 당했는지. 그리고 로이든의 여동생 레이첼이 국왕에게 볼모로 붙잡혀 있는데 왜 말하지 않은 것이냐고 묻고 싶었다.

"없었어요. 그냥, 누군가 곁에 있었으면 좋겠다고 생각했어요. 사실 최근에 가장 믿고 있었던 친구가 있었는데, 나에게 거짓말을 해왔다는 사실을 알았거든요. 그래서 힘든데 말할 수 있는 사람이 없었어요. 날 힘들게 한 사람이 유일한 친구였으니까요."

로이든이 이번엔 그녀의 머리카락을 쓸어내렸다. 위로하듯 조심스럽게 움직이는 그의 온기에 스텔라는 억누르고 있던 감정이 울컥 치밀어 오를 뻔했다.

"힘든 모양이군."

"모르겠어요. 그냥, 너무 복잡해요."

"네가 힘든 만큼, 네가 믿었던 친구 역시 힘들었겠군. 그동안 거짓말을 해야 했을 테니까."

"흥, 지금 내가 아니라 내 친구 편을 드는 건가요?"

스텔라의 눈이 위로 치켜 올라갔다. 그러자 로이든이 그녀의 눈가를 부드럽게 쓸어주었다.

"네 친구잖아. 네가 믿었던 사람이고. 그래서 믿는 거야."

로이든을 바라보던 스텔라의 표정이 변했다. 기대하지 못했던 선물을 받은 것처럼, 침울하던 스텔라의 입가가 미묘하게 변했다.

"당신은 내 안목을 믿는다는 건가요?"

"믿어. 아주 많이."

로이든의 단호한 대답에 스텔라가 피식 웃음을 터뜨렸다. 왜 이렇게 안심이 되는 건지. 왜 이렇게 그 앞에서 눈물이 흐르려는 건지 알 수가 없었다. 아마, 그에게 이 말이 듣고 싶었던 모양이었다. 밀리 역시 어쩔 수 없었다고. 비밀을 삼키고 살아오는 동안 심장에 가시가 박힌 듯 힘들었을 것이라고.

"그렇게 말해줘서 기쁘군요. 이유를 알 수 없지만, 당신 말에 확신이 생겼어요."

"그렇다니 다행이군. 그나저나 아까부터 저쪽에서 달콤한 냄새가 나던데, 먹고 싶다면 가봐도 상관없어."

로이든의 말에 스텔라가 상인들이 있는 곳으로 고갤 돌렸다. 벌써부터 입안에 침이 고이는지 입술을 축이는 모습을 보며, 로이든이 스텔라의 손을 잡아끌었다.

"갈까?"

"그래도 되나요?"

"이걸 쓰도록 해. 그럼 널 알아보는 사람은 아무도 없을 테니까."

로이든이 막사 옆에 놓여 있던 모자를 들어 스텔라의 머리에 푹 눌러 씌웠다. 그리곤 스텔라의 손을 단단히 붙잡은 다음 사람들로 붐비는 시장 쪽으로 발걸음을 옮겼다.

야시장 구경을 나온 여인들이 로이든의 잘생긴 외모에 놀라 걸음을 멈추는 것이 보였다. 하지만 그의 곁에서 웃고 있는 여인보다 예쁜 소년을 보자, 얼굴을 붉히다 못해 넋을 놓았다. 본의 아니게 야시장은 갑자기 튀어 나온 두 명의 잘생기고 아름다운 귀족들을 보기 위해 술렁이기 시작했다. 하지만 정작 두 사람은 서로에게 집중하느라 자신들에게 향해진 시선을 눈치채지 못했다.

스텔라는 몹시도 만족스러웠고, 로이든 역시 그녀와 함께 할 일 없이 야시장을 돌아다니며 구경하는 것이 싫지 않았다. 오히려 그녀와 함께 걷는 동안 자꾸만 그녀에게 키스하고 싶은 걸 참느라 고역일 정도였다.

"로이든, 이것 봐요. 아기 고양이예요."

스텔라가 로이든의 팔을 붙잡곤 잡아끌었다. 그러자 그곳엔 애완용 고양이를 파는 작은 가게가 있었다. 스텔라는 손을 뻗어 아기 고양이 한 마리를 손바닥에 올려놓고는 가르랑거리는 고양이의 목덜미를 쓰다듬어 주었다.

"내가 좋은가 봐요. 가르랑거리고 있어요."

"고양이보다 더 귀여운 얼굴을 하고는 그런 말을 하다니."

"뭐라고요"

스텔라가 옆에 서서 고양이가 아닌 자신을 바라보고 서 있는 로이든을 올려다보았다.

"내겐 아기 고양이보다 네가 더 사랑스럽거든."

스텔라의 얼굴이 붉어졌다. 그렇게 서늘한 얼굴로 사랑스럽다는 말을 아무렇지도 않게 하는 로이든이 낯설기도 했지만, 그 묘한 어긋남에 심장이 두근거렸다.

"말도 안 돼. 하루 사이에 사람이 변한 건가요? 입에 발린 말을 뱉어내는 사람들은 사기꾼이라고 치부하더니, 지금은 영주님이 더 사기꾼처럼 느껴진다는 것 아시나요?"

"내가 사기꾼이란 소린, 내 칭찬에 흔들렸다는 말이군. 혹시 지금 두근거렸나?"

그의 눈빛이 의미심장하게 빛났다. 그리곤 스텔라의 손 위에서 잠든 고양이를 내려놓고는 그녀의 손을 붙잡았다.

"스텔라, 이제 돌아갈 시간이야."

그 말과 함께 로이든이 스텔라의 손을 잡아끌었다.

"아, 시간이 너무 늦었네요. 이제 돌아가야죠."

그렇게 말했지만, 왜 이렇게 아쉬운 걸까? 그와 더 있고 싶었다. 아무것도 하지 않고 그냥 그의 옆에서 이렇게 실없는 대화를 하는 것이 너무 즐거웠다.

"저기 로이든······."

스텔라가 머뭇머뭇 그를 불렀다. 그리곤 그의 팔을 잡아끌며, 그를 멈춰 세웠다.

"할 말이 있으면 하도록 해."

"그러니까, 차를 마신다거나. 아니면 이야기라도······. 사실 궁으로 돌아가고 싶지 않아요. 좀 더 이곳에 있고 싶어요."

스텔라가 그의 반응을 살피며 고갤 들었다. 하지만 로이든은 무척이나 피곤한 듯 잔뜩 찡그린 얼굴을 하고 있었다. 순간, 스텔라는 민망함과 함께 자존심이 상했다. 그는 그녀와 있는 것이 지루해 죽을 지경인데, 자신은 눈치도 없이 더 있고 싶다고 부탁하다니.

"아니에요. 그냥 조금 전 했던 말은 잊어주세요. 돌아가야겠어요."

스텔라가 궁으로 돌아가려는 듯 말이 있는 마구간으로 앞서 걷기 시작했다.

"성급하긴."

로이든이 스텔라의 손목을 붙잡았다. 그리곤 마구간 쪽이 아닌, 막사로 걸어가기 시작했다.

"잠깐, 제 말은 마구간에······."

"널 보내지 않을 생각이야. 다행히 너도 같은 생각인 것 같으니, 더는 망설일 필요도 없겠지."

로이든이 막사 안으로 스텔라를 밀어 넣었다. 그리곤 아무도 들어오지 못하도록 막사 앞에 붉은색 천을 드리웠다. 아마 자신의 막사 앞에 드리워진 붉은색 천을 검은 늑대의 기사나 병사들이 본다면, 분명 자신을 방해하지 않을 터였다.

"생각보다 아늑하네요. 조용한 것 같기도 하고."

로이든이 막사 안으로 들어가자, 스텔라가 막사 안을 살피며 말했다.

"맞아. 아무도 침입해 들어올 수 없도록 막사의 천을 여러 겹 겹쳐서 만들었거든. 아마 막사 안에서 소릴 질러도 밖에선 아무도 듣지 못할 거야."

"신기하군요. 하지만 막사에서 소릴 지를 일이 뭐가 있겠어요? 그렇지 않나요?"

스텔라가 어깰 으쓱하고는 로이든을 향해 돌아섰다. 그러다 그녀를 바라보고 있는 로이든과 시선이 마주쳤다. 그리고 그 순간, 입을 다물었다.

"그거야 모르지."

로이든이 그녀의 턱을 붙잡았다. 그리곤 음흉한 속내를 드러내며, 웃어 보였다. 맙소사, 그는 처음부터 그녀를 궁으로 들여보낼 생각이 없었던 게 분명했다.

"당신 처음부터……."

그녀의 항의는 그의 입술에 막혀 버렸고, 살짝 벌어져 있던 그녀의 입술을 비집고 그가 깊숙이 키스를 해왔다. 참고 참아왔던 만큼 그의 키스는 깊고도 농밀했다. 한 달간 곁에 있는 스텔라를 안지 못하다니, 그건 감당할 수 없을 만큼 지독한 인내심을 요하는 일이었다. 그에게 입술을 붙잡힌 채, 스텔라는 그의 힘에 밀려 뒷걸음을 쳤다.

"훗!"

순식간에 침상에 눕혀진 스텔라가 자신의 몸 위로 몸을 겹쳐 오는 로이든을 눈으로 흘겼다. 로이든은 장난스럽게 웃으며 그녀의 입술에 깊이 입을 맞췄다. 그녀의 입안을 핥고 혀를 휘감아오는 그의 혀의 움직임이 점점 더 농밀해졌다. 고스란히 욕망을 드러낸 사내의 키스는 집요했고, 또한 뜨거웠다.

"하아, 미치는 줄 알았어. 널 안고 싶어서."

로이든이 젖은 입술로 그녀의 귓불을 쓸며 말해왔다. 자신 역시 마찬가지였다. 그에게 안기고 싶었다. 그 어느 때보다 간절히 그의 품에 안겨, 온전히 그의 것이 되고 싶었다.

"당신의 것이 되고 싶어요, 로이든."

그녀의 수줍은 고백에 로이든이 거친 숨을 내쉬었다. 그리곤 서둘러 입고 있는 옷을 벗어 던졌다. 스텔라 역시 옷을 벗기 시작했다. 두 사람의 옷이 바닥에 떨어져, 겹겹이 쌓였다. 잠시 후 알몸이 된 두 사람이 몸을 겹치며 침상에 누웠다.

로이든이 손을 뻗어 스텔라의 검은 머리카락을 움켜쥐었다. 차갑고 매끄러운 그 감촉이 너무도 좋아, 거친 숨이 새어 나왔다.

"기다릴 수 없을 것 같아."

그 말이 무슨 뜻인지 스텔라 역시 충분히 이해했다. 욕망이 너무 커, 그녀가 준비되길 기다리지 못한다는 말이었다. 그의 남성이 크게 부풀어 올라 있었다. 그녀의 밀부가 그의 것을 받아들이기가 겁이 날 정도로 커져 있었다.

그의 남성의 끝이 스텔라의 밀부를 자극했다. 그리곤 아직 채 열리지 않은 밀부의 입구로 자신을 밀어 넣기 시작했다.

"흐흡!"

스텔라는 강한 힘으로 자신의 안을 꿰뚫듯 들어오는 그의 일부를 생생하게 느낄 수 있었다. 꽉 닫혀 있던 입구가 열리며, 그의 크기에 맞춰 서서히 벌어졌다. 버거움과 함께 아픔이 밀려들었다. 그리곤 그의 남성이 그녀의 안을 가득 채우며 여린 속살을 쓸어 올리자 그녀의 내벽 역시 경련하듯 떨리며 그를 받아들였다.

"하아!"

"헉, 스텔라."

순식간에 그가 그녀의 안을 가득 채웠다. 스텔라의 눈가에 눈물이 맺혔다. 아릿한 아픔과 함께 서서히 아랫배 안쪽에 열기가 피어오르기 시작했다. 시간이 흐르자 아픔으로 뻐근하던 그녀의 내벽이 그를 욕심껏 조이기 시작했다.

"스텔라, 흑!"

그가 그녀의 안에서 몸을 떨며, 그녀의 이름을 불렀다. 낮게 가라앉은 그 목소리가 너무도 관능적이었다. 욕망과 쾌락에 젖은 로이든의 목소리는 자신만이 들을 수 있었다. 그 생각에 스텔라는 용기를 내 아랫배에 힘을 주었다.

"흑, 스텔라. 그렇게 조이면, 윽!"

로이든의 눈동자가 욕망으로 번뜩였다. 짙게 변한 푸른색의 눈동자가 그녀를 삼킬 듯 바라보고 있었다.

"사랑해 줘요, 로이든. 당신을 원해요."

"하아, 미치겠군."

로이든이 고갤 숙여 그녀의 가슴을 한껏 베어 물었다. 그리곤 강한 힘으로 빨며, 붉은 정점을 자극했다. 그의 애무에 스텔라의 어깨가 떨리며, 허리 안쪽에 힘이 들어갔다. 그녀의 반응에 로이든이 허리를 움직이기 시작했다. 천천히, 하지만 깊고 강하게 그녀의 안을 채우며 나른한 리듬을 만들어냈다. 잘게 떨리던 파도가 점점 거세지기 시작했다.

스텔라는 그에게 가슴과 가장 은밀한 부분을 점령당한 채, 허릴 비틀었다. 지독한 쾌락이 순식간에 그녀를 휩쓸었다. 자꾸만 젖은 신음이 새어 나오려 했다. 하지만 스텔라는 입술을 깨물며, 신음을 삼켰다.

그가 막사 밖으로 그녀의 신음이 새어나가지 않는다고 했지만, 누가 두 사람의 소릴 들을까 봐 바짝 긴장이 되었다.

"하아, 로이든."

스텔라가 팔을 뻗어 그의 목덜미에 팔을 감았다. 그리곤 지독한 욕망에 몸을 떨며, 그의 목덜미에 얼굴을 묻었다. 거칠게 내벽을 파고드는 그의 움직임에 맞춰 스텔라의 허리 역시 비틀리길 반복했다. 행위가 거듭될수록 그녀의 내벽 안에서 울컥 애액이 흘러나왔다.

질척하게 젖은 밀부를 그의 남성이 파고들 때마다 젖은 소리가 났다. 그의 움직임이 더욱 격렬해지자, 땀으로 젖은 두 사람의 몸이 하나처럼 얽혀들었다. 서로의 가장 은밀한 부위를 맞댄 채, 쾌락에 몸을 떠는 두 사람은 그 어느 때보다 서로의 마음에 가까워져 있었다.

"하아, 스텔라."

그의 움직임이 멈출 것 같지 않았다. 스텔라는 이미 쾌락의 정점에 다다라 몸을 떨며 눈물을 흘리고 있었지만, 그녀의 내벽을 찌를 듯 파고드는 그의 움직임은 계속되었다. 뜨거운 열기를 품은 거친 남녀의 신음이 막사 안을 울렸다.

"로이든…… 제발 그만. 하아, 하앙!"

지독한 쾌락에 스텔라가 몇 차례 몸을 떨며 그를 밀어내려 했다. 하지만 로이든은 그녀를 놓아주지 않았다. 참고 참았던 그의 욕망을 채우기엔 너무 부족했다. 마음 같아선 몇 날 며칠을 붙잡고 그녀를 놓아주고 싶지 않았다. 하지만 격정으로 눈물을 터뜨린 스텔라를 보자, 로이든은 자신의 욕심은 뒤로 미뤄두기로 했다.

로이든이 스텔라의 허릴 붙잡고 깊고도 강하게 내벽을 파고들었다. 그의 거친 삽입에 스텔라의 몸이 바들바들 떨리는 것이 느껴졌다. 허릴 비틀며, 그를 단단히 조이는 그 농밀한 감촉에 로이든이 눈을 질끈 감았다. 등줄기로 짙은 쾌감이 관통했다.

"하아, 스텔라."

그가 몸을 떨며, 다시 한 번 그녀의 안으로 깊이 파고들었다. 그리곤 그녀의 안으로 자신의 욕망을 쏟아내기 시작했다. 스텔라의 내벽이 그가 뿜어낸 욕망을 단단히 붙잡았다. 그리곤 감당할 수 없는 격정으로 몸을 떨며, 스텔라는 잠 속으로 빠져들었다. 로이든은 땀으로 젖은 스텔라의 몸을 단단히 끌어안고는 바닥에 떨어진 모포를 들어 두 사람의 몸을 감쌌다. 그리곤 그 역시 그녀를 품고 눈을 감았다.

런던의 부둣가에서 루이와 헤어진 레이놀즈는 서둘러 로이든이 있는 막사로 돌아왔다. 루이가 전한 정보에 따르면, 레이첼이 감금되어 있는 수도원에서 그녀를 다른 곳으로 옮기려는 움직임이 포착되었다는 것이었다.

루이는 그쪽 수도원에 심어놓은 수도사에게 레이첼이란 숙녀가 한 달 전 수도원에 은밀히 도착했고, 얼마 전 국왕의 인장이 찍힌 편지가 도착한 후 다시 떠날 준비를 하고 있다고 전해왔다. 하지만 놀라운 것은 레이첼을 붙잡고 있는 왕의 기사들의 목적지가 바로, 런던이란 사실이었다.

"붉은색 천이라니."

로이든의 막사에 도착한 레이놀즈는 막사 앞에 드리워진 붉은색 천을 보곤 걸음을 멈췄다. 붉은색 천이 막사 앞에 드리워졌다는 것은 로이든이 밖으로 나올 때까지 절대 방해해선 안 된다는 의미였다.

대체 막사 안에서 무엇을 하기에 방해하지 말라는 건지 이해할 수 없었지만, 그것을 어길 수는 없었다. 전쟁터라는 급박한 상황 속에서 검은 늑대가 정한 불문율이었기 때문이었다.

하는 수 없이 레이놀즈는 막사로 들어가는 대신 말에 올랐다. 말고삐를 당겨 별궁으로 방향을 틀었다. 종자인 제레미가 자신의 일을 충실히 이행하고 있는지 확인하기 위해서였다. 잠시 후 별궁에 도착한 레이놀즈는 2층 창문에 엉덩이를 걸치고 앉아 있는 숙녀를 보곤 놀라 뒤로 자빠질 뻔했다.

'맙소사, 대체 왜 제레미가 저기 있는 거지? 그것도 여장을 한 채?'

당혹감이 사라지자, 분노가 치밀어 올랐다. 레이놀즈는 싸늘한 기세로 건물 안으로 들어가, 2층으로 올라갔다. 그러는 동안에도 주위를 살피는 것을 잊지 않았다.

2층 체스터 백작부인이 쓰고 있는 방문 앞에 도착한 레이놀즈는 조심스럽게 문을 열었다. 안은 어두웠고, 행운인지 불행인지 방 안에 제레미 외엔 아무도 없는 것 같았다.

"제레미, 대체 그게 무슨 꼴이지? 마님은 어디에 계시는 것이냐? 바른대로 말하지 않으면, 널 천장에 매달아 매질을 할 테니 사실대로 말하도록 해."

"아, 레이놀즈…… 딸꾹. 딸꾹!"

창문에 걸터앉아 있던 제레미가 놀라 바닥으로 뛰어내렸다. 그러다 치맛자락에 걸려 바닥에 넘어지려 했다. 순간 레이놀즈가 재빨리 손을 뻗어 제레미를 붙잡았다. 그러다 그의 품에 안긴 제레미의 모습이 생각보다 너무 예뻐 거칠게 밀어냈다.

"당장 그 옷을 벗도록 해. 감히 백작부인의 옷을 입고 있다니."

"딸꾹, 이건…… 마님께서……."

제레미는 계속되는 딸꾹질로 인해 제대로 말을 하지 못했다. 하지만 레이놀즈는 그런 사정 따위 봐줄 마음이 없다는 듯 바닥에 넘어져 있는 제레미에게 다가왔다.

"마님께선 어디에 계신 거지? 왜 넌 이런 꼴로……."

당장에라도 제레미가 입고 있는 옷을 벗길 기세로 레이놀즈가 제레미에게 손을 뻗었다. 하지만 제레미가 재빠르게 레이놀즈의 손을 피해 도망쳤다. 그 모습에 더욱 화가 난 레이놀즈가 제레미를 붙잡으려 기를 썼다.

"드디어 붙잡았군. 이 맹랑한 꼬맹이 같으니라고."

제레미의 팔을 단단히 붙잡고 의기양양하게 웃고 있는 레이놀즈에게 다음 순간 아주 놀랍고도 어이없는 일이 벌어졌다. 요리조리 몸을 피하던 제레미가 그에게 붙잡히자, 다짜고짜 레이놀즈의 입술에 입을 맞춘 것이다.

레이놀즈의 몸이 그대로 굳어졌다. 자신의 입술에 혀를 밀고 들어오는 제레미의 행동이 황당하기 그지없는 한편, 강아지처럼 그의 입술을 핥는 감촉에 허리가 뻐근해졌다. 여자에게나 느끼는 뜨거운 욕망이 순식간에 그의 몸을 태울 듯 달아올랐다. 제레미는 그의 반응을 눈치채지 못한 채 막무가내로 레이놀즈의 입술에 자신의 입술을 비벼왔다.

레이놀즈는 자신의 반응에 놀라 붙잡고 있던 제레미의 팔을 놓아버렸다. 그러자 제레미가 치맛자락을 붙잡더니, 도망치듯 방을 빠져나가는 것이 보였다.

"대체……."

레이놀즈가 손등으로 입술을 닦아내며, 제레미가 빠져나간 문을 넋을 놓고 바라보았다. 여전히 그의 허리 안쪽이 뻐근해지며, 뜨겁게 요동치고 있었다.

맙소사. 내가 사내에게 발정을 하다니…….

"제기랄!"

레이놀즈는 황망한 표정으로 욕설을 뱉어냈다. 그리곤 잔뜩 굳은 얼굴로 방을 나왔다. 제레미를 붙잡아야 했다. 왜 백작부인인 스텔라 대신 제레미가 여장을 하고 있었는지 이유를 들어야 했다. 하지만 몇 발짝 가지 않아, 레이놀즈는 스텔라의 행방을 알 수 있었다.

로이든의 막사에 드리워진 붉은색의 천.

스텔라는 지금 로이든의 막사에 있었다. 그 누구의 방해도 받지 않은 채, 두 사람만의 시간을 보내고 있었다.

12

왕실 사냥터인 하이드 파크에 도착한 로이든은 이미 사냥터에 도착해, 사냥을 준비하고 있는 리처드를 보곤 미간을 찌푸렸다. 화살의 상태를 점검하려는지 활에 화살을 끼워 넣은 후, 하늘을 나는 매를 조준하는 것이 보였다.

"활로 사냥을 할 모양입니다."

"그야 당연히 활이겠지. 국왕이 가장 잘 다루는 무기 중의 하나니까. 레이놀즈, 지금부터 정신 바짝 차리도록 해. 이곳엔 너와 나뿐인 것 같으니까."

로이든의 말에 레이놀즈 역시 리처드 주변에 모여 있는 무장한 기사들을 보며, 그제야 상황을 파악한 모양이었다. 그리곤 믿을 수 없다는 얼굴로 로이든을 보며 말했다.

"다른 귀족들은 어딜 간 걸까요? 설마, 영주님만 사냥터로 부른

건 아니겠지요."

"그런데도 하는 수 없지. 아마, 국왕은 늑대 사냥을 하고 싶은 모양이니까."

늑대 사냥이라니? 설마 이 사냥터에서 검은 늑대인 로이든을 죽이기라도 하려는 걸까?

레이놀즈는 그제야 사태의 심각성을 깨닫기 시작했다. 단순히 마상 시합 전에 몸을 풀고 서로의 기량을 엿보기 위한 것이라고 생각했다. 하지만 단순히 그것이 아닌 모양이었다.

제기랄! 불만 섞인 욕설을 뱉어내며, 레이놀즈가 로이든을 바라봤다. 정작 리처드의 사냥감인 로이든의 표정은 서늘하기 그지없었다. 아무 일 없다는 듯 평온하기까지 한 얼굴로 리처드를 바라보고 있었다.

그 순간, 하늘의 매를 겨누었던 리처드의 화살이 아래로 내려왔다. 그리고 그 표적은 당연히 로이든의 심장이었다.

"영주님, 피하십시오."

놀란 레이놀즈가 로이든에게 다가왔다.

"멈춰, 레이놀즈. 동요할 필요 없다. 폐하가 노리는 것이 바로 그것이다. 겁먹고 동요하는 것."

그렇게 목숨을 구걸하길 원하고 있었다. 로이든은 자신에게 겨눠진 화살을 똑바로 쳐다보았다. 조금의 미동도 없이 리처드를 응시하고 있는 로이든을 본 리처드의 입가에 비릿한 미소가 걸렸다. 그의 행동이 마음에 들지 않는 모양이었다. 순간 리처드의 손에 팽팽하게 날 선 화살이 바람을 가르며, 로이든을 향해 날아들었다.

쨍, 투둑!

화살보다 빨리 휘두른 검에 의해 리처드의 화살이 로이든의 발 아래 떨어졌다. 바닥에 떨어진 화살은 두 개로 나뉘어 부러져 있었다. 그 모습에 리처드가 싸늘하게 웃었다.

"늑대라고 생각하고 쐈는데, 너였군. 다치진 않았겠지, 체스터?"

리처드의 뻔한 거짓말에 로이든은 검을 다시 검집에 밀어 넣었다. 그리곤 리처드가 있는 곳으로 천천히 걸어갔다. 리처드에게 다가가는 로이든에게선 서늘한 냉기가 느껴졌다. 리처드 옆에 서 있던 기사들이 리처드를 보호하기 위해 그를 막아섰다. 하지만 왕의 기사들 역시 로이든의 강한 카리스마에 주눅이 든 듯 바짝 긴장하는 모습이었다.

"괜찮습니다, 폐하."

"그대의 괜찮다는 말이 왜 이렇게 짜증이 나는지 모르겠군. 아마, 늑대를 잡을 수 있을 것이라 생각했는데 그러지 못한 아쉬움 때문이겠지. 오늘 사냥은 정말 기대가 되는군."

"그 어느 때보다 위험한 사냥이 될 것 같군요."

로이든의 차가운 대답에 리처드의 눈빛 역시 냉소로 반짝였다. 이젠 그의 속내를 감추려고 하지도 않았다.

"그럼 사냥을 시작해 볼까? 난 서쪽 숲에서 늑대를 잡을 생각인데, 체스터 그대는 어디로 갈 것인지 궁금하군? 혹시, 같은 서쪽? 아니면 내게서 가장 멀리 떨어진 동쪽도 괜찮겠군."

리처드는 자신은 서쪽에 있을 테니, 도망치고 싶으면 도망쳐 보라고 말하고 있었다. 겁쟁이처럼 말이다.

"전 항상 그래 왔듯 폐하의 곁에서 사냥을 할 것입니다."

"그래? 그럼 같은 곳에서 사냥을 하겠군. 이제 출발해 볼까?"

리처드가 앞서 말을 달리기 시작했다. 그 말과 동시에 옆에 서 있던 병사 하나가 사냥을 알리는 뿔피리를 불기 시작했다.

부우웅! 부우우웅!

왕실 사냥터인 하이드 파크에 낮게 울리는 뿔피리 소리가 위험을 예고하듯 음산하게 울려 퍼졌다.

별궁은 갑작스럽게 찾아온 방문객으로 인해, 아침부터 분주했다. 다짜고짜 별궁에 들어선 앨리샤는 마치 자신이 주인인 양 행동하며, 시녀들에게 티타임을 갖겠다며 준비라고 명령했다. 잠시 후, 별궁의 티 룸에 찻잔이 놓여졌다. 티 테이블에 앉아 차를 따르는 스텔라와는 달리 앨리샤는 별궁 안 티 룸을 천천히 둘러보는 척하며, 스텔라를 흘끗거렸다.

"차가 준비되었습니다."

스텔라가 자신의 맞은편에 찻잔을 내려놓았다. 그러자 새침하게 입술을 삐죽인 다음, 자리에 앉았다.

"폐하께서 이곳을 내어주다니, 정말 놀랐어요."

찻잔을 들어 올리며, 의외라는 듯 말했다.

"이곳이 폐하껜 중요한 곳이었나요?"

"뭐, 그렇다고 할 수도 있고. 하지만 그것보다 이곳은 전 왕비님이셨던 분이 국혼을 치르기 전 머물렀던 곳이랍니다. 프랑크 왕궁에서 오신 황녀님이셨죠. 내가 아주 어려서 그림으로만 보았지만, 무척이나 아름답더군요."

그러다 앨리샤의 표정이 묘하게 굳어졌다. 스텔라는 차를 마시는 중이었다. 찻잔을 들어 올리는 우아한 모습하며, 서늘한 눈매와 신비한 얼굴이 너무도 닮았다는 생각이 들었다. 전 왕비였던 샤론과.

"그러고 보니, 검은 머리카락 하며 분위기가 왕비님과 좀 닮은 것도 같네요."

찻잔을 든 스텔라의 손끝이 미묘하게 떨렸다. 하지만 이내, 잔을 내려놓은 후 앨리샤 공주를 향해 미소를 짓는 걸 잊지 않았다.

"그럴 리가요. 아마, 그런 생각이 들었다면 검은 머리카락 때문일 테죠."

"당연하죠. 왕비님께선 고귀한 혈통을 가지신 분이셨으니까요. 감히 누가 닮을 수 있겠어요. 무엇보다, 국왕 폐하와 왕비님껜 불행히도 아이가 없었어요. 국가 간의 정략혼이었지만, 두 분은 서로를 은애했다고 들었거든요. 서로 사랑한 부부에게 아이가 없다니, 무척이나 안타까운 일이에요."

앨리샤의 한마디 한마디가 스텔라의 심장에 들어와 박혔다. 밀리에게 자신의 출생에 대해 전해 들은 후, 처음으로 남의 입을 통해 듣는 부모님에 대한 이야기를 듣는 탓에 스텔라는 자꾸만 손끝이 차갑게 식는 느낌이었다.

"그런데 이곳엔 왜 오신 건지 알고 싶군요. 영주님은 지금 별궁에 계시지 않거든요."

"알고 있어요. 지금 체스터 백작님께선 폐하와 함께 사냥 중이실 테니까요. 그래서 찾아온 거예요."

지금까지와는 달리 앨리샤의 눈매가 날카로워졌다. 품위 따윈 잊은 듯 스텔라를 바라보는 앨리샤의 눈빛이 표독스럽기 그지없었다. 싸늘한 표정으로 앨리샤가 허릴 곧게 펴곤, 스텔라를 노려보았다. 그리곤 너무도 당당한 모습으로 스텔라에게 명령하듯 말했다.

"체스터 백작 곁에서 떠나요. 아니, 폐하께 말씀드려 강제로 한 혼인이니 무효로 해달라고 해요. 백작님께선 처음부터 당신을 신부로 맞고 싶어 하지 않았어요. 정략혼의 상대라 어쩔 수 없었지만, 당신 아버지인 달링턴 백작이 반역 죄인이 되었을 때, 그 혼약은 깨어진 것이나 마찬가지였어요. 그런데…… 폐하께서 억지로 이어 붙이신 거죠."

앨리샤가 화가 나는지 기다란 손톱으로 찻잔을 두드리기 시작했다. 그 신경질적인 반응에 스텔라의 입가에 냉소가 어렸다. 국왕과 똑같은 모습이었다. 말도 안 되는 이유로 억지를 부리고, 기분 내키는 대로 사람들을 휘젓는 모습이 너무도 닮아 있었다.

"유감이지만, 폐하께 그런 부탁을 드릴 생각 없습니다. 강제로 맺어진 혼약이긴 하지만, 영주님도 저도 지금의 상황에 만족하거든요."

"거짓말. 체스터 백작님께서 만족할 리 없어. 폐하의 명령이라, 의무 때문에 묶여 있는 것뿐이에요. 당신이 착각을 하고 있는 거죠. 뭐, 이해는 해요. 체스터 백작님은 탐이 날 정도로 멋진 사내니까."

"공주님이야말로 큰 착각을 하고 계신 것 같군요. 하지만 그렇게 믿고 싶으시면 믿으세요. 만약 공주님의 말이 사실이라고 하더라도, 영주님께서 앨리샤 공주님께 가는 일은 없을 겁니다. 설마, 공주의 신분으로 원치도 않는 남자의 정부가 되려는 게 아니라면요."

스텔라의 말에 앨리샤가 자리에서 벌떡 일어섰다. 갑작스러운 행동에 테이블 위에 놓여 있던 찻잔이 넘어지며, 아름다운 테이블 보가 젖어들었다.

"감히, 나에게 정부라니. 천한 반역자의 딸 주제에."

"정부가 아니라면, 불륜이겠군요. 엄연히 부인이 있는 남자를 탐하는 것은 절대 있어서는 안 되는 일이란 걸 잘 아실 겁니다. 만약 공주님의 불륜이 귀족 사회에 알려진다면, 공주님은 어떻게 될까요? 아마 치욕스러운 비난을 받으며, 돌에 맞아 죽게 될지도 모르겠군요. 아니, 아니다. 반역 죄인처럼 단두대에 목이 날아갈지도 모르겠군요."

스텔라의 말에 앨리샤의 얼굴일 창백하다 못해 새하얗게 변했다. 분노로 손이 부들부들 떨리는지 앨리샤는 드레스의 치맛자락을 꽉 붙잡았다.

"감히, 감히······."

앨리샤가 스텔라에게 위협적으로 다가왔다. 그리곤 날카로운 손톱으로 스텔라의 얼굴을 할퀴려는 듯 팔을 휘둘렀다.

"악!"

하지만 앨리샤의 손톱이 스텔라의 뺨에 닿으려는 순간, 스텔라가 앨리샤의 손목을 꽉 붙들었다. 그리곤 재빨리 자리에서 일어나, 로이든에게 배운 호신술을 앨리샤에게 그대로 사용했다.

"아악!"

스텔라에게 제압당한 채 테이블 위에 엎드려 버둥거리는 앨리샤의 모습이 흉하기 그지없었다. 무엇보다 별궁에 온 이후 멸시하듯 스텔라를 바라보던 앨리샤의 눈동자 두려움이 서리기 시작하자, 스텔라는 만족스러운 듯 그녀를 바라보았다.

"난 내 것은 지키는 사람이거든요. 다음에도 내 것을 욕심낸다면, 팔을 비트는 것이 아니라 네 목을 비틀어 버리겠어. 그러니 각오 단단히 하는 게 좋을 거야. 네가 공주라고 해도 예외는 없을 테니까."

"아…… 으윽!"

앨리샤가 항의 한 번 못하고 고통스러운 듯 신음을 뱉어냈다. 스텔라는 그런 앨리샤를 쏘아보다 그녀의 팔을 놓아주었다. 스텔라에게서 풀려나자 앨리샤가 테이블 위에서 몸을 일으켰다. 하지만 스텔라가 꺾어버린 팔이 아픈지 고통스러운 얼굴을 했다.

"네가 감히 날……."

"그럼 조심히 가십시오, 공주님. 캘리, 공주님께서 돌아가실 거야. 밖으로 안내해 드려."

스텔라가 예의 바른 태도로 앨리샤에게 인사를 건넸다. 그리곤 티 룸을 나왔다. 캘리의 안내로 밖으로 나가는 앨리샤가 숙녀로서는 입에 담을 수 없는 욕설을 뱉어내는 소리가 들려왔다.

"로이든을 차지하기 위해 주먹다짐까지 하게 되다니."

스텔라는 조금 전 벌어졌던 어이없는 상황에 헛웃음을 터뜨렸다.

"마님."

그때 복도에 서서 스텔라를 기다리고 있던 밀리가 조심스럽게 다가와 말을 건넸다. 밀리를 본 스텔라의 표정이 눈에 띄게 굳어졌다. 그날 이후, 이렇게 마주한 것은 이틀 만이었다.

"밀리, 따라와. 너에게 물어볼 말이 있으니까."

스텔라가 밀리를 지나쳐 2층 자신의 방으로 향했다. 그리고 밀리는 뭔가 단단히 결심한 얼굴로 스텔라의 뒤를 따랐다.

❖

숲을 달리며, 멧돼지를 쫓던 로이든이 등에 맨 화살 통에서 화살을 꺼냈다. 그리곤 멧돼지를 향해 화살을 날렸다. 바람을 가르며 날아간 화살이 멧돼지의 심장을 관통했다. 급소를 관통당한 멧돼지가 날카로운 소릴 내며 바닥으로 쓰러졌다.

"영주님께서 잡으셨습니다."

로이든의 뒤를 따라 멧돼지를 구석으로 몰던 레이놀즈가 다가왔다. 잠시 후, 기사들을 이끌고 리처드가 도착했다.

"멧돼지를 잡았군."

바닥에 쓰러진 채 일어나기 위해 기를 쓰는 멧돼지를 보며, 그렇게 말했다.

"레이놀즈 덕분입니다. 폐하께선 늑대를 잡으셨습니까?"

로이든의 물음에 리처드가 주머니에서 손수건을 꺼내 이마에 흐르는 땀을 닦아냈다. 그리곤 의미심장한 얼굴로 손수건을 밀어 넣고는 뒤에 서 있는 기사들을 향해 소리쳤다.

"잠시 휴식이다. 난 체스터 백작과 잠시 조용한 곳에서 얘길 할 생각이니, 방해하지 말도록 해."

리처드의 말에 기사들이 말에서 내려서는 것이 보였다. 병사들역시 바닥에 앉아, 휴식을 취했다. 하지만 레이놀즈만은 불안한 표정으로 로이든을 바라보았다.

"레이놀즈, 너도 쉬도록 해."

"그럼, 우린 갈까? 지금부터 내가 늑대 사냥을 어떻게 하는지, 한 수 가르쳐 주도록 하지. 이럇!"

리처드가 앞서 말을 달리기 시작했다. 로이든 역시 리처드의 뒤를 따라 말을 달렸다. 그렇게 두 사람은 왕의 기사들과 멀어지기 위해 말을 달렸다. 그러다 앞서 달리던 리처드가 말고삐를 잡아당기더니 말을 세웠다.

"그 어느 때보다 평화롭군."

"폐하 덕분입니다."

"빈말이 늘었군, 체스터 백작. 하지만 사실이니 부정하진 않겠다."

리처드가 의기양양한 얼굴로 로이든을 돌아보았다. 사실 리처드가 국왕이 된 후 정복전쟁이 일어난 적이 없긴 했다. 하지만 그것은 리처드가 정치를 잘했다기보다는 의심이 많은 자이기 때문이었다. 조그마한 의심이 생기면 리처드는 그 싹을 하나도 남김없이 잘라 버린 것이다. 지난번, 달링턴 백작처럼.

"하지만 걱정이 하나 생겼지."

"걱정이라니, 그게 무엇인지 여쭈어도 되겠습니까?"

로이든의 물음에 리처드가 기다렸다는 듯 입을 열었다. 마치 준비라도 한 듯 그의 말엔 막힘이 없었다.

"얼마 전 웨섹스에서 마녀사냥(1550년에서 1650년까지 1세기 동안 유럽에서 성행. 종교적인 기준에 어긋나는 여인들을 마녀라는 이름으로 화형에 처함)이 있었지. 그곳의 영주의 보고에 의하면 그 여인을 곧 화형에 처할 것이라고 하더군. 아마 그 여인이 마녀로 화형을 당한다면 잉글랜드뿐 아니라, 전 유럽이 술렁이게 될 테지."

"마녀사냥이라고 하셨습니까?"

"그래. 이번에 화형에 처할 마녀는 마녀의 망치(1486년 도미니크 수도회의 수도사이며 카톨릭 교회의 종교 심판관인 스프렌거와 크래머가 쓴 마녀사냥 지침서)에서 제시한 분별법에 모든 면에서 맞아떨어지는 모양이더군. 체스터 백작, 그댄 마녀에 대해 어떻게 생각하지?"

"마녀에 대해 한 번도 생각해 본 적 없지만, 굳이 생각을 물으신다면 마녀는 존재하지 않는다 쪽입니다. 그저 다른 이들보다 특별한 능력을 지닌 평범한 여인일 뿐이라고요."

"과연 그럴까? 예를 들어 그대의 신부가 된 스텔라는 어떻지? 마녀일까?"

리처드가 의구심을 가득 담고서 로이든을 응시했다. 하지만 로이든은 흔들림 없는 눈빛으로 리처드의 말을 부인했다.

"스텔라는 평범한 여인일 뿐입니다."

로이든은 확고한 대답에 리처드의 입가에 미소가 떠올랐다.

"스텔라를 무척이나 아끼는 모양이야. 그렇게 열심히 변호를 하는 걸 보면."

"그런 적 없습니다. 제가 직접 곁에서 본 것을 말했을 뿐이니까요."

리처드의 눈빛이 기묘하게 빛나기 시작했다. 마녀에 대한 이야기를 꺼내는 리처드의 의도는 분명했다. 스텔라가 가진 특별한 능력에 대해 알고 있는 것이 분명했다. 그리고 그 능력을 빌미로 어쩌면 스텔라와 자신을 협박하고 있다는 느낌을 받았다.

"마녀의 망치엔 마녀를 구별하는 방법이 있지. 악마의 표식인 검은 점, 사마귀, 그리고 붉은 반점과 머리카락. 하지만 더 확실한 구별법은 주술이라고 하더군. 사악한 사술인 그것은, 죽어가는 자를 치유하는 힘으로 발현되지."

마녀에 대해 소상히 알고 있는 듯 특징에 대해 하나하나 나열하며, 리처드는 마녀에 대해 이야기했다.

"그렇군요. 전 관심이 없어서……."

"아니, 지금부터 관심을 가져야 할 것이다, 체스터 백작."

순간 리처드의 눈동자가 광기로 번뜩였다. 그리곤 허리에 찬 검을 뽑아 순식간에 로이든의 다리를 찔렀다. 살을 파고드는 날카로운 소리가 고요한 숲을 울렸다. 그리곤 피 냄새가 사방으로 퍼지기 시작했다.

"폐하!"

두 사람을 둘러싼 공기가 순식간에 차갑게 변해 버렸다. 로이든은 자신의 허벅다리에서 흘러나오는 피를 보며, 이를 악물었다.

"로이든, 너에게 주어진 시간은 단 하루. 그 시간 안에 네 몸속에 있는 독을 제거하지 않으면 넌 죽게 될 것이다. 그렇게 된다면, 네 영지는 물론 레이첼의 미래는 없다. 너에겐 후계자가 없으니, 네 것을 지킬 수도 없겠군."

"독이라니. 그게 무슨 말이십니까?"

"조금 전 널 찌른 검에 독을 묻혀왔지. 어서 스텔라에게 가보도록 해. 그녀가 마녀라면, 널 구해줄 테니까."

"폐하, 대체 왜?"

"로이든 체스터 백작, 날 원망할 것 없다. 난 그대를 죽이려는 게 아니니까."

리처드의 말에 로이든은 확신할 수 있었다. 그는 지금 로이든을 미끼로 스텔라의 능력을 직접 확인하려는 듯했다.

"폐하께서 무슨 말씀을 하시는지 모르겠습니다."

"흥, 끝까지 모르는 척하려는 모양이군. 하지만 이미, 늑대 사냥은 시작되었다. 결정은 네 몫이다, 로이든 체스터."

리처드가 말고삐를 잡아당겨 숲을 빠져나가기 시작했다. 로이든은 살을 파고드는 지독한 고통을 참아내며, 리처드가 찌른 단검을 뽑아냈다.

"윽! 제기랄."

밀려드는 고통에 욕설을 뱉어내고는 서둘러 입고 있는 셔츠를 찢어 허벅다리 위를 단단히 묶었다. 독이 퍼지는 것을 막기 위해서였다. 등줄기에 땀이 배어 나오기 시작했다. 로이든은 말을 달려 레이놀즈에게 향했다. 얼마 가지 않아, 로이든을 향해 오던 레이놀즈를 만날 수 있었다.

"영주님, 어떻게 된 것입니까?"

"서둘러 돌아가야겠다."

레이놀즈가 로이든의 다리에 상처를 보곤 황급히 다가왔다.

"국왕 폐하십니까?"

"독이다. 넌 이 단검에 묻어 있는 독을 확인하고 해독제를 찾아 가져오도록 해."

"마님께 알리겠습니다."

"아니, 절대 안 돼. 스텔라에겐 알려선 안 돼."

"하지만……."

"헉, 헉! 서둘러야 해. 하루밖엔 시간이 없다고 들었으니까."

거친 숨을 뱉어내는 로이든을 보며, 레이놀즈의 얼굴이 굳어졌다. 하루밖에 남아 있지 않다니. 그 말은 해독제를 구하지 못한다면, 로이든은 죽는다는 말이었다.

"막사까진 너무 멉니다. 다행히 얼마 떨어지지 않은 곳에 루이가 머물고 있는 오두막이 있습니다. 그곳으로 모시겠습니다."

상황이 긴박해졌다. 두 사람은 로이든의 몸에 독이 퍼져 정신을 잃기 전, 루이가 머물고 있는 오두막에 도착하기 위해 죽을힘을 다해 말을 달렸다.

사냥에서 돌아온 국왕 리처드는 자신의 집무실로 가는 대신 스텔라가 머물고 있는 별궁으로 향했다. 아직 옷도 갈아입지 않은 상태라 리처드의 옷엔 로이든을 단검으로 찔렀을 때 튀었던 피가 소매와 옷 여기저기에 묻어 있었다.

"폐하!"

별궁 안으로 급하게 들어서는 리처드와 마주친 캘리가 놀란 표정으로 재빨리 고갤 숙였다.

"백작부인은 어디에 계시지?"

"백작부인께선 응접실에……. 아, 저기 오십니다."

캘리가 뒤를 돌아보며 말했다. 그러자 리처드는 캘리를 옆으로 밀치듯 지나쳐, 스텔라에게로 걸어갔다.

"폐하를 뵙습니다."

"사냥을 다녀오던 길에 네게 해줘야 할 말이 있는 것 같아서 들 렀다."

리처드의 입매가 차갑게 비틀리며, 스텔라를 쏘아보았다.

"제게 해줄 말씀이라니, 그것이 무엇인지 궁금하군요."

"늑대 하나를 붙잡았지. 이 피가 바로 내가 잡은 늑대의 것이다."

"늑대…… 라고요?"

스텔라가 천천히 고갤 들었다. 그러자 리처드가 의미심장하게 웃으며 고갤 끄덕였다.

"그래, 검은 늑대. 지금쯤 피를 흘리고 쓰러져 있겠군."

순간, 숨이 막이는 느낌이었다. 하지만 스텔라는 최대한 침착하 기 위해 안간힘을 썼다. 그것이야말로 리처드가 옷도 갈아입지 않 고 궁에 도착하자마자 자신에게 온 이유이기도 했으니까.

아무리 억누르려 해도 두려움이 사라지지 않았다. 스텔라의 검 은 눈동자가 미묘하게 흔들리며, 떨리는 손을 숨기기 위해 치맛자 락을 꽉 붙잡았다. 하지만 리처드의 비웃음을 본 순간, 스텔라가 동요하고 있다는 사실을 그 역시 알아챘다는 것을 깨달았다.

"당장 가봐야 할 것이다. 사실 늑대를 찌른 검엔 치명적인 독이 묻어 있었거든. 단 하루. 해독제를 먹지 못한다면, 검은 늑대는 죽 을 것이다."

리처드의 말에 옆에 서 있던 캘리가 놀란 표정으로 바닥에 주저 앉았다. 그 모습에 리처드의 입매가 호를 그리며 휘었다.

"생각한 것만큼 드라마틱한 반응은 아니군. 실망이야. 좀 더 크 게 동요할 것이라고 생각했는데 말이야."

"제가 졸도라도 하길 바라신 모양이군요."

"아니. 다른 숙녀들처럼 졸도하면 재미없지. 이렇게 당당하게 날 바라보며, 쏘아보아야지. 그래야 더 재미있는 놀이가 될 테니까."

놀이라니. 그럼 리처드의 재미를 위해 로이든을 독이 묻은 검으로 찔렀다는 건가?

"믿을 수가 없군요. 한 나라의 국왕이란 분이⋯⋯."

"마님, 그만하세요."

밀리가 서둘러 스텔라의 팔을 잡아끌었다. 그리곤 스텔라를 리처드에게 보호하려는 듯 막아서려 했다.

"밀리, 비켜. 당장!"

"안 됩니다, 마님. 안 돼요."

"밀리!"

스텔라가 밀리를 밀어내며, 리처드에게 다가가려 했다. 하지만 죽을힘을 다해 스텔라를 막는 밀리 때문에 마음대로 하지 못했다.

"폐하, 전할 말이 없으시다면 그만 돌아가 주십시오. 제발 부탁드립니다, 폐하."

밀리가 리처드의 발아래 무릎을 꿇고는 사정했다. 그러자 밀리를 바라보는 리처드의 눈이 불쾌한 듯 찌푸려졌다.

"돌아가도록 하지. 하지만 스텔라, 곧 만나게 될 것이다. 이번엔 내가 널 찾는 것이 아니라, 네 발로 날 찾아와야 할 것이다."

그 말과 함께 리처드가 발길을 돌렸다. 스텔라는 멀어져 가는 리처드를 쏘아보다, 빠른 걸음으로 자신의 방으로 향했다.

"캘리, 제레미를 불러. 당장."

방으로 들어간 스텔라가 옷장에서 외투를 꺼냈다.

"마님, 어디를 가시려는 겁니까?"

"당연히 로이든에게 가야지. 하루밖에 남아 있지 않다고 하잖아. 그의 몸에 독이 퍼져서 죽을지도 모르는데, 당연히 가봐야 해. 그를 죽게 둘 순 없어."

"안 됩니다."

밀리가 스텔라의 앞을 가로막았다.

"지금 뭐 하는 거야? 당장 비켜, 밀리."

"절 죽이고 가십시오. 가시면 안 됩니다. 이건 폐하의 덫입니다. 스텔라 마님을 붙잡기 위한 덫이요. 절대 안 됩니다."

"밀리, 비켜. 날 막는다면, 너라도 용서하지 않을 테니까."

"마님, 조금 전 제가 했던 얘길 기억하십시오. 폐하의 도발에 절대 넘어가서는 안 됩니다. 폐하께선 마님께서 가지고 계신 능력을 알고 있습니다. 지금 그 능력을 확인하려는 겁니다. 절대, 영주님께 가서는 안 됩니다."

밀리가 스텔라의 치맛자락을 붙잡으며 고갤 가로저었다. 필사적으로 스텔라를 막는 밀리의 눈에서 공포와 함께 눈물이 흘러내렸다.

"죽습니다. 영주님께 가시면, 마님은…… 죽게 될 것입니다."

밀리의 말에 스텔라가 눈을 감았다. 복잡한 감정이 그녀의 얼굴에 스쳤다. 알고 있었다. 리처드가 자신을 붙잡기 위해 로이든을 미끼로 덫을 놓았다는 것을. 그래서 그가 일부러 피가 묻은 옷을 그대로 입고 나타난 것도 그녀를 도발하기 위해서라는 것을.

하지만…… 그녀가 견딜 수 없었다. 그가 죽어가고 있다는 사실을 안 순간부터, 심장이 아파 죽을 것 같았다. 숨도 쉴 수 없고, 그에게 가야 한다는 생각뿐이었다.

"밀리, 가야 해. 나 때문에 더는 누군가 죽는 걸 원치 않아."

"마님!"

"여기서 기다리고 있어. 내가 돌아올 때까지. 그땐, 네 도움이 절실히 필요할 테니까."

스텔라가 몸을 숙여 바닥에 엎드려 있는 밀리를 일으켜 세웠다.

"이렇게 도망칠 수 없어서 그래. 내가…… 내가…… 그를 죽게 놓아둘 수가 없게 되어버렸거든. 그를 사랑해. 내가 로이든 체스터를 사랑해서, 그를 잃고는 살 수가 없어. 밀리, 내가……. 내가 그렇게…… 되어버렸어."

덫이라도 상관없었다. 그를 구해야 했다. 그를 절대, 죽게 둘 순 없었다. 그를 잃을 수 없었다. 자신이 리처드의 덫에 걸려, 죽게 된다고 할지라도.

"제레미, 제레미!"

스텔라가 밀리를 남겨 둔 채, 방을 나갔다. 그러자 문 앞에서 그녀를 기다리고 있던 제레미가 앞으로 나왔다.

"제레미, 날 로이든에게로 데려가 줘. 그가 있는 곳으로."

제레미의 팔을 붙잡고 필사적으로 얘길 하는 스텔라의 모습에 제레미가 입을 다물지 못했다. 하지만 다음 순간, 제레미의 표정이 결의로 굳어졌다.

"네, 마님. 제가 마님을 영주님께 꼭 모셔다 드리겠습니다."

❖

오두막이 어둠에 휩싸였다. 거친 숨을 내쉬며 침대에 누워 있는 로이든을 레이놀즈만이 지키고 있었다. 루이는 지금 해독제를 구하기 위해 백방으로 뛰어다니고 있었지만, 불가능한 듯 보였다.

　"제기랄, 해독제를 구할 수가 없다니."

　레이놀즈는 침울한 표정으로 정신을 잃고 누워 있는 로이든을 바라보았다.

　"마님께 연락을 드리는 것이 좋을 듯합니다. 영주님께선 절대 안 된다고 하셨지만, 이대로라면……."

　망설이던 레이놀즈가 결단을 내린 듯 스텔라를 데리러 가기 위해 밖으로 나가려 했다.

　"안 돼. 절대…… 윽!"

　의식을 잃었다고 생각했던 로이든이 레이놀즈의 팔을 붙잡으며, 단호하게 말했다. 생각보다 강한 힘에 레이놀즈는 로이든의 의지가 얼마나 강한 것인지 다시 한 번 깨달을 수 있었다.

　"하지만 영주님. 이대로 있다간……."

　"헉, 헉!"

　"돌아가실지도 모릅니다. 먼저 영주님의 목숨을 구해야……."

　로이든이 다시 한 번 고갤 가로저었다. 그리곤 거친 숨을 몰아쉬며 다시 입을 열었다.

　"스텔라는…… 부르지 마. 알려선 안 돼."

　쾅쾅쾅! 쾅쾅쾅!

　"문 열어요. 당장!"

　밖에서 들려오는 스텔라의 날카로운 목소리에 순간 방 안에 침묵이 감돌았다. 로이든은 오두막을 울리는 스텔라의 목소리에 절망한 듯 눈을 감았고, 레이놀즈는 반대로 안도감을 느꼈다.

"마님께서 오신 모양입니다. 나가보겠습니다."

레이놀즈가 로이든에게 붙잡히지 않기 위해 서둘러 방을 나왔다. 그리곤 오두막의 거실을 지나, 현관문으로 다가갔다.

"문 열어……."

다시 문을 두드리며 소리치려는 찰나, 벌컥 문이 열리고 레이놀즈가 모습을 드러냈다.

"어떻게 여기까지?"

"꼭꼭 잘도 숨었군요. 로이든을 죽일 작정이었나요?"

"아닙니다. 영주님께서 한사코 마님께 연락하는 것을 원치 않으셨습니다. 그래서……."

레이놀즈의 말에 스텔라가 입을 다물었다. 그리곤 뒤에 서 있는 제레미를 돌아보며 말했다.

"제레미가 이곳으로 데려다줬어요. 제레미, 수고했어."

스텔라가 제레미의 어깨를 두드려 준 후, 레이놀즈를 지나쳐 오두막 안으로 들어갔다.

"상태는 어떻죠? 독은 어떤 것인지 알아냈나요? 해독제는요?"

"지금은 의식이 돌아온 상태지만, 언제 다시 정신을 잃을지 모르는 상황입니다. 고열로 온몸이 뜨겁고, 단검으로 찔린 부분은 치료를 한 상탭니다. 하지만 그것이 문제는 아닌 것 같습니다."

스텔라의 뒤를 따르며 레이놀즈가 로이든의 상태를 보고했다. 스텔라는 방으로 들어갔다. 그러자 오두막 한쪽에 놓인 침대에 로이든이 누워 있었다.

"우선 다리부터 볼게요."

스텔라가 시트를 들추곤 로이든의 다리를 확인했다. 검에 찔린 부근이 검게 변해 있었지만, 다행히 부어 있지는 않았다.

"다리는 괜찮아요."

스텔라가 몸을 숙여 로이든의 이마에 손을 올려놓았다. 차가웠다. 조금 전 레이놀즈는 고열로 몸이 뜨겁다고 했지만, 지금은 온몸이 얼음장처럼 식어가고 있었다.

"돌아가, 스텔라. 네 도움 따위…… 필요 없어."

"정말 대단한 고집이군요, 로이든."

로이든이 힘없이 스텔라의 손을 밀어내려 했다. 하지만 자신의 뜻대로 되지 않자, 옆에 서 있는 레이놀즈에게 소리쳤다.

"레이놀즈, 헉헉! 스텔라를 당장…… 헉. 돌려보내. 헉, 헉!"

"다시 한 번 말하지만, 돌아갈 생각 없어요."

스텔라가 단호한 목소리로 말했다. 그리곤 그를 질책하듯 쏘아보며, 다시 입을 열었다.

"그러니 괜히 힘 뺄 필요 없어요. 난 가지 않을 테니까."

"내가 왜…… 왜 널 부르지 않았는지…… 모르면서. 헉, 헉!"

로이든이 얼음처럼 차가운 눈으로 그녀를 쏘아보았다. 그의 말을 듣지 않고 고집을 피우는 스텔라에게 화가 난 듯 그의 표정 역시 싸늘하기 그지없었다.

고통스러워하는 로이든을 보며 스텔라의 표정이 변했다. 알고 있었다. 로이든이 왜 자신에게 알리려 하지 않았는지를. 로이든은 리처드와 자신 사이에 얽혀 있는 악연을 알고 있는 게 분명했다. 그래서 로이든은 그의 목숨을 걸고 그녀를 지키려 하고 있었다. 어리석게도 자신을 위해 목숨을 내놓으려 하다니.

"정말 당신은 바보예요. 자신보다 다른 사람의 목숨을 더 중요하게 생각하다니. 앞으론 절대 바보처럼 굴지 말아요. 오직 당신만 생각하라는 뜻이에요."

스텔라는 심장에 뜨거운 기운이 울컥 치밀어 오르자, 그 감정을 억누르기 위해 입술을 깨물며 말했다.

"하아, 그러는 넌?"

그의 물음에 스텔라의 입매가 굳어졌다.

"난 죽지 않아요. 당신을 치료한다고 해서, 당장 죽는 게 아니란 뜻이에요."

정말 어리석은 남자였다. 그녀와 한 약속 때문에 이런 무모한 짓을 하다니. 눈가가 뜨거워지려 했다. 하지만 여기서 눈물을 터뜨리면 모든 것이 끝나고 말았다. 냉정해야 했다. 뜨거운 가슴과는 달리, 로이든의 눈에 가장 차갑고 냉정한 모습으로 비춰져야 했다.

"날 리처드에게서 보호하고 싶었던 건가요?"

"그래. 그러니 돌아……가."

로이든의 대답에 스텔라가 뒤에 서 있는 레이놀즈를 향해 돌아섰다.

"레이놀즈 님, 절 믿으시나요?"

"네, 마님. 마님께서 영주님을 치료해 주실 것이라 믿습니다."

레이놀즈의 확신에 찬 대답에 스텔라가 고갤 끄덕였다.

"무슨 일이 있어도 영주님을 살려낼 것입니다. 그러니 날 믿고 밖에서 기다려 주시겠습니까? 아무도 오두막에 들어올 수 없도록 지켜주세요."

스텔라의 말에 레이놀즈의 표정이 굳어졌다.

"혹시 폐하께서……."

"이곳까지 오진 않을 겁니다. 감시자는 잘 따돌렸으니까요. 하지만 부탁할게요."

"알겠습니다, 마님."

레이놀즈가 방을 나갔다. 그리곤 거실에서 기다리고 있던 제레미를 끌고 오두막 밖으로 나가는 것이 보였다. 스텔라는 방문을 닫고 로이든에게 다가다.

"폐하께서 뭐라고 하시던가요? 내가 마녀라고 하시던가요? 그래서, 날 죽이겠다고 하신 모양이군요."

스텔라의 물음에 로이든이 대답하기를 거부했다. 꽉 다문 입매며 고집스럽게 그녀를 쏘아보는 그의 서늘한 눈을 보고 있자니, 스텔라의 심장이 꽉 조여들었다. 그를 사랑하고 있다는 사실을 너무도 생생히 느낄 수 있었다.

"날 위해 그럴 필요 없어요, 로이든."

스텔라의 말에 로이든이 눈을 가늘게 뜨고 스텔라를 노려보았다.

"널 위한 게 아니야. 그런 착각 하지 마."

"당신이 착각하게 만들잖아요, 지금."

로이든의 입매가 씰룩거렸다. 스텔라는 주먹을 꼭 쥐곤 로이든에게 다가왔다.

"레이첼이 국왕에게 붙잡혀 있다는 것 알고 있어요. 당신 말대로, 어쩔 수 없었다는 것도 알았고요."

"대체 누가……?"

"제레미에게 물었더니 입을 다물더군요. 그래서 알았어요. 내

짐작이 사실이라는 걸."

스텔라는 입고 있던 코트를 벗어 벽에 걸어놓았다. 그리곤 다시 로이든 앞에 섰다.

"그러니, 여기서 끝내요."

"뭐?"

"끝내자고 했어요."

로이든이 침대에서 몸을 일으키려 했다. 하지만 이미 몸속에 독이 퍼진 상태였기 때문에 꼼짝도 할 수 없었다. 스텔라가 아니었다면, 이미 의식 역시 멀어졌을 테지만 로이든은 가까스로 그 줄을 놓지 않기 위해 안간힘을 쓰는 중이었다.

"스텔라……. 당장, 취소해. 네가 했던 말…… 당장!"

"취소하지 않을 겁니다. 절대."

"스텔라!"

이를 악물고 그녀를 부르는 로이든의 목소리에서 분노가 느껴졌다. 스텔라는 손을 뻗어 로이든의 손을 붙잡았다. 그의 고통을 덜어주기 위해서였다.

"마지막 순간에 절대 망설이지 않겠다는 말…… 진심이었어요. 당신을 죽이고 싶었어요."

하지만 모든 것이 달라졌다. 그 역시 자신 때문에 희생을 치른 것뿐이었다. 그리고…… 밀어냈지만 정말, 진심이 되어버렸다. 마지막 순간이 다가오자, 스텔라는 그를 진심으로 살리고 싶어졌다.

"그러니 그런 날 위해, 당신을 희생하지 말아요. 당신의 것들을 지켜요, 로이든."

그가 계속 자신의 옆에 남아 있는다면, 그는 죽게 되어 있었다.

지금은 독이었지만, 다음엔 리처드의 검이 로이든의 목을 향해 날아갈 게 분명했다. 아버지 달링턴 백작처럼. 그것은 원치 않은 일이었다.

그와 헤어져 다른 삶을 살아가게 된다면…… 자신의 삶은 죽은 것이나 다름없겠지만. 그렇지만…… 그는 살 수 있었다. 로이든 체스터는 지켜야 할 것들이 많은 사람이었고, 그를 기다리고 있는 사람들도 많았으니까. 자신과는 달랐다.

"지금부터 당신을 치료할 생각입니다."

"원치 않아. 루이가 해독제를 구해올 것이다. 그러니 넌…… 돌아가."

헉, 헉! 숨소리가 더욱 거칠어졌다. 금방이라도 숨이 멈출 것처럼 느껴져, 스텔라는 안타까움에 입술을 깨물었다. 고통이 심한 게 분명했다. 창백해진 얼굴과 이마는 물론 온몸에서 식은땀이 배어 나오고 있었다. 하지만 로이든은 그녀 앞에서 아무렇지 않은 척 애쓰고 있었다. 스텔라가 심호흡을 했다. 그리곤 손을 뻗어 그의 심장에 손을 올려놓았다.

"당장 치워. 헉, 당장!"

로이든이 스텔라의 손을 밀어내려 했다. 그녀가 자신을 치료하게 된다면, 어떻게 변할지 너무도 잘 알고 있었다. 모두가 말하는 마녀의 모습으로 변할 테고, 그렇게 된다면 리처드에게 끌려가 화형을 당하게 될지도 몰랐다.

안 돼. 그것은 그가 원하는 일이 아니었다. 어느 순간, 자신의 목숨보다 더 소중해져 버린 눈앞의 여인이 화형을 당하는 것은 절대 원치 않았다. 로이든은 죽을 힘을 다해, 그의 가슴에 놓여 있는 스텔라의 손을 치우려 했다.

하지만 불가능했다. 독에 중독된 몸은 이미 굳어져, 손끝 하나 움직일 수 없는 상태였다.

"제기랄, 젠장! 비켜, 제발! 제발, 스텔라."

'어서 돌아가. 날 위해, 제발 돌아가 줘. 날 내버려 둬.'

이제 혀가 굳어지는지 그가 소리쳐 말하고 싶은 말이 소리가 되어 밖으로 나오지 못했다. 미친 듯이 돌아가라고 소리치고 싶지만, 꼼짝도 할 수 없었다.

"로이든…… 이제 눈을 감아요. 내가 곁에 있을 테니까."

스텔라가 손을 뻗어 그의 눈꺼풀을 감겨 주었다. 그녀의 손길을 거부하려는 듯 버둥거리던 로이든의 몸이 시간이 지나자, 천천히 이완되기 시작했다. 꽉 다문 입술 역시 서서히 풀리며 원래대로 되돌아 왔다.

"맙소사, 피가……."

스텔라가 옆에 놓인 손수건을 들어 로이든의 입술에서 흘러내리는 피를 닦아주었다. 정신을 잃지 않기 위해 자신의 입술을 깨물어 피까지 흘리다니. 그 순간, 스륵 그의 팔이 침대에 닿았다. 의식이 점점 멀어지는지 잔뜩 굳어 있던 팔이 풀리며 침대로 떨어져 내렸다. 이제 그는 잠이 든 것이다.

스텔라는 잠이 든 로이든을 물끄러미 내려다보았다. 그리곤 그녀의 검은 눈동자에 그를 담았다. 반듯한 이마며, 높고 곧은 콧날을 눈으로 쫓았다. 그리고 차가운 느낌의 모양 좋은 입술까지.

뚝, 투둑!

손등으로 뜨거운 눈물이 떨어져 내렸다. 참고 참았던 눈물이,

로이든에겐 보이고 싶지 않은 눈물이 그녀의 손등과 로이든의 손등을 적셨다.

"망설이지 않아요. 절대."

스텔라가 손등으로 눈물을 닦아냈다. 이런 마음이 될 줄은 상상도 못했었다. 그를 죽이겠다고 악다구니를 쓰고, 초야 때는 그에게 촛대를 휘둘러 그에게 상처를 내기도 했었다. 그를 증오했고, 죽이겠다고 맹세했었다. 그때가 아득히 멀게만 느껴졌다.

그런데…… 그가 죽을지도 모른다고 하자 궁을 빠져나와 그에게 달려오다니. 리처드가 내민 덫이란 걸 알면서도 제 발로 덫에 걸려들기 위해 오다니.

그를 바라보던 스텔라가 눈을 감았다. 그리곤 천천히 손을 뻗어 그의 가슴 위로 올려놓았다. 간절히 원했다. 그가 살아나기를.

로이든 체스터가 영원히 살기를.

"사…… 랑해요, 로이든. 로이든 체스터, 당신을 사랑해요."

어쩌면 다시는 입 밖으로 꺼내지 못할 말일 수도 있었다. 그녀의 말이 순식간에 빛과 함께 사라졌다. 어둠뿐이던 오두막의 작은 방 안 역시 빛으로 가득 찼다. 잠시 후, 빛이 사라지고 스텔라가 검은 망토를 뒤집어 쓴 채 방을 나왔다. 그리곤 제레미와 함께 타고 온 마차를 타고 스텔라는 어둠 속으로 사라졌다.

13

마상 시합이 시작되었다. 시합에 참가하기 위해 모여든 기사들은 국왕 리처드가 내건 대진표를 확인하곤 모두 자신들의 막사로 돌아갔다. 모두들 긴장한 표정이었지만, 그나마 검은 늑대 로이든 체스터 대신 그의 기사 레이놀즈가 시합에 참가하게 되었다는 사실에 안도하는 눈치였다. 대진표를 확인하기 위해 나왔던 레이놀즈와 제레미 역시 굳은 얼굴을 하긴 마찬가지였다.

"영주님께선 왜 그런 결정을 하신 걸까요?"

제레미가 안타까운 얼굴로 불만스러운 듯 신발로 바닥을 찼다. 툭툭, 흙먼지가 날렸다. 레이놀즈는 바람에 날리는 흙먼지를 보며, 굳은 얼굴로 돌아섰다.

"막사로 돌아가자."

막사로 향하는 레이놀즈를 따라, 제레미가 뾰로통한 얼굴을 했다.

"이 중요한 때에 대체 마님께선 어디로 가셨는지 모르겠어요. 분명 궁으로 가셨는데, 감쪽같이 사라져 버리시다니."

"그 입 다물어."

"하지만 이 시합은 검은 늑대의 명예가 달려 있다는 것을 아시잖아요? 아마 영주님께서 참가하지 않으신다는 걸 안 순간, 검은 늑대가 겁쟁이라고 소문을 낼 거라고요. 잉글랜드에서 가장 강한 검은 늑대가 웃음거리가 될지도 모른다고요."

"제레미, 계집아이처럼 그만 좋알거려. 더 떠들었다간, 볼기짝을 걷어차 줄 테다."

계집아이란 말에 제레미의 눈이 위로 확 치며 올라갔다. 그 말에 자존심이 상한 모양이었지만, 레이놀즈가 보기엔 오히려 그 모습이 더 제레미를 여자처럼 보이게 했다.

"제기랄!"

레이놀즈는 몸의 한쪽이 불편해졌다. 미친 게 분명했다. 사내를 보고 물건을 세우다니. 레이놀즈는 기분이 더러웠다. 막사로 돌아온 레이놀즈가 안으로 들어갔다.

"대진표는 어때? 싸울 만하겠나?"

"걱정 마십시오, 영주님. 다들 한주먹거리도 되지 않으니까요. 그나저나, 마님은 찾으셨습니까?"

"아니, 찾지 못했다. 유모인 밀리도 함께 사라졌어. 유일하게 궁에 남아 있는 캘리에게 물었지만, 그날 오두막에서 돌아온 후 스텔라와 밀리가 사라져 버렸다고 했어. 두 사람의 행방을 정말 모르는 눈치야."

로이든은 거칠게 머리를 쓸어 넘겼다. 그가 오두막에서 깨어났을 때, 스텔라는 없었다. 레이놀즈와 제레미에게 묻자, 스텔라가 그를 치료한 후 별궁으로 돌아갔다고 전했다.

로이든은 아직 회복되지 않은 몸으로 별궁으로 향했다. 하지만 없었다. 이미 스텔라와 밀리는 사라진 후였다.

"빌어먹을, 대체 어디로 간 것인지. 그 몸을 하고."

위험했다. 지금 스텔라의 상태를 알고 있는 로이든은 불안감과 지독한 분노로 심장이 터져 버릴 것 같았다. 대체 왜 사라져 버린 걸까? 그 모습을 하고. 분명, 누군가가 스텔라의 모습을 보기라도 한다면, 위험한 일이 일어날 게 뻔했다.

처음엔 국왕 리처드가 스텔라를 감금했을지도 모른다는 생각에 로이든은 아픈 몸을 이끌고 리처드를 찾아갔었다. 로이든의 모습을 본 리처드가 그럴 줄 알았다는 듯 의미심장한 미소를 지었다.

"회복되었군. 해독제가 없는 독을 먹고도, 살아나다니. 불사신이 아니고서야, 대체 어떤 방법으로 살아날 수 있었는지 궁금하군."

리처드의 말에 로이든이 품속에 있던 붉은색 병을 꺼냈다.

"독에 능통한 치료사가 있습니다. 아마, 폐하께선 예언자 마지란이란 이름에 더 익숙하실 것 같군요."

"마지란이라고? 대체 네가 어떻게 마지란을 알고 있는지 모르겠군. 설마, 마지란이 네 영지에 숨어 있었던 것인가?"

"그렇습니다. 그리고 마지란이 제게 이 독을 주며 말하더군요. 맹독을 이기는 건, 약이 아닌 독이라고 하면서요."

로이든의 말에 리처드가 눈을 가늘게 뜨면 그를 노려보았다. 그가 진실을 말하고 있는지 가늠하기 위해서인 듯했다.

"지금 네 말은 마지란이 준 독으로 회복되었다고 말하는 건가?"

"그렇습니다. 아마 폐하께서도 잘 알 것입니다. 마지란이 예언은 물론, 독에도 능하다는 것을요."

로이든이 들고 있는 붉은 약병을 쏘아보는 리처드의 눈빛이 광기로 번뜩였다. 하지만 로이든의 말을 부정할 수 없었다. 그의 말이 모두 사실이었다. 마지란은 독에 능한 치료사일 뿐만 아니라, 두 눈을 잃은 대가로 미래를 볼 수 있는 능력 또한 생긴 게 분명했다.

"그 약병의 독이 마지란이 만든 것이란 걸 어떻게 믿지?"

"마지란은 자신이 만든 모든 약병에 표시를 해두더군요. 두 개의 눈. 여기 이 약병의 밑에도 삼각형 안에 두 개의 눈이 새겨져 있습니다. 아마, 마지란은 자신의 두 눈 대신 예지 능력을 얻게 된 자신을 표현한 듯합니다."

리처드의 시선이 약병 아래 음각되어 있는 마지란의 두 개의 눈으로 향했다. 그 문양. 리처드 역시 똑똑히 기억하고 있었다. 반년 전, 마지란이 그를 찾아와 낡은 양피지에 적힌 예언서를 건넸었다. 그리고 그 아래, 똑같은 문양이 있었다.

"마지란의 두 개의 눈이군."

리처드의 말에 로이든은 속으로 안도의 한숨을 내쉬었다.

"그렇습니다."

"그럼, 스텔라는 어디에 있지? 왜 그녀가 갑자기 별궁에서 사라진 것인지 이유를 말해봐. 내가 납득할 수 있게."

여전히 의심을 거두지 않은 채, 리처드가 로이든을 쏘아보았다.

"이번엔 레이첼처럼 손 놓고 당할 순 없었습니다."

"제기랄, 체스터! 네가 감히……."

"두 번은 당할 수 없으니까요."

"스텔라를 빼돌려도 소용없다, 로이든 체스터. 런던에 있는 한, 절대 내 손아귀에서 벗어날 수 없을 테니까."

리처드의 광기 어린 눈빛이 아직도 선명하게 로이든의 머릿속에 각인되어 있었다. 로이든은 자신을 걱정스럽게 바라보고 있는 레이놀즈를 보며, 고갤 끄덕여 보였다. 하지만 머릿속에 떠오른 의문은 사라지지 않고 있었다.

대체 리처드는 왜 스텔라를 손에 넣으려는 걸까? 그녀가 전 국왕의 유일한 상속자라면, 아무도 모르게 죽이면 그만이었다. 하지만 이렇게까지 하면서 스텔라의 능력을 확인하려는 이유가 납득이 되지 않았다.

리처드는 지금 스텔라의 능력이 간절히 필요하다는 것으로밖엔 결론이 나지 않았다.

'누구지? 대체 누가, 스텔라의 능력이 필요한 걸까? 위험을 감수하고서라도, 스텔라를 죽이지 못하는 이유가 대체 뭘까?'

거기까지 생각에 미치자, 로이든은 밀리에게 중요한 사실을 듣지 못했다는 것을 깨달았다. 스텔라가 전 국왕의 유일한 후계자라는 사실을 알았았던 그날, 로이든은 아무도 모르게 밀리를 찾아갔었다. 그리고 밀리에게 스텔라에 대한 모든 얘길 들었다. 하지만 가장 중요한 것을 숨기고 있었다.

왕비 샤론이 죽은 이유. 기록에는 샤론이 임신 중인 아이에 대한 내용이 없었다. 하지만 스텔라는 태어났고, 달링턴의 딸로 키워졌다. 스텔라에 대한 기록이 없다는 것은, 어쩌면 샤론 왕비의 죽음 역시 알려진 사실과 다를 가능성이 컸다. 만약 샤론 왕비의 죽음의 진실을 알게 된다면, 리처드가 스텔라를 죽이지 않은 이유를 알아낼 수 있을 것 같았다.

"레이놀즈, 막사 위의 깃발을 바꿔 달도록 해."

"네?"

"붉은색 깃발이다. 그 깃발로 당장, 바꾸도록 해."

로이든의 명령에 체스터 가의 막사 꼭대기에서 휘날리던 깃발이 바뀌었다. 푸른색의 깃발이 내려지고, 붉은색의 천 위에 수놓아진 검은 늑대의 문장이 펄럭였다. 그리고 얼마 떨어지지 않은 곳에서 로이든의 막사를 주시하던 여인 또한 그 깃발을 바라보고 있었다. 로이든 체스터가 여인에게 신호를 보내고 있었다. 여인은 그늘진 얼굴로 깃발을 노려보다, 결심이 선 듯 주먹을 꼭 쥐었다.

런던 외곽의 좁은 골목길을 따라, 한 귀족 사내가 은밀하게 몸을 움직이고 있었다. 앞서 걷는 여인 역시 검은 외투를 뒤집어쓰고는 조심스럽게 주위를 살피는 모습이 몹시도 신중해 보였다.

"곧 도착할 것입니다."

여인의 말에 어둠 속을 응시하며 걷던 사내가 고갤 끄덕였다. 그리고 두 사람은 서둘러 골목길을 벗어나 가장 안쪽에 자리한 작은 집 안으로 들어갔다.

"여긴가?"

"그렇습니다, 영주님."

밀리가 머리에 쓴 외투의 후드를 벗으며 로이든을 돌아보았다. 로이든 역시 잔뜩 굳은 얼굴로 좁은 방 안을 둘러본 후, 굳게 닫혀 있는 문을 쏘아보았다.

"스텔라의 상태는?"

"별궁에 오셨을 때, 그대로이십니다."

밀리가 방문을 열어주었다. 그러자 로이든이 재빨리 방 안으로 들어갔다.

"정말 다행이었습니다. 영주님께서 폐하와 함께 사냥터에 가시기 전날 밤, 미리 말씀해 주지 않으셨다면 큰 곤경에 처했을 겁니다. 스텔라 님께서 이 모습으로 궁으로 돌아오리라곤 전혀 예상치 못했었거든요. 무사히 영주님께서 준비해 놓으신 이곳으로 온 것은 천운이었다고 생각합니다."

밀리의 말에 로이든의 얼굴이 굳어졌다. 자신 역시 스텔라가 자신을 떠날 것이라고 전혀 예상치 못했었다. 스텔라가 자신을 살렸듯 그녀를 살릴 수 있는 것 역시 로이든뿐이었으니까. 그런데 스텔라는 살 생각이 없다는 듯 로이든과 인연을 끊겠다고 말하고 국왕이 머물고 있는 별궁으로 왔다.

똑같았다. 자신에게 타인의 안전을 먼저 생각하는 것은 어리석은 바보라고 말했으면서, 스텔라 역시 그를 위험에 빠뜨리지 않기 위해 자신이 위험이 빠지다니. 뻔히 리처드의 덫이란 걸 알면서도 위험을 감수한 스텔라가 너무 안타까워 가슴이 미어졌다.

"바로 오고 싶었지만, 국왕의 눈을 피하기 위해선 어쩔 수 없었다. 감시자는 없었겠지?"

"궁의 비밀 통로를 아는 이는 국왕뿐이십니다. 아마 제가 그 비밀 통로를 이용해 마님과 궁을 나왔다고는 생각지 않으실 겁니다. 그나저나 존슨의 움직임은 파악하셨습니까?"

"그래. 존슨에게 사람을 붙여놓았지. 조만간 그를 요긴하게 이용할 생각이다."

"붙잡지 않고요?"

"붙잡는 것보다 첩자를 역이용하는 방법을 찾고 있는 중이거든."

로이든의 말에 밀리가 고갤 끄덕였다.

"이제 마님을 살려주십시오. 목숨을 걸고 영주님을 살려내셨습니다. 이젠 영주님께서 마님을 살려주십시오."

"걱정할 필요 없다."

로이든의 말에 밀리가 안심한 듯 고갤 끄덕였다. 그리곤 두 사람만 남겨 둔 채, 방을 나가려고 하자 로이든의 밀리를 불러 세웠다.

"밀리, 리처드에게 스텔라가 어떤 의미인지 나에게 말하지 않았더군. 그리고 샤론 왕비님께서 왜 스텔라를 낳은 직후, 돌아가셨는지도. 난 들어야겠다. 스텔라가 지금 어떤 위험에 서 있는지를."

"그건……."

"말해, 밀리. 그래야 내가 스텔라와 널 도울 수 있다."

망설이던 밀리가 침대에 누워 있는 스텔라를 바라보았다.

'믿어도 되는 걸까요, 마님?'

밀리는 마음속으로 그렇게 물었다. 하지만 그 물음에 대한 대답은 로이든에게 들을 수 있었다. 흔들림 없는 눈빛으로 스텔라를 바라보는 로이든의 눈빛에서 검은 늑대의 다짐 또한 읽을 수 있었다.

"스텔라가 날 구하기 위해 뭘 내놓았는지 알고 있다, 밀리. 나 역시 마찬가지다. 스텔라를 지키기 위해 나 역시 그녀와 똑같은 걸 내놓을 생각이다. 그것이 내 목숨일지라도."

잠시 후, 꼭 다물려 있던 밀리의 입을 떨어졌다.

"샤론 왕비님께서는 마지란 님께서 만들어놓으신 독을 드셨습니다."

"예언자 마지란을 말하는 모양이군."

"네. 마지란 님께선 샤론 왕비님의 배다른 자매이십니다. 샤론 왕비님의 국혼이 정해지자, 프랑크 왕국의 천덕꾸러기 취급을 받던 마지란 님을 샤론 왕비님께서 데리고 잉글랜드로 오셨습니다. 두 분 사이는 그 어떤 자매들보다 애틋하셨습니다. 하지만 마지란 님께선 마녀의 사술에 많은 관심을 가지고 계셨습니다. 왜냐하면, 프랑크 왕국의 혈족 중 간혹 특별한 능력을 가진 여자아이가 태어났는데 샤론 왕비님 대에 두 명의 여자아이가 그런 능력을 가지고 태어났던 겁니다."

"그것이 샤론 왕비님과 마지란인 모양이군."

"네, 그렇습니다. 샤론 왕비님은 치료의 능력을 타고났다면, 마지란 님은 파괴의 능력이셨습니다. 정반대의 성향이셨지요."

"그래서 어떻게 되었지?"

"지금의 국왕이신 리처드 님께서 열여섯이 되던 해, 유전병이 발병하셨다고 들었습니다."

"유전병이라고?"

"네. 잉글랜드 왕가의 방계 혈족에 의해 나타나는 아주 희귀한 병이라고 알고 있습니다."

"샤론 왕비께서 국왕의 유전병을 치료한 모양이군.?"

로이든이 분노로 떨며 소리쳤다. 그 서슬 퍼런 로이든의 기세에 밀리의 어깨가 움찔 떨리는 것이 보였다.

"폐하께서 그 당시 해리온 전투 중이셨습니다. 그리고 얼마 후, 폐하께서는…… 전쟁 중에 함께 싸우던 기사를 살리려다 돌아가셨다고 들었습니다. 폐하께서 돌아가신 후, 왕비님께선 스텔라 마님을 낳으셨습니다. 하지만 어떻게 알았는지 폐하와 저, 그리고 마지란 님만 알고 있는 왕비님의 비밀을 리처드가 알아내 찾아온 것입니다. 나중에 알게 된 바론, 리처드 님께서 말에서 한 번 떨어진 적이 있었는데 그때 왕비님께서 치료해 준 적이 있었던 모양입니다.

"미친 리처드. 자신의 목숨을 살려주신 분을……."

로이든이 분노를 터뜨리자 밀리의 눈동자에 눈물이 차올랐다. 그때를 떠올리는 것만으로도, 18년이 흐른 지금도 생생하게 그 슬픔이 느껴졌다. 자신이 모시던 주인, 세상에서 가장 공평하고 자애롭던 그녀의 주인인 샤론 왕비님을 아무도 지켜 드리지 못했다. 자신 역시 마찬가지였다.

"그럼 마지란은?"

"마지란 님 역시 그때, 두 눈을 잃으셨습니다. 리처드는 스텔라 님을 살려주는 대가로 마지란 님께서 만드신 독을 샤론 님께 마시게 했거든요. 그 사실을 아신 후, 마지란 님 역시 날카로운 송곳으로 두 눈을 찌르셨습니다. 아무리 리처드의 명이었다고 하지만, 자신이 만든 독을 자신이 가장 사랑하는 언니가 마셨다는 사실을 받아들일 수 없었기 때문입니다."

"아하, 젠장!"

"어쩌면 스텔라 님을 살려둔 이유 중 하나가 바로, 리처드 폐하의 유전병과 관련이 있을지도 모른다는 생각이 들었습니다. 달링턴 백작님을 반역죄로 몰아 처형했지만, 마님은 살려두셨습니다. 당연히 죽여야 할 테지만, 국왕은 위험을 무릅쓰고 스텔라 님을 살려두셨습니다. 만약 스텔라 님께서 전 국왕의 직계 혈족이란 사실이 알려진다면, 국왕의 자리에서 물러나야 하는 위험을 감수해야 되는데도 말입니다."

"아마 에드워드 태자일 것이다. 요 몇 달, 갑자기 에드워드 태자의 모습을 본 자가 없다고 하더군."

모든 것이 명백해졌다. 리처드가 스텔라를 살려둔 이유. 그건 바로, 자신의 아들 에드워드 때문이었던 것이다. 그렇게 필사적으로 스텔라의 능력을 확인하려 했던 것도 이해가 됐다.

"만약 스텔라가 자신의 신분과 권리를 복권하고 싶어 한다면 그것을 증명할 증표는 있는 건가?"

"있었습니다. 샤론 왕비님께서 프랑크 왕국을 떠나오실 때, 프랑크 왕국의 제 1황녀라는 사실을 상징하는 문장이 새겨진 반지와 함께 잉글랜드 왕가의 직계임을 증명하는 반지를 스텔라 님께 남기셨습니다. 하지만 그 두 개의 반지가 들어 있던 펜던트를 마님께서 잃어버리신 듯합니다. 영주님과 함께 체스터 성으로 오는 동안에요."

"펜던트라면, 혹시 그 안에 작은 단검이 들었던 것을 말하는 것이냐?"

"보셨습니까? 바로 그것입니다."

밀리의 말에 로이든이 인상을 썼다. 스텔라가 자신에게 그 펜던트를 훔쳐갔다며 비난했던 일을 떠올렸다. 그저 유품이라고만 생각했었는데, 그것이 스텔라의 신분을 증명할 열쇠였다니.

"스텔라가 잃어버렸다는 말을 하더군. 사람을 풀어, 꼭 찾아야겠군."

"부탁드립니다, 영주님. 그 펜던트를 찾지 못한다면 마님께선……."

밀리가 고갤 숙였다. 그리곤 다리가 풀린 듯 손을 뻗어 탁자를 붙잡는 것이 보였다. 늙고 지친 여인이 간직해 온 무겁고 은밀한 비밀을 모두 털어내자, 여러 가지 의미에서 힘이 빠진 모양이었다.

"내가 지킬 것이다."

샤론 왕비에겐 아무도 없었지만, 스텔라에겐 그가 있었다. 로이든이 스텔라에게 다가갔다. 등불에 비친 스텔라의 붉은 머리카락이 태양처럼 붉게 타오르고 있었다.

'곧, 사자가 덫을 놓고 백작님을 부를 것입니다. 부디 신중하셔야 합니다. 선택의 순간이 왔을 때, 냉정함을 유지하기 위해서는요. 무엇보다, 가장 가까이에 숨어 있는 적을 조심하십시오.'

로이든은 웨스트우드 숲을 떠나기 전, 마지란이 했던 말을 떠올렸다.

"곧, 끝이 다가오겠군."

차갑게 굳은 스텔라의 몸을 꽉 끌어당겼다. 스텔라의 목덜미에 얼굴을 묻은 채 로이든은 절망적인 눈을 했다. 거친 숨을 내쉬며, 스텔라의 몸 안에 자신을 묻었다.

"하아, 대체 왜 깨어나지 않는 거지? 스텔라, 스텔라!"

로이든은 전에 그랬던 것처럼 온 마음을 다해 스텔라를 안았다. 차갑게 식은 몸속에 뜨거운 피가 돌 수 있도록 하기 위해 그녀의 입술에 온기를 불어 넣고, 그녀의 몸 구석구석에 열기를 밀어 넣었다. 온몸으로 그의 온기를 스텔라에게 나누고 또 나누어주었지만, 스텔라는 미동도 하지 않고 있었다.

결국 로이든은 스텔라를 놓아주었다. 그리곤 바닥에 떨어져 있는 잠옷을 스텔라에게 입히곤, 그 역시 옷을 입기 시작했다. 초조함이 밀려들었다. 밤새 스텔라를 안고 또 안았지만, 스텔라에겐 아무런 변화도 느껴지지 않았다.

숨소리 역시 금방이라도 꺼질 듯 가늘었고, 몸 역시 서늘하기 그지없었다. 아무리 그의 온기를 그녀에게 나눠주려 해도, 그녀의 몸은 얼음처럼 차가웠다.

"대체 어떻게 된 거지? 왜 되돌아오지 않는 거지?"

로이든이 문을 열고 밖으로 나갔다. 그러자 탁자에 기댄 채, 쭈그려 앉아 있던 밀리가 자리에서 벌떡 일어섰다.

"어떻게 되셨습니까?"

"반응이 없어, 전혀. 밀리, 다른 방법이 있는지 떠올려 봐. 내 몸속에 있는 독을 스텔라가 다 빨아들인 상태다. 그녀 안에 독이 고스란히 남아……."

"독 때문인 듯합니다. 폐하께서도 샤론 님께서 돌아가신 이유가 독이란 사실을 알고 계셨습니다. 그래서 어쩌면 스텔라 님 역시……."

밀리는 두려운 듯 다음 말을 입에 담지 못한 채, 서둘러 두 손으로 자신의 입을 막았다.

"마지란이 만든 독이라고 했었지?"

순간 로이든의 머릿속에 뭔가 스쳐 지나갔다. 그리곤 다시 방으로 들어가 자신의 외투 속에서 붉은색의 병을 꺼내 들었다.

"그것이 무엇입니까?"

"마지란이 만든 독이다. 체스터 영지를 떠나오기 전, 웨스트우드 숲에서 마지란을 마지막으로 보았지. 그때, 이 독이 든 병을 나에게 주더군. 꼭 필요할 때가 생길 것이라고."

로이든 붉은색의 병을 찬찬히 쏘아보았다. 붉은색. 마치 스텔라의 머리카락과 목덜미에 새겨진 문양…….

"설마……?"

호루스의 눈(고대 이집트의 태양의 눈. 파라오의 왕권을 보호하는 상징)을 닮았다고만 생각했었다. 그런데…… 이건. 로이든이 스텔라의 목덜미에 나타난 문양을 확인했다.

"마지란의 두 개의 눈."

변형되긴 했지만, 삼각형 안에 새겨진 호루스의 눈은 분명, 두 개였다.

"그게 무슨 말씀이신지."

밀리가 다가와 스텔라의 목덜미와 로이든이 건넨 붉은 병의 무늬를 확인했다.

"똑같군요. 정말 똑같아요. 이 병을 마지란 님께서 주셨다는 말씀이십니까?"

"그래, 마지란이 주면서 말했지. 평범함 사람에겐 독이지만, 아주 특별한 이에게 약이 될 것이라고. 아마, 이건 마지란의 혈족인 스텔라를 위해 만든 것이 분명해. 마지란은 두 눈을 잃은 대신, 미래를 알게 되었으니 스텔라가 리처드의 덫에 걸려 죽게 될 모습 역시 보았을 테지."

"마지란 님께서……."

"이 병에 든 독을, 스텔라에게 먹여야겠다."

마지란이 했던 말, 이 병 속에 독을 사용할 때가 온다면 자연히 알게 될 것이라고 했었다. 그리고 로이든은 지금이 그때라는 것을 깨달았다.

밀리가 두려운 얼굴을 했다. 18년 전 마지란이 만들었던 독약을 먹고 숨을 거뒀던 샤론의 모습이 아직도 머릿속에 생생했다. 그 막막한 두려움을.

"스텔라는 죽지 않아."

같은 사람이 만든 독이었지만, 이번엔 달랐다. 자신을 바라보던 마지란이 그렇게 말했었다. 어떤 특별한 이에겐 이 독이 그 사람의 생명을 살릴 기회가 될 것이라고.

로이든은 망설임 없이 붉은색 병의 마개를 열었다. 그리곤 스텔라의 입술을 벌리곤 천천히 투명한 액체를 그녀의 입안으로 흘려보냈다.

"이젠 기다려 볼 수밖에 없다. 스텔라의 혈족인 마지란을 믿고서."

로이든과 밀리가 문을 닫고 방을 나왔다. 그리곤 그녀가 회복되기를 기다리며 초조한 듯 방 안을 오갔다. 스텔라가 회복되길 로이든은 간절히 바랐다. 그렇게 초조하게 스텔라가 원래의 모습으로 돌아오길 기다리는 동안, 시간은 더디게 흘러갔다.

콰쾅쾅! 콰쾅쾅!

"체스터 백작, 여기에 있는 걸 다 알고 왔다. 당장 문을 열도록 해."

밖에서 들려온 국왕 리처드의 목소리에 방 안에 있던 로이든과 밀리의 표정이 순식간에 굳어졌다. 대체 어떻게 국왕이 이곳에 온 것인지 알 수가 없었다.

"죄송합니다, 백작님."

"밀리!"

"어쩔 수 없었습니다. 아무리 기다려도 스텔라 님께서 깨어나지 못하셔서, 너무 불안했습니다. 마님께서 돌아가실지도 모른다고 생각하자……."

밀리가 굳은 얼굴로 고갤 숙였다. 맙소사, 믿을 수 없었다. 밀리가 국왕에게 자신들이 있는 곳을 말하다니. 로이든은 밀리를 죽일 듯 쏘아보았다. 로이든이 당장에라도 밀리의 목을 조를 기세로 그녀에게 다가왔다. 그리곤 가느다란 목을 붙잡곤 벽으로 밀어붙였다.

그 순간 굳게 닫혀 있던 문이 강제로 열렸다. 방 안으로 들어온 리처드가 상황을 파악한 듯 재빨리 기사들에게 명령했다.

"당장, 체스터 백작을 붙잡아."

"윽, 콜록 콜록!"

다섯 명이 넘는 기사들이 로이든을 강제로 밀리에게서 떼어놓았다. 그러자 로이든에게 목이 졸렸던 밀리가 기침을 하며, 바닥에 쓰러졌다.

"내 유능한 첩자를 죽여서야 쓰나. 스텔라는 어디에 있지?"

리처드의 물음에 바닥에 쓰러져 있던 밀리가 스텔라가 누워 있는 방을 가리켰다.

"저곳에 계십니다, 폐하. 약속은…… 꼭 지켜 주십시오."

밀리의 말에 리처드의 입가가 차갑게 비틀렸다. 리처드는 밀리가 아닌, 로이든을 쏘아보며 비릿하게 웃었다.

"날 속인 줄 알았겠지? 하지만 네가 졌다, 로이든 체스터."

리처드의 말에 로이든이 기사들에게서 벗어나기 위해 버둥거렸다. 막아야 했다. 스텔라가 있는 방으로 들어가지 못하게 해야 했다.

스텔라의 모습을 리처드가 보게 된다면…….

"놔! 당장, 이것 놔!"

리처드를 막기 위해 로이든이 그를 붙잡고 있는 자들을 뿌리쳤다. 하지만 그를 붙잡고 있는 사람이 너무 많았다. 다섯 명의 장정들이 그를 단단히 붙잡고 있어, 몸을 움직이는 것조차 버거웠다.

"제기랄!"

로이든이 욕설을 내뱉으며, 인상을 썼다. 절망적인 상황이었지만, 포기할 수 없었다. 그가 포기한다면, 스텔라는 리처드의 손아귀에 들어가 버릴 게 뻔했다.

"로이든 체스터, 그만 포기해."

그를 비웃듯 리처드가 천천히 스텔라가 있는 방으로 다가가기 시작했다. 한 발짝 한 발짝 문으로 다가갈수록 로이든의 저항은 거세졌다.

마침내 리처드가 방문 앞에 섰다. 그러자 뿌리치기 위해 안간힘을 쓰던 로이든이 거친 욕설을 뱉어내며, 저항을 멈췄다.

"이제야 포기한 모양이군."

리처드의 입가가 비릿하게 비틀렸다. 문손잡이로 손을 뻗은 리처드가 천천히 문을 밀었다.

하지만 그 순간, 그가 힘을 주기도 전에 문이 열렸다. 그리곤 침대 시트를 몸에 돌돌 감은 스텔라가 모습을 드러냈다. 검은 머리카락을 길게 늘어뜨린 채 시트를 감고 서 있는 모습이 조금 전까지 정사를 나눈 듯 무척이나 관능적이었다.

"시끄럽군요. 예의도 없이 누가 체스터 백작 부부의 침실을 강제로 들어온 거죠?"

"마님!"

"스텔라!"

로이든과 밀리가 동시에 스텔라를 불렀다. 그러자 촉촉이 젖은 검은 눈으로 기사들에게 붙잡혀 있는 로이든을 보며, 미간을 찌푸렸다.

"왜 영주님을 붙잡은 거죠? 후계자를 낳기 위해 부부가 밤을 보낸 게 붙잡힐 죄인지는 몰랐군요, 폐하?"

스텔라의 시선이 문 앞에 선 채, 스텔라를 멍하니 쏘아보고 서 있는 리처드에게 향했다. 리처드의 시선이 스텔라의 검은 머리카락에서부터 시작해 몸 구석구석을 살피는 것이 느껴졌다. 스텔라의 말처럼 그녀의 몸엔 로이든이 만들어놓은 흔적이 곳곳에 남아 있었다.

"아무리 폐하시라고 해도, 불쾌합니다. 전 정식으로 폐하의 허락하에 체스터 백작님과 혼인했습니다. 일개 천한 여인이 아니라, 귀족이란 뜻입니다. 그에 상응하는 대우를 해주시길 요청합니다."

"그렇지. 후계자를 낳는 것은 여인의 당연한 의무니까."

리처드가 굳은 얼굴로 돌아섰다. 그러자 로이든이 기사들을 뿌리치곤 서둘러 스텔라에게 다가왔다. 그리곤 그의 외투를 집어 들곤 그녀의 드러난 어깨를 덮었다.

"폐하, 이제 돌아가 주시겠습니까? 저흰 아직 할 일이 남아 있어서요."

상황이 바뀌었다. 로이든은 자신이 주도권을 쥐었다는 사실을 깨닫곤, 리처드에게 나가달라고 요구했다.

"이걸로 끝났다고 생각하지 마, 로이든 체스터. 어차피, 스텔라는 궁으로 돌아와야 할 것이다. 아직 마상 시합은 끝나지 않았으니까."

리처드가 바닥에 쓰러져 있는 밀리를 쏘아본 후, 밖으로 나갔다. 그를 호위하던 기사들 역시 리처드의 뒤를 따라 나가자, 방 안에 침묵이 감돌았다.

"스텔라, 괜찮······."

순간 스텔라가 다리에 힘이 빠진 듯 그의 품으로 무너져 내렸다. 그러자 로이든이 그녀를 단단히 품에 안고는 침대로 데리고 갔다. 바닥에 쓰러져 있던 밀리가 재빨리 자리에서 일어나, 물 컵에 물을 따라 스텔라에게로 가져갔다.

"이것 좀 어서 드세요."

밀리가 내민 컵을 로이든이 받아 들었다. 그리곤 스텔라가 쉽게 마실 수 있도록 입에 대주었다. 물을 다 마신 스텔라가 지친 듯 로이든에게 기댔다.

"어떻게 된 거죠? 안에서 들었는데, 리처드를 밀리가 불러들인 것 같더군요. 밀리, 네가 직접 얘기해 봐. 내가 들었던 내용이 사실이야?"

스텔라가 믿을 수 없는 눈으로 밀리를 응시했다. 로이든 역시 처음엔 차갑게 굳은 얼굴로 밀리를 쏘아보다, 천천히 표정을 풀었다. 금방이라도 쓰러질 것 같은 얼굴을 한 밀리가 아무런 대답도 하지 못한 채 죄인처럼 서 있었다.

"하아."

밀리 역시 불안했을 게 분명했다. 아마, 자신이 밀리에게 불안감을 불러일으킨 것이 분명했다. 로이든과 스텔라 옆에서 함께 밤을 보냈지만, 스텔라는 깨어나지 못했다. 그 사실이 밀리를 절벽 아래 서게 만들었던 모양이었다. 그리고 결국, 리처드 편에 선 것이겠지.

하지만 그녀의 선택은 오히려 로이든에게 유리한 상황을 만들어 버렸다. 리처드가 직접 스텔라의 상태를 눈으로 확인했던 것이다.

"너무 다그치지 마, 내가 시킨 일이야."

"그게 무슨?"

스텔라도 놀랐지만, 밀리 역시 놀란 얼굴을 했다. 로이든이 스텔라의 시선을 피해 밀리에게 입 다물라고 신호를 보내지 않았다면, 밀리는 바닥에 엎드려 울 뻔했다.

"네게 약을 먹인 후, 우린 리처드를 상대로 도박을 한 거야."

"미쳤어요? 만약…… 내가 제 시각에 눈을 뜨지 않았다면……."

"눈을 떴잖아. 그러니 이제 괜찮아. 이로써 너는 물론, 밀리는 리처드의 완벽한 첩자가 되었으니까. 궁으로 돌아가면, 리처드는 밀리를 믿을 거야. 그리고 밀리는 이중첩자로서 우릴 도울 것이고."

"아하, 그런 거군요."

스텔라가 작게 한숨을 내쉬자, 로이든이 그녀를 꼭 끌어안았다.

"밀리, 이제 나가도 좋아."

로이든의 말에 밀리가 떨어지지 않은 다리를 움직여 밖으로 나가는 것이 보였다. 문이 닫히자, 로이든이 스텔라의 목덜미에 얼굴을 묻곤 다짐을 받으려는 듯 입을 열었다.

"다신 네 마음대로 끝낸다는 말은 하지 마. 난 절대, 널 놓을 생각 없으니까."

로이든의 품에 안긴 스텔라는 어떻게 해야 할지 몰라 망설이는 것처럼 보였다. 하지만 결국 손을 뻗어 그를 꽉 끌어안았다.

"당신은 참, 바보군요. 나에게서 도망칠 기회를 준 건데, 그걸 보기 좋게 차버리다니."

"난 그런 기회 따위 바란 적 없어. 그리고 너 역시 마찬가지 아닌가? 내가 너에게서 도망치길 바랐다면, 날 찾아 오두막에 오지 말았어야 했다. 네가 날 살리기 위해 온 순간, 운명은 이미 결정되어 버린 거지. 그러니 다신 날 떠날 생각 같은 건 하지 않는 게 좋아."

로이든의 말에 스텔라가 작게 한숨을 내쉬었다.

"그럴 수 없었어요. 이성보단 몸이 먼저 움직인 건 처음이었으니까요."

"이제야 인정하는군. 고집스럽게 자신의 마음을 인정하지 않고 버티더니만."

"스카버러 해안에서 당신을 구했을 때, 이미 인정했어요. 당신이 몰랐을 뿐이에요."

스텔라의 대답에 그제야 로이든이 안도의 한숨을 내쉬었다. 그역시 마찬가지였다. 그날 스텔라가 바다에 빠질지도 모른다고 생각한 순간, 이성보다 본능이 먼저 그녀를 향해 가고 있었다.

"내가 원망스럽지 않나요? 나 때문에 당신 여동생이 국왕의 볼모로 붙잡혀 있어요. 나 때문에 레이첼이 죽을지도 모르는데, 날 붙잡은 걸 후회하지 않을 자신이 있는 건가요?"

"레이첼은 걱정할 것 없어. 내가 꼭 구해낼 테니까."

"하지만 만약이란 게 있어요. 날 버리면 그 만약 역시 사라질 거예요. 그러니 지금이라도 날 놓아요. 내 옆에 있다간, 레이첼은 물론 체스터 백작가 역시 멸문할지도 몰라요. 당신을 기다리고 있는 영지의 사람들을 생각해서라도, 제발 마음을 바꿔요."

"널 놓는다고 해도, 리처드는 우릴 가만두지 않을 거야. 내가 그가 숨기고 있는 비밀을 모두 알고 있으니까. 그것만으로도 난 그에게 위협적인 존재야. 이미 돌이킬 수 없어. 그리고 체스터 영지의 사람들은 나 혼자만 돌아오는 걸 원치 않을 것이다. 그들은 우리 두 사람 다 영지로 돌아오길 기다리고 있다."

"하지만…… 위험해요. 만약 리처드에게 당신은 아무것도 모른다고 말한다면, 당신을 보내줄지도 몰라요. 그러니……."

"지금 나, 검은 늑대에게 여자의 치마폭 뒤에 숨으라고 말하는 건가?"

"살 수 있으니까. 명예보다 당신 목숨이 내게 중요해요."

"스텔라, 난 숨지 않아. 사랑하는 여인 뒤엔 더더욱."

순간 스텔라의 눈이 믿을 수 없다는 듯 커졌다. 사랑하는 여인이라니.

로이든이 멍한 얼굴로 앉아 있는 스텔라에게 손을 뻗었다. 그리곤 그녀의 검은 머리카락을 천천히 쓸어 넘겨주었다.

"스텔라……."

심장이 뛰었다. 순식간에 기쁨으로 벅차올라, 숨을 쉬는 것이 힘이 들 정도였다. 그녀의 머리카락을 만지던 그의 손끝이 그녀의 턱을 붙잡았다. 그녀를 바라보는 그의 눈동자에 고스란히 그의 감정이 담겨 있었다.

"다행이야, 깨어나서."

로이든이 고갤 숙여 그녀의 입술을 찾았다. 그녀의 턱을 붙잡곤 조심스럽게 그녀의 입술을 쓸며 간질였다. 스텔라가 입술을 열며 그의 키스에 반응하자 한순간 격정을 이기지 못한 듯 그녀의 부드러운 입안으로 파고들었다. 순식간에 뜨거운 열기에 휩싸인 두 사람은 서로의 입술을 열어 하나로 얽혀들었다.

키스를 하던 로이든이 스텔라를 침대에 눕혔다. 두 사람이 무게에 침대가 흔들렸다. 스텔라는 침대에 누워 그의 무게를 고스란히 느끼며, 그의 목을 꽉 끌어안았다.

키스는 더욱 깊어졌다. 농밀한 키스로도 두 사람 사이에 피어난 짙은 갈증이 채워지지 않자, 로이든이 손을 뻗어 그녀의 몸에 감겨 있던 시트를 벗겨냈다. 잠시 후 자신이 입고 있는 옷을 벗어 던진 로이든이 그녀의 다릴 밀어 올리곤 단 한 번의 허리 짓으로 그녀의 밀부를 꿰뚫듯 안으로 깊이 파고들었다.

"하아!"

"하아, 스텔라."

동시에 두 사람의 입에서 쾌락을 품은 짙은 신음이 새어 나왔다. 로이든이 절박한 몸짓으로 그녀의 안을 파고들었다. 스텔라 역시 다릴 벌리곤 그를 깊게 받아들였다. 뜨겁게 용솟음치는 그의 크기가 감당하기 버거울 만큼 커져 있었다. 하지만 그것도 잠시, 그의 계속되는 거친 움직임에 그녀의 내벽 역시 젖어들기 시작하더니 그를 받아들일 수 있을 만큼 벌어졌다.

"하아, 하아!"

한 치의 틈도 없이 맞물린 두 사람의 은밀한 그곳이 비벼지며, 뜨겁게 마찰을 계속했다. 그의 움직임이 거세질수록 그를 품고 있는 그녀의 밀부가 질척하게 젖어들며, 그를 단단히 조였다. 밤새 그를 품고 있었던 탓인지, 그녀의 몸은 너무도 빨리 쾌락의 정점에 다다랐다.

순식간에 감당할 수 없을 정도로 지독한 쾌락에 다다른 두 사람의 몸이 떨리고 있었다. 등줄기를 타고 흐르는 쾌락에 온몸이 뜨거운 열기로 요동쳤다. 스텔라 역시 자꾸만 아랫배에 힘이 가해지며, 그를 놓치지 않겠다는 듯 단단히 그를 붙잡았다. 뜨거운 숨결이 연신 스텔라의 젖은 입술 새로 새어 나왔다.

"하아, 아하. 흐흣, 하아!"

가늘게 떨리는 입술 새로 울음 섞인 신음이 새어 나왔다. 울음이 멈춰지지 않았다. 사랑한다는 그 말이, 스텔라를 감정적으로 흔들어놓기 시작한 것이다. 스텔라는 온몸으로 그를 받아들였다. 그에 모든 걸 소유하고 싶었다. 자신을 바라보는 욕망 가득한 눈동자는 물론, 거친 숨을 뱉어내는 그의 숨결까지. 그 무엇 하나 놓치고 싶지 않았다.

그녀의 표정이 변하고, 그녀의 몸짓이 애틋해지자 그의 움직임이 격정으로 거세게 움직였다. 거칠게 그녀의 안을 파고드는 그의 몸짓에서 짙은 욕망과 함께 소유욕이 느껴졌다.

스텔라는 몸이 감당할 수 없는 쾌락이 바들바들 떨리기 시작했다. 심장이 무섭게 뛰고 있었다. 그 농밀한 감정을 참기 위해 입술을 깨물었지만, 입술 역시 떨림을 멈추게 할 순 없었다. 차갑게 식었던 피가 순식간에 뜨거워지며, 스텔라의 온몸 구석구석에 짙은 쾌락을 불러 일으켰다.

"하아, 하흣. 로이든…… 하하. 흐흑, 흑!"

그녀를 삼킬 듯 그가 거칠게 그녀의 안으로 파고들었다. 젖은 내벽을 가르고, 가장 깊고 은밀한 안쪽까지 다다른 로이든이 움직임을 멈췄다. 그렇게 두 사람은 서로의 가장 깊고 은밀한 곳에 서로를 묻고는 거친 격정에 몸을 떨며, 하나로 녹아들었다.

"하아, 스텔라. 사랑해. 사랑해, 스텔라."

격정으로 잔뜩 쉰 목소리로 로이든이 스텔라의 귓가에 반복해서 자신의 마음을 고백했다. 그 아름답고 가슴 떨리는 고백에 결국 스텔라는 울음을 터뜨리고 말았다.

〈웨일즈의 수도원〉

수도사 복장을 한 건장한 사내들이 소년처럼 보이는 어린 수도사를 에워쌌다. 새벽의 수도원은 그들이 내쉬는 숨소리조차 고스란히 들릴 수 있을 만큼 고요했다. 건물의 어두운 복도를 따라 걷는 수도사들의 모습이 무척이나 조심스러웠고, 또한 은밀했다. 발자국 소리조차 죽이며 걸을 만큼.

잠시 후, 굳게 닫혀 있던 수도원의 문이 서서히 열렸다. 국왕 리처드의 명령 없인 개미 한 마리도 통행할 수 없는 철옹성이라 일컬어지는 왕실 소유의 수도원에서 말을 탄 수도사들이 밖으로 나왔다. 그들의 행색은 수도원의 수도사와 같은 차림이었지만, 뭔가 분위기가 심상치 않았다. 특히 선두에 선 여섯 명의 장신의 사내들에게선 강한 힘이 뿜어져 나왔고, 중간에 있는 유독 왜소해 보이는 소년을 숨기듯 감싸고 있었다. 그리고 그 소년은 초조한 눈빛으로 주위를 두리번거렸다.

"허튼짓하지 마. 널 구해줄 사람은 아무도 없으니까."

사내의 우악스러운 손이 소년의 어깨를 붙들었다. 그러자 소년 역시 불쾌한 듯 사내의 손을 거칠게 쳐낸 후, 매서운 눈빛으로 쏘아보았다. 그 기세에 사내가 마땅찮은 얼굴로 뭔가 말하려 했지만, 무리의 대장처럼 보이는 사내가 다가와 소년을 붙잡고 있던 사내를 쏘아보았다.

"당장 떨어져. 폐하의 명령이다. 손끝 하나 다치지 않은 상태로 런던까지 오라고 말이다. 또 한 번 손을 댔다간, 내 검에 네 목이 날아갈 것이다."

사내의 서슬에 남자가 두려운 듯 고갤 숙이곤, 뒤로 물러섰다.

"괜찮습니까?"

사내의 물음에 짙푸른 눈동자가 사내를 주시했다. 그 눈동자를

233

마주한 기사 기디언은 눈을 가늘게 떴다. 아직 어린 숙녀였지만, 검은 늑대의 혈족답게 눈빛이 좋았다. 흔들림 없는 푸른색의 눈빛은 아름답다고 표현할 수 없을 정도로 인상적이었다.

국왕의 명령으로 체스터 영지에서 이 어린 숙녀를 납치했을 때부터 소녀는 눈물 한 방울 흘리지 않았다. 어린 숙녀에겐 두렵고 힘든 여정이었을 게 분명했다. 낯선 장소, 낯선 사람들에게 끌려다니는 상황이었으니까. 하지만 레이첼 체스터는 언제나 당당하게 고갤 들곤 상대를 주시했다. 겁도 없이 자신을 쏘아보는 소녀의 아름다운 얼굴을 보며, 기디언의 미간이 찌푸려졌다.

"정말 런던으로 가는 건가요?"

레이첼의 물음에 기디언이 한숨을 내쉬었다. 그들의 목적지는 국왕이 있는 궁이었다. 지금 런던은 국왕 주최로 열리는 마상 시합이 한창이었다. 많은 사람들이 런던으로 몰려든 점을 이용해 국왕은 레이첼을 데리고 궁으로 들어올 절호의 기회라고 알려왔다.

"기대는 않는 게 좋습니다. 우린 체스터 가의 기사들이 알지 못하는 길로 갈 테니까요. 지난번처럼, 절대 도망칠 수 없습니다."

기디언의 말에 서늘하게 올라갔던 레이첼의 눈꼬리가 순한 강아지처럼 내려왔다. 그리곤 한숨을 내쉬며 입술을 삐죽였다. 그러자 고집쟁이에 말썽꾸러기처럼 느껴지던 소녀의 얼굴에 아름답고 우아한 숙녀의 얼굴이 겹쳐졌다. 기디언은 그런 레이첼의 변화에 놀라 헛기침을 했다.

아직 열여섯의 소녀였지만, 몇 년 후면 사교계를 떠들썩하게 할 정도로 아름다운 숙녀가 될 것이 분명했다. 지금도 검은색에 가까운 수도사복을 뒤집어쓰고 있었지만, 그 아름다운 미모는 숨길 수가 없었다.

"기디언, 그댄 체스터 가의 기사가 될 생각은 없나요? 검은 늑대의 기사가 된다면, 그댄 지금보다 훨씬 용맹한 기사가 될 수 있을 거예요."

레이첼의 말에 기디언의 서늘한 입가에 미소가 어렸다.

"말씀은 감사합니다. 하지만 전 이미 폐하의 기사입니다. 주군을 바꿀 수는 없습니다."

기디언의 대답에 레이첼이 입술을 삐죽였다. 하지만 이내, 고갤 끄덕였다. 기사의 맹세가 얼마나 중요한지 오라버니인 로이든을 통해 잘 알고 있었다.

"아쉽군요. 그럼, 가요. 런던에 빨리 가고 싶군요."

레이첼이 정말 아쉬운 듯 기디언을 바라보았다. 그러자 지금까지 무뚝뚝하던 기디언의 입가에 미소가 떠올랐다. 순간 레이첼은 무섭게만 느껴지던 기디언이 무척이나 잘생긴 사내라는 사실에 놀랐다.

"날 물어뜯는 사자라고 생각했는데……."

"지금은 다르다는 것인가요?"

"뭐…… 봐줄 만은 하군요. 특히 그 눈빛이 마음에 들어요. 하지만 오라버니만큼은 아니군요. 제 오라버닌 잉글랜드 사내들 중 최고거든요."

"기뻐해야 하는 것이겠죠? 숙녀의 칭찬이니 말입니다."

"농담도 할 줄 알다니. 보기와는 다르군요."

레이첼이 눈을 가늘게 뜨곤, 기디언을 유심히 살폈다. 그녀의 눈빛에 기디언의 귓불이 뜨거워졌다. 지금껏 왕실 소속의 기사단이 되기 위해 검술 훈련과 마상 훈련 외엔 아무것에도 관심이 없었던 그였다. 자신의 주변에 몰려드는 숙녀들의 관심 역시 귀찮고 방해가 된다는 이유로 무시해 왔을 정도였으니까. 그런데 처음으로 여인의 눈빛에 얼굴이 뜨거웠다. 자신을 노려보는 푸른 눈동자에 자꾸만 시선이 가고, 모양 좋은 입술에서 눈을 뗄 수가 없었다.

"흠흠! 이제 출발하겠습니다."

당황한 기디언이 재빨리 앞으로 나아갔다. 잠시 후, 기디언의 지시로 말이 방향을 바꿔 달리기 시작했다. 레이첼은 자신을 중심으로 앞을 향해 달려가는 여섯 명의 기사들을 바라보았다. 그리고 그녀의 뒤에서 말을 달리는 일곱 명의 기사들 역시 신중하게 살폈다. 레이첼은 그들에게 둘러싸인 채, 런던까지 가야 했다.

기회가 있을까? 열 명이 넘는 기사들의 눈을 따돌릴 기회가 올까? 레이첼은 품속에 든 양피지를 손으로 꾹 눌렀다.

오늘 새벽, 기디언이 그녀의 방문을 두드리기 전 전해진 밀서였다. 그 밀서는 당연히 그녀의 오라버니인 로이든에게서 온 것이었다. 소녀에서 숙녀가 되기 시작한 레이첼의 입매가 고집스럽게 닫혔다.

런던이라. 레이첼은 밀서의 내용을 다시 한 번 떠올렸다. 그리곤 말고삐를 단단히 붙잡고는 왕의 기사단과 함께 런던으로 향했다.

❖

마상 시합장 안에 함성이 터져 나왔다. 검은색 경갑(목과 가슴을 보호하기 위해 입은 갑옷)에 두른 휘장이 펄럭였다. 바닥에 떨어져 있는 기사에게 시선을 준 후, 말고삐를 돌려 시합장을 내려왔다.

리처드는 펄럭이는 휘장에 새겨진 검은 늑대의 문장을 보며, 눈살을 찌푸렸다. 그 모습을 지켜보던 귀족들 중 누군가가 작은 목소리로 속삭이기 시작했다.

"검은 늑대가 이겼군요. 그럼 이제 결승전만 남은 건가요?"

"하지만 걱정이군요. 이렇게 하다간, 마상 시합의 우승자가 검은 늑대가 되게 생겼으니 말입니다."

"그건 또 무슨 말인지 모르겠군요."

"그게 폐하께서 마상 시합의 우승자에게 앨리샤 공주님을 상으로 주신다고 하셨잖아요. 그런데 체스터 백작은 이미 혼인한 상태이니, 문제란 거지요."

"그렇군. 그 혼인이야말로 폐하께서 강제로 시킨 것이니 어쩌면, 혼인 무효 선언 역시 하시는 건 아닌지 모르겠군. 워낙 변덕이……."

"쉿, 입 조심해요. 그러다 불벼락이라도 맞으면 어쩌려고 그래요."

서둘러 말을 멈춘 두 사람이 리처드의 눈치를 보기 위해 고갤 돌렸다. 하지만 리처드의 시선은 이제 막 시합장을 빠져나가 종자의 도움으로 갑옷을 벗고 있는 로이든에게 향해 있었다.

"잉글랜드에 쓸 만한 기사가 검은 늑대뿐이라니."

리처드가 자리에서 일어나며, 마땅찮은 얼굴을 했다. 그러자 옆에 앉아 있던 왕비 마가렛이 창백한 얼굴로 작게 한숨을 내쉬었다. 시합 내내 힘없이 자릴 지키고 있는 마가렛은 금방이라도 울음을 터뜨릴 기세였지만, 리처드의 서슬에 그러지 못하고 있었다.

"폐하, 전 이만 돌아가 보겠습니다."

리처드가 자릴 뜨려고 하는 마가렛을 보며, 마지못해 고갤 끄덕였다. 그러다 조금 떨어진 곳에 앉아 시합을 구경하고 있는 스텔라를 보며 눈살을 찌푸렸다.

푸른색의 드레스 차림의 스텔라는 기다란 황금색의 부채를 들고 있었다. 하지만 다른 숙녀들과는 달리 부채를 펴 얼굴을 가리고 마음에 드는 젊은 귀족에게 교태를 부리는 대신, 소중한 것이라도 되는 듯 꼭 쥐고 있었다. 그러고 보니 부채의 손잡이 쪽에 특이하게도 검은 늑대의 문장이 새겨져 있었다.

"흥, 로이든이 준 모양이군."

"폐하, 여기."

리처드는 시녀장 루완이 건네는 종이를 받아 들었다. 그리곤 서둘러 종이의 내용을 확인했다. 체스터 백작에게 보낸 첩자, 존슨에게서 온 내용이었다.

"훗, 예상대로 레이첼을 구하기 위해 기사들을 보낼 모양이군."

리처드는 주머니에 종이를 밀어 넣은 후, 스텔라 옆에 앉아 있는 밀리를 보았다. 그리곤 뭔가 떠오른 듯 의미심장하게 웃었다.

"밀리에게 사람을 보내도록 해. 내가 지금 찾고 있다고."

리처드의 명령에 루완이 고갤 끄덕였다. 그리곤 사람들의 눈을 피해 자릴 떴다.

"영주님, 여기."

종자인 제레미가 투구를 받아 들며, 로이든에게 수건을 건넸다.

수건을 받아 든 로이든이 흐르는 땀을 닦아내며, 옆에 서 있는 레이놀즈를 보았다.

"어떻게 됐지?"

"은밀히 기사들을 준비시키는 중입니다."

"무기는?"

"대장장이 존슨이 마차에 무기를 싣고 런던을 빠져나가겠다고 했습니다."

레이놀즈의 대답에 로이든이 고갤 끄덕였다. 그리곤 입고 있던 갑옷을 벗기 시작했다.

"제가 도울게요."

스텔라가 막사 안으로 들어왔다. 스텔라를 본 로이든의 눈빛이 순식간에 변했다.

"혼자 온 건가? 밀리는?"

"피곤한 것 같아서 먼저 궁으로 보냈어요. 이렇게 하면 되는 건가요?"

스텔라가 로이든에게 다가가 그의 탄탄한 어깨에 올려져 있는 갑옷을 들어 올렸다. 하지만 그 무게가 어마어마했기 때문에 스텔라의 힘으론 꿈쩍도 하지 않았다.

"세상에, 이렇게 무거운 갑옷을 입고 시합을 했다는 건가요?"

"맞아. 그래서 말에서 떨어지면, 갑옷 무게 때문에 검을 들고 싸우는 게 힘들 정도지."

"아, 그렇군요. 난 왜 말에서 떨어지면, 경기가 끝나는지 이해할 수 없었는데 갑옷의 무게 때문이었군요."

"맞습니다, 마님. 사실 우리 영주님처럼 검과 창에 능숙한 데

다, 체력까지 끝내주지 않으면 말 위에서 버티는 것 자체가 고역이거든요. 보세요, 여기 이 탄탄한 근육을요."

옆에 서 있던 제레미가 자랑스러운 듯 말했다. 그 모습에 레이놀즈가 코웃음을 치며, 로이든에게 다가왔다.

"영주님의 갑옷을 벗기는 것도 힘들어하는 네 녀석이 할 말은 아닌 것 같구나. 마님, 제가 하겠습니다."

레이놀즈가 제레미에게 면박을 주며 로이든의 갑옷을 벗겨냈다. 그 모습을 지켜보던 제레미가 입을 삐죽이며, 못마땅한 얼굴을 했다.

"저도 곧 이 팔에 근육이 생길 겁니다. 그리고 근육이 생기면, 이런 갑옷쯤 한 손으로 번쩍번쩍 들 거라고요. 그땐, 제가 레이놀즈 님의 갑옷 역시 벗겨 드리겠습니다. 등도 밀어드리고요."

"흥, 그 삐쩍 마른 팔로 그게 가능할지 모르겠군."

레이놀즈가 가당치도 않다는 듯 다시 코웃음을 쳤다.

"마르긴요. 레이놀즈 님이 모르셔서 그렇지, 보십시오. 마른 것 같지만, 분명 근육이……."

제레미가 당장에라도 옷을 벗어 레이놀즈에게 자신의 몸을 보여줄 것처럼 튜닉의 단추를 풀려고 했다.

"너 지금 뭐 하는? 설마 옷을 벗으려는 것이라면, 당장 멈춰."

당황한 레이놀즈가 버럭 소릴 쳤다. 하지만 그 순간, 자신이 너무 과하게 반응했다는 것을 깨닫곤 순간 얼굴이 붉어졌다.

"쳇, 누가 벗는다고 했나요? 그냥 팔을 걷어 보여 드릴 생각이었습니다. 하지만 그것도 보고 싶지 않으신 듯하니, 전 이만 나가보겠습니다."

레이놀즈의 반응에 의기소침해진 제레미가 풀이 죽은 얼굴로 세 사람에게 인사를 했다. 그리곤 어깨를 축 늘어뜨리곤 막사를 나가는 것이 보였다.

"나가보겠습니다, 영주님."

레이놀즈 역시 제레미의 뒤를 따라 막사를 나갔다. 두 사람만 남게 되자, 로이든이 스텔라의 손을 붙잡았다.

"결승전은 나흘 뒤라고 하더군요."

"언제든 상관없어. 어차피 승리하기 위해 시합에 나가는 것은 아니니까."

"그럼, 우승하지 않겠다는 뜻인가요?"

스텔라의 물음에 로이든이 그녀를 내려다보았다.

"넌 내가 우승하지 않기를 바라는 모양이군."

"딱히 그런 건 아니에요. 그냥, 당신이 무슨 생각을 하는지 궁금했을 뿐이지."

"그럼 내가 우승해도 상관없다는 건가?"

로이든의 물음에 스텔라의 입매가 굳어졌다.

"마음대로 하세요. 시합에서 우승하면, 큰 부상도 있는 모양이니까요."

스텔라의 말에 로이든의 입가에 미소가 깊어졌다. 큰 부상이란 분명 앨리샤 공주를 말하는 것이 분명했다. 로이든이 그녀를 확 그의 품에 끌어안더니, 사랑스럽다는 듯 그녀의 입술에 입을 맞췄다.

"앨리샤에게 질투할 필요 없어. 난 너 외엔 관심조차 없으니까."

"누가 질투를? 그러고 보니, 앨리샤 공주가 체스터 영지에 찾아왔다고 하던데, 그때 왜 공주를 거절한 거죠?"

"그때까지만 해도 여자에겐 관심조차 없었어. 무엇보다 난 네 약혼자였고, 혼인을 하면 난 내 신부에게 충실할 생각이었거든. 그러니 앨리샤에겐 관심 없는 것이야 당연한 것 아닌가?"

로이든의 대답에 스텔라의 입가에 미소가 떠올랐다.

"여자에게 관심도 없었다니, 지금과는 사뭇 다르군요. 매일매일 안겠다고 협박을 일삼는 분이신데 말이에요."

스텔라의 말에 로이든의 짙푸른 눈동자가 반짝였다.

"맹수의 본능을 자각하게 만든 게 누군데 그래?"

"당신이 여잘 밝히는 이유가 다 나 때문이란 건가요?"

"그래. 그리고 난 여잘 밝히는 것이 아니라, 널 밝히는 거야. 난 너 외의 여자에겐 관심도 없으니까. 사실 난 지금도 널 보며, 발정하는 중이거든."

그 말을 증명이라도 하려는 듯 로이든이 그녀의 아랫배에 자신의 분신을 문질렀다. 옷감을 사이에 두고 생생하게 느껴지는 딱딱한 감촉에 스텔라의 얼굴이 뜨겁게 달아올랐다.

"답답해요. 나가는 게 좋겠어요."

스텔라가 그를 밀어내며 말했다. 이렇게 있다간, 또다시 막사에 붉은 천이 드리워질지도 모를 일이었으니까. 스텔라는 그날 일을 떠올리자, 온몸이 더워졌다. 누가 올지도 모른다며 밀어내는 스텔라를 붙잡고는 몇 번에 걸쳐 정사를 치렀다. 집요한 그의 요구에 스텔라는 서 있는 것이 힘들 정도로 다리가 후들거렸다. 하지만 로이든은 배부른 맹수처럼 그녀의 허리에 팔을 두른 채, 막사를 나왔다. 그리곤 자신을 쳐다보지도 못하는 기사들을 보자, 스텔라는 얼굴을 들 수가 없었다.

"그럼, 시장 구경을 해야겠군. 아니면, 마차를 타고 외곽으로 나가도 좋고."

"시장이 좋겠어요. 사실 성으로 돌아가야 해요. 혼자 있는 밀리가 걱정도 되고."

스텔라의 말에 로이든이 그녀의 손을 그의 팔에 끼었다.

"그럼, 가볼까?"

막사를 나온 두 사람은 사람들로 북적이는 시장으로 향했다. 시장 구경을 나온 귀족들은 물론 사람들 역시 로이든과 스텔라를 보곤 모두 걸음을 멈추곤 두 사람을 돌아보았다. 두 사람의 스캔들을 모두 다 아는 귀족들은 그들의 모습에 수군거리기 시작했다.

국왕에 의한 강제 혼인이었지만, 여러 의미에서 두 사람은 가장 완벽한 부부였다. 강한 카리스마를 지닌 사내다움이 느껴지는 귀족과 신비로운 외모의 아름다운 숙녀. 그야말로 두 사람은 너무도 잘 어울렸다.

특히 무심한 듯 보이는 남자의 서늘한 시선이 숙녀에게 향할 때마다 어리는 옅은 열기를 본 사람들이라면, 누구나 두 사람을 부러워했다. 그렇게 런던 귀족 사회를 떠들썩하게 했던 최악의 스캔들은 어느새 부러움과 선망의 이야기로 변하고 있었다.

그렇게 스텔라와 로이든은 달콤한 행복을 느끼는 중이었다. 그들 가까이에 성큼 다가온 위험을 아직 눈치채지 못한 채.

국왕의 집무실로 안내 된 밀리는 차분한 모습으로 리처드 앞에 섰다. 시녀장 루완의 편지를 전해 받은 밀리는 스텔라에게 몸이 좋지 못하다는 핑계를 대고 궁으로 왔다. 그리곤 바로 리처드의 집무실로 온 것이다.

"부르셨습니까, 폐하."

리처드가 자리에서 일어섰다. 그리곤 천천히 밀리에게 다가갔다.

"로이든 체스터가 널 믿을 수 있을까?"

"절 믿지 않으실 겁니다. 그날, 제가 폐하께 연락을 한 걸 알고 절 죽이려 했던 분입니다. 스텔라 님 때문에 절 참고 계시겠지만, 절 신뢰하진 않습니다."

"그래, 그거야 어쩔 수 없는 상황이었으니까. 네가 내 끄나풀이 었단 사실을 알게 되었으니, 의심을 떨쳐 낼 수 없겠지만. 하지만…… 믿도록 만들어야 할 것이다."

"그게 무슨 말씀이십니까?"

"내가 체스터의 혈육을 볼모로 붙잡고 있다는 것을 아느냐?"

"알고 있습니다. 그래서 백작님께서 달링턴 백작님을 배신하신 것도."

"그럼 이야기가 쉽겠군. 넌 로이든에게 가서, 내가 알려준 정보를 그에게 흘리면 돼. 아주 쉬울 것이다."

"정보라니, 믿지 않을 겁니다."

"지금 웨일스의 수도원에 있던 레이첼이 런던을 향해 출발했다. 그러니 꼭 성공해야 할 것이다."

"런던에 오고 있다고요? 영주님께서도 알고 계시는 건가요?"

"그 역시 알고 있다. 아마 레이첼 일행이 런던에 도착하기 전,

그들은 공격할 모양이야. 만약 그렇게 된다면, 우린 막강한 검은 늑대의 기사단에게 속수무책으로 당할 수밖에 없는 상황이거든. 그러니 넌, 이걸 로이든에게 전하도록 해. 시녀장 루완이 왕실 기사단에게 전하려 했던 것을 살짝 보고 적어 왔다고 전하도록 해."

밀리가 리처드가 건네는 쪽지를 받아 들었다.

"그렇게만 전하면 되는 건가요?"

"어차피 런던에 오는 것은 속일 수 없는 상황이다."

"그럼 이번엔 일부러 잘못된 정보를 흘려, 그들을 교란시키신 다는 말씀이군요."

"맞아."

밀리는 손에 쥔 종이를 물끄러미 바라보았다. 그리곤 천천히 고갤 끄덕였다.

"제 말을 믿을지는 장담할 수 없을 겁니다."

"아니, 믿게 만들어야 할 것이다. 로이든을 속이지 못하면, 이 번엔 레이첼 대신 스텔라를 볼모로 잡게 될 테니까."

밀리의 손이 떨리는 것이 보였다. 그 모습에 리처드의 입가에 비릿한 미소가 떠올랐다.

"이제 돌아가도록 해. 스텔라가 궁으로 돌아왔다는군."

리처드가 다시 자리로 돌아갔다. 멍하니 서 있던 밀리가 서둘러 인사를 건네곤 방을 빠져나가는 것이 보였다.

"괜찮겠습니까?"

"스텔라를 미끼로 썼으니, 잘해낼 것이다. 루완, 로이든이 곧 움직일 것이다. 그때가 스텔라를 데려올 유일한 기회야. 그러니 넌 놓치지 말고 스텔라를 나에게 데려오도록 해."

"하지만 궁에 체스터 가의 기사들이 있습니다. 그들의 눈을 피해 데려오는 건, 불가능합니다."

"훗, 어리석긴. 우린 스텔라를 강제로 붙잡는 게 아니야. 스텔라 스스로 우리를 찾아오게 해야 해. 그녀에게 우리가 쥐고 있는 레이첼이란 미끼가 통하기를 바라야겠지. 만약 스텔라가 로이든 체스터를 사랑하고 있다면, 반드시 올 것이다. 그러니 기회를 봐, 시녀를 통해 이걸 스텔라에게 전하도록 해."

리처드의 눈빛이 날카롭게 빛났다. 숨기려 했지만, 리처드의 얼굴엔 초조함으로 가득했다. 이제 얼마 남지 않았다. 에드워드의 상태가 심각해지고 있는 상황에서 더는 지체할 수 없었다. 무엇보다 스텔라가 아니라면, 에드워드를 살릴 수 있는 방법은 없었다. 무슨 일이 있어도 스텔라를 자신의 손아귀에 쥐어야 했다. 다행히 그 방법을 찾은 것 같긴 했다. 리처드는 스텔라가 자신의 목숨을 내걸 정도로 로이든 체스터를 사랑하길 간절히 바랐다.

리처드를 만나고 돌아온 밀리가 별궁 안으로 들어갔다. 그러자 궁으로 돌아와 있던 스텔라와 로이든이 걱정스러운 얼굴로 밀리를 맞았다.

"어딜 다녀오는 거야? 성치 않은 다리로."

"벌써 돌아오셨군요. 전 산책을 다녀오던 참이었습니다."

밀리가 안으로 들어가며, 별궁 안을 곁눈으로 살폈다. 캘리는 부엌에 있는지 보이지 않았지만, 궁의 시녀들은 각자의 자릴 지키고 있는 것이 보였다. 밀리는 시녀들을 보며, 몰래 한숨을 내쉬었다. 시녀들 역시 시녀장 루완이 보낸 자들이라, 신중해야 했다.

"좀 더 시장을 구경하자고 했더니, 네가 걱정이 돼 빨리 돌아가야 한다고 하더군. 그런데 정말 괜찮은 것이냐? 안색이 어둡군."

로이든의 말에 밀리가 고갤 숙였다.

"전 괜찮습니다. 걱정해 주셔서 감사합니다, 영주님."

밀리의 태도에 로이든이 차가운 얼굴을 했다. 또다시 두 사람 사이에 서늘한 기운이 감돌자, 스텔라가 분위기를 전환시키려는 듯 두 사람 사이에 끼어들었다.

"로이든, 이제 가보셔야죠."

"그래야지."

스텔라가 로이든의 팔을 잡아끌자, 로이든이 밀리에게 향해 있던 서늘한 시선을 거둬들였다.

"밀리, 스텔라를 부탁해도 되겠지?"

"마님은 걱정 마십시오."

밀리의 대답을 들은 로이든이 궁을 나섰다. 스텔라는 멀어져 가는 로이든을 보며, 밀리에게 다가왔다.

"폐하를 만나고 온 것이냐?"

"죄송합니다, 마님."

밀리의 대답에 스텔라가 한숨을 내쉬었다. 죄송하다는 말은 리처드를 만났다는 뜻이었다. 스텔라는 시녀들의 시선이 두 사람에게 향해 있다는 것을 눈치채곤, 일부러 밀리에게 차갑게 대했다. 리처드를 속이기 위해선 시녀들의 눈을 속여야 했던 것이다. 로이든이 밀리에게 차갑게 대한 이유 역시 그래서였다.

"널 용서한 게 아니야, 밀리. 난 지금까지도 너의 행동을 책망하고 있어. 하지만 널 옆에 두는 이유는 단 하나야. 내가 더는 내 사람을 잃고 싶지 않다는 것이다."

"잘 알고 있습니다, 마님. 저, 잠깐만 나갔다 오겠습니다."

"또 어딜 가려는 건데?"

"잠깐이면 됩니다."

밀리가 스텔라를 남겨두고 재빨리 궁을 빠져나갔다. 그리곤 왕실 마구간으로 향하는 로이든을 붙잡곤, 리처드가 건넨 쪽지를 그에게 건넸다.

"뭐지?"

"시녀장 루완이 왕실 기사단에게 보내려던 밀서입니다. 제가 발견하고, 그대로 적어왔습니다."

밀리의 말에 로이든이 주위를 둘러본 후, 서둘러 쪽지의 내용을 확인했다.

"이 내용이 사실인 것이냐?"

"믿지 않으셔도 좋습니다. 하지만 전 누구보다 스텔라 님께서 이 궁에서 안전하시길 원하고 있습니다."

순간 밀리의 말에 로이든의 표정이 미묘하게 변했다. 스텔라의 안전을 언급했다는 의미는 리처드가 스텔라의 안전을 두고 밀리를 협박했다는 뜻이었던 것이다.

'제기랄, 미친 국왕 같으니라고.'

로이든은 밀리가 건넨 거짓 정보가 든 쪽지를 조심스럽게 접어 주머니에 밀어 넣었다.

"네가 스텔라를 생각하는 마음은 믿어 의심치 않지."

"스텔라 님은 제 목숨보다 더 소중하게 생각하고 있습니다. 그러니 이 정보는 믿으셔도 됩니다."

밀리의 말에 로이든이 생각에 잠긴 얼굴을 했다. 그리곤 밀리에게 고갤 끄덕여 보인 후 발길을 돌리려 했다.

"아참, 결승전이 있는 날 스텔라 님께선 영주님께서 가장 좋아하시는 색깔의 드레스를 입으실 생각이라고 하셨습니다. 혹시, 붉은색 드레스를 좋아하십니까?"

갑작스러운 밀리의 말에 로이든의 발걸음이 멈췄다. 붉은색? 그건 두 사람이 정한 암호 가운데 하나였다.

"붉은색은 내가 좋아하는 색이지. 하지만 스텔라에겐 푸른색 드레스가 더 잘 어울린다고 전해."

"네, 알겠습니다."

밀리가 별궁으로 돌아가자, 로이든은 밀리가 전한 쪽지를 꽉 쥐었다.

"붉은색이라."

리처드가 자신을 속이기 위해 계획을 세우고 있는 모양이었다. 밀리가 말한 붉은색은 위험이 가까이 다가오고 있다는 의미였다. 로이든은 서둘러 마구간으로 향했고, 레이놀즈를 만나기 위해 말 고삐를 단단히 붙잡았다.

막사 안엔 로이든을 비롯해 레이놀즈와 검은 늑대의 기사들이 모여 있었다. 그리고 잠시 후, 무기를 책임지는 대장장이 존슨이 안으로 들어오자, 로이든이 자리에서 일어났다.

"이제 다 모였군."

"레이첼 님께서 런던으로 오시는 건 사실인 듯합니다."

"하지만 정말, 폐하의 첩자인 밀리가 전한 쪽지가 사실일까요?"

레이놀즈의 말에 그곳에 모인 사람들의 얼굴이 굳어졌다.

"지금으로선, 밀리의 말을 믿을 수밖에 없을 것 같습니다."

"만약 거짓 정보를 우리에게 흘린 것이라면, 우린 코앞에서 레이첼 님을 구할 기회를 놓치게 되는 겁니다. 섣불리 믿을 수는 없을 것 같습니다."

밀리가 전한 쪽지의 내용을 두고, 팽팽한 접전이 오갔다. 로이든은 잔뜩 굳은 얼굴로 기사들의 의견을 들을 뿐, 아무런 의견도 내놓지 않은 상태였다. 그때, 대장장이 존슨이 기사들의 눈치를 살피며 조심스럽게 입을 열었다.

"무기를 실은 마차를 두 개로 나누는 것이 좋을 것 같습니다. 쪽지의 내용을 무시할 수는 없으니까요."

존슨의 말에 로이든이 천천히 고갤 들었다.

"그게 좋을 것 같군. 어차피, 밀리의 말을 전적으로 믿을 수 없는 상황이다. 무기는 물론 기사들 역시 두 개로 나눈다."

"하지만 런던에 있는 체스터 가의 기사들의 수는 한정되어 있습니다. 두 개로 나뉘었다간, 모두 죽임을 당할 수도 있습니다."

레이놀즈의 의견에 로이든이 고갤 끄덕였다.

"알아. 하지만 지금으로선 그 방법밖엔 없다. 밀리는 국왕의 첩자이긴 하지만, 스텔라를 위해서라면 목숨 또한 내놓을 인물이야. 전적으로 무시할 수는 없다는 뜻이야."

로이든의 말에 그곳에 있는 기사들이 그의 의견에 수긍한 듯 고 갤 끄덕였다.

"그럼 무기와 기사들을 똑같이 나누는 것보다, 한쪽으로 편중 시키는 편이 좋지 않겠습니까?"

존슨이 또다시 자신의 생각을 말했다. 그러자 레이놀즈가 존슨 의 생각에 동의하며 말을 이었다.

"제 생각도 같습니다. 힘을 똑같이 분산하는 것보단, 유리한 쪽 에 힘을 싣는 게 좋을 것 같습니다."

"좋아. 난 쪽지에 적혀 있는 왕실 소유의 사냥터로 더 많은 기사 들과 무기를 보낼 생각이다. 만약 밀리의 말이 사실이라면, 그 쪽 엔 이미 국왕의 병사들이 진을 치고 우릴 기다리고 있을 테니까."

"제 생각도 그렇습니다."

존슨이 적극적으로 로이든의 생각에 동의하고 나섰다. 그러자 기사들 역시 그쪽으로 의견이 모아지기 시작했다.

"그럼 우리가 보유하고 있는 무기와 기사들은 사냥터로 간다. 그리고 레이놀즈는 몇 명만 데리고 웨일스에서 오는 기사들을 추 격하도록 해."

"그럼, 영주님께서는?"

"난 그날 마상 시합에 출전할 것이다. 그래야 폐하의 의심을 피 할 수 있을 테니까."

로이든의 말에 그곳에 모인 기사들의 얼굴에 비장함이 감돌았 다. 모든 계획이 마상 시합의 결승전이 있는 밤으로 정해진 것이다.

"그럼 모두 철저히 준비하도록 해. 특히 존슨, 너만 믿겠다."

"걱정 마십시오, 영주님. 두 대의 마차에 무기를 실어, 미리 움직이도록 하겠습니다."

존슨과 다른 기사들이 모두 나가자, 레이놀즈가 막사 입구로 나가 주위를 살폈다. 아무도 없다는 것을 확인하곤, 로이든에게 다가왔다.

"존슨은 갔나?"

"바로 마구간으로 간 것으로 보아, 궁으로 가는 모양입니다."

레이놀즈의 말에 로이든의 표정이 싸늘하게 굳어졌다.

"분명 무기 역시 국왕에게 빼돌릴 것이다."

"알고 있습니다. 그래서 체스터 영지를 떠나오기 전부터, 기사들을 따로 출발해 움직이게 한 것이니까요."

레이놀즈의 대답에 로이든이 고갤 끄덕였다. 이 순간이 오길 기다리고 있었다. 영지를 떠나기 전, 밀리에 의해 대장장이 존슨이 첩자란 사실을 알았다. 로이든은 첩자인 존슨을 붙잡는 대신 그를 이용하기로 한 것이다. 첩자를 이용해 도리어 국왕 리처드를 속이려는 것이다.

"뒤따라온 기사들과 대장장이 빅터는 잘 있겠지?"

"런던 외곽에서 대기 중입니다. 그날, 빅터에게 검을 만들게 한 것이 천운이었다고 생각합니다. 만약 존슨을 믿고 모든 걸 준비하게 했다면, 이번 계획 역시 세우지도 못했을 테니까요."

레이놀즈의 말에 수긍하듯 로이든이 고갤 끄덕였다. 로이든 역시 마찬가지였다. 스텔라에게 단검을 만들어주기 위해 은퇴한 대장장이 빅터를 찾아간 것뿐이었다. 그런데 오늘 이렇게 요긴하게 그가 만든 검들을 사용하게 될 날이 올지는 그 역시 짐작조차 하지 못했다.

"루이에게선 연락이 왔나?"

"레이첼 님께 수도원을 떠나기 직전, 밀지를 전했다고 합니다. 그리고 레이첼 님을 호위하는 기사들 중, 기디언이 있는 것 같습니다."

"기디언이라면 노픽 공작가의 차남이군. 어린 나이에도 불구하고 기사로서의 자질이 뛰어난 자였지. 그를 우리 편으로 만들 수 있으면 좋을 텐데."

"아마, 힘들 것입니다. 그는 충성심이 강한 자이니까요."

레이놀즈의 대답에 로이든이 미간을 찌푸렸다. 자신 역시 그랬었다. 자신의 여동생인 레이첼을 아무런 이유 없이 볼모로 삼고 그를 협박하기 전까지는. 아무리 간악하고 왕이 될 그릇이 아닌 인격의 소유자였지만, 로이든 역시 그런 리처드에게 충성을 맹세를 한 왕의 기사였다.

"국왕은 운이 좋은 사람이군. 부족한 자지만, 그를 따르는 기사들은 하나같이 충성스러운 걸 보면."

"그것이 더 안타깝습니다. 기디언은 현명한 자이니 올바르게 판단하길 비는 수밖에요."

레이놀즈의 대답에 로이든이 고갤 끄덕였다. 사실 레이놀즈에겐 말하지 않았지만, 로이든은 마상 시합의 결승전이 있는 날 스텔라를 궁에서 데리고 나올 생각이었다. 밀리가 말했던 궁의 비밀 통로. 그곳을 이용한다면 분명 성공할 수 있었다. 마상 시합의 결승전이 있는 그날, 모든 것을 끝내야 했다.

14

마상 시합의 결승전이 하루 앞으로 다가왔다. 런던 시내는 그 어느 때보다 들뜬 모습이었다. 10년 만에 열린 가장 큰 규모의 마상 시합이란 점도 그랬지만, 결승전에서 맞붙을 검은 늑대와 왕실 기사단 사이먼과의 경기를 볼 수 있다는 사실이 그들을 흥분하게 만들었다.

전쟁터를 누비던 잉글랜드 최고의 기사들인 검은 늑대와 왕실 기사단의 대결.

타이틀만큼이나 흥미로운 결전이 될 게 분명했다. 그리고 승리 자에게 주어질 상금과 부상 역시 지금까지 마상 시합에서 받았던 것보다 훨씬 많은 액수라 분위기를 한껏 고조시키는 데 큰 역할을 했다.

"검은 늑대가 우승하면, 앨리샤 공주는 어떻게 되는 거지?"

"당연히 검은 늑대는 부상을 거절할 테지. 그분껜 더 아름다운 신부가 곁에 있으니까."

"그럼, 앨리샤 공주는 천덕꾸러기가 되겠군."

"그거야 모르지. 우승자는 아니지만, 왕실 기사단의 사이먼 님은 미혼이시니까."

"폭군이라고 소문난 사이먼 님의 신부라니. 참, 앨리샤 공주님도 안 됐군."

"사이먼 님의 신부가 된다는 게 아니라, 그럴지도 모른다는 말이지. 앨리샤 공주님이 거절하면, 그 혼인 역시 없었던 것이 될 수도 있고."

"모든 게 폐하의 뜻대로 이루어질 테지. 폐하는 종잡을 수 없는 성격이라."

한 상인이 주위를 살피며 조심스럽게 말했다. 그러자 주위에 있던 사람들이 고갤 끄덕이며 그 말에 동의했다. 모두 말을 아끼고 있었지만, 국왕 리처드가 어떤 자인지 모두 알고 있었다.

상인이 진열해 놓은 진귀한 보석들을 구경하던 앨리샤는 분노로 손을 떨며 화를 삼켰다. 그러자 옆에 있던 레아가 앨리샤의 눈치를 보며 말을 건넸다.

"천한 상인들의 말입니다. 신경 쓰실 필요 없습니다."

"다 스텔라 때문이야. 반역자의 딸 주제에 체스터 백작을 차지하다니. 무슨 일이 있어도 오라버니께 그들의 혼약을 무효로 해달라고 부탁드려야겠어."

"당연히 그러셔야죠. 스텔라 같은 여자는 절대 검은 늑대의 신부가 될 수 없습니다. 공주님이시라면 모를까요. 레이첼이 있다면 공주님을 도왔을 겁니다. 하지만 없으니 제가 공주님을 돕겠습니다. 필요하시면 말씀하세요."

레아의 말에 앨리샤가 만족스러운 듯 고갤 끄덕였다. 그러다 로이든의 막사 쪽으로 걸어가는 여인을 발견하곤, 아름다운 얼굴이 보기 흉하게 일그러지기 시작했다.

"어머, 그 여자가 체스터 백작님의 막사로 가는 것 보셨나요? 설마 저 여자도 창에 달 손수건을 전해주러 온 것은 아니겠지요?"

레아 역시 스텔라를 본 듯 호들갑을 떨었다. 그러자 앨리샤는 손에 소중하게 들고 있는 손수건을 꼭 붙잡았다.

"서둘러야겠어."

앨리샤의 걸음걸이가 빨라졌다. 그리고 그 뒤를 레아와 하녀들이 따르고 있었다.

막사에 들어가기 전, 스텔라가 캘리를 돌아보았다.

"여기서 기다리도록 해. 잠시면 되니까."

"오래 계셔도 됩니다. 전 제레미와 있으면 되니까요."

캘리가 함께 온 제레미의 옆구리를 찌르며 말했다. 그러자 제레미는 귀찮은 표정으로 캘리를 보며 한숨을 내쉬었다.

"기사 제임스님께 관심이 있는 모양이더라구요. 자꾸 저에게 편지를 전해달라고…… 으악!"

순간 제레미가 국적 불명의 비명을 질렀다. 돌아보니 캘리가 얼굴을 붉히며 제레미의 발을 밟고 있는 것이 보였다. 그 모습에 스텔라가 피식 웃음을 터뜨렸다.

"제레미, 전해주도록 해. 멋진 기사를 짝사랑하는 건, 여인들의 마음이니까."

스텔라의 말에 제레미가 하는 수 없이 캘리를 바라보았다. 하지만 여전히 이해할 수 없다는 얼굴을 하고 있었다.

"제임스 기사님처럼 미끈하게 생긴 얼굴이 뭐가 좋다고 그러는지 이해할 수가 없어서요. 적어도 남자란 레이놀즈 님처럼 근육질에 힘이 넘쳐야죠. 사실 제가 본 기사들 중에서 영주님 다음으로 레이놀즈 님의 가운데 다리가 가장 튼실…… 흐흑!"

이번에도 말을 하던 제레미의 입에서 정체불명의 소리가 튀어나왔다. 그리고 누군가 제레미의 목덜미를 확 끌어당기더니, 거칠게 그 입을 막는 게 보였다.

"이 정신 나간 녀석 같으니라고. 마님 앞에서 함부로 입을 놀리다니."

화난 듯 보이는 레이놀즈가 제레미를 쏘아보고 있었다. 그 모습이 얼마나 웃긴지, 스텔라는 그만 큰 소리로 웃음을 터뜨릴 뻔했다. 하지만 캘리는 덩치가 크고 인상을 쓴 레이놀즈를 보자, 겁이 난 듯 주춤주춤 뒤로 물러서는 것이 보였다.

"레이놀즈 님, 그만 놔주세요. 아마, 제레미도 자신이 뭘 말해선 안 되는지 정확히 알았을 겁니다."

스텔라의 말에 레이놀즈가 미간을 찌푸리며 제레미의 입술을 막았던 손을 떼어냈다. 그러자 제레미는 이때다 싶어 또다시 입을 열었다.

"쳇, 너무하십니다. 제가 없는 말을 한 것도 아니고, 그건 아주 자랑스러운 일이라고요. 여인들이 남자들의 가운데 다리를……."

"네 녀석에게 내 가운데 다리의 튼실함을 칭찬받을 생각 따위 없어. 그러니 당장 그 입 다물어."

레이놀즈의 말에 제레미가 서둘러 입을 다물었다. 그리곤 캘리의 팔을 슬쩍 잡아끌더니, 기사인 제임스가 있는 곳으로 걸어가기 시작했다. 레이놀즈는 화가 난 얼굴로 캘리와 도망치는 제레미를 쏘아보았다.

"영주님은 안에 있나요?"

"곧 오실 겁니다. 내일 있을 마상 시합에 쓸 창과 검을 점검 중이시거든요."

"그럼 제가 그쪽으로 가볼게요."

"그러시겠습니까? 막사 뒤편으로 가시면 됩니다."

레이놀즈가 가리키는 쪽으로 스텔라가 걸음을 옮기기 시작했다. 조금 떨어져 있는 막사를 지나, 뒤편으로 돌아가자 대장간으로 보이는 작은 건물이 있었다. 대장간 안으로 들어간 스텔라는 셔츠만 입은 채, 검을 손질하고 있는 로이든을 볼 수 있었다.

"이런 곳에 대장간이 있다니, 놀랐어요."

스텔라의 목소리가 들리자, 로이든이 고갤 들었다. 그리곤 잘 손질된 검을 검집에 밀어 넣고는 옆에 있는 수건을 들어 흘러내린 땀을 닦기 시작했다.

"제가 해드릴게요."

스텔라가 그에게 다가가 수건을 받아 들었다. 그리곤 천천히 로이든의 얼굴에 흐른 땀을 닦아주었다. 로이든의 시선이 스텔라에게로 향했다. 바로 코앞에서 자신의 땀을 닦아주는 스텔라를 보자, 저절로 입가에 미소가 떠올랐다.

"날 보러 온 모양이군."

"내일 결승 시합이잖아요."

"어떻게 할까? 네가 하라는 대로 할 생각이야. 그러니 말해봐. 경기에서 어떻게 했으면 하는지."

로이든의 말에 스텔라가 입술을 삐죽였다.

"흥, 정말 못됐군요. 중요한 결정을 저에게 떠넘기려 하다니. 제가 지라고 하면, 정말 질 생각인가요?"

"응. 우승 같은 건 처음부터 관심도 없었거든."

로이든이 스텔라의 손을 붙잡았다. 그리곤 그녀의 손에서 손수건을 빼앗아 내려놓은 다음, 그녀를 품으로 끌어당겼다. 벌어진 셔츠 사이로 땀으로 젖은 그의 탄탄한 가슴이 고스란히 그녀의 눈에 들어왔다. 정말 아름다운 몸이었다. 아무리 봐도 질리지 않을 만큼.

"싫을 것 같아요. 당신이 시합에 졌을 때, 비웃음을 당하는 것이요."

"그 말은 내가 이겼으면 하는 것이군."

로이든이 웃으며 고갤 숙였다. 금방이라도 그녀의 입술에 입을 맞출 듯 가까워진 그를 보며, 스텔라가 얼굴을 붉혔다.

"이러다, 사람들이 보겠어요."

"흠흠!"

그녀의 말이 떨어지기가 무섭게 밖에서 인기척이 들려왔다. 스텔라가 재빨리 로이든을 밀어내며, 그에게서 떨어지려 했다. 하지만 로이든은 그녀의 허리에 휘감은 팔을 놓지 않았다.

"여긴 무슨 일이지?"

"사방이 뚫린 공간인데, 너무 노골적이군요."

불쾌함이 묻어 있는 여인의 목소리에 스텔라가 고갤 들었다. 그리고 마땅찮은 얼굴로 자신을 쏘아보고 있는 앨리샤와 레아를 발견하곤, 속으로 한숨을 내쉬었다.

"내가 내 여자에게 키스를 하는 게 죄가 되는지 몰랐군."

로이든이 앨리샤를 비웃으며 스텔라를 그의 품속에 바짝 끌어당겼다. 그러자 그의 드러난 가슴 근육에 코를 박을 듯 당겨 안아졌다.

"불륜이 아닌 이상, 저 역시 부끄러워할 이유는 없다고 봅니다."

스텔라가 로이든의 말에 동의하며, 손을 들어 올려 그의 탄탄한 근육질의 가슴 위에 올려놓았다. 그러자 앨리샤와 레아의 눈동자가 경악으로 커지는 것이 보였다. 하지만 로이든만은 그녀의 당돌한 행동이 마음에 드는 모양이었다.

"맞아. 여기서 당장 사랑을 나눈다고 해서 우릴 비난할 사람은 없지. 우린 누구나 아는 신혼이니까."

로이든이 한술 더 떠, 스텔라가 허락한다면 이곳에서 당장이라도 사랑을 나눌 기세였다. 그의 눈빛에 스텔라의 얼굴 역시 붉어졌다. 장난으로 시작한 말이었지만, 로이든은 진심이었기 때문이었다. 노골적인 욕망을 드러낸 그의 눈빛에 스텔라의 얼굴은 물론 밖에 서 있던 앨리샤와 레아의 얼굴이 시뻘겋게 변하는 것이 보였다.

"맙소사. 정말 당신들은 짐승이군요. 귀족이면서 품위를 땅에 떨어뜨리다니."

앨리샤의 비난 섞인 말에 로이든이 차갑게 그녀를 쏘아보았다.

"내가 왜 비난을 받아야 하는지 모르겠군. 우리의 시간을 방해한 사람은 바로, 당신들인데 말이야. 내게 볼일이 있다면, 어서 말하고 돌아가 줬으면 좋겠군. 난 내 신부와 급하게 할 일이 생겼거든."

로이든의 말에 앨리샤의 얼굴이 새빨갛다 못해 파랗게 질렸다. 그리곤 손에 든 손수건을 꽉 쥐곤, 부들부들 떨었다.

"이건 내가 밤새 만든 것입니다. 내일 시합 때, 창이나 손목에 달아주셨으면 해서 가져왔습니다."

앨리샤가 화를 삭이며, 로이든에게 다가와 손수건을 내밀었다. 하지만 로이든은 앨리샤가 내민 손수건을 물끄러미 바라볼 뿐 받을 생각조차 하지 않은 듯 보였다.

"스텔라, 당신은 내게 줄 것 없나?"

로이든의 말에 앨리샤의 손이 떨리는 것이 보였다.

"아, 난……."

처음엔 앨리샤가 얄미웠지만, 로이든의 차가운 태도를 보자 그녀가 안됐다는 생각이 들었다. 스텔라 역시 로이든에게 주기 위해 티핏(팔꿈치에 달린 긴 장식 리본)에 검은 늑대의 문장을 수놓아 가져왔지만, 선뜻 건네지 못했다.

"없어? 난 당신에게 받고 싶군."

로이든이 간절한 눈으로 그녀를 바라보았다. 그 순간 스텔라는 깨달았다. 지금 이 순간, 로이든은 앨리샤에게 보여주려 하고 있었다. 자신이 스텔라를 사랑하며, 앨리샤에겐 관심조차 없다는 것을. 그러니 미련조차 갖지 못하게 잔인하게 거절하려 한다는 것도.

"잠깐만, 놓아줘요."

스텔라가 그의 팔을 풀곤 로이든에게서 조금 떨어졌다. 그리곤 외투 속으로 손을 밀어 넣은 후, 레이스로 장식된 티핏을 꺼내 로이든에게 건넸다.

"티핏이군."

"내일 갑옷 위에 이걸 달아주시겠어요?"

스텔라의 말에 로이든이 천천히 그의 팔을 내밀었다.

"당신이 직접 묶어줘. 지금부터 내일까지 풀지 않을 테니까."

로이든의 재촉에 스텔라가 천천히 손을 내밀었다. 스텔라가 그의 팔에 티핏을 묶기 시작했다. 그 모습을 지켜보던 앨리샤가 들고 있던 손수건을 대장간의 불 속으로 던져 버리는 것이 보였다. 분노로 떨며 앨리샤가 자릴 떴다. 레아 역시 스텔라를 쏘아본 후, 앨리샤를 뒤따라갔다.

"잔인했어요."

"하지만 이 방법이 가장 효과적이야. 아무리 말을 해도 알아듣지 못하는 사람에겐 직접 눈으로 확인하게 하는 것 외엔 방법이 없거든. 이 티핏, 마음에 들어."

로이든이 팔에 묶인 티핏을 보며, 만족스러운 얼굴을 했다. 로이든이 기뻐하는 모습을 보자, 스텔라 역시 기분이 좋아지기 시작했다.

"낼 꼭 우승해야겠군. 이 티핏을 달고 질 수는 없으니까. 당신을 최고의 레이디로 만들어주지."

로이든이 스텔라를 끌어안고는 이마에 입을 맞췄다.

"오늘 밤, 갈 테니 기다려."

"내일이 시합이잖아요. 힘을 비축해야 하는 것 아닌가요?"

스텔라의 물음에 로이든의 눈동자가 의미심장하게 빛났다. 그리곤 그녀의 귓가에 유혹하듯 낮게 속삭였다.

"널 안고 난 후가 가장 힘이 넘쳐. 그러니 그런 걱정할 필요 없어."

순식간에 스텔라의 얼굴이 붉어졌다. 그의 솔직한 표현과 태도에 스텔라의 심장이 미친 듯이 뛰고 있었다. 로이든이 그녀를 살리기 위해 마지란이 만든 독약을 먹인 날 이후, 그의 태도가 눈에 띄게 달라졌다.

사랑한다고 했던 로이든의 음성이 또다시 그녀의 머릿속을 울렸다. 그녀 역시 더는 자신의 감정을 숨길 수 없을 만큼.

"기다…… 릴게요."

로이든의 눈이 믿을 수 없다는 듯 커졌다. 처음으로 기다린다고 했다. 언제나 눈빛으로 전할 뿐, 입 밖으론 자신의 감정을 내비치지 않던 스텔라가 처음으로 자신의 감정을 말한 것이다. 로이든의 입가에 환한 미소가 떠올랐다. 그 미소에 스텔라의 심장이 또다시 미친 듯이 뛰었다.

"왜 웃는 거죠?"

스텔라가 영문을 모르겠다는 듯 로이든을 보았다. 순진한 얼굴로 그를 올려다보는 스텔라를 보자, 로이든은 밤까지 참을 수 없을 것 같았다. 하지만 지금은 해야 할 일이 있었다. 레이놀즈와 함께 런던 외곽에서 기다리고 있는 일행에게 앞으로의 계획을 전해야 했다.

"네가 너무 사랑스러워서."

오늘 밤이었다. 스텔라 역시 오늘 밤, 그에게 숨김없이 자신의 마음을 고백할 생각이었다. 달빛 아래서 사랑을 나누고 난 후, 그가 입을 맞출 때 그녀가 지금껏 말하지 못한 진심을 말할 생각이었다.

"가봐야겠어요. 밤에 봐요."

스텔라가 서둘러 대장간을 나왔다. 그리곤 자신을 기다리고 있는 캘리와 제레미에게로 갔다. 마차에 오른 스텔라는 오늘 밤을 위해 가장 아름답게 꾸며야겠다고 생각했다. 그에게 세상에서 가장 아름다운 여인으로 보이고 싶었다.

하지만 스텔라를 태운 마차가 궁에 도착한 순간, 들떴던 스텔라의 심장이 서서히 가라앉기 시작했다. 리처드, 국왕 리처드가 보낸 시녀가 스텔라에게 편지 하나를 은밀히 건넸던 것이다. 편지의 내용을 확인한 스텔라의 얼굴이 굳어지기 시작했다.

그리곤 별궁으로 가는 대신, 리처드가 기다리고 있는 그의 개인 접견실로 향했다.

개인 접견실 안에 차가운 기운이 감돌았다. 스텔라는 마주 앉아 있는 국왕 리처드를 보며, 최대한 감정을 삼켰다. 그가 보내온 편지. 그 내용이 스텔라의 마음속에 지독한 분노를 불러일으켰지만,

겉으로 보기에 스텔라의 모습은 그 어느 때보다 평온했다. 속을 알 수 없는 그 모습에 리처드 역시 긴장하기 시작했다.

"내 제안이 마음에 들지 않았던 모양이군."

리처드가 찻잔을 들어 올리며 어깰 으쓱했다.

"제안이었습니까? 전 분명, 그 편지 안의 내용을 협박이라고 받아들였거든요."

스텔라의 싸늘한 목소리에 리처드가 만족스러운 듯 웃었다.

"유감이군. 내 제안을 협박이라고 생각하다니. 그럼, 지금부터 천천히 얘길 해볼까?"

"그에 앞서, 묻고 싶은 게 있습니다."

리처드가 찻잔을 내려놓았다. 의자에 기댄 채, 스텔라를 바라보았다.

"말해. 뭐든 얘기해 줄 테니까."

"제 아버지인 달링턴 백작님을 왜 죽이셨나요? 또, 레이첼은 왜 납치했는지 그 답을 듣고 싶습니다."

스텔라의 물음에 리처드의 입꼬리가 위로 치켜 올라갔다. 이미 예상한 질문인 듯 리처드는 놀란 기색도 없이 입을 열었다.

"밀리에게서 네 출생에 대한 얘긴 들었겠지?"

"들었습니다."

"그럼 이미 알았겠군. 내가 왜 달링턴 백작은 물론 널 죽이려 했고, 또 네 약혼자였던 로이든 체스터의 여동생을 납치했는지도."

"설마, 날 경계하기 위해서였다는 건가요? 내가 폐하의 자릴 탐할까 봐 그것이 두려워서요?"

"아니, 전혀. 네가 아무리 전 국왕이셨던 에드먼드 튜터와 샤론 왕비의 유일한 혈육이라고 할지라도, 넌 잉글랜드의 주인이 될 수 없다. 그것이 네 운명이니까."

"제 어머니의 죽음에도 폐하께서 연관이 있는 건가요?"

스텔라의 물음에 처음으로 리처드의 눈동자가 흔들렸다.

"샤론 왕비님께선 널 낳은 직후, 독을 마셨지. 마지란의 독. 아마, 국왕께서 해리온 전투에서 전사하시자, 그 슬픔을 이기지 못한 결과였다. 나와는 아무런 상관도 없다는 뜻이야."

리처드가 강하게 부정했다.

"마지란의 독을 마셨다고요?"

"그래. 샤론 왕비님의 이복 여동생이었던 여인이었지. 아마, 밀리 역시 잘 알고 있을 거야. 마지란은 약초는 물론 독을 잘 다루는 사람이었지. 어쩌면 마지란은 샤론 왕비님을 질투했던 것 같아. 샤론 왕비님 주변에 독을 놓아둔 걸 보면."

"마지란이라니. 믿을 수 없군요."

스텔라는 리처드가 거짓말을 하고 있다는 사실을 깨달았다. 다른 것은 진실일지 몰라도, 어머니 샤론 왕비에 대한 얘긴 거짓을 말하고 있었다. 어머니 샤론 왕비와 마지란에 대한 얘긴 자신이 독을 흡수해 누워 있는 동안 밀리가 로이든에게 했던 말을 들어 알고 있었다.

"사실이야. 나와 전혀 상관없는 일이야."

리처드의 말에 스텔라의 눈빛이 날카로워졌다. 그가 거짓말을 하고 있었다. 자신의 시선을 피하며, 찻잔을 들어 올리는 리처드의 눈동자가 그렇게 말하고 있었다.

"그렇군요. 그럼 왜 전 달링턴 백작님의 양녀로 가게 된 건지 궁금하군요.”

“그건……. 왕실에서 그렇게 결정한 사안이었다. 샤론 왕비님께서 돌아가셨을 때, 분명 왕궁의 시녀의 아이가 태어나다 죽었다고 했었다. 그런데 샤론 왕비님께서 돌아가신 하루 뒤, 밀리가 널안고 나타났다. 그래서 왕실은 널 인정할 수 없었다.”

“밀리가 절 일부러 빼돌려서 이 모든 일이 생겼다는 말씀이시군요. 그래서 폐하께선 절 불쌍하게 여겨, 달링턴 백작가의 양녀로 보내신 건가요?”

“그래. 왕실의 혈육일지도 모르는 널, 불쌍히 여겨 살려준 것이었다. 달링턴 백작은 널 왕가의 사생아쯤으로 알고 있었지.”

“그러다 아버지께선 제가 전 국왕 폐하의 유일한 혈육이란 사실을 알게 된 것이군요. 그래서 폐하께선 아버지를 반역 죄인으로 몰아 죽이셨습니까? 아무런 죄도 없는 아버지를. 폐하를 믿고 따르던 충성스러운 신하였던 사람을요?”

“네 아버지가 아니야. 그리고 달링턴 백작이 죽은 이유는 바로너 때문이다. 널 키우다 보니, 진짜 딸이라고 착각한 모양이야. 어리석게도 말이다. 그래서 네 신분을 복원시켜 달라고 하더군. 그렇게 되면, 어떤 문제가 생길지 뻔히 알면서 너를 왕실의 사람으로 인정해 달라고 나에게 요구했다. 감히, 나보다 널 선택하다니. 그것 자체가 반역이다.”

스텔라의 눈동자가 서늘해졌다. 거대한 폭풍이 심장을 울리고 있었다. 스텔라는 손에 쥐고 있던 부채를 꼭 쥐었다. 마음만 먹는다면, 부채 케이스 안에 들어 있는 단검을 꺼내 리처드의 심장을 찌를 수 있었다. 그러면 모든 것을 끝낼 수 있을 터였다.

"지금 날 죽이고 싶은 모양이군. 네 눈빛이 그렇게 말하고 있거든. 그 모습은 폐하를 닮았군. 에드먼드 국왕께서는 심장에 분노가 가득 찰수록 냉정해지셨지. 잔혹하리만치, 이성적이셨다."

"잘못 아셨습니다. 전 아버지뿐만 아니라, 어머니 역시 닮았거든요."

"샤론 왕비님을 닮았다면, 넌……."

'사랑하는 이를 위해, 목숨을 걸겠군. 샤론 왕비가 널 살리기 위해, 마지란이 만든 독을 마셨듯이 너 역시 네가 사랑하는 이를 위해 내 말을 듣게 될 것이다. 그리고 결국, 내 손에 넌 죽게 될 테고.'

"동정심이 많겠군. 어리석도록 외골수일 테고."

리처드가 비웃듯 말했지만, 그의 눈동자에 슬픔이 떠올라 있었다. 이해할 수 없는 감정이라고 스텔라는 생각했다.

"이제 말씀하세요. 제가 알고 싶었던 진실은 모두 알았습니다. 그러니 이제, 폐하께서 제게 원하는 것이 무엇인지 듣고 싶군요."

리처드의 눈동자가 미묘하게 빛나기 시작했다.

"너만이 레이첼은 물론 모두를 살릴 수 있다. 밀리와 널 안주인으로 받아들인 체스터 영지의 사람들. 그리고 로이든 체스터까지."

리처드의 말에 스텔라가 눈을 가늘게 떴다.

"스텔라, 기억해야 할 것이다. 모든 것의 시작은 너라는 걸. 너로 인해, 모두가 죽게 될 것이란 것도."

저절로 주먹이 쥐어졌다. 리처드의 말을 부정하고 싶었다. 이 모든 것이 리처드가 자신의 자릴 지키기 위한 탐욕 때문이라고.

하지만 그의 말 역시 사실이었다. 달링턴 백작도 그리고 레이첼도. 무고한 사람들이 그녀의 출생으로 인해 죽거나, 죽을 위험에 놓여 있었다.

"내가 뭘 해야 하는 거죠? 그 사람들을 살리는 대가로. 내가 뭘 해야 하는지 말해요. 분명, 지금 당장 내 목숨이 필요한 것이 아니란 걸 알아요. 만약 내가 사라지길 원했다면, 재판장에서 처형을 명했으면 끝났을 일이었으니까요. 그러니 말해요. 내가 원하는 것이 무엇인지."

스텔라가 흔들리지 않는 눈빛으로 리처드를 바라보았다. 순간 리처드는 스텔라의 냉기에 등줄기가 서늘했다. 스텔라의 검은 눈동자, 그 눈동자는 샤론 왕비를 닮아 있었다. 그 눈동자가 그를 내려다보며, 그를 비웃는 것처럼 느껴져 가슴이 답답했다.

"그건, 네가 내게 왔을 때 말해줄 생각이다. 로이든에게 말해. 혼인을 무효화 하고 싶다고. 내가 허락해 줄 것이라고 약속했다고 하면, 믿을지도 모르겠군."

"로이든을 떠나라는 말이군요."

"맞아. 마음이 정해지면, 밀리와 함께 오도록 해."

"밀리와 말인가요?"

"그래. 밀리는 이 궁에 대해 잘 알고 있을 거야. 국왕인 나만이 알고 있는 비밀 공간을. 시각은 결승전이 끝난 자정. 새로운 날이 되기 전이다."

❖

알고 있었다. 리처드가 보낸 편지를 받아 든 순간, 이런 결말이 그녀를 기다리고 있을 것이란 것쯤 충분히 짐작할 수 있었다. 알고 있었는데도, 스텔라는 다리에 힘이 풀려 금방이라도 바닥에 주저앉을 것 같았다.

스텔라는 창가에 기대서서 로이든이 오기를 기다렸다. 오늘 밤, 그에게 자신의 마음을 고백할 생각이었다. 자신을 한없이 부드러운 눈빛으로 바라보는 사내에게. 사랑한다는 말로 그를 기쁘게 해주고 싶었다.

그때, 건물 사이로 사람의 그림자가 어른거렸다. 그리곤 달빛이 그림자의 주인을 비추자, 심장이 내려앉을 만큼 잘생긴 사내가 모습을 드러냈다. 그의 시선이 이끌리듯 그녀가 서 있는 창가로 향했고, 그녀를 발견한 그의 입가에 매력적인 미소가 떠올랐다.

로이든이 스텔라에게 내려오라고 손짓을 했다. 자신을 부르는 그의 손짓에 스텔라는 고갤 끄덕였다. 그리곤 침대 옆에 놓아두었던 외투를 집어 들었다. 방을 나와 궁을 빠져나오자, 어둠 속에서 그가 그녀를 기다리고 있다.

"날 기다리고 있었군."

"온다고 했으니까요. 어딜 가려는 거죠?"

"여긴 보는 눈이 많아서. 우리 둘만 있을 수 있는 곳으로 가려는 거야."

로이든이 스텔라의 손을 붙잡았다. 다섯 개의 손가락 사이로 서로의 손이 얽히며 깍지가 껴졌다.

"가고 싶어요. 당신과 둘만 있는 곳으로."

스텔라가 지금 이 순간 가장 간절히 원하는 것이 있다면, 그와 함께 도망치는 것이었다. 리처드의 제안 따위 잊고 오직 자신과 로이든만 생각하고 싶었다.

그렇게 궁을 빠져나온 두 사람은 말을 달려, 숲으로 향했다. 그리고 두 사람이 도착한 곳은 다름 아닌, 로이든이 독에 중독돼 사경을 헤매던 그 오두막이었다.

"오두막이군요."

"네가 날 살리기 위해 달려온 곳이기도 하지."

로이든이 말에서 내려, 스텔라의 허릴 붙잡곤 그녀를 바닥에 내려놓았다. 그리곤 그녀의 손을 잡고 오두막으로 걸어가는 대신, 숲으로 이어진 오솔길을 따라 걷기 시작했다.

"어딜 가는 거죠?"

"숲 안에 그네가 있더군. 네가 좋아할 것 같아서."

"그네요? 어렸을 때는 밀리가 태워줬어요. 하지만 어른이 되고선 기회가 없었는데, 타보고 싶어요."

이번엔 스텔라가 들뜬 모습으로 로이든의 손을 잡아끌었다. 달빛이 내려앉은 숲의 오솔길을 지나는 동안 스텔라는 그 아름다운 광경에 마음을 빼앗겼다. 달빛 아래 피어난 꽃들이 숲 가득 만개해 장관을 이루고 있었다. 마치 숲 전체가 새하얀 꽃으로 가득 차 있는 느낌이었다.

"정말 아름다워요."

스텔라가 로이든을 돌아보았다. 그녀의 들뜬 모습을 보자, 로이든 역시 기분이 좋아졌다.

"너에게 꼭 보여주고 싶었어."

그의 말에 스텔라의 심장이 뜨거워졌다. 그가 이 숲을 발견하고 자신을 떠올렸다는 것이 기뻤다. 자신 역시 그랬다. 그와 모든 것을 함께하고 싶었다.

"고마워요, 로이든. 날 이곳에 데려와 줘서."

스텔라는 절실히 깨닫는 중이었다. 그가 자신에게 얼마나 소중한 존재인지를. 자신을 내려다보는 그의 눈동자에 가득 담긴 애틋함에 스텔라의 눈동자가 짙어졌다.

지금은 다 잊고 그와 함께 이 순간을 즐기고 싶었다. 자신의 출생과 그녀가 가진 힘이 그를 위험에 빠뜨릴 수 있다는 생각은 하고 싶지 않았다. 로이든과 레이첼을 구하고, 체스터 영지의 사람들이 평화롭게 살아가기 위해선 그를 떠나야 한다는 것 역시 지금은 잊고 싶었다.

리처드가 원하는 것 바로 그녀의 힘이었다. 다른 어떤 것도 아닌, 사람을 치유하는 그녀의 능력을 필요로 하고 있었다.

"스텔라, 여기야."

스텔라가 고갤 들자, 커다란 자작나무 아래 드리워진 그네가 있었다. 자작나무 주변은 은방울꽃으로 가득했고, 그네를 묶은 줄엔 새하얀 장미 넝쿨이 휘감겨 있었다. 스텔라가 천천히 그네가 있는 곳으로 다가갔다.

"이런 곳에 그네가 있다니. 정말 아름다워요."

"좋아하니 다행이야. 앉아봐."

로이든이 스텔라를 끌어당겨 그네에 앉혔다. 손을 뻗어 줄을 붙잡자, 로이든이 그네를 밀었다.

바람을 가르며, 밤의 숲을 향해 떠올랐다. 짙고 그윽한 장미향과 함께 달콤한 꽃 향이 스텔라가 일으키는 바람에 향기의 흩날리기 시작했다. 달빛에 만개한 흰 장미꽃이 보드라운 꽃잎을 떨며 흐드러졌다.

스텔라의 드레스 자락이 펄럭였다. 그러자 그녀의 아름다운 새하얀 다리가 달빛에 모습을 드러내며, 숲을 유혹했다. 스텔라는 즐거운 듯 발을 굴렸다. 밤의 자작나무 숲은 너무도 아름다웠고, 한 폭의 그림처럼 신비로웠다. 그리고 그 그림 속에는 여신처럼 아름다운 여인과 그 여인을 사랑한 신이 함께 있었다. 스텔라가 다시 숲을 향해 떠올랐다. 그러자 숲을 비추고 있는 달에게 가까이 다가갈 수 있었다.

"로이든, 우리 같이 타요."

스텔라가 로이든을 돌아보았다. 로이든이 손을 뻗어 그네를 멈춰 세웠다. 그리곤 그가 그네에 앉더니 그녀를 끌어당겨 안았다.

"날 단단히 붙잡도록 해."

스텔라가 그의 다리 위에 올라앉았다. 그녀의 등에 그의 단단한 가슴이 닿았고, 그녀의 엉덩이에 그의 아랫배가 닿았다. 생각해 보니 무척이나 음란한 자세란 생각이 들었다.

"뭔가 굉장히 섹시한 자세군."

로이든이 고갤 숙여 그녀의 귓가에 낮게 속삭였다. 그 역시 그녀와 똑같은 생각을 한 모양이었다.

"음란하군요. 이건 단순히 그네를 타는 것뿐이라고요."

"마주 보는 자세가 더 좋을 것 같긴 하군. 다릴 벌리고……."

"제발 그만 좀 해요."

스텔라가 얼굴을 붉히며 그의 입을 막았다. 그러자 로이든이 장난스럽게 웃더니, 그녀를 단단히 끌어안았다.

"그 자세는 다음으로 미뤄야겠군."

무척이나 아쉬운 모양이었다. 스텔라는 손을 뻗어 줄을 잡으려 했다. 그러자 로이든이 그녀의 손을 끌어다 그의 허리를 단단히 붙잡게 했다.

"걱정 마. 떨어뜨리진 않을 테니까."

그네가 움직이기 시작했다. 스텔라는 그의 품에 안겨 편안히 몸을 기댔다. 긴장을 풀자 그와 함께 그네를 타는 게 나쁘지 않다는 사실을 깨달았다. 고갤 돌려 그의 가슴에 뺨을 댔다. 그러자 그의 심장 소리가 들렸다. 그의 청량한 체취가 달콤한 숲의 향기와 섞여 그녀를 더욱 들뜨게 만들었다.

"기분 좋군. 그네가 이렇게 흥미로운 놀이란 걸 알았다면, 진즉에 타볼 걸 그랬어."

그네가 앞뒤로 움직이자, 두 사람의 몸 역시 움직였다. 의도했든 의도하지 않았든, 그네가 만들어내는 효과는 무척이나 음란했다. 순식간에 달빛이 스며든 숲은 두 사람이 만들어내는 관능적인 흔들림에 뜨거운 열기를 품기 시작했다.

"더는 안 되겠군. 그네는 다음에 더 타기로 하지."

로이든이 그네를 멈췄다. 그리곤 스텔라를 품에 안은 채, 오솔 길을 따라 숲을 빠져나오기 시작했다. 스텔라는 그에게서 떨어지지 않기 위해 그의 목에 힘껏 매달렸다.

"또 같이 와요."

스텔라가 그의 품에 얼굴을 묻으며 속삭였다. 그의 눈빛이 변했다. 스텔라를 바라보는 그의 눈동자가 애틋함을 품고 뜨거워져 있었다. 스텔라는 그의 품에 안겨 눈을 감았다. 그가 그녀에게 준 기뽐만큼 그에게 되돌려주고 싶었다. 감겨 있던 스텔라의 눈꺼풀이 밀려 올라갔다. 깊이를 알 수 없는 검은 눈동자에 로이든의 얼굴이 담겨 있었다.

"로이든, 당신은 참 좋은 사람이에요."

"난 너에게 좋은 사람이 아니라, 사랑하는 사람이 되고 싶군."

그가 묻고 있었다. 그를 사랑하냐고?

스텔라는 대답 대신 고갤 들어 그의 턱에 입을 맞췄다. 사랑하고 있었다. 온 마음을 다해. 더는 사랑할 수 없을 만큼, 그렇게.

오두막 안은 열기로 젖은 남녀의 거친 숨소리로 가득했다. 얽히듯 젖어드는 나른한 신음 소리가 연신 여린 입술을 뚫고 서로의 이름을 불렀다. 쾌락에 젖은 열기만큼이나, 스텔라의 등이 부러질 듯 날카롭게 휘기를 반복했다.

"하아, 하훗. 하학!"

"윽, 스텔라. 그렇게 조이면⋯⋯."

스텔라의 이름을 부르는 로이든이 거친 숨결이 유난히 뜨거웠다. 그의 손길이 그녀의 몸을 스칠 때마다 스텔라의 몸 역시 예민하게 반응하며 그 떨림이 잦아들지 않은 듯했다. 스텔라가 손을 뻗어 로이든의 등을 쓸어내렸다. 훅! 그가 거친 숨을 토해내며, 몸을 떨었다.

그의 손길에 반응하며, 허릴 비트는 스텔라의 모습은 숨이 막힐 정도로 관능적이었다. 사내의 손길을 알지 못하던 여인의 몸은 이제 쾌락에 반응하며 만개한 꽃처럼 활짝 피어났다.

"로이든, 하아. 원해요. 아무것도 생각할 수 없을 정도로……
안아줘요."

스텔라의 요구에 그가 거칠게 몸을 움직였다. 그리곤 검은 수풀
사이 질척하게 젖은 그녀의 밀지 안으로 자신을 힘껏 밀어 넣었
다.

"하아!"

스텔라의 입술 새로 나른한 신음이 새어 나왔다. 애액으로 젖은
밀부의 여린 속살이 바들바들 떨리며 깊게 들어온 그의 남성을 놓
지 않으려는 듯 안으로 빨아 당겼다. 그가 진퇴를 거듭하며, 그녀
의 안으로 파고들 때마다 그녀의 몸이 경련하듯 몸을 떨었다.

"스텔라, 날 봐."

감당할 수 없는 쾌락으로 거친 숨을 내쉬던 스텔라가 젖은 눈꺼
풀을 들어 그를 올려다보았다. 자신을 바라보는 로열 블루의 눈동
자에 자신이 담겨 있었다. 그가 주는 쾌락에 잔뜩 흐트러져 있는
자신의 모습이 마음에 들었다. 숨김없이 자신을 드러내며, 솔직하
게 그를 원하는 자신이.

"네 안에 내 씨를 뿌릴 거야. 네 뱃속에서 내 아이가 자랄 수 있
도록."

로이든이 손을 뻗어 그녀의 날씬한 아랫배를 어루만졌다. 마치
그녀의 안에 그의 아이가 자라고 있기라도 하듯 그의 손이 조심스
럽게 그녀의 배를 쓸었다.

갖고 싶었다. 그의 아이. 그와 자신을 닮은 아이를 품에 안고 젖
을 먹이며 그의 곁에 있고 싶었다. 그 모습을 떠올리자 심장이 꽉

조여들었다. 목이 꽉 막혀, 자신 역시 로이든의 아이를 원한다는 말을 하는 것조차 버거웠다. 행복했다. 눈물이 터져 나올 만큼 아렸고, 또 그의 사랑에 너무도 따뜻했다.

"당신을 닮았으면 좋겠어요."

어쩌면 이미, 그녀의 몸속엔 그의 아이가 자라고 있을지도 몰랐다. 초야를 지른 후, 지금까지 스텔라는 로이든에게 수없이 안겼다. 그에게 안기면서 한 번도 아이가 생길 것이란 생각은 해본 적 없었지만, 충분히 가능했다.

"안 돼. 난 널 닮은 아이를 원하거든."

"난 날 닮은 아이는 싫어요. 당신을 닮았으면 좋겠어요. 강하고, 믿음직스러운 당신처럼 멋진 기사가 되었으면 해요."

"난 널 닮아, 고집쟁이였으면 좋겠어. 널 닮으면 매 순간 눈을 뗄 수 없을 만큼 사랑스러울 거야."

"로이든⋯⋯."

"왜 우는지 모르겠군."

로이든이 손을 뻗어 스텔라의 눈가에 맺힌 눈물을 다정하게 닦아주었다.

"당신 때문이에요. 눈물을 닦아줄 사람이 있으니까, 눈물이 나요."

로이든이 옆에 없다면⋯⋯ 더는 눈물을 흘리지 않겠지. 닦아줄 사람이 없으니까.

"그럼, 참지 말고 울도록 해. 언제나 곁에 있다가, 네가 눈물을 흘릴 때마다 닦아줄 테니까."

또다시 눈물이 흘러내렸다. 차갑기 그지없는 검은 늑대가 검에 익숙한 손을 뻗어 서툴게 스텔라의 눈물을 닦아주었다. 그 손길이 얼마나 다정한지, 스텔라는 웃음을 터뜨렸다.

"울면서 웃다니. 웃는 것 역시 나 때문인 것이겠지?"

로이든의 물음에 스텔라가 고갤 끄덕였다. 그러자 로이든이 고갤 숙여 그녀의 젖은 눈가에 입을 맞췄다.

"하읏!"

그의 작은 움직임에 그를 품고 있던 내벽이 강하게 수축하며 그를 조였다. 순식간에 밀려든 쾌락에 두 사람의 입술에선 동시에 농밀한 신음이 새어 나왔다.

"사랑해, 스텔라."

그가 또다시 움직이기 시작했다. 스텔라는 재판장에서 처음 그를 보았을 때를 떠올렸다. 잘생기고 오만한 눈을 한 그가 차가운 얼굴로 그녀를 쏘아보고 있었다. 그런데 그런 차갑고 냉혹해 보이던 사내가 그녀를 안는 매 순간, 사랑을 고백했다. 온몸이 녹아내릴 만큼 달콤하게 말이다.

"로이든…… 하아."

'로이든…… 사랑해요. 사랑해요.'

스텔라의 거친 숨결 속에 그를 향한 마음이 녹아내렸다. 그가 그녀의 안에서 진퇴를 거듭하기 시작했다. 그녀의 안을 가득 채운 남성이 그녀의 예민해진 내벽을 쓸며, 지독한 열기를 만들어냈다. 그가 만들어낸 쾌락에 그녀의 내벽은 이미 애액으로 젖어 질척거렸다. 로이든의 격렬한 움직임에도 그를 충분히 받아들일 수 있을 만큼.

"욕심껏 내 것을 물고 놓아주지 않고 있군."

로이든이 그의 남성을 끝까지 품고 떨고 있는 그녀의 밀부를 내려다보았다. 애액으로 젖은 그녀의 여린 속살이 움찔움찔 떨리는 것이 보였다. 지독한 열기였다. 몸속을 채운 피가 뜨겁게 반응하며, 요동치고 있었다. 아마 스텔라의 눈빛이 달라져 있기 때문인 듯했다.

자신을 올려다보는 눈동자에 담긴 감정은 분명 사랑이었다. 또한 그의 움직임에 반응하는 그녀의 몸짓, 그리고 예민하게 반응하는 그녀의 표정 모두 그렇게 말하고 있었다.

그 눈빛에 로이든의 몸은 평소보다 더 뜨겁고 격하게 반응하고 있었다. 미칠 것 같은 쾌락에 정신이 나가 버릴 만큼 좋았다. 사랑하는 여인을 품는 행위는 그렇게 그에겐 지독한 기쁨이었다.

로이든이 스텔라의 가슴을 그러쥐었다. 그리곤 혀로 붉은 정점을 쓸며, 핥기 시작했다. 예민해진 가슴이 그의 집요한 애무에 단단해졌다.

"하아, 흐읏!"

아랫배에 밀려드는 짙은 쾌락에 그의 남성을 품은 스텔라의 몸이 나른하게 비틀렸다. 버겁게만 느껴지던 그의 일부가 이젠 그녀의 내벽을 쓸고 지나갈 때마다 지독한 쾌락에 몸을 떨게 만들었다. 젖은 숨결이 로이든이 귓불을 스쳤다. 연신 울음 섞인 신음 소리를 흘리던 스텔라가 진저리를 치며 허릴 비틀었다.

온몸의 떨림이 멈추지 않을 만큼 좋았다. 스텔라는 격한 쾌락에 허릴 비틀었다. 너무도 좋았다. 그의 품에 안겨 온몸으로 그를 느끼는 지금이 너무 행복했다. 음란한 여인처럼 그의 남성을 조이며 몸을 떠는 자신이 낯설었지만, 스텔라는 멈추고 싶지 않았다.

가능한 한 깊고 오래 그를 자신의 몸에 새겨 넣고 싶었다. 그녀의 온몸으로 그를 기억하고 싶었다. 자신의 몸을 보며 그를 떠올릴 수 있도록 그를 욕심껏 삼키기 위해 몸을 열었다.

"하아, 스텔라. 오늘은 유난히…… 적극적이군."

평소 그가 주는 쾌락을 받아들이는 것만으로 벅차하던 스텔라가 적극적으로 그를 받아들이며 허릴 움직이자 로이든이 장난스럽게 속삭였다. 그러자 스텔라가 로이든을 그윽한 눈동자로 올려다보았다.

"사랑해요, 로이든."

순간 장난스럽게 웃던 로이든의 얼굴이 그대로 굳어버렸다. 멍한 채 그녀를 내려다보던 그의 눈동자가 짙어지더니, 감정을 주체할 수 없는 듯 묘한 표정이 되었다.

"다시 한 번, 다시 한 번만 더 말해줘."

스텔라가 손을 뻗어 그의 목덜미에 감았다. 그리곤 그를 끌어당기면, 낮게 속삭였다.

"사랑해요, 로이든."

그의 머리 위로 달빛이 쏟아져 내리고 있었다. 두 사람은 오두막 창문을 통해 들어오는 달빛을 받으며, 사랑을 나누는 중이었다. 그 어느 때보다 격렬하게 서로를 품고 짙은 쾌락에 몸을 떨고 있었다.

그녀의 계획대로. 스텔라는 로이든에게 사랑을 고백했다.

그런데, 왜 이리 슬픈 걸까? 왜 이리 지독히도 가슴이 아린 걸까? 스텔라는 눈을 꼭 감았다. 어쩌면…… 이것이 그녀의 처음이자 마지막이 될지도 모를 고백이었다. 국왕에게 가기로 스텔라는 마음을 굳혔다. 그가 살기를 원했다. 자신보다, 그가……. 그리고 그를 기다리고 있는 체스터 영지의 사람들도.

스텔라는 천천히 눈을 감았다 떴다. 그리곤 똑바로 그를 응시했다. 다신 할 수 없을지도 모른다는 생각하자, 스텔라는 파르르 떨리는 입술을 열어 다시 한 번 고백했다.

"사랑해 줘요, 로이든. 머릿속이 새하얗게 변할 때까지, 사랑해 줘요."

그녀의 속삭임에 로이든이 이성의 끈을 놓았다. 오직 그녀의 안에 자신을 묻으며, 등줄기를 타고 흐르는 쾌락에만 몰두하기 시작했다. 그가 쾌락을 쫓아 그녀의 안을 파고들 때마다, 두 사람의 몸은 더욱 단단하게 하나로 얽혀들었다. 절대 떨어지지 않으려는 듯 두 사람의 몸은 한 치의 틈도 없이 서로를 품었다. 쾌락의 정점, 그 지독한 열기에 다다른 두 사람의 몸이 격렬하게 떨리기 시작했다. 그리고 로이든은 그녀의 안에 약속대로 그의 씨앗을 토해냈다. 두 사람을 닮은 아이. 그 행복하고 애틋한 희망을 품고서 스텔라를 꼭 끌어안았다.

15

마상 시합의 결승전이 있는 날이었다. 검은 늑대의 팔을 장식한 티핏이 바람이 흔들렸다. 종자인 제레미의 도움을 받아 말에 오른 로이든은 냉혹한 얼굴로 관중석 중앙에 앉아 있는 국왕 리처드를 쏘아보았다. 리처드 역시 로이든의 시선을 느낀 듯 그를 바라보고 있었다.

어젯밤 레이첼을 구하기 위해 검은 늑대의 기사들은 두 무리로 나뉘어 출발했다. 대장장이 존슨은 두 개의 마차에 무기를 나누어 실은 후, 이틀 전 미리 출발한 상태였다. 분명 존슨은 무기를 실은 마차를 국왕에게 빼돌렸을 테지만, 그건 문제가 되지 않았다.

런던 외곽에서 검은 늑대의 기사들은 전 대장장이였던 빅터가 만든 견고하고 예리한 무기를 들고 레이놀즈를 기다리고 있었다. 그리고 존슨과 함께 국왕의 사냥터로 간 기사들은 지금껏 그를 속여온 국왕의 첩자인 존슨을 붙잡아 오는 것이 진짜 임무였다.

부우웅! 부우우우우웅!

마상 시합의 결승전을 알리는 뿔피리 소리가 런던을 울렸다. 그러자 검은 늑대 로이든 체스터와 왕실 기사단의 사이먼이 말고삐를 잡아당겨 천천히 시합장 안으로 들어섰다. 그러자 관중석을 가득 메운 구경꾼들의 시선이 일제히 두 사람에게 향했다.

로이든은 시합장 안으로 들어서자마자 고갤 돌려 스텔라를 찾았다. 수천 명이 모여 있는 경기장 안이었지만, 그는 한눈에 스텔라를 찾을 수 있었다. 푸른색 드레스를 입고 올곧고 아름다운 모습으로 그를 바라보고 있었다.

로이든은 말고삐를 잡아당겨 스텔라가 있는 곳으로 향했다. 그러자 관중들의 시선 역시 로이든과 함께 움직였다.

"검은 늑대의 신부다."

관중들 중 누군가 소리쳤고, 그 외침에 관중들의 시선이 일제히 스텔라에게 향했다. 아름답고 당당한 스텔라의 모습은 수많은 사람들 가운데 고고하게 빛나는 빛 같았다. 로이든에게 스텔라 마리스 체스터가 그의 인생의 길잡이가 되어주는 스텔라 마리스(바다의 별), 북극성이듯 지금 그녀를 바라보는 사람들의 눈에도 스텔라는 사람들의 마음을 사로잡는 별처럼 반짝였다.

"스텔라."

로이든이 스텔라를 부르며 그녀 앞에 섰다. 흔들림 없이 강직한 잉글랜드 최고의 기사, 검은 늑대. 그 검은 늑대의 눈빛이 오롯이 그가 사랑하는 여인인 스텔라에게 향해 있었다.

"사람들이 우릴 보고 있어요."

"알아. 자랑하고 싶었거든. 네가 나, 검은 늑대의 신부라는 걸."

그의 말에 스텔라의 입가에 미소가 떠올랐다.

"이젠 제가 기분 좋아할 말도 아무렇지 않게 말하게 되었군요."

"난 진심이야. 하지만 네가 좋다니, 나도 좋군."

로이든이 손을 내밀었다. 그러자 스텔라가 천천히 자리에서 일어나 그의 손을 잡았다.

아름답고 신비로운 외모의 숙녀와 용맹하고 잘생긴 잉글랜드 최고의 기사.

두 사람을 지켜보는 관중들의 눈엔 부러움과 선망으로 가득했다. 이미 두 사람은 마상 시합의 결승전이 시작되기 전부터, 시합장의 중심이 되어 서 있었다.

"기사 사이먼. 그대도 앨리샤 공주 앞에 서라."

두 사람을 마땅찮은 듯 쏘아보던 리처드가 자리에서 일어섰다. 그리곤 멀뚱히 서 있는 사이먼을 불렀다. 기사 사이먼이 리처드의 명령에 앨리샤 공주 앞으로 말을 몰고 왔다. 어쩔 수 없이 앨리샤 역시 자리에서 일어나 사람들 앞에 서야 했다.

"두 명의 기사와 아름다운 두 명의 숙녀군. 기대되는군. 누가 잉글랜드 최고의 기사가 될지 짐은 기대가 크다."

리처드의 말에 스텔라가 로이든의 손등에 입을 맞췄다. 자신을 섬기는 기사가 이 시합에서 우승하길 기원하는 숙녀의 모습에 사람들의 눈빛이 흥분으로 가득했다. 그것을 지켜보던 앨리샤 역시 사이먼의 손에 건성으로 입을 맞추기 위해 고갤 숙였다. 하지만 그때, 우악스러운 남자의 손이 앨리샤의 허릴 붙잡더니 앨리샤의 입술에 키스를 했다.

순식간에 흥분에 찬 환호성이 쏟아져 나왔다. 사이먼은 앨리샤를 내려놓고는 환호하는 관중들을 향해 손을 들어 보였다. 하지만 정작 사이먼의 키스를 받은 앨리샤는 졸도 직전인지, 의자에 쓰러지듯 주저앉는 것이 보였다.

"제대로 인연을 만났군."

"그렇군요. 무척이나 저돌적인 기사예요. 참, 로이든. 티핏이 잘 어울리는군요."

"다시 묶어주겠어? 시합 중에 풀리지 않도록."

로이든이 스텔라에게 팔을 뻗었다. 그러자 스텔라가 그의 팔에 묶어놓았던 티핏을 풀어 다시 단단히 묶었다. 두 사람을 잇는 끈이 절대 풀어지지 않도록.

"스텔라, 오늘 밤 자정이야."

로이든이 그녀의 손등에 입을 맞추며, 낮게 속삭였다. 그리곤 말고삐를 당겨, 시합장으로 돌아가기 시작했다. 두 명의 기사들이 다시 시합장에서 마주 보며 섰다.

환호하던 관중들 사이에도 팽팽한 긴장감이 서렸다. 이번 결승전은 말 위에서 벌이는 창 시합뿐만 아니라, 지상에서 검으로도 대결을 벌였다. 전쟁터에서 적을 죽이며 승리를 이끌었던 용맹한 기사들인 만큼 어쩌면 누군가의 심장을 찌른 후에야 마상 시합의 우승자가 결정될 수도 있었다. 그래서인지 사람들은 숨도 쉬지 못한 채, 두 사람을 응시했다.

로이든은 창을 들고 서 있는 기사 사이먼을 싸늘한 눈으로 쏘아보았다. 사이먼 역시 로이든을 바라보는 눈빛이 심상치 않았다.

"폐하께서 허락하셨다. 우승을 위해 검은 늑대의 심장을 찔러도 상관없다고."

그 말에 로이든의 입술이 차갑게 비틀렸고, 창을 든 로이든의 눈동자에 처음으로 살기가 어렸다.

전쟁터 한가운데 서 있던 검은 늑대. 적은 물론 함께 싸우는 기사들에게도 두려움의 존재였던 전설의 기사였던 그의 모습이 처음으로 사람들 앞에 모습을 드러낸 것이다. 그가 뿜어내는 지독한 카리스마에 마상 시합장은 숨 막힐 것 같은 살기로 가득 차기 시작했다. 의기양양한 표정으로 로이든을 바라보던, 기사 사이먼의 표정 역시 두려움이 드러났다.

그 순간, 사이먼은 똑똑히 깨달을 수 있었다. 자신은 검은 늑대의 상대가 되지 못한다는 사실을. 지금껏 그가 시합에서 보여준 모습은 그가 가진 힘의 극히 일부일 뿐이란 사실을 그제야 깨달았다.

"폐하의 개라면, 절대 봐줄 생각 없다. 각오하는 게 좋을 것이다."

냉기 어린 목소리가 날카로운 검이 된 듯 사이먼의 심장을 찔렀다. 그 서늘함에 전쟁에 익숙한 사이먼도 두려울 정도였다. 그렇게 두 사람이 서로를 향해 창을 든 채 말을 달리기 시작했다. 드디어 국왕이 주최한 마상 시합의 결승전이 시작된 것이다.

웨일스의 국경을 넘기 전, 기디언은 말을 멈춰 세웠다. 지친 표정이 역력한 기사들을 돌아보며, 기디언 역시 미간을 찌푸리며 한숨을 내쉬었다. 그리곤 금방이라도 말에서 졸다 떨어질 것 같은 기사들을 향해 명령했다.

"해가 지면, 국경을 넘을 것이다. 그러니 그전까지 쉬도록 해."

기디언의 명령이 떨어지자마자, 기사들은 쉴 곳을 찾아 움직이기 시작했다. 사흘 동안 쉬지도 않고 달려왔기 때문인지 기사들에게 필요한 것은 음식이 아니라, 잠이었다. 밤이 되려면 아직 시간이 남아 있었기 때문에 기사들은 하나같이 잠을 청할 곳을 찾는 듯했다.

"국경을 넘게 된 순간부터, 휴식은 없습니다. 그러니 쉴 수 있을 때 잠을 청하는 것이 좋을 겁니다."

기디언의 말에 레이첼이 쓰고 있던 후드를 벗었다. 그러자 지친 기색이 역력한 레이첼의 얼굴이 드러났다. 체력이 좋은 기사들도 지치게 할 만큼 강행군이었다. 아마 어린 숙녀인 레이첼에겐 참기 힘든 고통이었음을 충분히 짐작할 수 있었다.

"잠이 오지 않을 것 같군요. 이유도 없이 납치되어 온 날부터 제게 휴식은 없었거든요."

"제게 동정심을 기대하는 것이라면, 소용없는 일입니다."

"동정심이라니. 저에 대해 아무것도 모르시군요. 전, 그 누구에게도 동정받을 만큼 불쌍하지 않습니다. 특히 이성적이지 못한 간악한 국왕의 개에겐 더더욱."

레이첼은 여전히 흔들리지 않는 눈빛으로 기디언을 바라보고 있었다. 볼수록 정말 독특한 숙녀였다. 금방이라도 쓰러질 것 같은 여린 외모와는 달리 그녀가 뿜어내는 힘은 가히 기사 못지않았다. 여인이라는 것이 아까울 정도로 용기가 있었고 이성적이었다. 지성과 판단력이 있는 숙녀라니. 기디언은 지금까지 레이첼 같은 숙녀는 본 적이 없었다.

"말을 삼가는 게 좋을 겁니다. 이곳엔 폐하의 기사들로 가득하니까요."

기디언의 경고에 레이첼의 입매가 굳어졌다. 그리곤 지금까지 그래왔던 것처럼, 약한 모습은 찾아볼 수 없을 만큼 서늘한 얼굴을 했다. 레이첼은 힘들다는 불평 한마디 없이 이곳까지 왔다. 지금 생각해 보니 자신의 행동이 그녀의 오라버니인 로이든 체스터에게 피해가 될까 걱정하기 때문인 듯했다.

"절 따라오십시오."

기디언이 말에서 내려와 앞서 걷기 시작했다. 그러자 레이첼 역시 말에서 내려왔다.

"아얏!"

사흘 동안 쉴 새 없이 말을 타서인지, 레이첼은 땅에 발을 내딛는 순간 무너지듯 바닥에 주저앉았다. 그녀의 비명에 놀란 기디언이 재빨리 레이첼에게 다가와 그녀의 팔을 붙잡았다.

"고마워요. 이젠 괜찮아요."

레이첼이 기디언을 밀어냈다. 하지만 기디언은 표정 없는 얼굴로 레이첼을 보더니 그녀의 고집에 졌다는 듯 한숨을 내쉬었다.

"잠시, 실례하겠습니다."

그 말과 함께 기디언이 두 팔로 그녀를 번쩍 안아 들었다.

"지금 뭐 하는, 당장 내려주세요."

"걷지 못하시지 않습니까? 이 편이 훨씬 합리적이니, 불편하시더라도 참으십시오."

기디언의 말에 레이첼이 입을 꼭 다물었다. 그의 말처럼 다리에 힘이 풀려 걸을 자신이 없었던 것이다. 어쩔 수 없이 기디언의 품에 안긴 채, 레이첼은 어디론가 가기 시작했다.

그러는 동안 레이첼은 바로 눈앞에 있는 기디언의 얼굴을 찬찬히 살펴보았다. 반듯한 이마와 귀족으로서의 긍지가 느껴지는 높고 곧은 콧날. 그리고 단호하리만치 차가운 입매까지. 만약 사교계에서 그를 보았다면, 잘생겼다며 호들갑을 떨었을 그런 외모였다. 아니, 그에게 첫눈에 반할 만큼 그녀가 선호하는 얼굴이었다.

하지만 유감스럽게도 지금 레이첼에게 기디언은 잘생긴 귀족 사내가 아니라, 자신을 감시하고 납치한 적일 뿐이었다.

"저희 오라버니께서 달링턴 백작님의 반역에 가담하셨다고 생각하시나요?"

불쑥 뱉어낸 레이첼의 질문에 기디언의 미간이 살짝 찌푸려졌다. 하지만 이내 자신의 감정을 숨기듯 평소의 차가운 모습으로 되돌아와 있었다.

"제 생각은 중요하지 않습니다. 왕의 기사로서 폐하의 명을 따를 뿐이니까요."

기디언의 대답에 레이첼이 실망한 듯 입꼬리를 내렸다.

"정말 주인의 말에 충성하는 개였군요. 기디언 님이라면 조금 다를 것이라고 기대했었던 모양입니다. 제 마음이 이렇게 실망스러운 것을 보면요."

"개라는 표현, 몹시 불쾌합니다."

"불쾌하시더라도, 전 절대 취소하지 않을 겁니다. 전, 오라버니께서 반역죄에 가담했다는 어이없는 이유로 폐하의 볼모가 되어야 했습니다. 석 달이 넘는 시간 동안, 충분히 이성적으로 생각할 시간이 있었고, 제가 내린 결론은 하납니다. 폐하께서 잘못된 선택을 하셨다는 겁니다. 그런데 제가 그런 표현조차 하면 안 되는 건가요? 전 충분히 비난할 자격이 있다고 생각하는데요?"

"정말 로이든 체스터 백작님을 믿으시는 겁니까?"

"폐하를 믿는 당신보다 더요. 아니, 제 자신보다 더 믿고 있습니다. 기디언 님께서도 사실은 의심하고 계시지 않나요? 폐하의 성정을 너무도 잘 알고 계실 테니까요."

레이첼이 기디언의 머릿속을 들여다보기라도 한 듯 그가 의구심을 품고 있는 부분을 정확히 꼬집었다. 기디언이 고갤 숙여 그를 똑바로 응시하고 있는 푸른 눈동자를 내려다보았다. 정말 똑똑한 여인이었다. 아니, 모든 사건을 정확하게 볼 줄 아는 통찰력이 뛰어난 것 같았다.

그런데 참 이상했다. 그 순간 이 맹랑한 숙녀에게 키스하고 싶어졌다. 정말 미친 생각이었지만, 예쁘다는 생각이 들었다.

"제 말이 맞는 모양이군요."

"의구심을 갖고 있는 것은 사실입니다. 하지만 폐하를 뵙고, 그 답을 정확히 들을 때까진 제 생각은 유보할 생각입니다."

기디언이 레이첼을 바위 위에 내려놓았다. 커다란 나무 아래라, 기대 쉬기엔 적격인 장소였다.

"여기까지 데려다 줘서, 고맙습니다."

레이첼이 나무에 몸을 기대며, 말했다. 그와는 더는 얘기하고 싶지 않다는 듯 눈을 감는 레이첼을 보며, 작게 한숨을 내쉬었다. 자신의 대답이 마음에 들지 않는 모양이었다. 하지만 기디언은 그런 레이첼에게서 눈을 뗄 수가 없었다. 그렇게 말없이 레이첼을 응시하고 있던 기디언이 한 발짝 뒤로 물러섰다.

"가까이에 있겠습니다. 필요한 것이 있다면, 절 부르십시오."

기디언이 몸을 돌려 걸어가기 시작했다. 그때, 레이첼이 머뭇거리며 입을 열었다.

"저기……."

"말씀하십시오."

"씻고 싶은데, 가능할까요? 국경만 지나면, 런던이라고 들었습니다. 이 꼴로 런던에 갈 순 없습니다."

기디언이 수도사 복장의 레이첼을 바라보았다. 그의 눈엔 아무런 장식도 없는 거친 옷을 입고 있는데도 레이첼은 아름다웠다. 뭔가 다른 것이 필요하지 않을 만큼 충분히. 하지만 그가 알기론 숙녀들은 자신들의 외모를 치장하는 일에 많은 시간을 들인다고 했었다. 아마 레이첼 역시 그런 모양이었다.

"이곳에서 물을 찾는 건 힘든 일입니다."

기디언이 단호하게 그녀의 부탁을 거절했다. 그리곤 자릴 뜨는 기디언을 보며, 레이첼이 허릴 곧게 펴고 자세를 바로 했다. 지친 듯 보이던 레이첼의 얼굴이 언제 그랬냐는 듯 단호해져 있었다.

"어떻게든 저자의 눈을 묶어둘 시간이 필요한데, 어쩌지?"

오라버니인 로이든이 보낸 편지엔 웨일스의 국경을 넘는 날이라고 적혀 있었다. 오늘 밤이었다. 오늘 밤, 로이든이 그녀를 구하기 위해 오기 전 이들을 따돌려 도망쳐야 했다. 레이첼은 멀어져가는 기디언의 넓은 등을 바라보았다. 하지만 이내, 단호한 눈빛으로 고갤 돌렸다. 그리곤 휴식을 위해 눈을 감았다. 체력을 비축해야 했던 것이다.

마상 시합이 시작된 순간, 스텔라에게 쪽지 하나가 전해졌다. 당연히 리처드에게서 온 것이라고 생각했지만, 그 쪽지는 다름 아닌 왕비 마가렛이 보낸 것이었다. 마상 시합을 다 보지도 못한 채, 스텔라는 사람들의 눈을 피해 경기장을 나왔다.

그러자 그녀를 기다리고 있던 시녀 하나가 그녀를 어디론가 데리고 갔고, 그곳엔 왕비 마가렛이 스텔라를 기다리고 있었다.

"왕비님을 뵙습니다."

스텔라가 마가렛에게 예를 갖췄다. 하지만 초조한 듯 손톱을 물어뜯고 있던 마가렛은 스텔라를 보자마자, 그녀의 손을 붙잡았다. 마가렛의 갑작스러운 행동에 스텔라의 눈빛이 미묘하게 변했다. 해쓱해진 얼굴하며, 눈가에 드리워진 검은 그림자가 그동안 마가렛이 잠을 제대로 자지 못했음을 말해주고 있었다.

"당신이 스텔라군요. 나와 갈 데가 있는데, 가줄 수 있을까요?"

부탁하고 있었지만, 마가렛의 강경한 태도로 보건대 그녀의 거절을 받아들이지 않을 것처럼 보였다. 사실 강경한 태도 역시 절박함에서 나오는 모습인지 스텔라를 바라보는 마가렛의 눈동자는 절망 속에서 마치 희망을 발견한 사람처럼 보였다.

"로이든이 찾을 겁니다."

"제가 체스터 백작의 막사로 사람을 보내겠습니다. 그러니, 부탁할게요."

금방이라도 눈물을 떨어뜨릴 듯 마가렛의 눈동자에 눈물이 차올랐다. 남편인 국왕 리처드와는 달리 마가렛은 무척이나 마음이 여린 성품인 듯했다. 아마 스텔라를 이렇게 만나러 온 것 역시 리처드에겐 비밀인 것 같았다.

"폐하께선······."

"폐하께선 내가 스텔라를 만나는 걸 모르십니다. 아마, 화를 내시겠지요. 하지만 어쩔 수가 없어요. 내가 더는······ 두려워서 참아내기가 힘이 들거든요."

스텔라는 마가렛을 향해 고갤 끄덕였다.

"함께 가겠습니다. 그러니 안심하십시오, 왕비님."

스텔라의 대답을 듣고서야 마가렛은 그녀의 손을 놓아주었다. 그리곤 어깨에 둘렀던 숄로 얼굴을 가린 후, 앞장서 걷기 시작했다. 스텔라 역시 시녀가 건넨 숄로 얼굴을 가렸다. 그리곤 마가렛과 시녀를 따라 걸음을 재촉하기 시작했다.

잠시 후, 궁에 도착한 스텔라 일행은 시녀의 안내를 받아 궁의 가장 안쪽에 자리한 태자가 머물고 있는 건물로 향했다. 잉글랜드의 다음 국왕이 될 에드워드가 머무는 궁이었다. 하지만 이상하리만치 궁 안은 조용했고, 궁을 오가는 시녀 또한 찾아보기 어려웠다.

"여기서부터는 단둘이 들어갈게."

마가렛의 말에 나이든 시녀가 고갤 끄덕였다. 그리곤 스텔라에게 고갤 숙여 인사를 한 다음 서둘러 자릴 떴다.

"이쪽으로 와요, 스텔라."

마가렛이 스텔라를 재촉했다. 스텔라는 마가렛을 따라 궁 안으로 들어갔다. 이상했다. 궁 안으로 들어가는 모든 문들이 굳게 닫혀 있었던 것이다. 뭔가를 꽁꽁 숨기기라도 하듯이. 그렇게 열 개가 넘는 문을 열고 안으로 들어간 마가렛이 갈색의 마호가니 문 앞에 멈췄다.

긴장이 되는지 잔뜩 굳은 얼굴로 마가렛이 스텔라를 돌아보았다. 그리곤 초조함을 더는 숨기지 못하겠다는 듯 주먹을 꼭 쥐곤 말을 했다.

"폐하께 들었어요. 스텔라, 당신은 에드워드를 치료할 수 있다고. 폐하께선 강제로 당신에게 에드워드를 치료하게 할 생각인 모양이지만, 난……. 당신에게 부탁하고 싶어요. 내 아들을 살려줘요. 당신도 혼인을 해서 알 거예요. 어머니에게 자신의 자식이 얼마나 소중한 존재인지를."

마가렛의 말에 스텔라의 얼굴이 싸늘하게 굳어졌다. 그리곤 냉정한 얼굴로 마가렛을 바라보여 입을 열었다.

"하지만 폐하께선 제 아버님을 반역 죄인으로 몰아 처형하셨습니다. 지금은 제 남편의 여동생을 볼모로 붙잡고, 절 협박하고 계시구요. 그런데 제가 왕비님의 부탁을 들어드려야 합니까? 왕비님의 아들이시지만, 절 겁박하는 폐하의 아들이시기도 하신 분을요."

스텔라의 목소리는 고요했지만, 너무도 또렷했다. 마가렛은 절망적인 얼굴로 스텔라를 바라보았다. 차분한 목소리로 거절을 말하는 스텔라에게 다시 부탁하지도, 그렇다고 리처드처럼 협박하지도 못한 채 서 있었다.

"폐하께선…… 나도 잘 모르겠어요. 왜 달링턴 백작님을 죽이셨는지. 그리고 왜 스텔라 당신을 겁박하고 위협하는지도. 하지만…… 내가 이렇게 부탁하면 안 될까요? 사과하면 안 되나요, 스텔라?"

지금 스텔라 앞에 서 있는 왕비 마가렛은 잉글랜드 왕비가 아닌, 한 아이의 어머니일 뿐이었다. 그 모습에 스텔라는 안타까움에 마음이 아팠지만, 리처드를 용서할 수 없었다.

"약속드릴 수는 없습니다. 하지만 안으로 들어가, 에드워드 님을 봬도 되겠습니까?"

스텔라의 말에 마가렛이 고갤 끄덕였다. 그리곤 서둘러 방문을 열고 안으로 들어갔다. 방은 어두웠다. 마치 죽음의 그림자가 드리워진 것처럼, 습하고 어두웠다. 마가렛이 창으로 다가가 서둘러 커튼을 열었다. 그러자 창문을 통해 들어온 빛이 방의 가운데에 놓여 있는 침대를 비췄다.

"폐하께서 아무도 방에 들이지 못하게 하셨습니다. 그리고 창문을 잠그셨고, 하루 종일 커튼을 열지 못하게 하셨어요."

마가렛은 햇빛을 보지 못해 창백해진 에드워드의 얼굴을 안타까운 눈으로 내려다보았다.

"어디가 아프신 건가요?"

"왕실 소속 의사는 병명을 알지 못한다고 하더군요. 하지만 폐하께선 알고 계신 듯했어요. 폐하께서 에드워드와 같은 나이였을 때, 똑같은 병을 앓았다가 완치되었다고 하셨거든요."

마가렛의 말에 스텔라가 천천히 침대로 다가갔다. 손을 뻗어 에드워드의 이마를 어루만졌다. 그러자 고통스럽게 일그러졌던 소년의 표정이 조금 부드러워지더니, 천천히 눈을 떴다.

"하아, 어머니……."

에드워드가 마가렛을 불렀다.

"그래, 에드워드. 나야, 내가 왔단다. 내 아이, 눈을 떴구나."

마가렛이 침대에 무릎을 꿇고 앉아 에드워드의 손을 붙잡았다. 그리곤 그의 손등에 입을 맞추며 눈물을 흘렸다.

"유전병인 모양이군요."

스텔라가 확신에 찬 목소리로 말했다. 그러자 마가렛은 아무런 부인도 하지 않았다. 스텔라가 에드워드의 이마에서 손을 뗐다.

"하아, 아파요. 아파요, 어머니. 제발, 아프지 않게 해주세요."

또다시 고통을 호소하는 에드워드를 보며, 마가렛은 눈물만 흘릴 뿐이었다.

그때 쾅, 소리와 함께 닫혀 있던 에드워드의 방문이 거칠게 열렸다. 그리곤 잔뜩 화가 난 얼굴의 리처드가 방 안으로 들어오는 것이 보였다.

"폐하! 여긴 어떻게?"

마가렛이 놀란 표정으로 바닥에서 일어섰다. 하지만 리처드의 시선은 에드워드 옆에 서 있는 스텔라에게 향해 있었다.

"감히, 감히······."

"접니다. 제가 스텔라를 이곳으로 데려왔습니다. 폐하께서 에드워드를 살릴 수 있는 유일한 자가 스텔라라고 하시기에······."

마가렛이 리처드의 앞을 막아섰다. 그러자 리처드가 거칠게 마가렛을 옆으로 밀친 후, 스텔라 앞에 섰다.

"모든 걸 다 알았다고 해도 상관없다. 어차피 내 손엔 로이든과 레이첼이 있으니까. 로이든 체스터를 붙잡는 것 역시 쉬운 일이야. 지금 그의 곁엔 아무도 없거든. 어리석게도 기사들을 모두 여동생에게 보내버리다니. 혼자서 뭘 할 수 있다는 건지, 정말 어리석기 짝이 없는 자다. 네가 사랑하는 검은 늑대는."

리처드가 로이든을 비웃으며, 잔인하게 웃었다. 그 모습에 스텔라의 표정이 싸늘하게 굳어졌다.

"유전병이라면, 제 어머니께서 폐하를 치료하신 건가요?"

순간 로이든을 비웃던 리처드의 얼굴이 굳어졌다. 그리곤 침대에 쓰러져 울고 있는 왕비 마가렛을 쏘아보았다.

"이 멍청한……."

"왕비님께 화를 내실 필요 없습니다. 이미, 알고 있었던 사실이니까요. 하지만 몰랐군요. 가장 순수하고 무결점이라고 일컬어지는 왕실의 피가 이미 유전병으로 죽어갈 정도로 변해 있었다니. 그것을 감추고 싶어서였습니까?"

내 어머니를 자살로 몰고 간 이유가? 죽음을 강요한 이유가 그 하찮은 것이었습니까?

스텔라가 분노로 떨려, 리처드를 쏘아보았다. 스텔라는 리처드의 이기심에 치가 떨렸다. 감히, 자신을 살려낸 내 어머니를 죽게 만들다니.

"내가 강요한 것이 아니다. 그분 역시, 우릴 속였어. 감히 잉글랜드를 상대로 그런 여인을……."

리처드는 순간 입을 다물었다. 왕가의 혈족에 마녀의 피를 지닌 자가 있다는 사실은 절대 알려져서는 안 될 금기였다.

잉글랜드의 왕가는 정통성과 가장 깨끗한 혈족이란 긍지로 이루어진 집단이었다. 그런 고귀한 피 속에 마녀의 더러운 피를 가진 여인이 왕비였단 사실은 혈족의 정통성을 부인하는 것이나 다름없었다.

"정말 이기적이시군요. 폐하뿐만 아니라, 이 왕실 자체가 말입니다."

스텔라는 리처드가 쏟아내지 못한 말이 어떤 것인지 짐작할 수 있었다. 프랑크 왕국의 제1황녀였던 샤론이 마녀의 힘을 갖고 있으리라곤 전혀 예상치 못했던 일이었을 게 분명했다. 하지만 스텔라의 아버지이자, 전 국왕이었던 에드먼드 튜터는 샤론과 사랑에 빠졌고 그런 사실을 알았다고 해도 중요하게 생각하지 않았던 게 분명했다. 이미 자신의 비인 샤론을 목숨보다 더 아끼고 사랑했을 테니까.

하지만 불행은 에드먼드 튜터가 해리온 전투에서 전사하면서 벌어졌다. 누군가 샤론이 가진 특별한 힘을 알게 되었고, 그 힘으로 리처드를 살렸다. 그리고 샤론은 리처드를 살려낸 대가로 목숨을 잃어야 했던 것이다.

"제가 그런 운명이라고 하셨던가요?"

왕위를 계승하지 못하는 운명. 그건 자신이 샤론의 피를 물려받았기 때문이었다. 잉글랜드의 왕실에서 금기시하는 순혈의 혈통이 아니기 때문이었다.

"그래. 넌 절대 가질 수 없어. 내 것이고, 또 내 아들의 자리니까."

리처드의 더러운 탐욕에 스텔라의 입가가 비웃음으로 비틀렸다. 원래대로라면 리처드 자신 역시 유전병으로 왕좌에 오를 수 없었다는 사실을 잊고 있는 모양이었다.

"제가 예언하건대, 폐하와 폐하의 자녀 중 누구도 살아남지 못할 겁니다. 절대로 잉글랜드의 왕가를 계승하는 이 또한 없을 겁니다."

스텔라의 저주에 리처드의 눈동자가 광기로 번뜩였다.

"감히 저주를 퍼붓다니. 마지란과 똑같이 날 저주하다니. 죽여 버릴 테다. 널! 스텔라 널!"

리처드가 순식간에 다가와 스텔라의 목을 졸랐다. 그의 손이 그녀의 가느다란 목을 꽉 조이며, 당장에라도 부러뜨릴 듯 힘을 가해왔다.

"날 죽이면, 에드워드 역시 죽을 겁니다."

숨이 막혀왔다. 지독한 아픔과 숨을 쉬지 못한다는 공포가 그녀를 덮쳤다. 하지만 스텔라는 그에게 목을 졸리는 가운데에도 흔들림 없는 눈빛으로 리처드를 쏘아보고 있었다. 죽음 따윈 그녀에게 중요하지 않다는 듯.

그때였다. 리처드가 스텔라의 목을 조르는 걸 본 마가렛이 미친 듯이 리처드를 잡아당겼다.

"안 됩니다, 폐하. 안 돼요. 살려주세요. 스텔라가 죽으면, 에드워드도 죽습니다. 제발, 제발 살려주세요."

마가렛이 울부짖으며 리처드의 손을 풀었다. 억지로 마가렛에 의해 스텔라의 목에서 손을 뗀 리처드가 여전히 화를 삭이지 못한 듯 스텔라를 노려보았다. 새하얀 스텔라의 목에 붉고 선명한 줄이 남아 있었다. 마치 목에 걸린 올가미처럼.

"스텔라, 내 제안은 유효하다. 오늘 밤, 자정이다."

리처드가 스텔라를 향해 고갤 숙였다. 그리곤 스텔라만 들을 수 있는 목소리로 낮게 속삭였다.

"만약 오지 않는다면…… 로이든은 죽게 될 것이다."

궁을 나온 리처드가 향한 곳은 왕실 기사단이었다. 여전히 분노를 가라앉히기 힘이 드는 듯 그의 얼굴은 붉게 달아올라 있었다. 리처드의 뒤를 따르는 시종과 시녀들은 하나같이 불안한 눈빛으로 그의 신경을 자극하지 않기 위해 애쓰는 모습이었다.

"폐하, 오셨습니까?"

왕실 기사단 단장인 조나단이 리처드를 맞았다. 조나단은 리처드의 모습에 뭔가 단단히 잘못되었음을 눈치채곤 서둘러 그를 의자로 안내했다.

"오늘 밤, 우승자를 위한 만찬장에서 로이든을 죽일 것이다."

"로이든 체스터를 말하는 것입니까?"

"그래, 죄목은 달링턴과 함께 반역죄다. 그리고 런던으로 오고 있는 기사단에게 레이첼을 죽이라고 명해. 더는 인질은 필요 없어졌다는 말과 함께."

"조금 전, 웨일즈의 국경이란 연락을 받았습니다. 곧, 전서구를 보내겠습니다."

그제야 리처드가 만족스러운 듯 숨을 몰아쉬었다. 그리곤 자리에서 일어서더니, 초조한 듯 주위를 서성이기 시작했다. 스텔라를 겁박하긴 했지만, 과연 그녀가 에드워드를 치료하기 위해 자신에게 올지는 아직 미지수였다.

"제기랄!"

마가렛 때문에 그의 계획이 한순간에 틀어져 버렸다. 하지만 상관없었다. 그에겐 스텔라의 목을 조일 로이든과 레이첼이 있었으니까.

"만찬장 주변에 기사들을 배치하도록 해. 그리고 내일 새벽, 마차를 타고 궁을 빠져나가는 자를 꼭 죽여야 할 것이다."

조나단은 눈치 빠르게 그게 누군지 묻지 않았다. 오히려 자신이 죽여야 하는 자를 알게 되는 것이 더 위험한 일일 수도 있었다.

"무슨 일이 있더라도, 꼭 죽여야 한다. 그자는 마녀거든."

"알겠습니다, 폐하. 제가 직접 처리하겠습니다."

조나단의 대답에 리처드가 만족스러운 듯 웃었다.

스텔라 마리스 체스터, 아니, 스텔라 마리스 튜터 체스터. 그의 아들인 에드워드를 치료한 후, 스텔라는 죽을 운명이었다. 그녀의 어머니였던, 샤론 왕비처럼.

서서히 사위가 어두워지기 시작했다. 나무에 기대 있던 레이첼은 자신에게 다가오는 발소리에 눈을 떴다.

"근처에 작은 옹달샘을 발견했습니다."

레이첼 앞에 선 기디언이 그녀를 내려다보며 말했다. 불가능하다고 단호하게 거절했던 것과는 달리, 지금까지 기디언은 쉬지도 못한 채 그녀가 부탁했던 씻을 곳을 찾았던 모양이었다.

"아, 고맙습니다."

"생각보다 멉니다. 제가 모시겠습니다."

기디언이 옆에 매두었던 말을 끌고 왔다. 그리곤 레이첼을 안아 말에 태운 후, 그 역시 그녀의 뒤에 탔다. 함께 말에 오른 레이첼은 그의 몸이 등에 닿자 긴장으로 몸을 굳혔다.

"절 붙잡으십시오. 떨어질지 모르니까요."

레이첼이 천천히 손을 뻗어 그의 옷자락을 붙들었다. 그러자 기디언이 한 팔로 그녀의 허릴 단단히 휘감은 다음, 말을 달리기 시작했다. 두 사람을 태운 말이 숲을 달렸다. 레이첼은 기디언의 품에 안긴 채 입술을 깨물었다. 무척이나 당혹스러웠다.

그녀의 환심을 사기 위해 장미를 선물하거나, 부채를 주는 귀족들은 많았다. 하지만 그녀를 옹달샘으로 데려가기 위해 숲을 헤맨 귀족은 없었다.

"뭐라고 불러야 되는지 알려 주세요."

"기디언 노퍽입니다."

"노퍽이라면, 노퍽 공작가의 사람이셨나요?"

"그렇습니다. 노퍽 가의 차남입니다."

"아, 형님이신 제임스 님을 뵌 적이 있습니다."

사실 뵌 적이 있는 것이 아니라, 제임스 노퍽이 레이첼에게 구애를 하며 선물을 보내왔다. 단박에 거절하긴 했지만, 제임스 노퍽의 모습은 똑똑히 기억하고 있었다. 놀기 좋아하는 난봉꾼인 제임스. 하지만 그의 동생인 기디언 노퍽은 너무도 강직한 사내였다. 여인에게 관심조차 없고 서늘하기 그지없는 냉미남이 바로 기디언 노퍽이었던 것이다.

"형님을 아시는군요."

"우연히 모임에서 뵌 적이 있습니다. 얼굴만 아는 정돕니다. 한 번 만난 게 다고요. 그러니 신경 쓰지 않으셔도 된답니다."

그 순간 레이첼은 왜 자신이 기디언에게 변명을 늘어놓는지 알수가 없었다. 하지만 기디언이 자신과 그의 형인 제임스를 오해하는 걸 원치 않았다.

"여깁니다."

어느새 숲으로 들어온 기디언이 말을 멈춰 세웠다. 그리곤 먼저 말에서 내린 후, 레이첼에게 손을 뻗어 말에서 내리는 것을 도왔다.

"고마워요, 기디언 님."

"30분 후에 오겠습니다."

기디언의 말에 레이첼이 눈을 빛냈다. 하지만 조심스럽게 표정을 숨기며, 그를 올려다보았다.

"모처럼 씻게 돼 너무 좋군요."

레이첼이 기디언에게 천진하게 웃어 보인 후, 옹달샘이 있는 숲으로 들어갔다. 기디언은 잠시 말을 매어놓은 후, 천천히 주위를 살피기 시작했다. 숙녀 혼자서 깊은 숲에 있는 것은 위험했다.

주위에 아무도 없는 것을 확인한 기디언은 근처 바위 위에 기대앉았다. 그 역시 지쳐 있었다. 아무런 내색은 하지 않았지만, 국왕의 명령으로 레이첼을 납치한 후 한순간도 긴장을 놓은 적이 없었던 것이다.

"하아."

바위에 앉자 저절로 한숨이 새어 나왔다. 이렇게 잠시 기대 쉬는 것이 얼마 만인지 기억도 나지 않을 정도였다. 기디언은 눈을 감았다. 하지만 그의 신경은 레이첼이 있는 쪽으로 향해 있었다.

"훗, 아이처럼 웃다니."

조금 전 그를 향해 미소를 짓던 레이첼을 생각하자, 그의 입가

에도 저절로 미소가 떠올랐다. 레이첼 체스터. 기디언은 천천히
입 밖으로 그녀의 이름을 되뇌었다.

이상했다. 뭔가 부끄러운 행동을 하다 들킨 것처럼 얼굴이 화끈
거렸다. 그때, 하늘 위에 낯익은 새 하나가 원을 그리며 날고 있는
것이 보였다.

"저건⋯⋯."

왕실 기사단에서 주로 사용하는 전서구였다. 기디언이 자리에
서 일어나 손을 입에 넣고 휘파람을 불었다. 그러자 하늘을 빙빙
돌던 전서구가 그 소리에 반응하며 그에게 날아왔다.

팔을 뻗자 전서구가 그의 손등에 내려앉았다. 기디언은 서둘러
전서구의 다리에 매달린 편지를 떼어내고 내용을 확인했다.

편지 안엔 국왕의 새로운 명령이 적혀 있었다. 내용을 확인한
기디언의 얼굴이 점점 굳어지기 시작했다. 서둘러 편지를 주머니
에 밀어 넣은 후, 기디언이 레이첼이 있는 옹달샘으로 향했다.

"젠장!"

레이첼이 있어야 할 옹달샘은 텅 비어 있었다. 기디언은 재빨리
주위를 살폈다. 하지만 레이첼의 모습은 그 어디에도 보이지 않았
다. 욕설이 튀어나왔다.

국왕이 레이첼을 죽이라고 명령했다. 더는 인질이 필요 없어졌
다고. 만약 이대로 도망친 레이첼을 왕실 기사단의 기사들 중 한
명이 발견하기라도 한다면, 그녀의 목숨이 위험했다. 기디언은 재
빨리 말이 있는 곳으로 향했다. 그리곤 다른 기사들이 레이첼을
찾기 전에 그녀를 찾기 위해 말을 달리기 시작했다.

〈같은 시각, 웨일즈 국경 주변〉

달리던 말을 멈춰선 레이놀즈가 하늘을 올려다보았다. 분명 다리에 편지를 매단 비둘기는 왕실 기사단에서 정보를 전할 때 이용하는 전서구가 분명했다.

레이놀즈는 재빨리 손에 입을 대곤 휘파람을 불었다. 그 역시 로이든과 함께 왕의 기사단이었기 때문에 전서구를 부르는 방법쯤은 알고 있었다.

하늘을 날던 전서구가 그의 팔에 날아들었다. 레이놀즈는 비둘기의 다리에 매달린 편지를 꺼내 내용을 확인했다.

"미친 국왕 같으니라고."

"무슨 일이십니까?"

"국왕이 레이첼 님을 죽일 작정인 모양이다. 서둘러야겠다. 한시가 급해."

레이놀즈가 그를 따르는 기사들에게 명령하자, 빠른 속도로 국경을 향해 말을 달리기 시작했다. 제발, 늦지 않기를 바라며 레이놀즈는 전속력으로 말을 달렸다.

마상 시합에서 우승한 로이든 체스터 백작을 위한 만찬이 시작되려 하고 있었다. 하지만 스텔라는 만찬장으로 가는 대신, 초조한 얼굴로 방 안을 오갔다. 무슨 이유에서인지 로이든은 스텔라에게 만찬장에 나오지 말라고 했었다. 별궁에서 그를 기다리고 있으라고 했다.

자정. 로이든 역시 오늘 밤, 자정에 그녀에게 오겠다고 했다. 지금 생각해 보니, 그 말은 오늘 밤 자정에 그녀를 궁에서 데리고 나가겠다는 뜻인 것 같았다. 스텔라는 입술을 깨물었다. 그가 이곳에 오다니. 위험했다. 국왕이 보낸 자들에게 로이든이 붙잡힌다면 끝이었다.

그때, 조금 떨어진 곳에서 방 안을 초조한 듯 오가는 스텔라를 걱정스러운 얼굴로 바라보던 밀리가 결국 스텔라에게 다가왔다.

"마님, 만찬장엔 가지 않으실 건가요?"

밀리의 말에 걸음을 멈춘 스텔라가 밀리를 돌아보며 말했다.

"시녀장 루완은?"

"마님을 만찬장으로 모셔가기 위해 응접실에서 기다리고 있습니다. 말씀해 주세요. 대체 무슨 일인지. 제가 말씀해 주셔야……."

밀리가 안타까운 표정으로 스텔라를 보았다. 그러자 스텔라가 작게 한숨을 내쉬더니 의자에 앉았다.

"요 며칠 속이 좋지 않아서 그래."

스텔라의 말에 밀리가 그녀 앞에 섰다. 그리곤 창백한 얼굴과 눈가에 생긴 그늘을 보곤 걱정스러운 얼굴을 했다. 그러다 뭔가 생각에 잠긴 듯하더니, 이내 눈을 동그랗게 떴다.

"마님, 이번 달 월경을 거르셨습니다."

"뭐? 잠깐."

밀리의 말에 스텔라가 손가락으로 날짜를 헤아렸다. 그러다 밀리의 말처럼 이번 달 월경을 하지 않았다는 사실을 깨달았다.

"마님 뱃속에 아기씨가 계신 모양입니다."

밀리의 말에 스텔라가 말을 잇지 못했다. 그리곤 손을 뻗어 아

직은 납작한 그녀의 배를 조심스럽게 어루만졌다. 요 며칠 평소와
달리 몸이 무거웠다. 자꾸 체한 것처럼, 구역질이 났던 것이다.

"말도 안 돼."

그렇게 말했지만, 스텔라의 얼굴은 흥분과 기쁨으로 미소가 떠
오르고 있었다.

"영주님께서 아시면 기뻐하실 겁니다. 당장 알려 드려야겠어요."

밀리가 기쁜 얼굴로 스텔라의 손을 잡았다.

"아니야, 나중에. 나중에 내가 알릴게, 밀리."

스텔라의 말에 밀리가 고갤 끄덕였다. 그러다 아까부터 스텔라
의 목에 감겨 있던 손수건을 이상하다는 듯 바라보았다.

"마님, 갑자기 손수건은 왜 하신 건지? 세상에, 대체 이게 무슨?"

스텔라가 목에 감았던 손수건을 가리려 했다. 그러다 손수건의
끝이 풀려 바닥에 떨어졌고, 스텔라의 목에 난 붉은 손자국이 그
대로 드러났다. 그 손자국을 본 밀리의 눈동자가 분노로 번뜩였
다.

"폐하십니까? 마님의 목을 조른 이가?"

밀리의 눈에 눈물이 어렸다. 그런 밀리를 보며, 스텔라가 바닥
에 떨어진 손수건을 집어 들고는 다시 목에 감았다. 이번엔 풀리
지 않게 단단히 묶는 것을 잊지 않았다.

"시합 도중, 마가렛 왕비와 에드워드 태자에게 갔었어. 유전병
이라고 하더군. 지금 에드워드는 유전병으로 죽어가고 있었어."

"폐하와 같은 병이군요. 그래서 폐하께서 그리도 마님이 가진 능
력을 알고 싶어 하신 것이군요. 에드워드 님을 살리기 위해서요."

그때와 똑같았다. 18년 전 그때와 모든 상황이 너무도 닮아 있

었다. 밀리는 불안감에 온몸이 차갑게 식는 느낌이었다. 그때도 지금도 그녀에겐 자신이 사랑하는 사람을 지킬 방법이 없었다. 여전히 그녀에겐 힘이 없었다.

"영주님을 불러와야겠어요. 제레미에게……."

"밀리, 기다려. 시녀장 루완이 와 있다고 했잖아. 리처드가 말했어. 내가 오지 않으면, 로이든을 죽이겠다고."

"그럼, 마님은요? 마님도 죽게 될 겁니다. 샤론 님처럼요."

밀리의 말에 스텔라가 그녀를 꼭 끌어안았다. 두려움에 떠는 밀리의 작은 어깨가 안타깝다는 생각이 들었다.

"밀리, 걱정하지 마. 리처드는 당장 나를 죽이지 못해. 에드워드를 살려야 할 테니까."

"하지만 치료 후에는요? 그땐, 마님의 모습이 변해 있을 겁니다. 그렇게 되면, 폐하는 마님을 마녀로 몰아 화형시킬 겁니다."

자신도 그것이 걱정이었다. 붉은 머리카락과 붉은 눈. 그리고 그녀의 목덜미에 나타나는 표식. 만약 누군가 그녀를 본다면, 당연히 마녀라고 낙인찍을 것이 분명했다.

"방법이 있을 거야. 방법이."

"마지란 님께서 만드신 독이라도 있다면 가능할 테지만, 지금은 그 독을 구할 수도 없으니."

밀리가 초조한 듯 입술을 깨물며 말했다. 그러자 스텔라가 그녀의 등을 토닥였다. 스텔라가 천천히 눈을 감았다. 그리곤 그녀의 아랫배를 어루만지며 속삭였다. 이제 막 그녀의 뱃속에 생명으로 자리한 그와 그녀의 아이에게.

"괜찮아. 괜찮을 거야."

스텔라의 주문 같은 목소리에 밀리가 주먹을 꼭 쥐었다. 스텔라의 목소리가 너무 간절하게 들려왔다. 그리고 그 간절함에 밀리는 뭔가 단단히 결심을 한 듯 스텔라를 살짝 밀며 한 발짝 물러섰다.

"마님, 잠시 캘리에게 다녀오겠습니다. 마님과 아기씨를 위해 저녁을 준비해야겠어요."

"그래, 다녀와. 마침 허기가 지던 참이었거든."

밀리가 방을 나가자, 스텔라는 창가로 다가갔다. 그리곤 로이든의 막사가 있는 쪽을 물끄러미 응시했다. 보고 싶었다. 그리고 말해주고 싶었다. 어쩌면…… 지금 그녀의 뱃속엔 그가 바라던 대로 그녀를 닮은 아이가 있을지도 모른다고. 그가 원했던 아이가 그녀의 뱃속에 생명으로 자리하고 있다고.

"흑, 흐흑!"

심장이 아렸다. 그에게 해주지 못한 말들이 너무 많아서. 그래서 안타깝고 아쉬웠다. 아마, 어쩌면……. 그녀가 그에게 해주지 못한 말 중, 이 말도 포함될지도 모른다는 생각에 눈물을 삼키지 못했다. 그렇게 어깨를 떨며, 스텔라는 눈물을 흘렸다. 그녀가 누렸던 행복, 그것은 모두 로이든이 그녀에게 준 것이었다. 너무도 따뜻하고, 행복한 감정이었다.

"로이든……."

하지만 스텔라는 결심할 수밖에 없었다. 떨리는 손으로 탁자에 놓인 부채를 움켜쥐었다. 그리곤 달빛 아래 천천히 부채의 손잡이를 잡아당겼다.

챙! 그러자 날카롭게 날선 단검이 모습을 드러냈다. 천천히 단검을 바라보던 스텔라가 다시 단검을 검집에 넣었다. 그리곤 천천히 숨을 내쉰 후, 단호한 표정으로 방을 나와 자신을 기다리고 있는 시녀장 루완에게 가기 시작했다.

❖

시녀장, 루완을 따라 다시 에드워드의 방을 찾은 스텔라는 어둠 속에 서서 그녀를 기다리고 있던 리처드를 보곤 얼굴을 굳혔다.

"드디어 왔군."

스텔라가 방 안으로 들어가자, 루완이 문을 닫아주었다. 그러자 리처드가 어둠 속에서 천천히 밖으로 나왔다. 창문을 통해 들어온 어스름한 달빛에 리처드의 얼굴이 보였다. 짙게 그늘진 그의 얼굴은 몇 시간 사이 늙어버린 듯 보였다.

"두려웠던 모양이군요. 내가 오지 않을까 봐."

스텔라의 말에 초조함을 숨기려는 듯 리처드가 손가락을 빠르게 움직였다. 화가 났다. 자신의 본성을 너무도 잘 아는 그 당당함이 눈에 거슬렸다. 리처드 역시 알고 있었다. 자신은 국왕이었지만, 그 자리가 자신의 것이 아니라는 걸. 그래서 스텔라에게 열등감을 느끼고 있다는 것 역시.

"두려웠던 것은 너겠지. 내가 로이든을 죽일까 봐서."

"로이든은 쉽게 죽을 사람이 아닙니다. 그건 폐하께서도 잘 알고 계실 것이라 믿습니다."

"흥, 과연 그럴까? 조금 전 로이든이 만찬장에 나타났다고 하더군. 그래서 내가 뭘 한 줄 아나?"

"뭘 하셨습니까?"

"만찬장 주변에 기사단을 배치했다. 네가 도망칠 것을 대비해서. 그러고 보니, 로이든은 혼자 만찬장에 왔다더군. 종자도 없이 말이야."

리처드의 말에 스텔라가 주먹을 꼭 쥐었다. 그리곤 그에게 한 발짝 한 발짝 다가가기 시작했다. 하지만 얼마 가지 않아 스텔라의 발이 침대 앞에 멈췄고, 리처드를 비웃듯 병색이 완연해 보이는 에드워드를 내려다보았다.

"폐하께서 지키고 싶은 것이 바로 여기에 있군요."

챙! 스텔라가 들고 있던 부채 케이스에서 단검을 꺼냈다. 그리곤 단검을 들어 에드워드의 목이 아니라, 그녀의 목덜미에 댔다.

"지금 뭘 하는 거지?"

"내가 지금 이 순간 죽게 되면, 어떻게 될까요? 폐하께선 폐하가 지키고 싶은 것을 지킬 수 있을까요?"

스텔라의 입가에 싸늘한 미소가 어렸다. 리처드의 시선이 그녀가 들고 있는 단검에서 떠나지 않고 있었다. 그리고 그녀의 목에 겨눠진 것도.

"미쳤군. 지금 스스로 죽으려는 건가?"

"내 어머니도 스스로 죽었다고 하지 않았던가요? 내가 어머니를 닮았다면, 내 목숨쯤 버리는 건 아무것도 아닐 겁니다."

"샤론 왕비는 널 위해 그랬던 것뿐이야. 나에게 복수하거나, 위협하기 위해서가 아니었다. 널 지키기 위해 선택을 했던 것뿐이다."

리처드의 말에 단검을 든 스텔라의 손에 힘이 들어갔다.

"날 위해서였다고요? 그게 무슨 뜻이죠?"

"네가 가진 힘. 넌 그 힘을 뭐라고 생각하는 거지? 설마 신성한 힘이라고 생각하는 건 아니겠지?"

스텔라가 대답을 하지 않자, 리처드의 입가가 비릿하게 비틀렸다.

"틀렸어. 샤론 왕비나 네가 가진 힘은 사술이다. 인간의 힘이 아니라, 마녀의 악한 힘이란 뜻이야. 왕실의 적통이 마녀의 피를 가지고 태어났다는 사실이 유럽 왕가에 알려지면 어떻게 될까? 아마, 모든 나라가 잉글랜드의 왕가를 무너뜨리려 할 것이다. 아니, 그 이전에 잉글랜드 귀족 역시 가만히 있지 않겠지. 왕비인 샤론과 널 붙잡아 불에 태워 화형을 시켰을 테니까."

"그렇게 제 어머니를 위협하셨군요. 내가 마녀의 피를 가지고 태어났으니, 함께 화형에 처할 것이라고. 그래서 어머니께선 날 지키기 위해 스스로 독약을 마실 수밖에 없었던 것이고요."

스텔라의 눈동자가 분노로 번뜩였다. 아이를 가진 어머니를 상대로 가장 효과적인 방법이었을 테지. 어머니란 존재는 자신의 목숨을 걸고서라도 자식의 목숨을 지키고 싶어 하는 것이니까.

"폐하는 어떻습니까? 여기에 누워 있는 에드워드를 위해 목숨을 내놓을 수 있나요?"

"……."

스텔라의 물음에 리처드는 아무런 대답도 하지 못했다.

"이기적이군요. 당신의 목숨 대신, 내 목숨을 제물로 삼으려 하다니."

스텔라가 리처드의 눈을 피해 에드워드에게 손을 뻗었다. 고통스럽게 숨을 내쉬고 있는 에드워드의 손을 붙잡자, 어느새 거친 숨을 내쉬던 에드워드의 호흡이 평온해지기 시작했다.

"과연 당신이 아버지로서 자격이 있는지 의문이군요. 아니, 폐하께서 지키려 하는 것이 뭔지가 궁금합니다. 혹시 왕좌인 건가요?"

"그래. 내겐 지켜내야 할 왕좌가 그 무엇보다 소중해. 그 누구도 나에게서 잉글랜드를 빼앗을 수 없다. 마지란 같은 미친 예언자의 말 따위 내가 틀리다는 걸 증명할 테니까. 그러기 위해선 에드워드가 필요해. 무슨 일이 있어도 살려야 한다는 뜻이다."

"잔혹하군요. 아들을 당신의 탐욕을 지키기 위한 도구로 생각하다니."

"그게 왜 나쁘지? 내 아들은 왕이 되기 위해 태어난 존재다. 내 뒤를 이어서."

"애정은 없는 건가요? 왕비님처럼 간절함은 없는 겁니까?"

"그런 감정은 사치일 뿐이다. 그 하찮은 감정으로 네 어머니 샤론 왕비가 어떻게 되었는지 똑똑히 기억해야 할 것이다, 스텔라."

"정말 잔혹한 사람이군요."

"흥, 내 아들도 기뻐할 것이다. 자신이 내 뒤를 이어 왕좌에 오를 수 있다는 사실을 말이다."

"싫습니다. 누군가를 죽여서 얻어지는 그런 자리는 무섭습니다."

순간 방 안을 울리는 소년의 목소리에 리처드의 고개가 침대로 획 돌아갔다.

"에드워드! 깨어났구나. 내 아들."

리처드가 눈을 뜬 에드워드를 발견하곤 서둘러 침대로 갔다. 그러자 에드워드가 고통스러운 얼굴로 천천히 입을 오르

"전 왕이 되고 싶지 않습니다. 아버지의 뒤를 이어는 것을 원치 않습니다."

313

에드워드의 대답에 리처드가 놀란 얼굴을 했다.

"잠깐, 기다려. 지금 무슨 말을 하는 것이냐? 그렇게 나약한 말을 하다니. 당장, 그 생각을 버리도록 해. 넌 잉글랜드의 국왕이 되어야 한다. 그것이 네 의무라는 걸 잊어선 안 될 것이다."

"싫습니다."

"에드워드, 이 멍청한 녀석 같으니라고. 널……."

그 순간 스텔라가 에드워드의 손을 놓았다. 그러자 다시 고통스러운 듯 에드워드의 눈이 감겼다. 더는 리처드의 목소리가 들리지 않는 듯 보였다.

"감히, 스텔라 네가?"

"폐하의 진심을 들어야 할 것 같아서요. 자신의 아비가 어떤 자인지 알아야 하지 않겠습니까?"

리처드가 분노로 부들부들 떨고 있는 것이 보였다. 하지만 스텔라를 죽일 수도 없는 노릇이었다. 그녀가 죽는다면, 에드워드 역시 죽게 되어 있었고 그렇게 되면 잉글랜드 왕실의 존속도 없었다.

"욱, 우욱!"

그 순간, 스텔라는 치밀어 오는 울렁거림에 손으로 입을 막았다. 그리곤 들고 있던 단검을 내려놓고는 어지러운 듯 바닥에 주저앉았다. 조금 전 에드워드를 위해 힘을 썼던 것이 문제였던 모양이었다. 체력이 떨어지자, 울렁증이 치밀어 올랐다.

"설마, 아이를 가진 것이냐?"

리처드가 놀란 얼굴을 했다. 그러자 스텔라가 자리에서 일어서며, 노려보았다.

"백작은 알고 있는지 모르겠군. 그의 신부가 후계자를

임신 중이란 사실을. 아마 알았다면, 만찬장에 있지 않았겠군. 널
보러 왔을 테니까. 하하하하!"

조급해 보이던 리처드가 어느새 미소를 짓기 시작했다. 아이를
가진 스텔라가 스스로 목숨을 끊지 않을 것이란 확신이 든 모양이
었다.

"스텔라, 쇼는 끝났다. 너에게 시간을 주지. 너와 네 뱃속에 아
이를 살릴 기회를 말이다. 한 시간 후, 다시 오겠다. 만약 그때까
지 에드워드를 치료하지 않는다면, 만찬장에 있는 로이든은 죽게
될 것이다. 그 누구도 아닌, 너로 인해."

리처드의 말에 스텔라가 단검을 움켜쥐었다. 당장에라도 그의
목을 그어버리고 싶었다. 하지만 스텔라는 뱃속의 아이에게 살인
자의 자식이란 오명을 남겨줄 순 없었다.

"한 시간이다, 스텔라."

리처드가 의기양양한 얼굴로 방을 걸어나가기 시작했다. 잠시
후, 밖에서 방문을 잠그는 소리가 들려왔다. 스텔라가 털썩 침대
맡에 주저앉았다. 그리곤 천천히 눈을 감았다.

우승자인 로이든 체스터를 축하하기 위한 만찬장엔 귀족들로
가득했다. 이미 귀족들은 국왕이 준비한 술과 음식으로 얼근히 취
한 상태였다. 거기다 리처드는 왕궁 소속의 악사와 무희들을 불러
다 만찬의 여흥을 돋우고 있었다.

하지만 만찬장 한가운데 앉아 있는 검은 늑대는 달랐다. 마상

시합에서 입었던 갑옷과 투구를 그대로 입고 만찬장에 나타난 로이든은 자리에 앉은 채 물 한 모금 마시지 않고 있었다. 귀족들은 그런 로이든을 보며, 눈치만 볼 뿐 그 누구 하나 그에게 말을 거는 사람은 없었다.

그때, 만찬장 입구에 왕실 기사단의 단장인 조나단이 모습을 드러냈다. 그리곤 만찬장 중앙에 앉아 있는 로이든을 보곤 긴장한 얼굴을 했다.

"투구에 갑옷이라니. 설마 폐하의 명령을 눈치라도 챈 걸까?"

하지만 이내 고갤 가로저었다. 만약 그렇다 할지라도 로이든을 도와줄 사람은 아무도 없었다. 제아무리 뛰어난 기사라 할지라도, 만찬장을 에워싼 기사들은 30명이 넘는 숫자였다. 약간의 희생은 있겠지만, 로이든을 붙잡는 것은 어려운 일이 아니었다. 검은 늑대의 무리가 아닌 이상 걱정할 필요는 없는 듯했다.

"로이든을 잘 지켜보도록 해."

"조나단님께선 이곳에 계시지 않으시는 겁니까?"

"난 따로, 폐하께서 지시한 일이 있다. 자정이 되면 로이든 체스터를 붙잡도록 해."

"알겠습니다."

조나단이 다시 한 번 로이든에게 시선을 준 다음, 재빨리 만찬장을 빠져나왔다. 그리곤 혼자서 궁의 정문으로 향했다. 새벽에 궁을 나가는 마차라고 했었다. 그리고 그 마차엔 마녀가 타고 있다고 했다.

"마녀를 죽이는 건, 당연히 불이겠군."

조나단은 미리 준비해 온 불화살을 들곤, 천천히 어둠 속으로 사라졌다.

❖

레이첼은 거친 숨을 삼키며 어둠 속을 주시했다. 다행히 자신을 뒤따라오는 이는 없었다. 기디언 역시 자신의 뒤를 쫓고 있을 테지만, 아직 인기척이 없는 걸로 보아 자신과 반대방향으로 간 모양이었다.

"하아."

한숨을 내쉬며, 레이첼이 나무에 기대앉았다. 약속한 장소가 얼마 남지 않았다. 레이첼은 이마에 흐르는 땀을 닦아내곤 다시 자리에서 일어섰다. 그리고 밀서에 적혀 있던 장소로 가기 위해 한발 내딛는 순간, 누군가 그녀를 강하게 붙잡았다.

"으……."

커다란 손이 그녀의 입을 막자, 비명이 목구멍 속으로 사라졌다. 공포와 함께 절망감이 레이첼을 덮었다. 레이첼은 그녀를 붙잡은 강한 힘에서 벗어나기 위해 미친 듯이 발버둥을 쳤다. 하지만 그 힘은 그녀가 감당하기엔 너무도 컸다.

"쉿!"

귓가에 들려오는 목소리가 낯이 익었다. 레이첼이 고갤 들자, 굳은 얼굴로 기디언이 그녀를 쏘아보고 있었다. 그에게 붙잡혀 버리다니. 레이첼의 얼굴이 절망으로 일그러졌다.

"폐하께서 널 죽이라고 명하셨다. 아마, 지금쯤 왕실 기사단의 기사들이 널 붙잡기 위해 혈안이 되어 있을 거야. 그러니 죽고 싶지 않다면, 그 입 다물어."

레이첼이 기디언을 바라보았다. 싸늘하게 변한 표정만큼이나, 그녀에게 깍듯이 예의를 지키던 그의 태도 역시 변해 있었다. 또한 말투 역시.

"믿지 않아도 상관없어. 하지만 살고 싶다면, 내 말을 듣는 것이 좋을 거야."

그때, 기디언의 말을 증명이라도 하듯 왕실 기사단 소속의 기사들이 검을 들고 그들 앞을 지나가는 것이 보였다. 기디언은 그녀를 어둠 속으로 끌어당기더니 몸을 숨겼다. 잠시 그들이 지나가길 기다렸고, 더는 인기척이 들리지 않자 기디언이 그녀를 놓아주었다.

"기디언 님은 왜 날 돕는 거죠? 폐하께서 죽이라고 명하셨다면, 당연히 날 죽여야 하는 것 아닌가요?"

레이첼의 말에 기디언의 얼굴이 굳어졌다. 자신도 그 이유를 알지 못했다. 하지만 자신은 검을 들지 않은 힘없는 숙녀를 절대 죽이지 않았다.

"체스터 가의 기사들은 어디에서 만나기로 했는지 말해."

"내가 당신을 어떻게 믿죠?"

"지금 난 폐하의 명령이 아니라, 내 뜻에 따라 움직이는 중이다. 그걸로 충분히 내 의지를 보인 것 같은데? 어서 말하도록 해. 죽고 싶지 않다면."

기디언의 말에 레이첼이 눈을 가늘게 떴다. 그리곤 자신을 흔들림 없는 눈빛으로 바라보는 기디언을 보았다.

믿어도 될까? 레이첼은 머릿속이 혼란으로 가득했다. 하지만 그녀의 본능이 말하고 있었다. 눈앞에 있는 남자는 믿어도 된다고.

"수도원을 나오기 전 이것을 받았어요."

레이첼이 기디언에게 양피지를 건넸다. 양피지의 내용을 확인한 기디언이 양피지를 레이첼에게 건네곤, 그녀의 손을 붙잡았다. 그리곤 서둘러 숲을 빠져나가기 시작했다.

신기한 일이었다. 스텔라는 에드워드의 심장에 올려놓았던 손을 천천히 뗐다. 그러자 그녀의 몸에서 뿜어져 나오던 신비한 빛이 사라졌다. 하지만 어깨로 흘러내려 온 스텔라의 머리카락은 여전히 검은색이었다. 그리고 미리 준비해 온 거울을 통해 본 그녀의 눈동자 색 역시 그대로였다.

대체 어떻게 된 일일까? 치유 능력은 그대로였다. 아니, 오히려 강해진 듯했다. 에드워드를 치료한 후에도 스텔라의 몸엔 아무런 변화도 일지 않았을 뿐만 아니라, 버티고 서 있을 만큼 체력이 남아 있었다. 신기했다. 마치 로이든이 그녀의 몸속에 있는 나쁜 기운을 중화시켜 주었을 때와 똑같은 느낌이었던 것이다.

"설마, 아이 때문인 건가?"

스텔라는 자신의 밋밋한 배에 손을 올려놓았다. 전과 달라진 것이 있다면, 이젠 그녀의 뱃속에 로이든의 아이가 자라고 있다는 사실이었다.

"네가 날 지켜주는 거니? 내가 마녀가 되지 않도록?"

순간 스텔라의 눈동자가 뜨거워졌다. 로이든의 피를 이어 받은 아이였다. 그 아이가 지금 스텔라를 지켜주고 있었다. 그녀가 원래의 모습을 있을 수 있는 이유가 바로, 자신의 뱃속에 있는 아이 때문인 듯했다. 임신 중의 스텔라는 마녀의 모습으로 변하지 않았다.

스텔라는 에드워드의 이마에 흐른 땀을 닦아주었다. 그러자 에드워드가 천천히 눈을 떴다.

"날 치료해 주셨군요. 아버지께서 당신과 당신의 어머니에게 그렇게 잔혹하게 대하셨는데도 말입니다."

에드워드의 말에 스텔라가 굳은 얼굴을 풀곤 부드러운 미소를 지으며 말했다.

"왕비님이신, 마가렛 님 때문입니다. 그분 역시, 나처럼 한 아이의 어머니인 걸 알았으니까요."

에드워드의 눈에 눈물이 차올랐다. 아버지 리처드는 그의 왕좌를 지키기 위해 자신이 필요하다고 했었다. 그 말에 에드워드는 살고 싶지 않다고 생각했다. 하지만 스텔라의 말을 듣자, 어머니 마가렛이 너무도 그리웠다.

"감사합니다, 스텔라. 당신의 아이가 건강했으면 좋겠어요."

에드워드의 말에 스텔라의 입가에 미소가 떠올랐다.

"고마워요, 에드워드."

그때, 밖에서 문이 열리는 소리가 들려왔다. 리처드가 온 모양이었다.

"에드워드 님, 부탁 하나만 해도 될까요?"

"말씀하세요, 돕고 싶습니다."

"깨어나지 않은 척해주세요. 제가 에드워드 님을 치료하지 않은 것처럼 폐하께서 믿게요."

스텔라의 말에 에드워드가 잠시 생각에 잠긴 얼굴을 했다.

"그래야, 아버지께서 당신을 죽이지 못하시겠군요."

에드워드의 말에 스텔라가 고갤 끄덕였다. 시간을 벌려 했던 것이다. 에드워드가 고갤 끄덕인 후 눈을 감았다. 그리고 그것과 동시에 굳게 닫혀 있던 문이 열리고 리처드가 들어왔다.

스텔라가 천천히 자리에서 일어섰다.

"그대로라니, 나에게 죽고 싶은 모양이군."

리처드가 스텔라의 모습을 확인하곤, 들고 온 검을 꽉 그러쥐는 것이 보였다. 리처드는 스텔라의 모습이 변해 있을 것이라 기대한 모양이었다. 어머니인 샤론이 리처드를 치료한 후 그랬듯 그녀의 머리카락 색 역시 붉은색으로 변하고 눈동자 역시 붉게 변해 있을 것이라고.

"내가 치료할 것이라고 기대한 모양이군요."

"로이든을 살리고 싶지 않은 모양이군. 아니면, 내 경고가 거짓말처럼 보였든지."

리처드의 말에 스텔라의 입가가 싸늘하게 굳었다.

"루완, 당장 만찬장에 알리도록 해. 로이든 체스터를 붙잡아 이곳으로 데려오라고."

"알겠습니다, 폐하."

리처드의 명령에 밖에서 대기 중이던 루완의 목소리가 들려왔다. 그리고 말이 끝나기가 무섭게 복도를 빠져나가는 소리가 났다.

"스텔라, 결심을 할 수 있게 도와주도록 하지. 그 여잘 끌고 들어와."

리처드의 말에 밀리가 한 남자의 손에 끌려 들어왔다. 바닥에 쓰러진 밀리의 목에 검이 겨눠지자, 리처드가 이래도 버티겠냐는 듯 스텔라를 쏘아보았다.

"마님, 하지 마세요. 전 괜찮습니다. 그러니 제발…… 윽!"

고통에 찬 신음과 함께 밀리의 목에서 붉은 피가 흘러내렸다. 스텔라는 그 모습에 한 발짝 리처드에게 다가왔다.

"그만해요. 당장 멈춰요!"

"이제 치료할 마음이 생긴 모양이군."

리처드가 천천히 스텔라에게 다가오며, 위협하듯 말했다.

"아니면, 내가 네 배에도 검을 겨눠야 하는 건가?"

리처드가 들고 있는 검을 스텔라에게 흔들어 보였다. 그 모습에 스텔라의 눈동자에 경멸이 떠올랐다. 자신의 뱃속에 있는 아이를 위협하다니. 분노가 치밀어 올랐다.

"당신은 국왕의 자격이 없는 사람이에요, 리처드."

폐하라는 말 대신 스텔라는 그를 리처드라고 불렀다. 하지만 리처드는 스텔라에게 화를 내는 대신 어깨를 으쓱했다.

"맞아. 원래 잉글랜드의 왕좌는 스텔라 마리스 튜터, 너의 자리지. 하지만 넌 내게서 그 어떤 것도 빼앗을 수 없다. 네 어머니, 샤론 왕비가 그랬듯 너 역시 죽게 될 테니까. 그리고 네 뱃속의 아이도. 이제 잉글랜드의 왕실을 위협하는 존재는 그 어디에도 없게 되는 거지."

"날 죽일 생각이군요."

스텔라의 말에 리처드의 눈이 사악하게 빛났다.

"만약 내 앞에 무릎을 꿇고 빌면 살려줄 수도 있다. 사실 너와 밀리를 궁 밖으로 내보내기 위해 마차를 준비해 놓긴 했지. 하지만 그것 역시 너의 선택 여하에 달려 있다. 에드워드를 살리도록 해. 그렇다면, 내가 준비한 마차에 너희 두 사람을 태워 무사히 궁을 빠져나가게 해주겠다."

리처드는 스텔라와 밀리를 살려주겠다고 제안하고 있었다. 하지만 스텔라는 그를 믿지 않았다. 아니, 살려준다고 하더라도, 평생을 그의 감시 하에 살아가야 할 게 뻔했다. 그리고 그녀가 낳은 아이는 자신과 똑같은 운명이 될 터였다. 리처드의 혈족 중 유전병이 발병한 자를 치료해야 할 마녀. 자신의 어머니와 자신이 그랬듯이 죽을 때까지 리처드의 족쇄를 차고 있어야 했다.

"밀리는 보내줘."

"흥, 눈물이 날 정도로 깊은 애정이군."

"당신에겐 왕좌가 전부일 테지만, 난 아니야. 내게 중요한 것은 내가 사랑하는 사람들의 안전이거든."

"샤론 왕비와 똑같은 말을 하는군."

리처드의 비웃음에 스텔라가 고갤 들었다. 그리곤 그 어느 때보다 당당한 모습으로 리처드를 바라보았다. 탐욕스럽고 하찮은 인간을 보듯 스텔라의 눈동자엔 경멸과 함께 인간적인 동정이 담겨 있었다.

"리처드, 똑똑히 기억해. 너의 탐욕으로 넌 모든 걸 잃게 될 테니까."

스텔라가 단검을 들었다. 그러자 리처드의 눈동자가 흔들렸다.

"난 내 아이를 나와 똑같은 운명으로 만들 생각 없다. 그럴 바엔 차라리……."

스텔라가 자신의 심장을 찌르려는 듯 단검을 들어 올렸다.

"안 돼, 스텔라. 멈춰!"

로이든의 목소리와 함께 모든 일이 순식간에 일어났다. 방 안으로 들어온 로이든이 밀리에게 검을 겨누고 있는 사내의 심장을 찔렀다.

"헉!"

심장을 찔린 사내가 비명 한마디 지르지 못한 채, 그대로 바닥에 쓰러졌다. 놀란 것은 스텔라뿐만이 아니었다. 당연히 만찬장에 있어야 할 로이든이 이곳에 나타나다니, 리처드 역시 놀란 모양이었다.

하지만 그것도 잠시, 리처드가 몸을 움직여 스텔라에게 뛰기 시작했다. 스텔라를 인질로 붙잡으려는 모양이었다. 그 모습에 로이든이 자신이 들고 있던 검을 한 치의 망설임도 없이 리처드의 다리를 향해 던졌다.

"큭!"

리처드의 입에서 신음 소리가 새어 나오더니, 바닥에 주저앉는 것이 보였다. 로이든이 던진 검은 그의 다리를 스쳐 지나가 카펫에 꽂혔다.

"감히 날……."

리처드가 바닥에서 일어섰다. 그리곤 다시 스텔라를 붙잡기 위해 몸을 날리려는 순간, 로이든이 비호처럼 몸을 날려 그를 바닥에 쓰러뜨렸다.

"헉!"

거친 숨을 내쉬며 바닥을 나뒹구는 리처드를 지나, 로이든이 다시 검을 집어 들었다. 그리곤 스텔라를 자신의 뒤로 감추곤, 천천히 리처드에게 다가왔다.

"스텔라를 위험에 빠뜨리다니. 리처드, 널 용서하지 않을 생각이다."

"반역이라도 꾀하겠다는 것이냐? 만약 귀족들이 안다면, 너는 물론 검은 늑대의 기사들 역시 모두 처형할 것이다. 그렇게 되면, 체스터 영지는 쑥대밭이 되겠지."

리처드의 위협적인 경고에도 로이든의 눈동자엔 흔들림이 없었다.

"반역이 아니다. 스텔라야말로 이 잉글랜드 왕가의 적통이니까."

"하지만 누가 그걸 증명할 수 있을지 모르겠군."

리처드가 로이든을 비웃었다. 그리곤 위협적으로 다가오는 로이든을 피해 침대로 올라갔다. 침대가 크게 흔들렸다. 하지만 리처드는 상관하지 않는 듯 에드워드가 누워 있는 곳까지 도망치며 뒷걸음질을 했다.

"증명은 필요 없다. 스텔라의 존재 자체가 적통임을 증명하는 것이니까."

로이든의 말에 리처드의 눈동자가 흔들렸다.

"아니, 그건 궤변이다. 아무도 너희들의 말을 믿지 않을 테니까. 스텔라는 마녀로 화형을 당할 것이고, 내 혈족이 이 잉글랜드의 왕위를 이을……."

"아니요. 아버지의 혈족 중 그 누구도 잉글랜드의 왕위를 잇는 자는 없을 겁니다."

순간 리처드가 놀라 뒤를 돌아보았다. 그러자 침대에서 몸을 일으킨 에드워드가 경멸 어린 시선으로 리처드를 바라보고 있었다.

"에드워드, 설마 스텔라가 널 치료한 것이냐?"

에드워드의 맑은 눈을 보자, 리처드는 확신에 가득 찬 표정으로 기뻐했다.

"세상에, 정말 네가 깨어나다니. 믿을 수가 없구나. 스텔라가 널 치료하다니. 하지만, 이상하군. 스텔라가 널 치료했는데, 왜 모습이 변하지 않은 거지?"

리처드가 이상하다는 듯 스텔라를 바라보았다.

"아, 그렇군. 지금 생각해 보니, 샤론은 널 낳은 후에 날 치료했지. 하지만 스텔라 네 뱃속엔 아이가 있어. 마녀도 임신을 했을 땐, 새끼를 보호하듯 원래의 모습을 유지한다는 것이군. 훗! 뭐, 이젠 아무 문제도 없다. 상관없어. 네가 어떤 모습이든 에드워드가 깨어났으니까."

하지만 리처드를 바라보는 에드워드의 눈빛은 달랐다. 싸늘하기 그지없었다.

"아버지께서 전 국왕의 비셨던 왕비님을 죽이신 건가요? 왕좌를 차지하기 위해서?"

"아니, 그건 아니야. 난 잉글랜드를 지키려 했던 것뿐이었다. 적통 혈족에 마녀의 피라니. 그건 절대 있어서는 안 될 일이니까."

"하지만 아버지께서 말씀하신 그 더러운 마녀의 힘에 제가 살았습니다. 그리고 아버지도요. 우리의 목숨을 구해주었습니다. 생명의 은인이라고요. 그런데 그게 죽임을 당할 만큼 사악한 힘인건가요? 아니요. 전 아니라고 생각합니다. 전, 오히려 마녀라는 이름으로 왕비님을 죽인 아버지가 왜 사악하게 느껴지는지 모르겠습니다."

"에드워드, 나약해 빠져서는. 지금부터 날 잘 보도록 해. 내가 마녀를 어떻게 하는지. 그리고 반역자를 어떻게 죽이는지도."

리처드가 에드워드를 쏘아본 다음, 자신이 들고 있는 검을 빼들었다. 그리곤 스텔라를 향해 검을 치켜든 순간…….

"죄송합니다, 아버지. 저밖에 아버지를 막을 사람이 없는 것 같습니다."

에드워드의 말과 함께 리처드가 믿을 수 없다는 듯 에드워드 향해 돌아섰다.

"에드워드, 감히 네가……."

푹, 스걱!

날카로운 검이 살을 파고드는 소리가 들려왔다. 그리곤 리처드가 자신의 다리 사이를 믿을 수 없다는 듯 내려다보았다.

"이제 아버지의 혈족 중 그 누구도 잉글랜드의 왕좌에 오르는 이는 없을 겁니다."

그 말과 함께 리처드의 남성이 있는 곳에서 피가 새어 나오기 시작했다. 에드워드가 스텔라가 떨어뜨린 검으로 리처드를 남성을 찔러 거세시켜 버린 것이다.

"헉, 헉!"

리처드는 지독한 고통보단 자신이 더는 자식을 생산하지 못한다는 사실에 충격을 받은 듯했다. 침대 위에 서 있던 로이든의 다리가 후들거리며, 무너져 내렸다. 그러자 새하얀 시트가 리처드의 피로 물들기 시작했다.

뒤이어 에드워드가 들고 있던 단검으로 자신의 남성을 거세하려는 듯 치켜들었다.

챙! 하지만 단검의 끝이 그의 남성을 찌르려는 찰나, 로이든이 휘두른 검으로 인해 단검이 바닥으로 떨어졌다.

"왜, 막는 겁니까? 제 몸속에도 아버지의 탐욕의 피가 흐르고 있습니다. 저 역시 악마가 될지도 모르는데, 왜 막는 겁니까?"

에드워드의 항의에 스텔라가 고갤 가로저었다.

"이걸로 충분하니까요. 충분합니다, 에드워드 님."

스텔라는 에드워드를 향해 고갤 가로저었다. 이제 되었다고. 그만해도 된다고 말하고 있었다. 스텔라의 말에 어린 소년의 눈동자에 눈물이 차올랐다. 그 역시 두려웠을 테지. 아버지를 찌르고, 자신 스스로 거세하기로 마음을 먹기까지 얼마나 두려웠을지 충분히 짐작할 수 있었다.

"흑, 흐흑!"

에드워드가 절망적인 눈으로 고갤 숙였다. 그리곤 진이 빠진 듯 침대로 쓰러지듯 무너졌다. 스텔라가 에드워드에게 다가갔다. 하지만 리처드가 막아서는 바람에 더는 에드워드 곁에 갈 수 없었다.

"안 돼. 건들지 마."

리처드가 필사적으로 에드워드를 지키려 했다. 자신이 생식 능력이 사라진 이상, 에드워드를 지켜야 했던 것이다. 리처드의 멈추지 않은 탐욕에 스텔라는 미간을 찌푸렸다.

"리처드, 마지란이 했던 예언 기억하겠지?"

로이든의 말에 리처드가 거친 숨을 내쉬며 그를 쏘아보았다.

"모두 너 때문이다. 이 모든 것이."

"아니야. 아니다. 아니야!"

리처드가 실성이라도 한 것처럼 로이든의 말을 강하게 부정했다. 그리곤 정신을 잃고 쓰러진 에드워드를 껴안고는 아무도 손도 대지 못하게 했다. 그 모습을 바라보던 스텔라가 로이든의 팔을 잡았다. 로이든이 스텔라를 돌아보았다.

"스텔라, 괜찮나?"

"괜찮아요, 로이든. 하지만 어떻게 여길?"

"너는 날 너무 믿지 않은 게 문제야."

"흑, 흐흑! 로이든."

스텔라가 그의 품에 안겼다. 그러자 로이든이 숨이 막히도록 스텔라를 끌어안았다.

"영주님, 서두르셔야 합니다."

그때 밀리와 함께 서 있던 제레미가 두 사람을 재촉했다. 로이든이 고갤 끄덕인 다음, 스텔라를 한 팔로 붙잡고는 방을 빠져나가기 시작했다.

"안 돼. 너희를 죽일 것이다. 멈춰! 당장, 멈춰!"

리처드가 방을 나가는 두 사람을 향해 소리쳤다. 하지만 리처드의 몸은 검에 찔린 고통으로 꼼짝도 할 수 없었다. 로이든이 돌아섰다. 당장에라도 그의 목을 내리칠 기세로 검을 들어 올리는 것이 보였다.

"로이든, 가요. 그는 가장 고통스러운 방법으로 죄의 대가를 받았거든요."

"그게 무슨 말이지?"

"에드워드의 말처럼 리처드의 혈족 중 그 누구도 왕좌에 오르지 못할 거예요. 마지란의 예언처럼."

스텔라의 말에 방을 나가기 전 로이든이 침대 위에 있는 두 부자를 돌아보았다.

"가장 잔혹한 방법으로 벌을 받았군."

로이든이 스텔라와 밀리, 그리고 제레미와 함께 방을 빠져나왔다. 그리곤 서둘러 어둠 속으로 사라졌다.

[폐하의 지독한 욕심으로 폐하는 물론 폐하의 핏줄들은 하나도 남김없이 죽게 될 것입니다. 그리고 가장 강하고 아름다운 이의 피를 이은 자가, 잉글랜드의 새 주인이 될 것입니다.]

피가 낭자한 방에 남겨진 리처드에게 로이든의 말이 고스란히 남겨졌다. 이 모든 것이 리처드 때문이란 사실이.

〈같은 시각, 만찬장〉

루완이 서둘러 만찬장 안으로 들어갔다. 그리곤 왕실 기사단의 기사들을 찾아 주위를 두리번거렸다. 하지만 조급해서인지 만찬장에 있어야 할 기사들이 보이지 않았다. 그때, 만찬장 중앙에 앉아 있던 검은 늑대 로이든이 자리에서 일어서자, 루완은 재빨리 사람들 틈으로 몸을 숨겼다. 이제 돌아가려는 모양이었다.

마음이 급해졌다. 그가 돌아가 버린다면, 국왕의 계획은 틀어져 버릴 게 분명했다.

"국왕 폐하의 명령이십니다. 당장, 저기에 있는 검은 늑대를 잡아요."

루완이 용기를 내 만찬장에 있던 사람들을 향해 소리쳤다. 갑작스러운 시녀장 루완의 등장에 어리둥절해 있던 귀족들이 정신이

번쩍 든 듯 모두 자리에서 일어서 있는 검은 늑대에게로 고갤 돌렸다. 그리고 그 다음 순간, 밖에서 대기 중이던 왕실 기사단의 기사들이 만찬장으로 들어오더니, 검은 늑대를 포위하기 시작했다.

"로이든 체스터. 널 체포하라는 폐하의 명령이시다. 어서 무릎을 꿇도록 해."

기사단의 등장으로 루완이 로이든에게 다가갔다. 그러자 검은 늑대가 저항 없이 바닥에 주저앉더니, 천천히 얼굴에 쓰고 있던 투구를 벗기 시작했다.

"세상에, 검은 늑대가 아니잖아."

너무 오랫동안 투구를 쓰고 있어서인지, 기사 사이먼의 우락부락한 얼굴은 땀으로 젖어 번들거리고 있었다.

"축하 이벤트를 한다고 해서 입었는데, 대체 무슨 일이죠? 왜 폐하께서 절 붙잡으라고 하셨는지 모르겠군요."

투고를 벗은 사이먼이 특유의 멍청한 표정으로 루완을 비롯해 자신을 포위한 자신의 동료들을 보며 말했다.

"이벤트라고요?"

"폐하께서 제 막사로 편지를 보내셨더군요. 이렇게 입고 나타나 검은 늑대를 비웃어주자고. 또 자정까지 들키지 않고 검은 늑대인 척하고 있으면, 앨리샤 공주를 제게 주신다고 약속하셨답니다. 이제 자정이 넘었으니, 앨리샤 공주는 제 것이 확실하겠군요."

사이먼이 멍청한 얼굴로 웃기 시작했다. 앨리샤와 혼인할 수 있다는 사실이 그저 기쁜 모양이었다.

"맙소사. 그럼 검은 늑대는 대체 어디에……."

그의 웃는 얼굴을 본 루완의 얼굴이 새파랗게 변했다. 그가 만찬장에 없다면, 로이든이 있을 곳은 한군데밖에 없었다. 스텔라가 있는 에드워드의 방이었다. 루완이 찬바람을 일으키며 돌아섰다. 그리곤 미친 듯이 만찬장을 달려 나가기 시작했다.

❖

에드워드의 방을 빠져나온 순간, 스텔라가 다리에 힘이 풀린 듯무너져 내렸다. 에드워드를 치료하느라 힘을 너무 많이 쓴 탓도 있었지만, 위험한 순간이 지나가자 긴장이 풀려 정신을 잃은 듯했다. 로이든이 재빨리 스텔라를 품에 안았다.

"마님께선 괜찮으신 건가요?"

밀리가 걱정스러운 표정으로 뒤를 돌아보았다.

"걱정할 필요 없다. 내가 머리카락 한 올 다치지 않게 할 테니까."

로이든의 대답에 밀리가 고갤 끄덕였다.

"감사합니다, 영주님. 영주님만 믿겠습니다."

"밀리, 네가 아니었다면 스텔라를 구하지 못했을 거야."

"아닙니다. 기사 사이먼에게 그런 편지를 보내시다니. 만약 왕실 기사단을 만찬장에 묶어놓지 못했다면 불가능했을 일입니다."

"그래. 그러니 이제 안전하게 비밀 통로로 빠져나가면 될 것이다. 궁 밖에서 검은 늑대의 기사들이 우릴 기다리고 있을 테니까."

로이든의 말에 밀리가 고갤 끄덕였다. 그리곤 서둘러 궁의 비밀통로로 향했다. 어두운 궁을 지나, 마침내 밀리가 작은 벽 앞에 멈춰 섰다. 그리곤 벽 한쪽에 손을 밀어 넣자, 덜컹 소리와 함께 벽이 안쪽으로 열렸다.

"이런 곳에 비밀 통로가 있었군."

"서두르셔야 합니다. 아마 시녀장 루완이 만찬장에 있는 자가 영주님이 아니란 사실을 알았을 테니까요."

"그래. 서두르는 게 좋겠군."

스텔라를 안고 로이든이 비밀 통로 안으로 들어갔다. 그때, 멀리서 스텔라 일행을 찾는 기사들의 웅성거림이 들려왔다.

"영주님, 마님과 함께 먼저 도망치십시오."

"그럼 너는?"

"전 제레미와 함께 도망치겠습니다."

"대체 어디로 가겠다는 건지 모르겠군."

"사실 폐하께서 에드워드 님을 살려주는 대가로 마차를 준비해 두셨습니다."

밀리의 말에 로이든이 의심스러운 눈빛을 했다.

"믿으셔도 됩니다. 제레미와 함께 마차를 탄 후, 바로 체스터 영지로 향하겠습니다. 그곳에서 영주님과 마님이 돌아오시길 기다리고 있겠습니다. 그러니 걱정하지 마십시오."

"그게 좋겠습니다, 영주님. 제가 밀리를 지키겠습니다. 무엇보다, 마님께선 홀몸도 아니신데 추격자들의 시선을 딴 곳으로 돌릴 방법이 필요합니다."

제레미가 가까워지는 기사들의 소릴 들으며, 다급하게 말했다. 로이든이 그의 품에 안긴 스텔라를 내려다보더니, 마지못해 대답했다.

"제레미, 그럼 부탁한다."

"네, 영주님."

로이든이 스텔라를 안고 비밀 통로 안으로 걸어가기 시작했다. 그러자 밀리는 손을 뻗어 벽을 원래의 상태로 되돌렸다.

"제레미, 이걸 쓰도록 해요. 아마 우릴 기다리고 있는 마차는 여자 두 명이란 말을 들었을 테니까요."

밀리의 말에 제레미가 그녀가 건네는 코트를 입었다. 코트의 후드까지 깊게 눌러쓰자, 뒤에서 보면 제레미의 모습은 호리호리한 여인처럼 보였다.

"우리도 서두르는 게 좋겠습니다."

제레미의 재촉에 밀리가 굳게 닫힌 문을 바라보았다. 문을 보는 밀리의 눈동자가 안타까움으로 가득했다.

"제레미, 미안해요. 난 무슨 일이 있어도 마님을 꼭 지키고 싶답니다."

"체스터 가의 기사로서 당연한 일입니다. 어서 앞장서십시오."

제레미의 단호한 표정에 밀리가 고갤 끄덕였다. 어쩌면 자신은 천벌을 받을지도 몰랐다. 만약 그렇다고 해도 지금의 선택을 후회하지 않을 생각이었다. 18년 전, 그녀는 자신의 주인을 지키지 못했었다.

하지만 이번엔 달랐다. 스텔라를 지킬 기회가 그녀에게 주어진 것이다. 밀리는 국왕이 얘기했던 곳을 향해 발길을 재촉하기 시작했다. 어쩌면 스텔라의 말대로 자신들을 죽이기 위한 함정일지도 몰랐다. 하지만 밀리는 걸음을 멈추지 않고 빠르게 어둠 속을 걸었다.

❖

비밀 통로를 다 빠져나온 로이든이 작게 한숨을 내쉬었다. 그리곤 바닥에 스텔라를 내려놓은 후, 그를 기다리고 있을 검은 늑대의 기사들을 찾아 주위를 살피기 시작했다. 그때, 로이든을 발견한 기사들이 서둘러 어둠 속에서 나왔다.

"영주님, 마님께선 무사하십니까?"

"그래. 다행히 늦지 않게 스텔라를 구할 수 있었다. 영지로 돌아가야겠다."

그 말과 함께 로이든이 서둘러 스텔라에게 돌아갔다. 그리곤 그녀를 다시 품에 안고는 마차로 향했다.

"로이든."

스텔라가 정신이 든 듯 그의 이름을 불렀다.

"스텔라, 깨어났군."

로이든이 스텔라를 마차 안에 조심스럽게 내려놓으며 그녀의 머리카락을 쓸어내렸다.

"빠져나온 건가요?"

"그래. 이제 괜찮아."

스텔라가 로이든을 꼭 끌어안았다. 안도감이 밀려왔다. 그를 잃을 지도 모른다고 생각했다. 하지만 이젠 모든 것이 끝이 났다. 로이든도 자신도. 그리고 그들의 아이도 무사했다.

"레이첼은 어떻게 되었나요?"

"레이놀즈가 구해올 거야. 그러니 걱정할 필요 없어."

"하아, 다행이에요."

"그나저나, 아이를 가졌다는 것이 사실이야?"

로이든이 아직도 믿기지 않는다는 듯 스텔라를 내려다보았다. 그러자 스텔라가 그의 손을 가져다 자신의 배에 놓았다.

"네. 여기에 당신의 아이가 있어요. 제가 에드워드를 치료한 후에도 모습이 변하지 않은 이유가 바로 뱃속에 당신의 아이가 있기 때문인 것 같아요."

"하아, 스텔라."

로이든이 기쁜 듯 스텔라를 꽉 끌어안았다. 그녀를 잃을까 너무 두려웠다. 밀리가 그에게 제때에 오지 않았더라면, 스텔라는 자신이 선물한 단검으로 자신의 심장을 찔렀을지도 몰랐다. 그때를 떠올리자, 아직도 등골이 서늘했다. 지독한 공포가 그를 미치게 만들었다.

"다신 혼자 행동하지 마. 이젠 날 믿도록 해. 내가 널 지킬 테니까. 너도 네 뱃속의 아이도. 내 말 알아들었겠지?"

로이든이 강경한 목소리로 스텔라의 대답을 요구했다. 그러자 스텔라가 다시 그를 품에 안으면 고갤 끄덕였다.

"네. 앞으론 모든 걸 당신께 말할게요. 이젠 혼자 결정하지 않을게요. 당신을 믿고, 당신을 의지하고. 그렇게 할게요."

스텔라의 대답에 로이든이 만족스러운 듯 그녀의 입술에 키스했다. 스텔라 역시 입술을 열어 그의 키스에 응했다. 서로의 숨결이 섞이자, 스텔라는 그녀가 무사함을 실감할 수 있었다. 로이든은 두 사람의 키스가 농밀해지기 전, 스텔라의 입술을 놓아주었다. 그리곤 사랑스러운 듯 그녀의 이마에 입을 맞췄다.

"그런데 밀리와 제레미는 어디에 있는 거죠?"

스텔라가 마차 밖으로 얼굴을 내밀곤 밀리를 찾았다.

"밀리와 제레미는 다른 길로 갔어. 리처드가 마차를 마련해 놓았다고 하더군. 아마 그 마차로 두 사람은 체스터 영지로 향할 거야."

로이든의 말에 스텔라가 믿을 수 없다는 듯 거친 숨을 삼켰다.

"안 돼요. 그건 함정이에요. 리처드가 만든 함정이라고요."

"스텔라, 그게 무슨 말이지? 함정이라니? 제대로 얘기해 봐. 내가 알아들을 수 있도록."

"리처드가 그랬어요. 에드워드를 치료한 후, 날 죽이겠다고. 내 뱃속의 아이도. 그렇게 되면, 모든 것이 끝이 날 것이라고요."

"하지만 밀리는 반대로 얘길 했어. 리처드가 두 사람을 살려주기로 했다고."

"거짓말이에요. 밀리가 흐흑, 거짓말을 한 거예요. 날 살리기 위해서요."

스텔라가 마차에서 내리려 했다. 그러자 로이든이 그녀의 팔을 붙잡곤 마차에 앉혔다.

"가야 해요. 밀리를 구해야 해요. 밀리가, 내 유일한 가족이 죽을지도 몰라요. 제발, 로이든. 밀리를 살려줘요. 밀리를 제발……."

스텔라의 창백해진 얼굴에 눈물이 흘러내렸다. 밀리를 잃을 지도 모른다는 공포와 함께 밀리가 왜 그런 결정을 했는지 알고 있었기 때문에 슬픔으로 가슴이 무너져 내리는 느낌이었다.

"18년 전엔 자신은 아무것도 할 수 없다고 했어요. 아무것도 지키지 못했다고. 아마, 이번엔 날 지키고 싶었던 모양이에요. 그럴 필요 없는데. 날 지키는 것보단 내 옆에 있는 게 나에게 가장 큰 의미인데. 제가 그 말을 하지 못했어요. 가장 중요한 말을."

스텔라가 흐느끼며 말했다. 그러자 로이든이 스텔를 꽉 끌어안았다.

"늦지 않을 거야. 그러니 안심해. 내가 꼭 밀리와 제레미를 구할 테니까."

로이든이 마차에서 나왔다. 그리곤 그를 기다리고 있는 기사들에게 스텔라에게 들은 이야기를 전했다.

"최대한 빨리 움직여야 해. 자칫 두 명 다 죽을지도 몰라."

로이든의 말에 기사들의 얼굴에 비장함이 서렸다. 그리곤 말에 오른 기사들이 어둠 속을 비호처럼 달리기 시작했다.

궁의 가장 후미진 곳에 마차 한 대가 세워져 있었다. 밀리와 제레미가 도착하자, 마부가 서둘러 문을 열어주었다.

"폐하께서 보내셨습니다."

밀리의 말에 마부가 두 사람을 천천히 살폈다. 그리곤 후두를 눌러 써 얼굴을 숨기고 있는 제레미를 의심스러운 눈으로 바라보는 게 느껴졌다.

"폐하의 명령입니다. 서둘러 주세요."

밀리의 재촉에 마부가 재빨리 고갤 숙였다. 그러자 밀리는 다시 한 번 단호한 모습으로 마부를 쏘아본 후, 마차 안으로 들어갔다. 제레미 역시 마차에 타자, 마부가 문을 닫았다.

잠시 후, 마부가 마차에 오르는 소리가 들리더니 이내 마차가 움직이기 시작했다.

덜컹, 덜컹! 흔들리는 마차 안엔 긴장감이 감돌았다. 밀리는 잔뜩 굳은 얼굴로 어둠 속을 응시한 채였다. 마치 죽음을 목전에 둔 사람처럼 비장해 보였다. 그 모습에 제레미가 밀리의 손을 붙잡았다.

"밀리 님, 걱정 마세요. 마님께선 안전하게 궁을 빠져나가셨을 겁니다."

제레미의 말에 밀리가 고갤 끄덕였다. 그러다 밀리의 시선이 제레미에게 향했다. 처음으로 로이든의 종자인 제레미의 얼굴을 보게 된 것이다.

"어리군요."

"올해로 열여덟이 되었습니다. 2년 후엔 정식으로 기사 임명식을 받게 될 겁니다."

제레미가 흥분한 듯 눈을 빛내는 것이 보였다. 그 모습에 밀리의 눈동자가 죄책감으로 그늘이 졌다.

"죄송합니다, 제레미 님."

"또 사과를 하시는군요. 제게 사과하실 필요 없습니다. 전 오히려 마님의 역할을 할 수 있어 오히려 기쁘니까요."

제레미가 쓰고 있던 코트의 후드를 벗었다. 그러자 창문을 통해 들어온 달빛에 제레미의 얼굴이 보였다. 설마? 순간 밀리는 자신의 눈을 의심했다. 본능적으로 제레미가 여자란 사실을 알 수 있었다. 그리고 그녀가 아는 누군가와 너무도 닮아 있었다. 하지만 그 닮은 사람이 누군지 정확히 떠오르지 않았다.

"제레미 님은 남자가 아니군요."

밀리의 말에 제레미의 얼굴에서 웃음기가 사라졌다. 그리곤 조금은 긴장된 얼굴로 천천히 고갤 끄덕였다.

그때, 마차가 크게 흔들렸다. 바퀴가 커다란 돌과 부딪힌 모양이었다.

"괜찮으십니까?"

제레미가 손을 뻗어 넘어지려는 밀리를 붙잡았다.

"네, 괜찮습니다."

밀리가 몸을 바로 하며, 제레미에게서 멀어졌다. 그러다 제레미의 목에서 반짝이는 물건을 발견하곤 또다시 놀랐다.

"이건 어디서 나셨습니까?"

"아, 이건 지난번 마님과 함께……."

"스텔라 님 것입니다. 이 펜던트는 스텔라 님의 혈통을 증명해 줄 소중한 것이에요."

"스텔라 님 것이라고요?"

"그렇습니다. 이건 스텔라 님의 어머니께서 주신 것입니다."

밀리의 말에 이번엔 제레미가 놀란 얼굴을 했다. 그리곤 옷 속에서 줄에 걸려 있는 또 하나의 반지를 꺼내 밀리에게 보여주었다.

"세상에나! 이건……."

"제 어머니의 것입니다."

제레미의 말에 밀리가 재빨리 바닥에 무릎을 꿇고 앉았다.

"이 반지는 마지란 님의 것입니다. 프랑크 왕국의 제5황녀셨던, 마지란 님. 그분이 제레미 님의 어머님이셨습니까?"

"어머니께서 프랑크 왕국의 황녀셨군요. 어머닌 한 번도 제게 그런 말씀은 해주시지 않으셨거든요. 이제야 어머니가 어떤 분이신지 알게 되었군요."

제레미가 믿을 수 없다는 듯 놀란 얼굴을 했다. 하지만 이내, 슬픈 표정으로 마지란을 떠올렸다. 생각해 보니, 어머니 마지란은 제레미에게 언제 어디서건 긍지를 잃지 말라고 가르쳤었다. 아마, 그것이 자신의 혈족에 대한 긍지였던 모양이었다. 제레미의 말에 밀리가 안타까운 얼굴을 했다.

"말하지 못하신 이유가 있었을 겁니다."

"알아요. 어머니께서도 그러셨거든요. 이제 체스터 영지로 돌아가면, 어머니를 찾아뵈어야겠어요. 어머닐 뵙지 못한 지 벌써, 6년이나 지났거든요."

순간 밀리의 얼굴이 새하얗게 질렸다.

"대체 내가 무슨 짓을……."

경악으로 일그러진 밀리의 눈에서 눈물이 흘러내렸다. 그리곤 서둘러 제레미의 손을 붙잡곤 다급한 목소리로 말하기 시작했다.

"이 마차에서 내리셔야 합니다. 지금 당장요."

"그게 무슨 말씀인지 모르겠군요."

"어서요. 시간이 없습니다. 제가 신호를 하면, 마차에서 뛰어내리십시오. 그리고 제레미 님께서 가지고 계시는 목걸이를 스텔라 님께 보이세요. 그럼 모든 것이 순리대로 될 겁니다."

"밀리 님, 잠깐. 기다려요. 잠깐만. 난 대체 무슨 말을 하는 것인지……."

제레미가 혼란스러운 얼굴로 밀리를 응시했다. 그러자 밀리가 단호한 표정으로 제레미에게 다시 말했다.

"잊지 마십시오. 제레미 님께서 주운 그 목걸이를 꼭 스텔라 님께 전하셔야 합니다. 그리고 마지란 님께 전해주세요. 더는 죄책감 같은 것 갖지 말라고. 그것이 운명이었다고."

밀리의 영문을 알 수 없는 말에 제레미가 혼란스러운 표정을 했다. 하지만 밀리의 표정과 태도로 보아, 뭔가 단단히 잘못된 것은 분명했다.

"밀리 님."

"꼭 사셔야 합니다. 제레미 님은 꼭 살아, 스텔라 님과 마지란 님께 가셔야 합니다."

그 말과 함께 밀리가 마차의 창문을 내다보았다. 그리고 주위가 다행히 풀숲인 걸 확인하곤, 조심스럽게 문을 열었다. 서늘한 바람이 마차 안으로 들어왔다.

"밀리……."

그 순간 밀리가 제레미의 손을 붙잡았다. 그리곤 저항할 틈도 없이 제레미를 마차 밖으로 밀어 떨어뜨렸다. 본능적으로 제레미가 몸을 동그랗게 만 후 데굴데굴 굴렀다. 다행히 제레미가 떨어진 곳은 풀숲이라 크게 다치진 않은 듯했다. 제레미가 멀어져 가는 마차를 붙잡으려는 듯 재빨리 몸을 일으켰다.

욱신! 발목에서 느껴지는 고통에 제레미가 다시 바닥에 주저앉았다. 하지만 그대로 앉아 있을 수 없었다. 또다시 제레미가 한 발짝 발을 내민 순간, 뒤에서 불덩어리가 마차를 향해 날아오는 것이 보였다.

너무도 순식간에 모든 일이 벌어졌다. 그래서인지 제레미는 자신이 보는 모든 광경을 현실이라고 인지하지 못할 정도였다.

"설마…… 안 돼!"

그렇게 외친 순간, 제레미 앞으로 불화살이 지나갔다. 그리곤 밀리가 타고 있는 마차에 꽂히더니 순식간에 마차가 화염에 휩싸였다.

"말도 안 돼."

믿을 수 없는 광경에 제레미가 다리에 힘이 풀린 듯 풀숲에 털썩 주저앉았다.

"아, 아아. 안 돼. 안 돼!"

제레미가 넋이 나간 얼굴로 주저앉아 있다가 미친 듯이 마차로 달려가려 했다. 하지만 바닥에 떨어질 때 발목이 다친 듯 움직이는 게 쉽지 않았다. 제레미는 바닥을 기기 시작했다. 그렇게 해서라도 마차로 가려 했다.

그 순간 바닥을 울리는 말발굽 소리가 들려왔다.

그리고 말을 탄 기사들의 갑옷에 새겨진 익숙한 문장을 확인한 순간, 제레미는 참고 있던 눈물을 터뜨렸다. 흑, 흐흑! 다행이었다. 로이든 체스터가, 검은 늑대의 기사들이 온 것이다. 순식간에 마차가 세워졌다.

말에서 내린 로이든이 재빨리 마차의 문을 여는 것이 보였다. 그리고 마차 안에 있는 밀리를 구하는 모습이 활활 타는 마차의 불빛을 통해 보였다. 하지만 밀리의 몸은 로이든의 품에서 힘을 잃고 축 처져 있었다.

잠시 후, 제레미 옆에 마차가 세워졌고 문이 열리는가 싶더니 스텔라가 내렸다.

"다행이야. 정말 다행……."

스텔라를 본 순간, 안도하던 제레미의 몸이 털썩 바닥으로 쓰러졌다. 그리곤 그대로 정신을 잃었다.

❖

같은 시각.

레이놀즈의 검이 검은 하늘을 갈랐다. 그러자 마지막 남아 있던 왕실 기사단의 기사가 피를 토하며 바닥에 쓰러졌다. 거친 숨을 내쉬며, 레이놀즈가 뒤를 돌아보았다. 그러자 함께 기사단을 전멸시킨 또 다른 기사가 레이놀즈를 돌아보았다.

"기디언, 못 보던 사이 실력이 많이 늘었군."

"레이놀즈 님도 실력이 전혀 녹슬지 않으셨군요."

서로를 칭찬하는 두 사람의 얼굴에 동시에 안도의 한숨이 새어 나왔다. 그러자 조금 떨어진 곳에 숨어 있던 레이첼이 천천히 두 사람에게 다가왔다.

"다 끝났군요."

"무사해서 다행입니다, 레이첼 님."

"기디언 님이 아니셨다면, 전 죽었을 겁니다."

레이첼의 말에 레이놀즈가 기디언에게 고갤 끄덕였다.

"이제 돌아가야 합니다. 영주님께서 기다리고 계십니다."

레이놀즈의 말에 레이첼의 눈동자에 처음으로 눈물이 어렸다.

"돌아가고 싶어요. 집으로."

그 말에 레이놀즈가 레이첼 앞에 무릎을 꿇었다.

"목숨을 걸고, 레이첼 님을 영주님께 모시겠습니다."

"부탁할게요."

레이놀즈의 부축을 받고 레이첼이 마차에 올랐다. 그리곤 옆에 세워진 말로 걸음을 옮기다 말고 기디언을 돌아보았다.

"기디언, 넌 어디로 갈 거지? 폐하의 명령을 따르지 않았으니,

년 이미 왕실 기사단이 아니다. 만약 갈 곳이 없다면, 체스터 영지에 오도록 해. 우린 언제나 환영이니까."

레이놀즈의 말에 마차에 타고 있던 레이첼 역시 기디언을 바라보았다. 레이첼의 시선을 느낀 듯 기디언의 시선이 그녀에게 머물렀다.

"우선 집으로 돌아갈 생각입니다. 그리고 제 거취는 그 후에 생각해도 늦지 않을 것 같거든요."

기디언의 대답에 레이놀즈가 수긍하듯 고갤 끄덕였다. 그리곤 말에 오른 후, 그들을 체스터 영지로 향했다. 드디어 그들을 기다리고 있는 집으로 돌아가게 된 것이다.

기디언은 멀어져 가는 레이놀즈 일행을 물끄러미 바라보았다. 그리곤 그 역시 말을 몰고, 노퍽 가로 향했다. 말을 달리는 동안, 기디언의 머릿속엔 마차 안에서 그를 바라보고 있던 레이첼의 얼굴로 가득했다.

"체스터 영지가 궁금하긴 하군."

혼잣말을 한 기디언의 입가에 엷은 미소가 떠올라 있었다. 체스터 영지에 간다고 생각을 하자, 벌써부터 심장이 거칠게 뛰기 시작했다. 기디언은 마차가 사라진 쪽을 다시 한 번 돌아보았다. 벌써부터, 그를 쏘아보던 맹랑한 숙녀가 그리워지기 시작했다.

체스터 영지를 향해 말을 달리기 시작한 레이놀즈는 서둘러 로이든에게 전갈을 보냈다. 무사히 레이첼을 구출했다는 내용과 함께 만날 장소를 적은 편지였다. 그렇게 레이놀즈 일행은 약속 장소를 향해 사흘 동안 말을 달려, 작은 시골의 여인숙에 당도했다.

마차가 멈춰 서자, 지친 기색이 역력한 레이첼이 문을 열고 밖으로 나왔다. 하지만 로이든을 만날 수 있다는 생각에 그녀의 눈동자는 기쁨으로 빛나고 있었다. 마당을 가로질러 가던, 레이첼의 발걸음이 멈췄다. 하지만 이내 여인숙 현관 앞에 서서 그녀를 바라보고 있던 사내를 발견하곤 그의 품으로 힘껏 뛰어들었다.

"오라버니, 오라버니!"

"아, 레이첼."

로이든이 그의 품에 뛰어든 레이첼을 힘껏 끌어안았다. 눈물을 흘리며 그의 품에 얼굴을 묻고 있는 레이첼을 보자, 로이든 역시 안도감에 눈가가 뜨거워졌다. 그의 유일한 혈육이자, 그가 지켜야 할 동생이었다. 그런 레이첼을 무사히 되찾았다고 생각하자, 로이든은 심장이 뜨겁게 요동쳤다.

"감사합니다, 감사합니다. 무사히 돌아오게 해주셔서."

신께 감사했다. 그리고 레이첼을 구하기 위해 목숨을 걸어준 체스터 성의 기사들에게도. 무엇보다 힘든 시간을 견디고 건강한 모습으로 돌아온 레이첼에게 고마웠다.

"레이첼, 괜찮은 것이냐?"

"전 견딜 만했어요. 하지만 오라버니는요? 절 납치했던 기사 중 한 명이 반역죄라고 했어요. 전 믿지 않았어요. 오라버니는 절대……."

"처음부터 반역 같은 것 없었다."

"아, 내가 그럴 줄 알았다니까요. 검은 늑대가 반역을 할 리 없다고, 제가 기디언 님께 말했거든요."

"기디언 노퍽을 말하는 모양이군."

"네. 마지막에 절 죽이려던 왕의 기사단에게서 절 구해주셨어요."

"다음에 만나면, 꼭 사례를 해야겠군. 내 소중한 사람을 구해줬으니 말이야. 레이첼, 어서 안으로 들어가자. 너에게 소개할 사람이 있다."

"이곳으로 오는 동안 레이놀즈 님께 들었습니다. 달링턴 백작님의 영애셨던 스텔라 님과 혼약을 하셨다고. 처음엔 놀랐어요. 반역자의 딸과 혼약을 치르다니, 명예를 중시 여기는 오라버니라면 절대 하지 않았을 일이었으니까요."

레이첼의 말에 로이든의 얼굴이 긴장으로 굳어지는 것이 보였다. 자신이 스텔라에게 선입견을 갖고 있을까 봐 걱정이 되는 모양이었다. 잠시 뜸을 들인 레이첼이 다시 입을 열었다.

"하지만…… 사실이 아니었던 거죠?"

"그래, 반역이 아니었다."

"휴우, 다행이에요. 사실 그렇지 않을까 생각했어요. 오는 내내, 레이놀즈 님께서 새언니에 대한 칭찬을 얼마나 하시는지. 귀에 딱지가 생길 지경이었거든요."

레이첼의 경쾌한 대답에 로이든의 얼굴 역시 눈에 띄게 부드러워졌다.

"다행이다. 네가 스텔라에 대해 선입견을 갖지 않아서."

"오라버니께서 선택하신 분이에요. 그것 하나만으로도 충분합니다."

"만나보면, 너도 좋아하게 될 거야. 너랑 비슷한 데가 많은 사람이거든."

로이든의 말에 레이첼의 입가에 미소가 떠올랐다. 스텔라를 사랑하는 모양이었다. 경험상 로이든이 지금처럼 누군가에 대해 깊은 신뢰와 애정을 드러낸 적이 없었던 것이다.

"궁금하군요. 어떤 분인지."

"들어가 보면 알 거야. 그리고 또 하나. 너에게 조카가 생길 것 같다."

"세상에나, 조카라고요? 어서 들어가요. 빨리 만나고 싶어요."

레이첼이 환하게 웃으며 로이든의 팔을 끌어당겼다. 기쁨으로 빛나는 레이첼의 얼굴을 보며, 로이든은 그런 그녀를 다시 한 번 끌어안았다.

"살아 돌아와 줘서 고맙다, 레이첼."

또다시 로이든의 품에 안긴 레이첼은 안도의 눈물을 흘렸다. 로이든의 품에 안기자, 레이첼은 이제야 가족의 품으로 돌아왔다는 사실을 실감할 수 있었다. 그렇게 울고 웃으며, 레이첼은 로이든의 손을 잡고 새로운 가족을 만나기 위해 걸음을 옮기기 시작했다.

에필로그

〈웨스트우드 숲, 마지란의 오두막〉

마지란의 오두막에 로이든이 들어서자마자, 창가에 서 있던 마지란이 돌아섰다. 이미 그를 그녀를 찾아올 것을 알고 있었던 듯 화로 위의 주전자가 끓기 시작했다. 그러자 뜨거운 김을 내뿜는 주전자를 든 마지란이 천천히 로이든을 향해 돌아보았다. 그 모습이 창문을 통해 들어온 빛바랜 햇살을 통해 고요히 스며들었다.

마치 마지란이 서 있는 곳만이 시간이 정지되어 있는 듯, 무던히도 고요했다.

"영주님께서 좋아하시는 차로 준비해 놓았습니다."

탁자 위에 놓여 있는 찻잔에 뜨거운 찻물이 채워졌다. 그리곤 잘 말린 찻잎을 들어 찻잔에 넣었다.

"내가 올 것을 이미 알고 있었던 모양이군. 예지력인 건가?"

"아닙니다. 영지 사람들의 말을 들었습니다. 영주님께서 백작 부인과 함께 성으로 돌아오셨다고. 그들의 들뜨고 기뻐하는 목소리가 제가 머물고 있는 비천한 곳까지 들려왔습니다."

"소문을 들었다는 말이군."

"그렇습니다. 그리고 런던의 소문도 함께 들었습니다. 폐하가, 왕위를 태자인 에드워드 님께 양위하셨다더군요. 쉬쉬하고 있지만, 폐하의 몸에 칼이 박혔다고 했습니다. 그리고 그 상처는……."

그 순간, 마지란이 입을 다물었다. 그리곤 찻잔을 로이든 앞으로 밀며, 피식 웃었다.

"이미, 다 알고 계시겠지만."

"흥, 천리 밖에 앉아서도 런던의 궁 안에서 무슨 일이 벌어졌는지 알고 있는 모양이군."

로이든이 마땅찮은 표정으로 찻잔을 응시했다. 그러다 잔을 들어 한 모금 마신 후 다시 내려놓았다.

"향이 좋군."

"제가 그러지 않았습니까? 영주님께서 좋아하시는 차로 준비했다고요."

마지란이 자리에 앉았다. 그러자 그제야 로이든 역시 자리에 앉으며, 코트 속에 넣어두었던 붉은색 약병을 꺼내 마지란에게 건넸다.

"네 덕분에 무사할 수 있었다. 사례는 충분히 하겠다. 원하는 것이 있다면……."

"사례는 원치 않습니다. 제가 지은 죄에 대한 대가일 뿐이었으니까요. 이걸로 제 어깨를 짓누르는 마음의 빚을 조금 내려놓은 것뿐입니다. 이기심에서 나온 얕은 술수이지, 마음 쓰실 필요 없으십니다."

로이든은 마지란의 불투명한 눈동자를 물끄러미 응시했다. 자신의 혈육을 죽게 한 죄책감에 두 눈을 송곳으로 찔렀다고 했다. 그것으로 마지란은 예지 능력을 얻었다고 했던 말을 떠올리며, 로이든은 쓸쓸하게 웃었다.

"제레미는 어떻게 할 생각이지?"

"그 아이가 원할 때까지, 부탁드리겠습니다. 사내로 살고 싶을 때까지, 제 원대로 살게 해주십시오."

"감히 여인인 제레미를 내 종자로 보내다니. 정말, 건방지기 짝이 없다니까."

"제 아버지의 피를 타고났으니, 어쩔 수가 없을 겁니다."

"제레미의 아비가 기사였던 모양이군."

"전 국왕 폐하셨던 에드먼드 님의 충실한 기사셨습니다. 하지만 함께 해리온 전투에서 전사했지요. 그 당시 제 뱃속엔 제레미가 있었습니다. 혼인도 하지 않은 타국의 황녀가 아이를 갖다니. 절대 입 밖으로 낼 수 없는 비밀이었답니다."

마지란의 말에 로이든이 찻잔을 들어 올리며, 고갤 끄덕였다. 혼인도 하지 않은 황녀가 순결을 잃다니. 만약 그 사실이 알려진다면, 분명 교수형에 처했을 게 분명했다.

"네가 보았다던, 그 별. 그 별은 지금도 하늘에 떠 있는 것이냐?"

로이든의 말에 마지란의 입가에 미소가 떠올랐다. 6개월 전, 리처드가 달링턴 가와의 약혼을 파하라고 명했을 때, 로이든은 마지란을 찾아왔었다.

"그땐, 제 말을 믿지 않으셨습니다. 그런데, 지금은 믿을 마음이 생기신 모양이군요."

"흠, 흠! 믿는다는 게 아니라, 궁금했을 뿐이다."

로이든이 조금은 어색한 듯 헛기침을 했다. 그때 정색하며, 화를 냈던 자신이 떠올라서였다. 그런 로이든을 보며, 마지란이 천천히 눈을 감았다.

"아직도 있습니다. 아니, 전보다 더 밝아졌군요. 스텔라 마리스, 바다의 별 북극성은 절대 사라지지 않습니다. 바다를 항해하는 자들의 길잡이이자, 가장 빛나는 별이니까요."

로이든은 마지란의 말을 듣자, 만족스러운 듯 고갤 끄덕였다.

"맞아, 스텔라 마리스는 내 인생의 길잡이이기도 하지."

로이든은 스텔라가 떠오르자 짙은 로열 블루의 눈동자에 따뜻한 열기가 어렸다. 본능적으로 그의 입가 역시 부드러워지며 미소가 어렸다.

"영주님의 첫 아들이 잉글랜드의 주인이 될 겁니다. 슬프십니까? 스텔라 님께서 여왕이 되지 못하셔서요."

"아니, 전혀. 스텔라는 여왕이 아닌 내 아내로 남게 될 것이다. 그리고 잉글랜드의 국왕의 모후로, 가장 현명하고 지혜로운 여인으로 남게 될 테지."

로이든의 말에 마지란의 입가에 미소가 떠올랐다.

"마님의 아이는 건강합니다. 앞으로 체스터 영지 역시 그 어느 때보다 평화롭고 풍요로운 시기를 보내게 될 겁니다."

마지란의 말에 로이든이 자리에서 일어섰다.

"네 예언이 아니더라도, 난 내 영지를 가장 풍요로운 땅으로 만들 생각이다."

마지란 역시 로이든을 따라 일어섰다. 그러다 찻잔에 남겨진 찻 잎을 더듬으며 눈을 빛냈다.

"영주님께서 마신 찻잔의 찻잎이 세 개군요. 영주님은 슬하에 세 명의 아이를 보실 겁니다."

마지란의 말에 로이든이 자신이 마신 찻잔을 내려다보았다.

"찻잎으로 점을 친 모양이군."

"영주님께서 가장 궁금해하실 이야기라, 미리 점을 친 것입니 다. 그래서 절 찾아오신 것 아니셨습니까?"

마지란이 이미 알고 있다는 듯 웃었다. 당해낼 수가 없었다. 사 실 로이든이 이곳에온 이유가 그것이었다. 스텔라가 무사히 아이 를 낳을 수 있는지 알기 위해서.

"여기. 이건 내 복채다."

로이든이 품속에서 묵직한 반지 하나를 꺼내 건넸다. 마지란은 손끝으로 익숙한 반지의 문양을 살피며 놀란 얼굴을 했다.

"이건……."

"밀리가 보관하고 있었더군. 기사 클레이온이 해리온 전투에 나가기 전, 너에게 남겼다고 했다."

순간 마지란의 불투명한 눈가가 젖어들기 시작했다. 빛을 잃은 눈동자가 슬픔과 기쁨으로 가득 찬 듯 희미한 태양빛에 흔들리는 것이 보였다.

"감사합니다, 영주님."

마지란이 주먹을 꼭 쥐었다. 그리곤 소중하게 품에 안았다.

"제레미가 곧 찾아오겠다고 전하라고 하더군. 그때까지, 이 숲을 잘 지키도록 해."

로이든이 오두막을 나왔다. 숲을 지키라는 명령을 받은 마지란
은 주먹을 꼭 쥔 채, 의자에 주저앉았다.

18년 만에 자신에 돌아온 클레이온의 반지. 그가 해리온 전투에
서 돌아온 후, 청혼을 하겠다던 그 반지였다.

"이제 죽어도 여한이 없을 것 같습니다, 클레이온 님."

마지란의 얼굴에 처음으로 여인의 행복한 미소가 떠올랐다.

❖

밀리의 침대 옆에 앉아 있던 스텔라가 천천히 자리에서 일어섰
다. 그리곤 창문으로 다가가, 밖을 내려다보았다. 웨스트우드 숲
에 마지란을 만나러 갔던 로이든이 돌아오고 있었다. 검은색 말을
타고 성을 향해 달려오는 로이든을 보자, 스텔라의 심장이 뛰기
시작했다. 그와 떨어져 있는 시간은 아주 잠깐밖에 되지 않았지
만, 스텔라는 그의 빈자리가 너무도 크게 느껴졌다.

"영주님께서 돌아오시는 모양이군요."

밀리가 잠에서 깨어난 듯 스텔라에게 말을 건넸다. 그러자 스텔
라가 창가에서 멀어져, 밀리에게 다가왔다.

"드디어 깨어났구나."

"마님. 죄송합니다. 저 때문에……."

"밀리, 다 알고 있어. 날 살리기 위해, 국왕이 준비해 놓은 마차
를 탔다는 걸. 하지만 이건 꼭 알아둬. 난 내가 사랑하는 사람이
날 위해 죽는 걸 원치 않아."

"마님!"

"밀리, 어머니께서도 널 원망하지 않으셔. 오히려 고마워하실 거야. 네가 없었다면, 난 지금 없었을 테니까. 그리고…… 나에게 그랬던 것처럼 내 아이의 유모가 되어줘. 부탁할게."

"흐흑, 마님. 감사합니다. 그렇게 말씀해 주셔서. 정말…… 흐흑."

스텔라가 밀리의 손을 붙잡았다. 마차가 불화살에 맞아 불이 붙었을 땐, 심장이 타버릴 것 같았다. 자신의 눈앞에서 또다시 밀리를 잃을지도 모른다고 생각하자, 너무도 절망적이었다. 하지만 로이든이 서둘러 밀리를 마차에서 구해냈고, 자신이 가진 힘으로 밀리를 살릴 수 있었다. 그때 일을 떠올리자, 또다시 스텔라의 심장이 아릿하게 아파왔다.

"널 구할 수 있어서, 얼마나 다행인지 몰라. 나는 내가 가진 능력을 저주했었던 때도 있었지만, 지금은 너무도 감사해. 내가 마녀라고 할지라도, 내가 사랑하는 사람을 지킬 수 있었으니까. 후회하지 않아."

"절대, 마녀의 사악한 사술이 아닙니다. 마님은 모두를 구하셨습니다."

밀리의 말에 스텔라의 입가에도 미소가 떠올랐다. 그 어느 때보다 편안한 미소였다.

"이제 가보세요. 영주님께서 찾으실 겁니다."

밀리의 말에 스텔라가 이불을 끌어당겨, 밀리의 몸에 덮어주었다. 그리곤 좀 더 잠을 자라고 말한 후, 방을 나왔다. 복도를 지나 계단 앞에 서자, 이미 그녀에게 오기 위해 계단을 오르던 로이든을 볼 수 있었다.

"스텔라."

로이든이 한달음에 그녀에게 다가왔다. 그리곤 그녀를 품에 끌어안더니, 그녀의 입술에 입을 맞췄다.

"마지란은 만났나요?"

"응. 밀리가 가지고 있던 반지는 전했어."

"기뻐했겠군요. 제레미에 대해선 말했나요?"

"우선, 제레미가 선택할 때까지 비밀로 해달라고 하더군."

"그래요, 그게 좋겠어요."

"그리고 우린 세 명의 아이를 두게 된다고 했어."

더는 숨길 수 없는 듯 로이든의 눈동자에 기쁨의 감정이 어렸다. 그리곤 그녀를 두 팔로 번쩍 안아 들더니, 침실로 가기 시작했다.

"뭐 하는 거예요? 당장 내려줘요."

"네 뱃속에 아이가 있잖아. 이젠 아이가 태어날 때까지, 조심해야 해."

"벌써부터 이럴 필요는 없어요. 남들이 보면, 비웃을 거라고요."

스텔라가 눈치를 살피며 말했다. 그러자 로이든의 입가에 미소가 떠올랐다.

"아무도 뭐라고 할 사람 없어. 체스터 성의 후계자가 네 뱃속에 있어. 아마, 모두들 내 마음과 똑같을 테니 안심해."

로이든이 문을 열고 침실로 들어갔다. 그리곤 침대 위에 조심스럽게 스텔라를 내려놓고는 그녀의 신발을 벗겼다.

"아직 대낮이라 잠도 오지 않을 거라고요."

스텔라가 침대에서 일어나려 했다. 그러자 로이든이 침대로 올라오다니 그녀를 붙잡았다.

"잠은 잘 생각 없어. 나도 피곤하지 않으니까."

순간 스텔라가 고갤 들어 로이든을 올려다보았다. 그녀를 내려 다보는 그의 눈빛이 순식간에 뜨거워져 있었다. 설마……?

"잠깐, 뱃속에 아이가 있다고 위험하다고 하지 않았나요? 안정 을 취해야 한다면서요?"

"이건 달라. 분명 네 뱃속의 아이도 엄마와 아빠가 사랑을 나누 는 걸 좋아할 거야. 그리고 런던에서 체스터 성까지 오면서 안고 만 잤잖아. 그걸로 충분해."

더블릿을 벗기 시작한 로이든을 보며, 스텔라 역시 기대감으로 몸이 뜨거워졌다. 체스터 영지까지 오는 동안 그와 수도 없이 키 스를 나누었다. 하지만 로이든은 그녀의 몸엔 손끝 하나 대지 않 았다. 그래서인지 스텔라는 묘한 갈증에 허덕이고 있었다.

"로이든……."

"널 원해. 더는 참을 수 없을 만큼 간절히."

그녀 역시 마찬가지였다. 아니, 어쩌면 그가 자신을 원하는 것 보다 더 절박하게 그를 원하고 있는지도 몰랐다.

"원해요. 저 역시 원하고 있어요, 로이든."

그녀의 팔을 뻗어 그의 목덜미를 휘감았다. 그러자 로이든이 그 녀의 목덜미에 얼굴을 묻더니, 뜨거운 숨을 내쉬었다. 그리곤 만 족스러운 미소와 함께 스텔라의 입술에 깊숙이 입을 맞춰왔다.

"아, 미칠 뻔했어. 널 갖고 싶어서."

"훗, 로이든."

입술을 벌려 그의 혀를 맞아들이며, 스텔라 역시 그를 품에 안 았다. 벌써부터 온몸이 뜨겁게 반응하며, 나른한 신음이 새어 나왔다. 로이든이 스텔라의 드레스를 벗겨냈다. 그리곤 자신의 옷을 거칠게 벗은 다음, 다시 그녀의 입술로 고갤 숙여왔다.

타액으로 젖은 두 사람의 입술이 맞닿았다. 그리곤 창문을 통해 들어온 햇살이 두 사람의 아름다운 육체를 비췄다. 군살 없이 단단한 근육질의 몸이 여인의 여리고 아름다운 육체와 하나처럼 얽혀들었다.

"하아, 스텔라. 더는 한계야."

그녀가 자신을 받아들일 수 있도록 기다려야 했다. 하지만 로이든은 금욕 기간이 길어서인지, 그녀의 새하얀 다리를 벌리곤 단단하게 일어선 그의 일부를 밀부 안으로 밀어 넣었다. 그러자 내벽 안에서부터 흘러나오기 시작한 애액이 그의 일부를 적시며, 그를 받아들이기 위해 열리기 시작했다.

"하아, 흐흣!"

단숨에 그녀의 안이 가득 채워졌다. 뜨겁게 요동치는 그의 일부가 좁은 내벽을 가르고 들어와 한 치의 틈도 없이 맞물렸다. 스텔라는 그의 남성을 욕심껏 삼키며, 그를 안으로 빨아당겼다. 나른한 신음이 연신 새어 나왔다. 그의 입술이 그녀의 귓불을 훑고 그녀의 가슴을 핥자, 스텔라의 허리가 야릇하게 비틀리며 그를 조였다.

"윽, 스텔라."

그의 입술에서도 억눌린 신음이 새어 나왔다. 미칠 것 같았다. 머릿속이 새하얗게 변할 정도로 지독한 열감에 로이든은 허릴 움직이기 시작했다. 처음엔 부드럽게 움직이던 그가 그녀의 내벽을 거칠게 파고들기 시작했다. 스텔라 역시 그의 허리에 다릴 단단히 감은 채, 그가 주는 짙은 쾌락에 마음껏 흔들렸다.

격한 기쁨에 눈물이 뺨을 타고 흘러내렸다. 그와 나누는 섹스 역시 미치도록 좋았지만, 그녀를 행복하게 만든 건 다름 아닌 로이든 때문이었다. 자신을 바라보는 그의 눈동자에 어린 짙은 애정이 그녀의 심장을 뜨겁게 만들었다.

"로이든, 하아. 하아, 로이든."

뜨겁게 요동치며, 그녀의 안을 파고드는 로이든의 움직임이 거칠어졌다. 스텔라 역시 참을 수 없는 나른한 쾌락에 허릴 휘었다. 순식간에 찾아온 격정은 두 사람의 육체를 뜨겁게 불태웠고, 햇살 아래 하나로 녹아내렸다.

거친 숨을 내쉬며, 로이든이 그녀의 내벽을 파고들었다. 그러자 스텔라 역시 그를 힘껏 조이며, 허릴 비틀었다. 서로의 가장 은밀한 곳에 뿌리를 내린 채, 두 사람은 격정의 파도에 휩쓸려 천천히 부서져 내렸다. 로이든은 그 짙은 쾌락을 이기지 못하고 스텔라의 귓가에 낮게 속삭였다.

"스텔라, 사랑해. 사랑해, 스텔라."

"사랑해요, 로이든."

두 사람의 아름다운 육체 위로 따사롭고 찬란한 햇살이 비추고 있었다.

THE END

외전

〈제레미와 레이놀즈 이야기〉

　지루했다. 런던을 떠나 체스터 영지로 돌아오는 내내, 제레미는 다친 다리 때문에 마차에 누워 꼼짝도 할 수 없었다. 언제나 자유롭게 이곳저곳을 다니던 제레미였기 때문에 마차에 갇혀 있는 게 죽을 맛이었다.

　하지만 체스터 성에 도착한 후에도 방 안에 갇혀 있는 건 마찬가지였다. 며칠 전 지루함을 견디지 못하고 아직 다 낫지도 않은 다리로 밖에 나왔다가, 다시 발목에 무리가 가 퉁퉁 부어올라 오두막에 갇히는 신세가 되어버린 것이다.

　"아, 나가고 싶은데."

　스텔라가 가져다준 책으로 얼굴을 덮고는 제레미는 눈을 감았다. 아직도 믿어지지 않았다. 자신의 어머니, 마지란이 프랑크 왕국의 제5황녀였다니. 그리고 자신의 아버지가 기사 클레이온이란 사실 역시 믿을 수 없었다.

"역시, 난 기사의 피가 흐르고 있었던 거야."

제레미가 얼굴을 덮고 있던 책을 침대 옆에 내려놓았다. 그리곤 몸을 일으키려는 순간, 방문이 열리고 레이놀즈가 안으로 들어왔다.

"어, 레이놀즈 님이다."

반가운 마음도 잠시, 잔뜩 찌푸린 레이놀즈를 보자 제레미가 서둘러 머릴 굴렸다.

"훈련에 농땡이를 친 게 아닙니다. 전 다리가 다쳐 어쩔 수 없이 훈련에 나가지 못한 것뿐이거든요. 보세요, 제 다리를요."

제레미가 서둘러 천으로 감싼 자신의 발목을 레이놀즈가 보일 수 있도록 흔들어 보였다. 그 모습에 레이놀즈의 표정이 눈에 띄게 굳어졌다. 뭔가 또 그의 신경을 제레미가 건드린 모양이었다.

"마차에서 떨어졌다고 들었다. 괜찮은 것이냐?"

"지금은 괜찮습니다. 하지만 목욕을 하지 않았더니, 몸 여기저기가 간지러워 미칠 지경입니다. 당장에라도 뜨거운 물에 몸을 담그고 싶지만, 다리가 이 모양이라. 도와주는 사람이 없으면 힘들거든요."

제레미가 몸 여기저기를 긁으며 말했다. 그리곤 등이 간지러운 듯 손을 뒤로했다. 하지만 닿지 않는지 곤란한 얼굴을 했다.

"레이놀즈 님, 여기. 여기 좀……. 손이 닿지가 않아서요."

제레미가 몸을 틀어 레이놀즈를 올려다보았다. 그러자 떨떠름한 표정으로 레이놀즈가 쭈뼛거리며 침대로 다가오는 것이 보였다.

"제 등을 긁어주시는 게 그렇게 싫으신 겁니까? 정말 서운하니다. 제가 레이놀즈 님의 등을 밀어드린 게 몇 번인데. 지난번엔 술에 취한 레이놀즈 님을 어깨에 들쳐 메곤, 집에까지 모셔다 드렸는데 잊으신 건 아니겠지요?"

제레미가 레이놀즈의 태도에 서운하다는 듯 잔뜩 볼멘 얼굴을 했다.

"누가 싫다고 했다고 그러는 것이냐? 어딘지 말해. 벅벅 긁어줄 테니까."

침대에 끝에 걸터앉은 레이놀즈가 자신을 향해 내미어진 제레미의 등을 내려다보았다. 사내 라고하기엔 너무도 좁고 가녀렸다. 근육은커녕 살 하나 없이 마른 등을 보자, 레이놀즈의 얼굴이 붉게 달아올랐다. 마치 여인의 등을 보는 것 같은 느낌에 또다시 다리 사이가 뻐근해졌다. 말과는 달리 레이놀즈는 제레미의 등에 선뜻 손을 대지 못하자, 제레미가 그럴 줄 알았다는 듯 한숨을 쉬었다.

"되었습니다. 제가 할 테니, 그만 돌아가 주십시오."

레이놀즈를 바라보는 제레미의 얼굴이 불퉁했다. 묻지 않아도 레이놀즈에게 화가 나 있다는 사실을 분명히 느낄 수 있을 만큼, 예쁜 눈매가 고양이처럼 치켜 올라가 있었다.

"아, 난……."

"됐다니까요. 전 피곤해서 이만 자야겠습니다."

제레미가 이불을 확 끌어당기며 레이놀즈를 향해 등을 돌렸다. 침대 끝에 앉아 있던 레이놀즈가 어쩔 수 없이 자리에서 일어섰다. 그리곤 이불을 얼굴까지 뒤집어 쓴 제레미를 물끄러미 응시했다.

제기랄! 걱정이 돼서 찾아온 길이었다. 하지만 괜찮냐는 말 외엔 아무것도 묻지 못했다. 그저 제레미를 본 순간, 자신의 다리 한쪽에 불끈불끈 힘이 솟아나는 사실에 당혹스러움을 감추려 급급했을 뿐이었다.

"다음에 또 들르겠다."

겨우 그 말 한마디만 남긴 채 레이놀즈가 제레미의 방을 나왔다. 문이 닫히는 소리가 들리자, 이불을 쓰고 있던 제레미가 이불을 확 밀치곤 침대에 일어나 앉았다.

"쳇, 생각할수록 화가 나 미치겠네. 대체 뭐야? 저 표정은? 마치 날 더러운 것이라도 된 듯 손도 대지 않다니. 아니, 내가 마녀라도 된 듯 나와 눈도 마주치지 못하잖아."

제레미가 작게 한숨을 내쉬었다. 얼마 전까지만 해도 스스럼없이 자신의 머릴 쓰다듬던 레이놀즈였다. 무뚝뚝하고 곁을 잘 허락하지 않는 차갑기 그지없는 기사였지만, 제레미에겐 유한 편에 속했다.

하지만 마상 시합을 위해 런던에 가 있는 동안 레이놀즈는 앞발에 가시가 찔린 맹수처럼 예민하게 굴고 있었다.

"도저히 이대론 억울해서 안 되겠어. 내가 대체 뭘 잘못했는지, 가서 따져야겠어."

제레미가 침대에서 내려왔다. 그리곤 벽에 걸린 코트를 꺼내 입은 후, 절뚝거리는 다릴 끌고 밖으로 나왔다.

아직 밤이 되지 않은 시각, 레이놀즈는 루시에 앉아 술을 마시고 있었다. 하지만 아무리 술을 들이붓듯 마시고 있었지만, 정신은 멀쩡했다. 유감인 것은 시간이 지날수록 제레미에 대한 생각이 또렷해지고 있다는 사실이었다.

"제기랄."

"어머나, 레이놀즈 님께서 기분이 좋지 않으신 모양이네요."

저녁 영업을 위해 화장을 마치고 나온 루시가 한껏 부풀어 오른 가슴을 요염하게 내밀며, 레이놀즈 옆에 앉았다. 그리곤 은근슬쩍 그의 탄탄한 허벅지에 엉덩이를 붙이곤 지긋이 눌렀다.

"방해하지 않았으면 좋겠군."

레이놀즈가 차가운 얼굴로 무뚝뚝하게 말했다. 그러자 루시가 힘줄이 불끈 솟아 오른 레이놀즈의 팔뚝을 쓸며 은근한 눈빛을 했다.

"기분 전환엔 여자의 품속만 한 것도 없죠. 이걸, 여인의 촉촉하고 뜨거운 속살에 넣고 마음껏 허릴 흔들다 보면, 몸은 물론 마음까지도 개운해질 겁니다. 그러니……."

루시의 눈동자가 열기로 젖어 촉촉해졌다. 그리곤 레이놀즈의 탄탄한 허벅지 사이에 있는 남성을 보며 탐욕스럽게 침을 삼키는 것이 보였다. 레이놀즈는 루시의 하얗고 가느다란 손이 그의 허벅지를 지나 다리 사이의 남성을 쓰다듬는 것을 보았다.

당장에라도 루시의 손을 밀어내고 싶었지만, 레이놀즈는 내버려 두었다. 자신의 상태가 몹시도 위험했다. 이대로 자신의 감정을 방치했다간, 여인이 속살이 아니라 사내 녀석의 다리 사이에 자신의 분신을 박아 넣을지도 몰랐다.

"미치겠군, 제기랄."

레이놀즈가 술잔을 내려놓으며 거칠게 욕설을 뱉어냈다. 그러자 레이놀즈의 남성을 훑던 루시의 손길이 멈췄다. 그리곤 심각한 표정으로 거친 숨을 내쉬는 레이놀즈를 보며, 여인의 직감이 발동하기 시작했다.

"나에겐 반응도 하지 않다니. 정말 자존심이 상하는군요."

루시가 한숨을 내쉬며, 그의 남성에서 손을 거둬들였다. 하지만 여전히 아쉬운 듯 그의 허벅지를 천천히 쓸었다.

"말해봐요, 기사님. 무슨 고민을 하시는지. 설마, 마음에 드는 숙녀님이 계시는데 그 숙녀분께선 기사님을 싫어하시는 건가요? 그래서 이렇게 제 손길에도 반응하지 않게 되어버리신 거냐고요?"

루시의 물음에 레이놀즈가 그제야 그녀를 향해 고갤 돌렸다.

"신경 쓰여 미치겠는 사람이 있어. 생각만 해도 이렇게…… 불끈 몸이 반응할 정도로."

레이놀즈의 말에 루시가 다시 레이놀즈의 다시 사이를 바라보았다. 그러자 조금 전까지 힘없이 자고 있던 그의 탄실한 남성이 그 우람한 위용을 내보이며 커져 있었다.

"세상에나? 이렇게 크고 탄실한 건, 처음이네요. 이걸 갖게 된 여인은 얼마나 행복할까나?"

루시의 눈동자가 다시 탐욕으로 빛났다. 그때, 술집의 문이 열리는가 싶더니 목발에 몸을 의지한 채, 제레미가 안으로 들어왔다. 그리곤 루시와 나란히 앉아 있는 레이놀즈를 발견하곤 그에게 다가왔다.

"어머, 우리 귀여운 종자님께서 오셨네요."

루시가 화사한 미소를 지으며 말했다. 그러자 제레미가 그 자리에 멈춰 서더니, 레이놀즈의 허벅지 위에 놓인 루시의 손을 보곤 미간을 찌푸렸다. 불쾌했다. 자신의 등을 긁어달라고 했을 땐, 더러운 것이라도 된 듯 손도 대지 않더니. 루시처럼 화사하고 아름다운 여인의 손은 대환영인 모양이었다.

"저도 술 한 잔 주세요."

제레미가 레이놀즈의 맞은편에 자릴 잡고 앉으며 말했다.

"술은 무슨? 다리가 그렇게 되어서는. 안 돼."

레이놀즈가 단호하게 말했다. 그러자 제레미의 눈빛이 사납게 위로 치켜 올라가더니, 손을 뻗어 레이놀즈의 술잔을 집어 말릴 새도 없이 단숨에 들이켰다.

"캑, 콜록, 콜록콜록!"

독한 술을 단숨에 들이켜서인지, 사레가 들린 제레미가 연신 기침을 했다.

"정말 먹지 말라고 했더니."

불퉁한 목소리로 제레미를 쏘아보던 레이놀즈가 자리에서 일어섰다. 그리곤 루시를 지나쳐 제레미의 옆에 서더니, 제레미의 작은 등을 두드려 주기 시작했다.

"콜록, 콜록콜록! 됐습니다. 콜록……."

제레미가 자신의 등을 두드리는 레이놀즈의 손을 밀어냈다.

"얌전히 좀 있어."

레이놀즈가 제레미의 만류에도 불구하고 레이놀즈가 제레미의 등을 두드렸다. 뭔가 이상했다. 잔뜩 인상을 쓰고 있었지만, 제레미의 등을 두드리는 레이놀즈의 손길은 무척이나 다정했다.

"여긴 왜 온 거지? 그 다리로 움직이면, 힘든 건 너다."

레이놀즈의 질문에 제레미가 그제야 자신이 왜 이곳에 왔는지 깨달은 듯 눈이 확 치켜 올라갔다. 그리곤 레이놀즈의 손을 거칠게 밀어냈다.

"제가 왜 왔다고 생각하십니까? 정말 생각할수록 화가 나서 참을 수가 없어서요. 제게 화가 나신 게 있으면 말씀하십시오. 런던에 갔을 때부터, 절 대하는 태도가 바뀌셨습니다. 전 그 이유를 알 수 없으니, 레이놀즈 님께서 이야길 해주세요. 제가 머리도 눈치도 쥐털만큼도 없거든요."

제레미의 말에 레이놀즈의 눈동자에 짙은 그늘이 졌다. 한 번도 사내를 그런 대상으로 생각해 본 적이 없었다. 제레미 역시 런던에 가기 전까지 귀여운 남동생 같은 존재라고만 생각했었다. 하지만 그날, 체스터 백작부인인 스텔라를 대신해서 여장을 하고 있는 제레미를 본 순간 뭔가 변하기 시작했다. 그리고 막무가내로 그의 입술에 입을 맞추던 그 서툰 감촉이 밤마다 그를 괴롭혔다. 그의 몸은 뜨거운 욕망에 타버릴 것처럼 그를 흔들어놓았던 것이다.

"그런 일 없다."

레이놀즈가 딱 잘라 아니라고 부정했다. 하지만 그의 대답에도 불구하고 제레미는 의심을 거두지 못하는 모양이었다.

"거짓말입니다. 지금도 제 눈을 피하고 계시지 않습니까? 만약 이 말이 사실이라면, 제 눈을 똑바로 보고 말씀해 주십시오."

제레미 역시 딱딱하게 굳은 얼굴로 말했다. 평소라면 장난스럽게 말을 건넸을 테지만, 레이놀즈의 태도를 보자 자꾸만 화가 치밀었다.

"건방지게, 내가 왜 널 피한다고 생각하는지 모르겠군."

"그럼 아니란 겁니까?"

"아니야. 아니다."

레이놀즈를 쏘아보던 제레미가 자리에서 일어섰다. 그리곤 옆에 놓아두었던 목발을 집어 들더니, 불만스러운 눈으로 레이놀즈를 쏘아보았다.

"그 눈. 그 눈은 뭐지? 냉큼 눈 안 깔아?"

레이놀즈 역시 화가 치밀었다. 이게 다 누구 때문인데? 그날, 그에게 입을 맞추지 않았다면 그가 남자인 제레미를 보고 자신의 가운데 다리를 세울 일은 절대 없었을 터였다. 그리고 이렇게 술을 마시며 고민할 일도.

"네, 눈 깔았습니다. 깔아야죠. 종자인 제가 힘이 있나요? 레이놀즈 님의 명령이라면, 목숨 걸고 따라야죠."

제레미가 루시에게 눈인사를 해 보인 다음, 술집을 나왔다. 레이놀즈는 제레미가 나가는 뒷모습을 쏘아보았다.

"술을 더 드릴까요?"

루시가 레이놀즈의 술잔에 다시 술을 따랐다. 그러자 레이놀즈가 마음이 답답한 듯 벌컥 술잔을 들이켰다. 그 모습을 지켜보는 루시의 시선이 묘했다. 조금 전 제레미를 바라보던 레이놀즈의 눈빛에서 묘한 분위기를 느낀 것이다.

마음에 품은 여인을 바라보는 눈빛. 제레미를 외면하고는 있었지만, 순간순간 제레미를 바라보는 레이놀즈의 눈빛엔 욕망을 품은 사내의 감정이 담겨 있었다.

"설마?"

"뭐?"

"아니요, 아닙니다."

루시는 다시 레이놀즈의 잔에 술을 따르며 아무 일도 아니라는 듯 고갤 가로저었다. 하지만 루시의 머릿속은 자신이 조금 전 본 사실로 인해 혼란스럽기 그지없었다.

"쳇, 웃겨!"

제레미가 목발에 의지해 도로를 따라 걷고 있었다. 다리만 아프지 않았다면, 말을 타고 오갔을 거리지만 발목 때문에 말을 타지 못하는 상황이라 집으로 돌아가는 길이 유난히 길게 느껴졌다.

"왜 자꾸 거짓말을 하는지 알 수가 없다니까. 분명 나에게 화가 난 게 확실한데 말이야."

다시 입술을 삐죽이던 제레미가 한숨을 내쉬었다. 자꾸만 그녀의 머릿속에 루시와 함께 있던 레이놀즈가 떠올랐다. 그리고 그의 허벅지를 자신의 것인 양 훑던 루시의 손도. 순간 울컥 화가 치밀었다. 제레미의 눈에도 똑똑히 보였었다. 루시의 손길에 반응해 불끈 솟아 오른 레이놀즈의 분신이.

"지금 쯤, 루시와 질펀하게 정사를 벌이겠군."

사람들이 언제 들어올지도 모르는 술집 안에서 민망할 정도로 흥분해 있던 레이놀즈였다. 제레미가 술집을 나온 이상, 루시의 손을 이끌고 2층 방으로 향했을 게 분명했다.

"그게 나랑 무슨 상관이라고? 사내들이야 욕망을 느끼면, 그 자리가 어디든 바지를 내리는 것을 수도 없이 봐왔는데 말이야. 새삼스럽게, 당황하다니."

제레미는 지금까지 자신이 본 사내들을 떠올리며, 얼굴을 굳혔다. 그때도 사내들이 마음껏 욕망을 채우는 것을 보며 불쾌해했었다. 하지만 그 대상이 레이놀즈가 되자 더욱 불쾌했다. 사랑하지도 않는 여인을 상대로 자신의 욕망만 채우는 사내에 레이놀즈도 포함된다고 생각하자 제레미는 주먹을 꽉 쥐었다.

"나랑 무슨 상관이라고!"

그때, 멀리서 말을 탄 레이놀즈가 그녀를 향해 달려오는 것이 보였다. 제레미는 걸음을 멈추곤 굳은 얼굴로 그가 다가오기를 기다렸다.

"여긴 무슨 일이시죠? 루시랑 함께 있을 것이라 생각했는데……."

"제발, 그 입 좀 다물어. 너 때문에 미치기 일보 직전이니까."

말에서 내린 레이놀즈가 화가 난 얼굴로 제레미의 손목을 붙잡았다. 그리곤 길을 벗어나 숲으로 걸어가기 시작했다.

"잠깐, 레이놀즈 님. 기다려…… 아직 발목이."

갑작스러운 레이놀즈의 행동에 제레미가 들고 있던 목발이 바닥에 떨어졌다. 그리곤 그를 뒤따라가기 위해 콩콩 깨금발을 해야 했다. 제레미의 말에 레이놀즈가 걸음을 멈추더니, 제레미를 두 팔로 번쩍 안아 들었다. 마치, 여인에게 하는 것처럼.

"이건……. 내려주십시오, 레이놀즈 님. 혼자 걷겠습니다."

순식간에 그의 품에 안긴 제레미가 당황한 표정으로 그를 밀어내려 했다. 하지만 레이놀즈는 제레미의 저항을 허락하지 않겠다는 듯 단호한 표정으로 숲을 향해 걸었다.

얼마쯤 갔을까?

숲의 깊숙한 곳에 다다른 레이놀즈가 제레미를 바닥에 내려놓았다. 그의 품에서 벗어난 제레미가 주위를 살폈다. 대체 왜 숲의 깊숙한 곳까지 그녀를 데리고 왔는지 이해할 수 없다는 듯 레이놀즈를 쏘아보았다.

"조금 전 제 행동에 화가 나셨다면, 절 때리세요. 맞겠습니다."

제레미가 턱을 치켜들곤 눈을 감았다. 분명 저 커다란 주먹으로 얼굴을 맞으면 아플 테지만, 자신을 쏘아보는 무시무시한 레이놀즈의 표정을 보건대 자신에게 단단히 화가 난 모양이었다. 제레미는 두려움을 몰아내려는 듯 눈을 꼭 감았다.

"제기랄!"

순간 레이놀즈의 입에서 거친 욕설이 터져 나왔다. 그리곤 그녀에게 다가오는 인기척이 들리자, 제레미는 어깨를 움츠리며 주먹을 꼭 쥐었다.

"당장 눈 떠!"

레이놀즈가 제레미의 어깨를 붙잡곤 감정을 억누른 표정으로 말했을 했다. 그러자 제레미는 겁이 났다. 대체 자신에게 왜 이러는 것인지 이젠 짐작조차 할 수가 없었다. 하지만 이 상황이 심각하다는 것은 그가 뿜어내는 분위기를 통해 충분히 짐작할 수 있었다.

"내 말 잘 들어."

"말씀…… 하십시오. 듣겠습니다."

제레미의 대답에 레이놀즈가 숨을 크게 들이쉬었다. 그리곤 어렵사리 입을 열었다.

"널 안을 생각이다. 내게 넌, 그런 존재다. 성별을 떠나, 너에게 입을 맞추고 싶고…… 또…… 너를 갖고 싶다. 네 옷을 벗기고, 이 자리에서 네 다리 사이에 내 것을 집어넣고 싶을 만큼, 미치도록 널 원해."

레이놀즈의 말에 제레미의 눈이 놀란 듯 커졌다. 입술 역시 달싹거릴 뿐 아무런 말도 하지 못했다. 지금 자신이 들은 말이 믿기지 않는 표정이었다.

"아, 난……."

"시간을 주겠다. 난 널, 사내가 여인을 원하듯 원하고 있어. 그러니 넌 날 어떻게 생각하는지 말해줘. 만약 너 역시…… 그러니까 내 말은……."

레이놀즈가 적당한 말을 찾기 위해 머뭇거리는 동안, 제레미의 표정이 조금씩 변하기 시작했다. 뭔가 심장이 자꾸만 간질거리는 느낌이었다. 자신 앞에서 마치 야단이라도 맞는 아이처럼 끙끙 앓고 있는 레이놀즈를 보자, 왠지 묘하게 기분이 좋아졌다.

"그러니까, 제가 레이놀즈 님과 함께 섹스를 하고 싶어지면 말하란 것입니까?"

"아, 그게. 구체적으로 섹스를 말하는 건 아니고……."

"그러니까 섹스는 원치 않고, 제 마음이 중요하다는 것이군요."

"아니, 섹스도 할 것이다."

단호한 표정과 함께 레이놀즈가 제레미의 손을 붙잡았다. 그리곤 자신의 다리 사이에서 불끈불끈 힘을 발휘하고 있는 남성 위로 가져갔다. 순간 제레미의 얼굴이 붉게 달아올랐다. 막상 사내가 자신을 원한다며, 그의 남성 위에 손을 가져다 대자 민망해 죽을 것 같았다. 그리고 동시에 그녀의 아랫배가 뜨거워졌다.

"제가 사내라도 상관없다고 하셨습니까? 흠, 레이놀즈 님이 남자에게 관심이 있는 분이셨다니 놀랐습니다."

제리미가 자신의 손아래서 뜨겁게 요동치는 레이놀즈의 남성을 내려다보며 말했다.

"아니, 난 다른 남자에겐 관심 없다. 그게 어쩌다 보니, 너에게 이렇게 반응할 뿐이야."

"아, 저에게만이란 뜻인 건가요?"

"맞아. 너다. 내가 욕망을 느끼고, 누군가의 몸에 날 쑤셔 넣고 미친 듯이 허리를 놀리고 싶은 건, 너 한 사람밖에 없다는 뜻이야. 제기랄! 나도 이 상황이 미치도록 싫지만, 이성을 뒤흔들 만큼 널 원해. 내가 미친 게 분명하지만, 네가 머릿속에서 떠나지 않아. 그래서 널 가져야겠다. 그래야 될 것 같아."

제레미가 그의 남성에서 손을 거둬들였다. 그리곤 심각한 표정으로 생각에 잠긴 얼굴을 했다.

"그러니까, 레이놀즈 님은 남색을 즐기는 사내가 아니라 저에게만 욕망을 느끼신다는 말씀인 거죠?"

제레미의 말에 레이놀즈의 턱이 굳어졌다. 초조하고 미칠 것 같은 감정을 느끼는 자신과는 달리 제레미의 초연한 태도에 화가 났다.

"날 원치 않는 모양이군. 그렇게 태연한 얼굴을 하다니."

"사실 한 번도 레이놀즈 님을 그런 식으로 생각해 본 적은 없습니다. 하지만 지난번, 궁에서 레이놀즈 님과 한 입맞춤이 싫은 건 아니었거든요."

제레미가 자리에서 일어섰다. 그리곤 지친 표정으로 레이놀즈에게 손을 내밀었다.

"그럼 하실 말을 다 하셨으면, 절 집에까지 데려다 주셨으면 좋겠습니다. 사실 발목이 욱신거려 쓰러지기 일보 직전이거든요."

놀라지도 않는 제레미의 태도에 대체 뭐지? 라는 생각이 강하게 들었다. 하지만 레이놀즈는 제레미가 자신을 벌레 보듯 거부하지 않는다는 사실에 우선은 안도했다.

"아, 그래."

레이놀즈가 제레미의 손을 붙잡았다. 그리곤 그의 품에 조심스럽게 안아 들곤, 그의 말에 세워져 있는 곳으로 걸어가기 시작했다.

"은방울꽃이네요. 신부에게 주는 꽃이라고 하던데……. 직접 본 건 처음인 것 같아요. 예쁘네요."

제레미의 말에 레이놀즈가 걸음을 멈췄다. 그리곤 그녀를 조심스럽게 바닥에 내려놓은 후, 숲에 피어난 은방울꽃 군락으로 다가가 꽃을 꺾었다.

"받아."

자신에게 내밀어진 은방울꽃을 보며 제레미의 입가에 미소가 어렸다. 지금껏 자신에게 꽃을 선물하는 사내는 없었다. 사내들은 그녀에게 주먹으로 머릴 쥐어박거나 호통을 치기 일쑤였고, 무겁고 위험한 무기들을 치우게 했다. 뭐, 종자인 제레미에겐 당연한 일이었지만 레이놀즈에게 은방울꽃을 받자 기분이 묘해졌다.

"고맙습니다, 레이놀즈 님."

짧게 잘린 머리카락이 바람에 흩날렸다. 그리고 머리카락 사이에 드러난 그녀의 귓불이 붉어졌다. 그 모습에 레이놀즈 역시 얼굴이 뜨거워지자 헛기침을 하며 시선을 돌렸다. 더웠다. 자신들이 서 있는 숲은 그늘이 져 시원했지만 참을 수 없을 만큼 얼굴이 뜨거웠다.

"이제 갈까?"

레이놀즈가 다시 제레미를 품에 안았다. 그리곤 자신의 품에 안겨 은방울꽃을 바라보며 기뻐하는 제레미에게서 시선을 떼지 못했다. 자신의 눈이 어떻게 된 것이 분명했다. 당연히 사내인 제레미가 아름답게 보였다. 잠시 후, 레이놀즈가 제레미를 말에 태웠다. 그리곤 제레미가 머물고 있는 집을 향해 달리기 시작했다.

"데려다주셔서, 감사합니다."

말에서 내린 제레미가 따라 내린 레이놀즈에게 인사를 했다. 그리곤 집 안으로 들어가기 위해 돌아선 순간, 레이놀즈가 제레미의 손목을 붙잡았다.

"무슨 일이시죠?"

"조금 전, 그랬었지? 나와의 입맞춤이 싫지 않았다고."

"아, 그건⋯⋯. 네, 싫지 않았습니다."

잠시 머뭇거리던 제레미가 솔직하게 답했다. 그러자 레이놀즈가 한 발짝 제레미에게 다가왔다. 그리곤 제레미를 향해 고갤 숙이더니 낮게 가라앉은 목소리로 속삭였다.

"그럼, 한 번 더 해도 상관없겠지? 이번엔 입맞춤이 아니라, 키스로."

말이 끝남과 동시에 레이놀즈의 입술이 제레미의 입술을 덮쳤다. 그리곤 놀라 벌어진 입술 안으로 뜨거운 혀를 밀어 넣고는 욕심껏 휘감았다.

"하아!"

제레미의 입술에 혀를 밀어 넣자 레이놀즈의 입술 새로 억눌린 신음이 새어 나왔다. 미친 듯이 원했었다. 그의 꿈속에서까지 나타나 자신을 휘저었던 제레미의 입술에 키스를 하고 있다고 생각하자, 레이놀즈는 더는 참을 수 없었다.

"하아, 잠깐. 레이놀…… 흐흣!"

레이놀즈의 힘에 밀려 제레미의 등이 문에 닿았다. 그에게 입술은 물론 입안 구석구석까지 뜨거운 혀로 침범당하자, 제레미는 숨을 쉴 수가 없었다. 나른한 감각이 그녀의 온몸을 지배했다. 순식간에 뜨겁게 날뛰는 강렬한 감각에 제레미의 가느다란 어깨가 떨리기 시작했다.

"하아, 레이놀즈 님. 하아!"

키스가 깊어질수록 제레미의 입술 새로 젖은 신음이 새어 나왔다. 뜨거운 혀가 자꾸만 농밀해지며, 마치 하나처럼 달라붙자 제레미는 온몸이 뜨겁게 폭발하는 느낌이었다. 처음 겪는 격정에 제레미는 어떻게 해야 하는지 알지 못한 채, 그의 키스에 속수무책으로 서 있을 수밖에 없었다.

다음 순간, 그의 손이 그녀의 허릴 단단히 휘감았다. 그리곤 몸을 밀착시킨 후, 그의 단단해진 남성을 그녀의 배를 찔러대며 욕망을 내보이자 덜컥 겁이 났다.

"잠깐, 기다려……. 기다려 주신다고 했잖습니까?"

제레미가 있는 힘껏 레이놀즈의 몸을 밀었다. 그리곤 거친 숨을 내쉬며, 손등으로 자신의 입술을 숨겼다. 더는 키스를 하지 못하게 하기 위한 행동이었지만, 그런 순진한 반응이 레이놀즈의 피를 더욱 뜨겁게 달구어놓았다.

근육으로 이뤄진 레이놀즈의 단단한 가슴이 거친 숨을 내쉴 때마다, 크게 들썩였다. 그것만으로도 지금 그가 얼마만큼 인내심을 발휘하고 있는지 충분히 짐작할 수 있을 정도였다.

"대답은 사흘 후. 더는 안 돼."

기다릴 수 없었다. 지금 당장에라도 제레미의 옷을 벗기곤 그녀의 다리 사이에 자신을 밀어 넣고 싶은 욕망에 미칠 것 같았다. 하지만 레이놀즈는 제레미를 위해 돌아섰다. 강제가 아닌, 제레미의 마음 역시 원하고 있었기 때문이었다.

레이놀즈와 약속한 지 벌써 이틀이 지나 있었다. 그동안 오두막에 틀어박혀 있던 제레미는 제임스와 루이의 전갈을 받고, 루시의 문을 열고 안으로 들어갔다. 술집 안을 둘러보았다. 그러자 제레미를 기다리고 있던 제임스와 루이가 손을 흔들었다.

"제레미, 여기."

"뭡니까? 이 시간에 불러내고. 제가 다리가 다쳤다는 걸 잊으셨습니까?"

제레미가 툴툴거리며 제임스와 루이가 있는 탁자로 걸어갔다. 그리곤 유난히 다릴 절뚝거리자, 제임스가 미안한 얼굴을 하며 자리에서 일어섰다.

"그렇지 않아도 고기를 사들고 너희 집으로 가려고 했는데, 어쩔 수 없었다."

제임스가 빼준 의자에 앉으며 마주 앉은 두 사람을 이상하다는
듯 올려다보았다.

"그게 무슨 말씀이십니까?"

"나도 대체 왜 레이놀즈 님께서 너희 집 앞에서 서성거리는지
알 수가 없더구나. 그리곤 우리가 집으로 들어가려고 하자, 다짜
고짜 막아서기까지 하다니."

"혹시, 너! 레이놀즈 님께 무슨 잘못이라도 한 것이냐?"

"잘못은요? 그런 일 절대 없습니다."

"그래? 하지만 레이놀즈 님의 표정은 분명 그런 게 아니었다.
그러니 잘 생각해 보도록 해. 우릴 노려보던 그 분위기론 네 목숨
이 위험할 판이었으니까."

"목숨이 아니라, 다른 걸 노리는 걸 것입니다."

제레미가 술을 잔에 따르며 말했다.

"목숨이 아니라, 다른 것? 대체 그게 뭔데?"

"너, 레이놀즈 님의 물건이라도 훔친 것이냐?"

"세상에, 만약 그랬다면 당장 돌려주는 게 좋을 거다. 오늘 그
무시무시한 표정을 네가 보았어야 했다. 아마 지금도 어디선가 널
지켜보고 있는지 모르지."

물건을 훔쳤다라? 사실 엄밀히 말해서 훔친 건 맞지만, 물건은
아니었다.

대체 어디에서 내게 욕망이 생긴 건지 알 수 없었지만, 잘생기
고 훌륭한 기사인 레이놀즈가 자신에게 보이는 관심이 싫지 않았
다. 아니, 오히려 자꾸만 심장이 간질거리고 방망이질 하듯 뛰고
있었다.

"당장 돌려드릴 수는 없어요. 어쩌면 목숨보다 더 위험한 일일지도 모르거든요. 하지만……."

내일이었다. 내일까지, 레이놀즈에게 자신의 결정을 전해야 했다. 제레미는 술잔을 들어, 벌컥 술을 들이켰다. 독한 술이 목을 타고 넘어가자 목구멍과 심장이 화끈거렸다.

"걱정 마. 레이놀즈 님은 공정한 분이시다. 네가 훔친 물건만 돌려드린다면, 널 죽이진 않으실 거야."

루이가 제레미의 어깨를 토닥이며 말했다. 제레미가 체스터 성의 종자로 처음 들어왔을 때부터, 제임스와 루이 세 사람은 죽이 잘 맞는 친구였다.

"그 일이라면, 더는 걱정 마시고 술이나 드세요. 지금은 잠시 아무것도 생각하고 싶지 않거든요."

제레미의 말에 제임스와 루이가 고갤 끄덕였다. 그러다 뭔가 좋은 방법이 떠오른 듯 제임스가 불쑥 입을 열었다.

"잠깐, 그러고 보니 지난번에 런던에 가기 전에 마을 처녀 중 누군가가 레이놀즈 님을 흠모하고 있다고 하지 않았나?"

"그런 일이 있었습니까?"

"그래, 잘됐네. 제레미, 네가 그 처녀를 레이놀즈 님과 연결시켜 주는 건 어때? 만약 그 처녀가 레이놀즈 님의 마음에 들기라도 한다면, 널 용서해 줄지도 모르지."

제임스의 말에 루이가 좋은 생각이라는 듯 제레미 쪽으로 고갤 돌렸다. 하지만 제레미는 술만 마실 뿐, 아무런 대답도 하지 않았다.

"혹시 말입니다. 사내가 욕망을 느낀다는 것과 사랑을 한다는 것은 다른 걸까요?"

"당연히 다르지. 아무리 강심장의 사내라도 마음에 품은 여인에겐 몸을 달라고 직접 말을 하지 못하는 법이거든. 우선 마음을 사기 위해 미친 짓을 하게 되어 있지."

제임스가 슬쩍 루시에 있는 창녀들에게 눈길을 주며 말했다.

"넌, 창녀와 하룻밤을 보내기 위해 마음을 주진 않잖아? 그거랑 같은 이치인 거야. 그러니 사내가 여인에게 구애하는 것이 아니라, 욕망을 구걸하는 것이라면 절대 넘어가서는 안 되는 법이지."

제임스의 말에 제레미의 표정이 어두워졌다.

"레이놀즈 님께서 여자에게 인기 있는 타입인지는 몰랐네요. 아마, 다 레이놀즈 님의 가운데 다리가……."

퍽!

"아얏! 왜 때리세요?"

제레미가 눈을 확 치며 올리며, 앞에 앉아 있는 제임스와 루이를 쏘아보았다. 그러자 두 사람의 얼굴이 사색이 되어 제레미의 뒤를 바라보고 있었다.

설마……? 설마?

제레미의 고개가 천천히 돌아갔다. 그리고 제레미를 죽일 듯 쏘아보고 있는 레이놀즈를 볼 수 있었다.

"다신 내 가운데 다리에 대해 얘기하지 말라고 했을 텐데?"

"달꾹! 레이…… 달꾹! 여긴 어떻게?"

"당장 일어나도록 해."

"네?"

제레미가 당황한 얼굴로 레이놀즈를 올려다보았다. 그러자 레이놀즈가 제레미의 뒷덜미를 확 붙잡더니 자리에서 일으켜 세웠다.

"싫습니다. 안 가요! 안 간다고요! 저, 아직 술이……."

"너희들은 여기 계속 있을 생각이야?"

"아닙니다. 저희도 돌아갈 생각이었습니다. 그러니, 먼저 가십시오."

"이제 됐지? 네 친구들도 돌아간다는군."

"아직 술이 남아 있습니다. 아까워서 술을 다 마실 때까지……."

제레미의 말이 끝나기도 전에 레이놀즈가 술병을 집어 들었다. 그리곤 단숨에 그 독한 술을 비워내기 시작했다. 그 모습을 지켜보던 제레미를 비롯해 제임스와 루이는 멍청한 표정을 짓고 있었다.

"이제 됐지?"

빈 술병을 탁자에 놓은 레이놀즈가 제레미의 목덜미에 팔을 단단히 휘감았다. 그리곤 성큼성큼 술집을 빠져나가기 시작했다.

레이놀즈에게 뒷덜미를 잡히는 굴욕적인 모습으로 술집을 나온 제레미는 입을 꾹 다물었다. 레이놀즈와 함께 말을 타고 자신의 오두막으로 향하는 동안에도 그에겐 시선조차 주지 않았다.

"감사하단 인사는 하지 않겠습니다. 전혀, 감사하지 않으니까요."

현관 앞에 선 제레미가 싸늘한 표정으로 레이놀즈를 쏘아본 후, 오두막 안으로 들어가려 했다. 그러자 안절부절못하던 레이놀즈가 재빨리 제레미의 팔을 붙잡았다.

"할 말이 있으면 하세요."

"그러니까, 내가……."

"불쾌합니다. 제가 레이놀즈 님의 소유물도 아니고, 제가 가고 싶은 곳은 어디든 갈 수 있습니다. 그리고 제가 술을 마시고 싶으면, 또 진탕 마실 거구요. 그런데⋯⋯."

화를 억누르며, 제레미가 레이놀즈를 쏘아보았다. 불편한 심기를 드러내고 있는 제레미의 올라간 눈을 본 레이놀즈가 술집에서의 당당하던 기세와는 달리 안절부절못하며 제레미의 눈치를 보고 있었다.

"제 목덜미를 붙잡고, 굴욕적인 모습으로 절 끌고 나오시다니. 레이놀즈 님께서 저랑 섹스를 하고 싶다고 해서, 저를 레이놀즈 님의 소유물로 생각하진 않으셨으면 좋겠습니다."

"거절한다는 말이군."

강하게만 보이던 레이놀즈의 눈동자에 짙은 그늘이 졌다. 밝은 그린 빛이던 레이놀즈의 눈동자가 짙은 초록색으로 변하는 모습을 보며, 제레미는 처음으로 레이놀즈의 눈동자가 아름답다고 생각했다. 또다시 심장이 뛰기 시작했다. 조금 전까지만 해도 불쾌하기 짝이 없던 감정이 어느새 변해 심장이 간질간질해졌다. 아마 자신의 심장은 양면 거울인 모양이었다.

"딱 한 번이에요."

처음엔 제레미의 말뜻을 정확히 이해하지 못한 레이놀즈가 멍한 표정으로 그녀를 내려다보았다.

"그러니까, 딱 한 번만 레이놀즈 님과 자보겠다는 뜻이에요. 그리고 싫으면 끝이니까, 더는 귀찮게 하지 않겠다고 약속하세요. 그러면 제가⋯⋯."

선심이라도 쓰듯 말하는 제레미를 보며, 레이놀즈의 표정이 변하기 시작했다.

"그만! 당장, 그 입 다물어."

레이놀즈의 차갑게 굳은 목소리에 제레미의 어깨가 움찔했다. 무시무시한 기세였다. 주먹을 꼭 쥐곤 뭔가 감정을 참고 있는 듯 레이놀즈의 입매가 딱딱하게 굳어 있었다.

"너에게 마음을 구걸했지, 네 몸을 구걸한 게 아니야."

상처 받은 짐승처럼 레이놀즈의 초록색 눈동자가 흔들리는 것이 보였다. 제레미는 그의 눈에서 시선을 돌리지 못했다. 순간, 그 아름다운 눈동자에 사로잡혀 버린 것이다.

"마음을 구걸한 것이라고?"

"그래. 내가 서툴러 너에겐 네 몸을 원하는 짐승처럼 보인 모양이겠지만, 난 구애였다. 사내인 널 상대로, 난……. 내 목숨까지도 내놓을 정도로 널……."

레이놀즈가 다음 말을 삼키며 잠시 침묵했다. 사내를 사랑하게 되다니. 그건 마녀사냥처럼 그가 살고 있는 곳에선 크나큰 죄악이었다. 발각되면, 사형에 처해질 만큼. 그런 위험에도 불구하고 레이놀즈는 그의 감정을 숨길 수가 없었다.

제임스를 비롯해 루이, 그리고 제레미와 함께 웃는 모든 사람에게 질투를 느낄 정도로. 그는 지금, 미쳐 있었다.

"욕망뿐이라면, 이렇게 미친놈이 될 필요는 없었을 것이다. 널 강제로 취했으면 될 일이니까. 하지만 그러지 못한 이유는…… 너의 마음 중, 단 하나라도 얻고 싶어서였다. 네게 그런 취급을 받고 있는 지금도…… 네가 날 원했으면 좋겠다고 바랄 정도로."

미친 게 분명했다. 이런 낯간지러운 말을 아무렇지 않게 하다니. 아마 마지막이라고 생각해서겠지. 제레미가 그를 거절한 마당에 다시 제레미를 볼 자신이 그에게는 없었으니까.

레이놀즈가 돌아섰다. 그리고 어둠 속을 응시하더니, 집으로 돌아가려는 듯 한 발짝 발을 내밀었다.

"처형당하실 일은 없을 겁니다."

제레미의 말에 레이놀즈가 멈춰 섰다. 그리곤 제레미를 향해 돌아서며 다시 입을 열었다.

"그게 무슨 말이지?"

"동성애로 처형당하실 일은 없을 것이란 뜻이었습니다."

순간 레이놀즈의 입가가 차갑게 굳어졌다.

"알고 있다. 네가 날 마음에 두지 않고 있다는 걸. 그러니 마지막까지 내 심장에 비수를 꽂을 것까진……."

"그게 아니라, 제가 사내가 아니란 뜻입니다."

제레미가 서둘러 말을 정정했다.

"미쳤군. 미쳤어. 아니, 내가 싫으면 싫다고 해. 그렇게 말도 안 되는 거짓말을…… 헙!"

순간 제레미가 레이놀즈의 손을 붙잡았다. 그리곤 자신의 옷 속으로 끌어들이더니, 가슴을 압박하고 있던 천을 밀어 그녀의 가슴 위에 올려놓았다. 손바닥에 느껴지는 물컹하고 보드라운 감촉에 레이놀즈의 입술에서 놀란 듯 거친 신음이 새어 나왔다. 그리곤 믿을 수 없다는 눈빛으로 제레미를 내려다보았다.

"여인입니다."

"네가…… 그러니까 제레미 넌……."

"여인입니다. 이렇게 가슴이 있는."

레이놀즈가 자신의 눈으로 직접 확인하려는 듯 손을 뻗어 제레미의 더블릿 단추를 풀기 시작했다. 그리고 안에 입고 있는 셔츠의 단추 역시 풀어낸 다음, 조금 전 제레미가 밀어 올린 천 사이로 비쭉 나와 있는 가슴을 멍하니 바라보았다.

달빛을 받은 제레미의 새하얀 가슴이 천을 비집고 올라와 동그랗게 부풀어 있었다. 레이놀즈가 손끝으로 다시 그녀의 가슴을 꾹꾹 찔렀다. 진짜인지 확인하기 위해서인 듯했다.

"진짜군. 정말 진짜 가슴……."

"바지를 벗어 보여 드릴 수도 있습니다."

순간 제레미의 발칙한 제안에 레이놀즈의 얼굴이 새빨갛게 달아올랐다. 제레미는 그의 붉어진 얼굴을 보자, 그가 무슨 생각을 하는지 다 알 수 있을 것 같았다.

정말, 그녀를 원하는 모양이었다. 자신의 몸을 볼 수 있다는 상상만으로도 욕망을 느낄 만큼.

"흠흠, 굳이 그럴 필욘 없다. 가슴으로도 충분해."

헛기침을 하며 그녀의 제안을 거절하는 레이놀즈를 보자 제레미는 순간 장난기가 발동했다. 자신에게 쩔쩔매는 레이놀즈의 모습이 신선했을 뿐만 아니라, 자꾸만 심장이 간질거려 미칠 것 같았다.

"그럼, 어떻게 하실 생각입니까?"

"뭘 묻는 건지 모르겠군."

"제가 여인인 걸 알았고, 더는 이 문제로 처형당하지 않는다는 사실을 알았지 않습니까? 그리고 제 가슴까지 이렇게 떡 주무르듯 만지셨고요. 그런데 여기서 아무것도 하지 않고 돌아가신다면, 기사님은 사내도 아니신 겁니다."

제레미의 말에 레이놀즈의 눈동자가 커졌다. 잠시 후, 제레미의 말 속에 담긴 뜻을 알아차린 레이놀즈가 그녀의 손목을 붙잡더니 그의 품으로 확 끌어당겼다.

"하아, 젠장!"

욕설과 함께 그의 입술이 제레미의 작은 입술을 삼켰다. 그리곤 입술을 떼지 않은 채, 오두막의 문을 열고 집 안으로 들어갔다. 오두막 안은 어두웠다. 하지만 레이놀즈에겐 전혀 문제가 되지 않았다. 지금 급한 것은 불을 켜는 것보단, 여인인 제레미를 안고 싶었다.

제레미가 여인이란 사실이 너무 기쁜 나머지, 제레미가 지금까지 자신은 물론 체스터 성의 모두를 속였다는 사실 역시 문제가 되지 않을 정도였다.

기뻤다. 거짓말을 한 제레미에 대한 분노보다, 제레미가 여인이란 사실이 너무도 기뻐 소리라도 지르고 싶었다. 지금껏 그가 고민해 왔던 것이 어리석게 느껴질 정도로 허무했지만, 너무 기뻐 미칠 것 같았다.

"난 자존심도 없는 사내가 분명해. 맹랑한 거짓말을 한 네 녀석에게 화가 나는 것이 아니라……."

레이놀즈가 제레미를 침대에 밀쳐 쓰러뜨렸다. 그리곤 그녀의 몸 위로 올라가며 다시 입을 열었다.

"이렇게 다행이라고 생각하고 있으니 말이야."

레이놀즈가 고갤 숙여 제레미의 입술에 다시 깊숙이 입을 맞췄다. 그리곤 다시 한 번 그의 손은 밖으로 드러난 제레미의 가슴을 움켜쥐었다.

"윽!"

그가 그녀의 가슴을 움켜쥐자 심장이 튀어나올 것 같았다. 항상 천으로 가슴을 꽁꽁 동여매고 다녀서인지, 자신의 가슴을 만지면 이런 묘한 느낌이 든다는 사실을 처음 알게 된 것이다.

"아파?"

"아니요? 아픈 게 아니라, 이상해요. 심장이 튀어나올 것처럼 뛰고, 좀 더 만져 줬으면 좋겠습니다."

제레미는 자신을 내려다보고 있는 레이놀즈를 향해 솔직히 지금 자신이 느끼는 감정을 얘기했다. 순간 레이놀즈의 입가에 미소가 떠올랐다. 다른 여인들이라면, 자신의 감정을 숨기며 아무것도 모르는 척했을 테지만 남자들 사이에서 6년을 지낸 제레미는 너무도 솔직했다.

"왜 웃는 거죠? 내가 말을 잘못하기라도 했습니까?"

"아니, 전혀. 너무 예뻐서."

레이놀즈의 말에 제레미의 얼굴이 붉어졌다. 예쁘다니. 한 번도 그런 말을 들어본 적 없는 제레미였기 때문에 그 말이 갖는 파급력은 너무도 컸다.

"아, 죽을 것 같아요."

"뭐? 갑자기 왜?"

레이놀즈가 놀라 그녀의 몸 위에서 내려오려 했다. 그러자 제레미가 본능적으로 두 다리로 그의 허릴 단단히 휘감은 다음, 그녀의 몸 위에서 움직이지 못하게 했다.

"너무 좋아서, 죽을 것 같다고요. 예쁘단 말, 처음 들어보거든요. 다시 한 번만 해주십시오."

"잠깐만, 예쁘단 말을 해줄 테니까. 이 다리 좀 풀도록 해."

"안 됩니다. 말해줄 때까진 절대 못 풀어드립니다."

제레미의 말에 레이놀즈가 난처한 얼굴을 했다. 제레미가 그의 허리를 단단히 휘감자, 그의 다리 사이 남성이 그녀의 아랫배와 마찰하며 자꾸만 힘이 불끈 들어가 미칠 것 같았다. 그 사실을 아는지 모르는지 제레미는 그녀의 다릴 풀지 않을 기세였던 것이다.

"예뻐, 세상에서 가장 예뻐. 그러니 어서 다리를……."

"싫습니다. 이제 우리 섹스를 해야 하는 것 아닌가요? 내 가슴까지 이렇게 풀어헤쳐 놓고는 도망치려 하다니. 절대 안 됩니다."

정말 미치겠군. 레이놀즈가 거친 숨을 내쉬며 눈을 질끈 감았다 떴다.

"도망가지 않아. 너랑 네가 말하는 섹스를 하기 위해서 이러는 거야. 섹스란 게, 옷을 벗고 하는 것이니까?"

"옷을 다 벗는다고요? 하지만 내가 전에 보니, 옷을 벗지 않아도 그 짓을…… 흡!"

"제발, 그 입 좀 다물어. 아무렇지도 않게 성적인 농담을 하는 너 때문에 온몸이 다 화끈거릴 지경이니까."

레이놀즈가 제레미에게서 벗어나기 위해 버둥거리는 대신, 그녀의 옷을 벗겨내기 시작했다. 드레스가 아니라 자신과 똑같은 사내 옷이라 그런지, 옷을 벗기는 내내 기분이 묘했다.

"내 옷을 벗고 싶은데."

그제야 제레미가 다릴 풀었다. 그러자 레이놀즈가 자신의 옷을 벗은 다음, 제레미의 바지를 마저 벗겨냈다.

"세상에, 내가 이럴 줄 알았다니까요. 설마, 지금 그 큰 걸 내 거기에…… 꿀꺽. 그러니까…… 내 비좁은 그곳에 넣는다는 건…….”

“맞아. 이걸 네 안에 넣을 거야. 정확하게 여기에.”

레이놀즈가 그녀의 다리 사이 한 번도 누군가의 손이 닿지 않은 처녀지를 가리켰다. 그러자 제레미가 얼굴을 붉히며 다릴 모았다. 그 모습에 레이놀즈의 눈동자기 짙어졌다.

“보여줘. 아직도 네가 여인이란 사실이 믿겨지지 않으니까.”

레이놀즈의 말에 제레미가 다리에 힘을 풀곤 천천히 벌렸다. 그러자 날씬한 다리 사이 갈색의 수풀 속에 숨겨져 있던 분홍색의 밀부가 모습을 드러냈다.

“예뻐!”

말과 함께 레이놀즈의 손이 밀부에 가 닿았다. 그러자 움찔 몸을 떨며, 제레미가 입술을 깨무는 것이 보였다. 따뜻했다. 그의 손 끝에 닿는 여리고 물기로 촉촉이 젖은 속살이 너무도 뜨거워 미칠 것 같았다. 체온보다 높은 그 미묘한 온기에 레이놀즈의 남성이 반응하며 크기를 키웠다.

“흡! 조금 전보다, 더 커졌어요.”

제레미 역시 레이놀즈의 남성이 커지는 것을 보며 숨을 삼켰다.

“걱정할 것 없어. 처음엔 아프겠지만, 좋아하게 될 거야. 네가 그랬잖아? 자고로 남자는 가운데 다리가 튼실해야 한다고. 아마, 네 말이 사실이라면 넌 최고로 잘난 남자를 만난 거지.”

레이놀즈가 제레미의 놀란 표정을 보며 민망한 듯 변명을 했다. 그러자 제레미의 눈이 가늘어지며 고갤 가로저었다.

“취소할래요.”

제레미가 다시 한 번 레이놀즈의 다리 사이를 보더니 고갤 가로저었다. 금방이라도 눈물을 터뜨릴 것 같은 눈을 하자, 당황한 레이놀즈가 살살 달래기 시작했다.

"걱정 마, 제레미. 분명 너도 좋아할 거야."

"어떻게 확신하시는데요?"

제레미가 여전히 믿지 못하겠다는 얼굴을 하자, 레이놀즈가 고갤 숙여 제레미의 가슴을 입술로 쓸었다. 그리곤 뜨겁게 젖은 혀로 희롱하듯 가슴의 붉은 정점을 애무했다.

"하아!"

제레미의 반응에 레이놀즈의 애무가 점점 농밀해졌다. 그의 입안으로 자꾸만 예민해진 가슴이 밀려들어가자, 그녀의 여린 어깨가 떨리기 시작했다.

"어때?"

가슴에서 입술을 뗀 레이놀즈가 제레미를 올려다보았다. 그러자 잔뜩 상기된 얼굴로 고갤 끄덕였다. 좋았다. 자신의 가슴을 핥고 빠는 행위에 자꾸만 배 안쪽이 뜨거워지고 있었다.

제레미의 반응에 레이놀즈가 그녀의 맨다리를 천천히 쓸어내렸다. 그리곤 넓게 벌려 수풀 속에 숨겨진 밀부가 훤히 드러나도록 했다.

"또 뭐 하려고…… 흐흣!"

레이놀즈가 고갤 숙여 그녀의 밀부 안쪽을 혀로 쓸어내린 것이다. 너무 놀란 제레미가 다릴 오므리려 했다. 그러자 레이놀즈가 제레미의 가느다란 다리를 단단히 붙잡곤 움직이지 못하게 했다.

"안 돼요. 거긴 더러워요."

"하나도 더럽지 않아. 난 지금, 네가 여자란 걸 느끼고 싶어. 눈으로 보고, 만지고 또 느끼고 싶어. 그러니 너에 이곳은 세상에서 가장 깨끗하고, 아름답고. 나에겐 소중한 곳이다."

레이놀즈의 눈동자 속에 담긴 진심을 제레미 역시 느낄 수 있었다. 그리고 그 말을 통해 레이놀즈가 자신을 남자로 생각해 얼마나 많은 고민을 해왔는지 짐작할 수 있었다. 제레미가 다리에 천천히 힘을 뺐다. 그러자 레이놀즈가 고갤 숙여, 분홍색의 속살을 혀로 조심스럽게 빨아 당겼다.

"예뻐. 너에 모든 것이 예쁘고 사랑스러워 미칠 것 같아."

심장이 간질거렸다. 그의 애무가 그녀의 온몸의 피를 뜨겁게 달궈놓았다면, 그가 속삭이는 밀어는 그녀의 심장을 뛰게 만들었다. 순간 제레미의 눈가가 뜨거워졌다. 자신이 여인이란 사실이 레이놀즈를 통해 너무도 생생하게 느껴졌다. 처음으로 자신이 아름답다는 생각이 들었다.

"하아…… 흐훗! 하앗!"

그의 애무가 농밀해질수록 제레미의 허리가 들썩였다. 군살 없이 날씬한 제레미의 아름다운 몸이 관능적으로 비틀리자, 그 모습에 레이놀즈는 심장이 터져 버릴 것 같았다. 더는 욕망을 억누를 수 없게 된 레이놀즈가 그의 단단하게 솟아 오른 남성의 끝으로 애액으로 젖은 제레미의 밀부 입구를 문질렀다. 그리곤 조심스럽게 그의 남성을 안으로 밀어 넣었다.

"하앗! 아파…… 흐훗!"

본능적으로 제레미의 몸이 레이놀즈의 몸을 밀어내려는 듯 굳어졌다. 그러자 레이놀즈가 그녀를 달래며, 그녀의 귓불을 물고 애무했다. 검과 창으로 거칠어진 커다란 손이 제레미의 가슴을 움켜쥐었다. 그리곤 손끝으로 붉은 돌기를 비틀었다.

"하홋!"

제레미가 신음을 흘리며 몸을 떠는 순간, 레이놀즈의 허리가 움직였다. 강하고 날카로운 움직임에 의해 제레미의 좁은 내벽이 열리자, 레이놀즈의 남성이 그 안을 가득 채웠다.

"하아, 하윽!"

아픔으로 제레미의 눈에서 눈물이 흘러내렸다. 뻐근한 아릿함과 함께 밀려드는 아픔에 제레미가 입술을 꼭 깨물었다.

"제레미, 힘을……. 하아!"

그의 남성에 비해 그녀의 안은 너무 비좁았다. 그래서인지 레이놀즈가 느끼는 쾌감은 정신이 혼미해질 만큼 지독했다. 그녀의 안에 들어간 것뿐이었지만, 레이놀즈는 짙은 열감에 눈을 꼭 감았다.

"움직이지…… 말아요. 아파요."

제레미의 말에 레이놀즈가 눈을 떴다. 그러자 아픔을 참느라 제레미의 입술이 파르르 떨리는 것이 보였다.

"미안해. 이번뿐이야. 다음엔 분명, 너도 좋을 거야. 내 몸에 익숙해지면, 너 역시……."

"약속할 수 있나요?"

"약속해. 다음번엔 더 해달라고 조를 정도로 널 기쁘게 해줄게."

레이놀즈의 약속에 제레미가 고갤 끄덕였다. 제레미가 아는 레이놀즈는 자신이 뱉어낸 말에 책임을 지는 기사였던 것이다. 제레미가 가느다란 팔을 뻗어 레이놀즈의 목덜미를 휘감았다.

"이제 괜찮아요. 참을 수 있을 것 같아요."

레이놀즈의 어깨에 매달려 제레미는 눈을 꼭 감았다. 그러자 레이놀즈가 천천히 움직이기 시작했다. 그의 애무로 내벽 안은 애액으로 젖어 있었다. 하지만 여전히 그녀의 안은 그가 자유롭게 움직이기엔 너무도 좁았다. 레이놀즈는 최대한 천천히 진퇴를 시작했다. 그의 움직임에 그녀의 몸 역시 같이 흔들렸다. 깊숙이 내벽을 찌르며 안으로 밀고 들어갔던 그의 일부가 다시 내벽의 끝까지 밀려 나왔다.

제레미는 그가 진퇴를 거듭할수록 입술을 꼭 깨물었다. 여전히 너무도 아팠다. 그의 애무는 그녀의 온몸을 뜨겁게 할 만큼 좋았었다. 그의 말처럼 조금만 참으면, 그가 그녀의 몸을 만져 주었을 때 느꼈던 쾌감을 느낄 수 있는 걸까? 제레미가 아픔을 견디며, 그의 목덜미에 얼굴을 묻었다.

"하아, 하읏!"

그녀의 입술 새로 억눌린 신음이 새어 나오자, 레이놀즈가 그녀의 입술에 키스를 해왔다. 아랫입술을 쓸고, 핥던 혀가 입안 깊숙이 들어와 혀를 휘감았다. 두 개의 혀가 뒤엉킨 동시에 강한 힘이 그녀의 혀를 뽑을 듯 빨아 당기는 것이 느껴졌다. 순간 제레미는 나른한 쾌락에 아랫배가 움찔거리는 것이 느껴졌다.

묘했다. 그녀의 아랫배를 찌르며, 진퇴를 거듭하는 안쪽에 열기가 일기 시작했다. 여전히 아릿한 아픔에 미간이 찌푸려졌지만, 그가 키스를 하며 그녀의 가슴을 문지르자 굳었던 그녀의 몸이 조금씩 힘이 빠져나가기 시작했다. 그러자 묘하게 아랫배 안쪽이 간질거렸다. 뭐라고 설명할 순 없지만, 나른한 갈증에 뜨거운 숨이 새어 나왔다.

"하아, 레이놀즈 님. 하아!"

레이놀즈가 고갤 들었다. 그의 짙은 눈동자는 이미 한계에 다다른 듯 열기로 젖어 있었다.

"제레미, 미칠 것 같아. 네가 너무 좋아서."

레이놀즈의 입술이 다시 그녀의 목덜미를 물었다.

"아윽!"

그녀의 목덜미가 붉어졌다. 제레미는 아릿한 아픔과 함께 밀려오는 나른한 감각에 허리를 비틀었다.

"조금 더, 조금만 더 빨리 움직여 보세요."

생각지도 못한 제레미의 말에 레이놀즈의 눈동자가 흔들렸다.

"아프지 않아?"

"아파요. 하지만 레이놀즈 님께서 그러셨잖아요? 조금만 참으면, 미치도록 좋다고. 느끼고 싶어요. 레이놀즈 님과 함께 울 정도로 좋은 기분을요."

"하아, 제레미."

레이놀즈가 너무도 사랑스럽다는 듯 그녀의 이름을 불렀다. 그리곤 그녀의 다릴 그의 허리에 단단히 휘감은 다음, 허릴 움직이기 시작했다. 애액으로 젖은 뜨겁고 촉촉한 내벽을 뚫고 안으로 들어가자, 그녀의 안이 그를 꽉 조였다. 그리고 그가 허릴 움직여 내벽 끝까지 빠져나오는 순간에도 그녀의 내벽은 그를 안으로 빨아 당기며, 그의 남성을 단단히 붙들었다. 미칠 것 같았다. 그녀를 가졌다는 사실 하나만으로도 지독한 쾌락에 몸이 떨릴 지경이었지만, 지금 그를 단단히 붙들며 강하게 조이는 그녀의 반응에 레이놀즈는 당장에라도 쾌락의 정점에 도달해 버릴 것 같았다.

"하아, 하읏! 하아, 레이…… 놀즈 님. 하앙!"

레이놀즈를 부르는 그녀의 음성에도 물기가 어리기 시작했다. 그녀의 변화에 반응하듯 레이놀즈의 움직임이 빨라졌다. 처음엔 그를 받아들이는 것도 버거울 정도로 힘들어하던 그녀였다. 하지만 그녀의 내벽 모든 곳을 건드리며 진퇴를 거듭하자 나른한 열기에 뜨거운 숨결을 뱉어냈다.

아랫배에서 시작된 열기가 순식간에 발끝까지 퍼져 나갔다. 그의 계속되는 움직임에 어느새 그녀의 몸에 땀이 배어 나오기 시작했다. 촉촉이 젖은 몸에 뜨겁게 달아 오른 레이놀즈의 몸이 한 몸처럼 달라붙었다. 그녀의 여린 속살을 헤집고, 그 안에 뿌리를 박은 채 뜨거운 쾌락을 만들어내는 그의 움직임에 제레미의 허리가 위험스럽게 비틀렸다.

"하아, 하훗. 레이……. 훗!"

예민하게 반응하는 제레미를 보며, 레이놀즈는 안심했다. 뒤엉킨 두 사람의 몸이 하나로 녹아내렸다. 그녀의 밀부를 타고 흘러내린 애액이 그의 남성을 흠뻑 적셔놓자, 그의 움직임이 더욱 격렬해졌다. 맹수처럼 날카로운 욕망이 레이놀즈는 물론, 제레미를 휩쓸었다.

남녀 간의 쾌락을 모르던 제레미의 몸은 너무도 빨리 짙은 열기에 익숙해졌고, 낭창하게 허릴 비틀며 쾌락을 만들어냈다.

"훗, 제레미……. 하아, 젠장! 더는 참을 수가……."

레이놀즈의 허리가 크게 흔들렸다. 그리곤 거친 욕망에 반응하듯 그녀의 안을 꿰뚫듯 단번에 내벽 안으로 깊이 들어왔다.

"하흑, 하아. 하악, 하아!"

격렬하게 그녀의 몸이 떨리기 시작했다. 아릿한 아픔과 함께 밀려드는 열기에 제레미의 눈에서 눈물이 흘러나왔다. 레이놀즈가 고갤 들어 그녀의 눈물에 입을 맞췄다. 그리곤 잔뜩 가라앉은 목소리로 입을 열었다.

"제레미…… 고맙다. 여인으로 태어나 줘서."

"하악!"

격정으로 두 사람의 몸이 동시에 떨리기 시작했다. 제레미는 온몸을 휘감은 쾌락과 함께 두 눈에서 쉴 새 없이 눈물이 흘러내렸다. 심장이 미친 듯이 뛰었다. 뜨거운 감정이 울컥 솟아, 제레미가 젖은 얼굴을 레이놀즈의 얼굴에 묻었다.

행복했다. 자신이 여인으로 태어난 것이, 너무도 행복했다. 레이놀즈에게 이렇게 사랑을 받을 수 있어서, 제레미는 그 어느 때보다 기뻐 감정을 주체할 수 없었다.

뜨거운 격정의 파도가 천천히 가라앉기 시작하자, 레이놀즈가 그녀를 끌어안았다. 여전히 그녀의 안에 자신의 남성을 묻은 채였다. 그게 너무 어색하고 부끄러워 제레미가 엉덩이를 뒤로 빼려 하자, 레이놀즈가 고갤 가로저었다.

"조금만 더 여기에 있고 싶어. 네 안이 너무 좋아 나가고 싶지 않거든."

그의 말에 제레미의 얼굴이 새빨개졌다. 음담패설에 가까운 성적인 농담도 아무렇지 않게 하던 제레미와는 너무도 다른 모습이었다.

"뭐, 이젠 레이놀즈 님의 크기에 익숙해져야 하니까요."

그녀의 순진한 대답에 레이놀즈의 입가에 미소가 어렸다. 그리곤 그녀를 꼭 끌어안고는 그녀의 입술에 입을 맞췄다. 제레미를 바라보는 그의 눈동자가 한결 부드러워져 있었다.

"그런데 궁금한 게 있는데요. 레이놀즈 님은 언제 저를 좋아하게 되셨나요?"

제레미가 궁금한 듯 그녀를 끌어안고 있는 레이놀즈를 올려다보았다. 그러자 레이놀즈가 잠시 생각에 잠긴 듯 말이 없었다.

"널 안고 싶다고 생각한 것은 네가 여인의 옷을 입고 내 입술에 입을 맞췄을 때다. 하지만 지금 생각해 보니, 난 언제나 널 다른 눈으로 보고 있었던 것 같아. 여인들과 함께 있을 때보다, 너와 있을 때가 더 즐거웠거든. 깨닫지 못하고 있었지만 자꾸만 네가 눈에 밟힌 이유가 바로, 널 신경 쓰고 있었기 때문인 것 같아."

레이놀즈의 대답에 제레미의 입가에 만족스러운 미소가 떠올랐다.

"제가 좀, 매력이 있긴 하죠."

"그럼 넌? 넌 언제였는데?"

"레이놀즈 님께서 절 업어주셨을 때요. 루시에서 술에 취한 절 업고 이곳 오두막까지 오는 동안, 심장이 뛰었어요. 자꾸만 코끝이 시큰거렸었는데, 그게 바로 레이놀즈 님에 대한 제 마음이었던 것 같아요."

"그때였군."

레이놀즈가 손을 뻗어 짧은 제레미의 머리카락을 쓸어주었다. 그러자 제레미가 손으로 그녀의 머릴 가리며 그의 눈치를 봤다.

"머리, 기를까요? 그럼 훨씬 여성스러울 텐데."

"그럴 필요 없어. 네가 어떤 모습이든, 내겐 세상에서 가장 예쁘니까. 내게 여인으로 보이는 사람은 오직 너밖에 없거든."

"지금 보니 레이놀즈 님께선 바람둥이가 분명한 것 같아요. 그렇게 낯 뜨거운 말을 아무렇지도 않게 하시다니 말이에요."

"낯 뜨거운 말이 아니라, 진심이야. 내게 넌 그래."

또다시 울컥 뜨거운 것이 심장을 꽉 조였다. 제레미가 눈물을 글썽이며 그의 품으로 파고들었다. 그러자 레이놀즈가 그녀를 꽉 끌어안으며 그녀의 가녀린 목덜미에 얼굴을 묻었다. 이렇게 여린 몸을 보고 사내라고 생각하다니. 레이놀즈는 자신의 품에 안겨 있는 제레미를 보며, 믿을 수 없는 얼굴을 했다.

"엇, 뭐예요? 제 몸속에 있던 레이놀즈 님의 가운데 다리가 다시 튼실해졌어요."

놀란 제레미가 고갤 들었다. 그러자 레이놀즈가 늑대처럼 음흉한 미소를 지으며 그녀의 입술에 입을 맞췄다.

"말했잖아. 내가 발정하는 상대는 너뿐이라고. 그러니 책임져."

"하앗…… 잠깐."

그가 움직이자, 제레미는 그의 변화를 더욱 뚜렷이 느낄 수 있었다. 금방이라도 그가 몸을 움직일 것처럼 느껴지자, 제레미의 몸이 본능적으로 굳어졌다. 그러자 레이놀즈가 천천히 그의 남성을 그녀의 안에서 빼냈다.

"걱정 마. 처음인 널 짐승처럼 또 안지는 않을 테니까."

그가 몸을 일으켜 방을 나갔다. 그리곤 밖에서 깨끗한 천을 가지고 나와 그녀의 다리 사이를 천천히 닦아주었다. 그의 배려에 제레미의 얼굴이 또다시 붉어졌다. 밀부의 여린 속살이 부어올라 있었다. 또한 사타구니 역시 작은 스침에도 아릿할 정도로 쓸려 있었다.

그렇게 그녀의 몸을 닦아낸 레이놀즈가 다시 침대 안으로 들어왔다. 그리곤 두 사람의 몸 위로 이불을 끌어당긴 후 꼼꼼히 덮었다.

"이제 자도록 해. 내일은 할 일이 아주 많을 테니까."

"할 일이라면?"

"영주님께 가야지. 우리의 혼약을 허락받아야 할 테니까."

"혼…… 약, 이라구요?"

"설마, 이렇게 열렬히 날 받아들여 놓고는 도망치려던 건 아닐 테지?"

"아, 난……. 모르겠어요. 한 번도 혼약에 대해선 생각해 본 적이 없어서."

진심이었다. 결혼이라니. 한 번도 생각해 본 적이 없는 것이었다. 하지만 싫지 않았다. 아니, 오히려 심장이 미친 듯이 뛰고 있었다.

"그럼, 생각해 봐. 내 신부가 되는 것에 대해서."

레이놀즈의 말에 제레미가 고갤 끄덕였다. 그리곤 그의 품으로 한껏 파고들었다. 너무도 따뜻했다. 그러자 졸음이 밀려왔다. 제레미는 그의 품에 안겨 깊은 잠에 빠져들었다. 레이놀즈 역시 제레미를 끌어안고 잠을 청했다. 잠자는 동안에도 레이놀즈는 지독한 소유욕을 드러내며, 제레미의 몸을 단단히 휘감았다. 두 사람이 잠든 사이, 제레미가 화병에 꽂아둔 은방울꽃이 아름답게 빛나고 있었다. ♠

스텔라

작가 후기

　스텔라 마리스.

　바다의 별이자, 북극성인 스텔라 마리스는 어둠 속을 항해하는 이들의 길잡이입니다. 글을 쓰는 저에게 스텔라 마리스는 바로, 내 글을 읽는 모든 사람들이 아닐까 합니다.

　2016년의 마지막 길목에서,

　스텔라 마리스를 읽는 모든 분께 감사드립니다.

　언제나 절 응원해 주는 가족들과 새하얀 눈처럼 아름다운 분들께도 감사의 마음을 전합니다. 제 글이 세상에 나올 수 있도록 도와주신 편집자님, 감사합니다.

　오늘도 한 발짝, 한 발짝 성실히 걸어가겠습니다.

—주산지의꿈 드림